TONIO BRENNER

DER NEUESTE BESTSELLER

A-1140 Wien, Goldsterngasse 5
Tel. & Fax 0043 / 1 / 91 40 711
Druck: »atlas«, 2203 Großebersdorf

ISBN 3-9500033-1-2

INHALTSVERZEICHNIS

1.	Zur Einführung	7
2.	Wer ist das?	8
3.	Eine unglaubliche Geschichte	9
4.	Die Rache des Restaurantbesitzers	10
5.	Überraschung in der Konditorei	12
6.	Was zwei Zentimeter ausmachen können	13
7.	Die Rechtschreibreform	15
8.	Das hätte leicht ins Auge gehen können	16
9.	Joggen und Rauchen	18
10.	Bei uns steigt niemand auf das Clo	19
11.	Geistesgegenwärtig muß man sein	20
12.	Aalglatt	21
13.	Paß auf, daß du nicht runterfällst	22
14.	Ich heiße Burli Stiskalik	23
15.	Manchmal ist es gut, schwerhörig zu sein	24
16.	Briefbeantwortung	25
17.	Bescheidenheit ist eine Zier, doch manchmal dumm	26
18.	Flaschenpost vom Himmel	31
19.	Das Samstag Nachmittag Konzert	33
20.	Konfuzisches	34
21.	Grenzkontrolle	35
22.	Denken und Reden	36
23.	Zawas hob i di Krot g'schluckt?	37
24.	Wie überlistet man seinen Lehrer?	38
25.	Farbskala des Ärgers	39
26.	Luxusreise in den Konkurs	40
27.	Weihnachten	42
28.	Werbung, die in die Hose geht	43
29.	Die Reklamation	44
30.	Wie man sich selbst das Wasser abgräbt	45
31.	Wie man sich irren kann	46
32.	Gefangen in der Botschaft	47
33.	Entartete Poesie	53
34.	Der Hauptpreis	54
35.	Dolce far niente	57
36.	Christfest auf den Antipoden	57
37.	Der Wespenstich	58
38.	Es geht auch ohne Hirn	58
39.	Das Unterbewußtsein schläft nicht	59
40.	Das Los soll entscheiden	61
41.	Der fast risikolose Diebstahl	62
42.	Sind wir hier richtig?	63
43.	Ich hole dich zu mir ins Grab	64
44.	Ein Fremdkörper in der Hosentasche	69
45.	Der Glücksfischer	70

46. Grips muß man haben 71
47. Die Vogelscheuche 76
48. Ein todeswürdiges Verbrechen 78
49. Das Foto vom Baufortschritt 80
50. Vom Kind zum Mann 82
51. Können Kaninchen schwimmen? 125
52. Das Erfrischungsgetränk 126
53. Hund und Katz 127
54. Mehr Dumme als Blinde 128
55. Sinnlos 128
56. Der berühmte Illusionist 129
57. Wie bestiehlt man Touristen? 131
58. Andreas kommt vielleicht 133
59. Ein Vermögen im Container 135
60. Eulenspiegeleien 138
61. Wer andern eine Grube gräbt 139
62. Wiederbefüllbare Zahnpastatuben 145
63. In diesem Hause wohnte W.A.Mozart nicht 148
64. Wo bleiben die Geburtstagsglückwünsche? 149
65. Griechenland per Schiff 151
66. Das Geheimnis der Tiefkühltruhe 155
67. Brotlose Kunst 159
68. Auftritt der Banderilleros 160
69. Der Frühling kommt 161
70. Geburtstagstorte als Lebensretter 162
71. Das Knödel-Wettessen 163
72. Der neueste Bestseller 164
73. Erfinderschicksal 168
74. Am wärmsten ist es im Kühlschrank 170
75. Die Oberhuber-Story 171
76. Japanische Weisheit 172
77. Jeder Hobbyliterat findet einen Verleger 173
78. Nachwort 175

ZUR EINFÜHRUNG

Meine zwei Gedichtbände: „Sind wir so?" (1990) und „Ja, wir sind so!" (1995) kamen bei den Lesern gut an. Man ermunterte mich, künftig auch Erzählungen herauszubringen. Diese Anregung habe ich aus einem besonderen Grund aufgegriffen:

Eingeladen zu einer Lesung, um einem fachkundigen Publikum meine literarischen Werke vorzustellen, bat ich die Zuhörer, anonym eine Beurteilung meiner in ihrer Art unterschiedlichen Texte vorzunehmen, um herauszufinden, welche am besten ansprechen. Zu meiner Freude beteiligten sich viele Anwesende daran, ohne zu ahnen, daß ich drei Beiträge eines bekannten, mit Auszeichnungen überhäuften österreichischen Autors in meinen Vortrag hineingeschmuggelt hatte. Die Auswertung der Fragebögen brachte eine Überraschung. Exakt die drei Werke, die nicht aus meiner Feder stammten, wurden an die letzte Stelle gereiht. Beweis dafür, daß bei uns oftmals hinsichtlich Kunst nicht „Können und Talent" maßgeblich sind, sondern Beziehungen, sprich Protektion und Freunderlwirtschaft.

So kommt es, daß manche „Künstler" Werke erstellen, die der Mehrheit der Bevölkerung mißfallen, aber von den für Kultur zuständigen Politikern mit Steuergeldern großzügig unterstützt werden. Fehlende Begabung dieser Künstler wird durch Provokation ersetzt. Beispiele gibt es genug. Von Theateraufführungen angefangen, über Konzerte, Ausstellungen und Veröffentlichungen aller Art. Ohne Subventionen oder Sponsoren würde sich die Zahl künstlerisch Schaffender in unserem Land deutlich vermindern, was nicht unbedingt von Nachteil wäre. Qualität ist noch immer der Quantität vorzuziehen.

Nun bin ich weit davon entfernt, mich als begnadeten Schriftsteller zu bezeichnen. Ich will mit meinen Erzählungen niemanden verärgern oder „Blabla" zu Papier bringen, sondern die Leser unterhalten. In der Erwartung, daß dies gelingt, nehme ich das finanzielle Risiko für dieses Buch auf mich, danke aber denjenigen, die mir durch größere Subskriptionen Mut hierzu machten. Firmen, die Unsummen für TV-Werbung ausgeben, gehören nicht dazu. Sie argumentierten, daß sie aus „budgetären Gründen" dazu nicht in der Lage seien. Sie schmeißen ihr Geld lieber Werbegurus in den Rachen.

Meine Erzählungen, so unglaublich sie auch klingen mögen, beruhen meist auf einen wahren Kern. Ganz gleich, ob es sich um ernste, heitere, erbauliche oder bedrückende Geschichten handelt. Auch Krimis finden sich darunter.

Gern hätte ich mich auch kritischen Beiträgen gewidmet, denn es gibt eine Unzahl von Perversionen und Schnapsideen in unserem Staat, die angeprangert gehören. Diese würden mehr als ein Buch füllen. Ob ich noch ein Buch schreibe, werden die Leser zu entscheiden haben, wobei ich darunter Menschen beiderlei Geschlechts meine. Ich finde es absurd, überall ein „innen" anzuhängen. Sagt man doch auch nicht: „Angestellte und Angestelltinnen!" Auch habe ich die bisher angewandte deutsche Rechtschreibung beibehalten, denn eine wünschenwerte Vereinfachung derselben sollte nicht durch Unsinnigkeiten und Wortverunstaltungen ersetzt werden. Für Zustimmung, Anregungen oder Kritiken wäre ich dankbar.

Ich wünsche gute Unterhaltung bei der Lektüre nachfolgender Erzählungen!

WER IST DAS?

Man klagt zwar allenthalben darüber, daß die Wirtschaftslage so schlecht ist, daß die Arbeitslosenzahlen immer weiter steigen und sogar im Baufach Facharbeiter ohne Job dastehen. Wenn man aber einen Professionisten für Reparaturen benötigt, dann macht es erhebliche Mühe, Arbeitswillige zu finden. Sicherlich kann jeder von uns davon ein Lied singen.

Bei Familie Jennewein funktionierte ein Lichtschalter nicht und im Eßzimmer hatte die Deckenleuchte einen Defekt. Für einen Fachmann wahrscheinlich die Arbeit von einer halben Stunde. Mit Mühe hatte der Wohnungsinhaber ein Elektrounternehmen ausfindig gemacht, dessen Chef versprach, am nächsten Tag schon um acht Uhr früh einen Monteur zu senden, der den Schaden reparieren sollte.

Während die Mutter zwei Kleinkinder in den Kindergarten brachte und anschließend Einkäufe erledigen wollte, hatte der Vater an seiner Arbeitsstelle angekündigt, daß er sich etwa um eine Stunde verspäten würde, um den Elektriker in die Wohnung zu lassen. Wer aber nicht erschien, war der Arbeiter. Die Uhr zeigte 15 Minuten nach acht und es war noch immer niemand gekommen. Nun, eine Viertelstunde muß man wohl tolerieren, besonders beim heutigen, starken Frühverkehr. Auch eine halbe Stunde geht noch an. Als es aber schon beinahe neun war und noch immer kein Monteur auftauchte, wurde Herr Jennewein ungeduldig. Er rief die Elektrofirma an, aber niemand meldete sich. „Das habe ich mir so vorgestellt”, dachte er sich. „Wahrscheinlich macht der Arbeiter wieder einmal blau”. Verärgert eilte er davon.

Kurz danach erschien der nun nicht mehr Erwartete. Er läutete an der Türglocke und jemand fragte: „Wer ist da?” Der Mann antwortete:“Der Elektriker”. Wieder erscholl es hinter der Tür: „Wer ist da?” Der Monteur wiederholte: „Der Elektriker”. So ging das eine Weile hin und her. Der Monteur wurde in seiner Antwort immer lauter und zorniger. Konnte man nicht endlich aufmachen? „Die Person mußte ja vollends verrückt sein. Warum frägt sie immer, wer da ist, ohne die Wohnungstür zu öffnen, wo er doch angemeldet war.”

Stets erscholl es wieder hinter der Tür: „Wer ist da?” „Wer ist da?” schrie der Facharbeiter mit letzter Kraft: „Der Elektriker, den sie für heute bestellt haben. Sind sie taub oder total übergeschnappt?” Die Aufregung hatte ihn so fertig gemacht, daß er vor der Tür zusammenbrach und regungslos liegen blieb.

Wenig später kam die Hausfrau schwer bepackt von ihren Einkäufen zurück. Als sie den Mann vor ihrer Wohnungstür liegen sah, entfuhr es ihrem Mund: „Um Gottes Willen, wer ist das?” Da erscholl es aus ihrer Wohnung: „Der Elektriker!”

Der gelehrige Papagei, der natürlich schon einiges sprechen konnte, hatte in der kurzen Zeit die zwei neuen Wörter „der Elektriker” dazugelernt und – ausnahmsweise – auch richtig angewendet. Sage noch einer, Tiere seien nicht lernfähig!

EINE UNGLAUBLICHE GESCHICHTE

Sie waren jung verheiratet, voll Optimismus und Tatendrang, aber arm. Eine Wohnung konnten sie sich nicht leisten, bei den Eltern auch nicht wohnen. So hatten sie aus einer nicht unbedingt benötigten Garage, die an ein Büro angebaut war, ein eigenes Heim gebastelt. In dieser brachten sie einen Wohn-, Schlaf-, Eß- und Arbeitsraum mit 16 m2 unter, weiters einen Vorraum mit 1 m2, sowie WC- und Waschraum mit 1 1/2 m2. Angeschlossen daran war sogar ein kleiner Vorgarten mit etwa 7 m2. Klein, aber Oho! Die benötigten Einrichtungen waren raffiniertest geplant und eingebaut, wie in einem Wohnwagen, sodaß sogar eine Miniküche mit 2 Kochstellen und ein Eiskasten untergebracht werden konnten. Das Doppelbett war zwar nur 1,20 m breit, aber was brauchen zwei Verliebte mehr? Zumindest am Anfang der Ehe.

Sie, Peter und Lisl, hatten schon über 2 Jahre in ihrem kleinen Nest verbracht, Freunde empfangen, sogar kleine Feste veranstaltet und waren trotz beengter Platzverhältnisse mit ihrem Dasein zufrieden und glücklich. Beide hatten Arbeit und würden es durch Ausdauer und Fleiß sicher bald zu etwas bringen, sodaß sie nicht daran zweifelten, sich zu einem späteren Zeitpunkt eine größere Wohnung mit mehreren Zimmern, Küche und Bad leisten zu können.

Eines nachts wachte Peter auf und verspürte den Drang, unbedingt Wasser lassen zu müssen, was um diese Zeit sehr ungewöhnlich für ihn war. Da das Paar immer ganz zusammengekuschelt in seinem schmalen Doppel- oder überbreiten Einzelbett, wie man es eben bezeichnen will, schlief, hatte er beim Aufstehen auch Lisl geweckt, die bald in den Waschraum nachkam und wegen unerklärlichen Durstes etwas trinken wollte. Alles in allem hatten sich die beiden keine 5 Minuten außerhalb des Bettes aufgehalten.

Als sie sich wieder niederlegen wollten, trauten sie ihren Augen nicht. Mitten auf dem gemeinsamen Kopfpolster lag eine massive Messingstanduhr mit einem viereckigen, scharfkantigen Sockel, der ein großes Loch in das Leinen gerissen hatte. Die Uhr, ein Hochzeitsgeschenk einer Tante, stand schon seit Bezug der Miniwohnung auf einem Regal über dem Kopfende des Bettes und war so schwer, daß sie sich kaum verschieben ließ. Wie konnte dieses Monstrum so plötzlich von der Stellage herunterfallen? War ein überschwerer Lastwagen an der Garage vorbeigefahren, hatte es einen kurzen Erdstoß gegeben? Diese Fragen ließen sich nie klären und müssen wohl in das unerklärliche Kapitel „Metaphysik" abgelegt werden.

Fest steht nur eines. Hätten Peter und Lisl weitergeschlafen, wären sie wohl unweigerlich von dieser schweren Messinguhr erschlagen worden. Das Schicksal hat es gut mit den beiden gemeint.

DIE RACHE DES RESTAURANTBESITZERS

Tino war schon eine Ewigkeit Geschäftsführer eines Verbandes Österreichischer Baustoffproduzenten. Als solcher hatte er viel zu tun und die unterschiedlichsten Aufgaben zu bewältigen. Auch regelmäßige Zusammenkünfte mit Kollegen anderer Europäischer Staaten gehörten dazu. Diese fanden abwechselnd in einem der rund 15 Mitgliedsländer statt. Der dort gastgebende Direktor bemühte sich, sein Land und seine Organisation in einem besonders guten Licht erscheinen zu lassen. Deshalb wurde zu den Geschäftsführersitzungen immer ein interessantes Rahmenprogramm zusätzlich angeboten, bei dem begleitende Damen willkommen waren. Ein festliches Abendessen in geschmackvollem Ambiente gehörte dazu.

Noch während des „Kalten Krieges" zwischen West und Ost war wieder einmal Österreich an der Reihe, so eine Veranstaltung auszurichten. Nun hatte es im Laufe vieler Jahre schon Treffen in Wien, Salzburg, Graz und Innsbruck gegeben. Welchen Tagungsort konnte man also diesmal vorschlagen?

„Wie wäre es", dachte sich Tino, „wenn ich die Veranstaltung in Budapest abhalte?" Infolge der Schwierigkeiten, in Ostblockländer zu reisen, war sicher kaum einer der Sitzungsteilnehmer in Ungarn gewesen. Dementsprechend groß müßte daher das Interesse bei den Einzuladenden sein, selbst wenn jeder lange vorher ein Visum besorgen und viele sonstige Schwierigkeiten zu bewältigen hatte.

Die Kollegen Tinos zeigten sich von seinem Vorschlag begeistert. Jetzt begann für diesen aber erst die Schwerarbeit. Es war nicht leicht, eine Zusammenkunft hinter dem „Eisernen Vorhang" zu organisieren, vor allem, wenn man keine ungarischen Tagungsbüros einschalten wollte, die damals noch sehr unzuverlässig waren. Zufällig hatte Tino in dieser Zeit öfters beruflich mit einer westlichen Botschaft in Budapest zu tun, kannte sich daher in der Stadt gut aus. Um einen Konferenzsaal mit Simultanübersetzungsanlage zu organisieren, geeignete Dolmetscher für mehrere Sprachen aufzutreiben, ein interessantes Damenprogramm auszuarbeiten, verschiedene Lokale aufzusuchen, Probeessen zu absolvieren und Werksbesichtigungen zu arrangieren, bedurfte es zahlreicher Reisen in die ungarische Hauptstadt und in deren unmittelbare Umgebung.

Durch die westliche Botschaft, für die Tino auch in Wien zusätzlich zu seiner Geschäftsführertätigkeit arbeitete, konnte er sogar lange im voraus die für die Tagung benötigten Zimmer in einem 5-Sterne Hotel reservieren lassen. Das stellte sich später nachgerade als Glücksfall heraus. Wegen des Besuches einer russischen Staatsdelegation während der geplanten Tagung waren nämlich fast alle Geschäftsleute und Privatpersonen, die in diesem Luxushotel gleichfalls Zimmer gebucht hatten, kurzerhand in weniger gute Hotels umgesiedelt worden, wenn ihre Zimmerbestellungen nicht überhaupt, ohne Angabe von Gründen, storniert wurden. Dagegen gab es in der kommunistischen Ära keinerlei Einspruchsmöglichkeiten. Ausländer waren damals eben noch nicht willkommen. Nur die Zimmerreservierungen, die die Botschaft für die Tagungsteilnehmer auf Intervention Tinos vorgenommen hatte, blieben aufrecht.

Der Zeitpunkt der Veranstaltung war herangerückt. Die Verbandsdirektoren kamen vollzählig aus allen Teilen Europas. Fast jeder in Begleitung, denn Budapest stellte für alle einen besonderen Anziehungspunkt dar. Der Ablauf des gesamten Programms klappte wie am Schnürchen, einschließlich Opernbesuch, Stadtrundfahrt und der vorgesehenen Ausflüge. Auch der offizielle Teil der Tagung funktionierte bestens, da Tino geschulte Dolmetscher, die in bautechnischen Belangen versiert waren, aus Wien kommen ließ.

Als letzter Programmpunkt war noch das Bankett am Vorabend der Abreise aller Teilnehmer ausständig. Festlich gekleidet trafen alle in einem kleinen, aber exquisiten Lokal, das Tino für seine illustren Gäste gemietet und für die er ein besonderes Menü, mit ausschließlich ungarischen Spezialitäten, ausgewählt hatte, ein. Der Abend verlief in bester Stimmung. Als Abschluß standen „Szomlauer Nockerl" auf der eigens für die Tagung angefertigten Speisekarte. Wie erstaunt war der Gastgeber, als seine Sekretärin ihm aufgeregt mitteilte, daß man am anderen Ende der Tafel mit dem Servieren von Eis begonnen hätte. Tino sprang sofort auf, unterbrach die Kellner bei ihrem Tun, sandte die bereits aufgetragene Nachspeise in die Küche zurück und bat den Chef zu sich.

Es kam zu einer sehr unerfreulichen Diskussion, weil dieser angab, so schnell keine Szomlauer Nockerl besorgen zu können. „Dann wird es eben etwas länger dauern" entgegnete Tino, „aber diese Spezialität war ein fix vereinbarter Bestandteil des Menüs, andernfalls würde es nichts mit der Bezahlung in westlicher Währung werden", auf die der Ungar verständlicherweise damals sehr erpicht war.

Schließlich siegte die Vernunft. Das Eis wurde nicht serviert und es dauerte nicht lange, bis das Gewünschte aufgetragen wurde. Mit strahlendem Lächeln und einer extragroßen Portion der Köstlichkeit, in der eine brennende Wunderkerze steckte, kam der Chef an den Kopf der Tafel, entschuldigte sich in aller Form bei Tino für das Mißverständnis und wünschte besonders guten Appetit.

Versöhnlich ging der Abend zu Ende und bald danach erfolgte der allgemeine Aufbruch, denn etliche Direktoren mußten anderntags schon früh auf den Flughafen, um den Heimflug anzutreten. Tino legte sich erschöpft, aber zufrieden, in sein Hotelbett. Er hatte kaum eine Stunde geschlafen, da begann es im Bauch furchtbar zu rumoren und er mußte schleunigst das WC aufsuchen. So ging es dann fort, bis zum frühen Morgen. Er verbrachte mehr Zeit auf der Toillette als im Bett und es war ihm todübel, während seine Frau friedlich schlummerte. Als er am kommenden Morgen von den wenigen Tagungsteilnehmern, die noch nicht abgereist waren, beim Frühstück erfuhr, daß keinem das Festessen Probleme bereitet hatte, wurde ihm klar, daß der Restaurantchef, aus Rache für das zurückgesandte Eis, nur ihm ganz allein ein starkes Abführmittel in die Nachspeise gemixt hatte. Das zeigte dann auch prompt seine Wirkung. Tino fuhr um eine Erfahrung reicher, aber in jeder Hinsicht erleichtert, nach Wien zurück. Eine Beschwerde hätte in einem kommunistischen Land nur ihm selbst Schwierigkeiten gebracht, genützt hätte sie nichts.

ÜBERRASCHUNG IN DER KONDITOREI

In der Wiener Innenstadt gibt es eine Cafe-Konditorei, die weltberühmt ist. Ihr Name tut nichts zur Sache, schließlich will man nicht wegen Rufschädigung verklagt werden. Das wäre zwar absurd, in der heutigen Zeit aber nicht unmöglich, selbst wenn man über Tatsachen berichtet, die sich genau so zugetragen haben, wie dies nachstehend geschildert wird.

In Erwartung eines Geschäftspartners genießt Kommerzialrat Huber in dem erwähnten Lokal ein Getränk und beobachtet die Gäste rundherum. Natürlich befinden sich viele Ausländer darunter, die sich bei einem Wien Besuch nicht das renommierte Cafe entgehen lassen, um, in die Heimat zurückgekehrt, mit einer Einkehr dortselbst prahlen zu können.

Neben Herrn Huber sitzen deutsche Touristen, die sich über alles mögliche mokieren, beginnend vom Alter der bedienenden Damen, bis zur auffälligen Kleidung und dem langsamen Service. Ihn interessiert zwar das Gemecker nicht, auf Grund der lauthals geführten Unterhaltung kommt er aber nicht umhin, einiges mitanzuhören.

Plötzlich vernimmt er einen unterdrückten Schrei und wie die neben ihm sitzende Dame empört zu ihrem Mann sagt: „Das schlägt dem Faß den Boden aus. Sieh dir diese Sauerei an. Da steckt doch im Kuchen wahrhaftig ein Käfer drin und das in diesem Lokal. Mir wird ganz übel bei dem Gedanken, daß ich dieses Insekt um ein Haar geschluckt hätte!" Ihr Begleiter setzt eine Brille auf und betrachtet die Mehlspeise sorgfältig. „Du hast Recht," sagt er darauf zu seiner Frau. „So etwas ist mir bei Gott noch niemals vorgekommen." Mit hochrotem Kopf schreit er sodann mit überlauter Stimme durch das Cafe nach der Bedienung und, damit es alle Anwesenden hören können, „das ist ein Skandal sondergleichen!"

Eine der ältlichen Serviererinnen kommt darauf ziemlich schnurstracks an den Tisch und wird vom Ehepaar empört auf ein Ungeziefer im Kuchen mit dem Vermerk: „Da dreht sich einem glatt der Magen um, schicken sie uns umgehend den Geschäftsführer. Dem sagen wir unsere Meinung über ihr sauberes Lokal!" aufmerksam gemacht.

Die Serviererin nimmt den Teller zur Hand und alle Gäste, die mit Erstaunen das Geschehen verfolgen, merken, wie sie blaß wird. Sodann erfolgt jedoch eine Reaktion, wie sie in einer solchen Form sicher noch niemanden untergekommen ist. Die Kellnerin pickt mit ihren Fingern das Ärgernis heraus, steckt es blitzschnell in den Mund und schluckt es hinunter. Dann verkündete sie strahlend: „Es war eine Rosine!" Den Deutschen am Nebentisch verschlägt es die Sprache. Gegen dieses Argument konnten sie nicht an, umsomehr, als nun auch das Corpus delicti verschwunden war.

Kommerzialrat Huber hatte das aufsehenerregende Etwas nicht gesehen. Er neigte aber zur Ansicht, daß sich im Kuchen tatsächlich ein Käfer befunden hätte, da ihm das Erschrecken der Servierdame beim ersten Betrachten des Tellerinhalts nicht verborgen geblieben war. Er stellte jedoch mit großer Befriedigung fest, daß eine unscheinbare kleine Cafehausangestellte mit ihrer überraschenden Reaktion nicht nur den Ruf ihres Hauses, sondern zugleich den der Wiener Gastlichkeit gerettet hatte.

WAS ZWEI ZENTIMETER AUSMACHEN KÖNNEN

Was sind zwei Zentimeter? Eine Daumenbreite? Vielleicht weniger? Und doch können sie im Leben eines Menschen Glück oder namenloses Unglück bedeuten.

Innerhalb von fünf Jahren hatte ein Mensch zweimal unglaubliches Glück. Das erste Mal rutschte der junge Bursch, um den es hier geht, zwei Zentimeter vor dem Tod vorbei oder hätte zumindest schwerste Verletzungen erlitten. Beim zweiten Mal befand er sich zwei Zentimeter weiter hinten, die ihm diesmal ganz sicher das Leben retteten.

Tori war 15 Jahre alt und vergnügte sich mit Gleichaltrigen im Dianabad beim „Fangerlspiel" oder Haschen, wie man heute sagen würde. Dabei muß einer der Gruppe einen anderen fangen bzw. ganz kurz berühren. Dann wird der andere zum Fänger.

Alle waren gute Läufer und ausgezeichnete Schwimmer und tummelten sich stundenlang wie junge Hunde im Bad herum, ohne die übrigen Badegäste sonderlich zu beachten, denen dieses Treiben natürlich äußerst zuwider war. Solange aber niemand umgerannt wurde, sahen die Bademeister weg, es sei denn, es wurde gar zu bunt.

Wie man sich vorstellen kann, bereitet so ein Spiel Jugendlichen unendlich viel Spaß. Man konnte um das gesamte Schwimmbecken laufen, auf das drei Meter hohe Trampolin klettern, von dort ins Wasser plumpsen, oder gar auf den Sprungturm steigen und wenn es brenzlich wurde, von noch höher hinunterspringen. Das dabei nichts passiert ist, wundert mich heute noch. Es hätte sich ja nicht unbedingt der Springer verletzen müssen, ein Sprung auf den Kopf eines darunter vorbeischwimmenden Badegastes wäre womöglich noch weit schlimmer ausgegangen.

Und doch wäre es um ein Haar zu einer Tragödie gekommen. Dort wo sich der Sprungturm befand, ragte die Beckenwand etwa zwei Meter über den Wasserspiegel. Eineinhalb Meter darunter erstreckte sich auf die halbe Schwimmbadbreite eine mit einer Kokosmatte bespannte Plattform. Es ist mir unbekannt, welchem Zweck sie diente. Sie war aber für das Fangerlspiel ideal. Kam der jeweilige Fänger das Becken entlanggelaufen, konnte man, am oberen Schwimmbadende sitzend, hinunter auf die Plattform hüpfen und abwarten, ob er nachkam, um dann ins Wasser zu springen. Suchte er sich jedoch ein anderes Opfer aus, so konnte man sich ein wenig ausrasten.

Diesmal hatte er es auf Tori abgesehen. Der rutschte von oben auf die erwähnte Plattform hinunter. Da spürte er ein heißes Brennen zwischen seinen vier Buchstaben und nahm unbewußt das Geräusch eines zerreissenden Stoffes wahr. Wie sich herausstellte, war seine Badehose in 2 Teile zerrissen. Des Rätsels Lösung: An der Schmalseite des Beckens war in halber Höhe ein ca. 10 cm herausragender eiserner Haken eingelassen, auf dem sich Tori beinahe aufgespießt hätte. Die Kerbe zwischen seinen Pobacken befand sich glücklicherweise nicht nur genau in der Mitte des Hakens, sondern knapp vor dessen Spitze, sodaß die angrenzenden Fleischteile nur gerötet, aber nicht verletzt waren. Das kann man „Schwein gehabt" nennen.

Weniger als 5 Jahre später machte Tori, noch keine 20 Jahre alt, den Endkampf um Berlin mit. Keinesfalls freiwillig, wie manche Besserwisser es heute behaupten, die meinen: „Wer den Krieg nicht wollte, hätte sich ja absentieren können. Wer aber daran teilnahm sei genau so schuldig wie die Nazibonzen und deren Mitläufer."

Aber hier soll keine Polemik betrieben, sondern über Tatsachen berichtet werden. Wahrheit ist, daß sich Tori Ende April 1945, zehn Tage vor Kriegsende, wie sich später herausstellte, liebend gern in eine der vielen, leerstehenden Villen in Berlins Nobelbezirk Wannsee verkrochen hätte, wäre er sicher gewesen, nicht entdeckt oder verraten zu werden. Ihm stand noch das schreckliche Erlebnis vom Vortag in Erinnerung, an dem sich eine Berlinerin zu ihrem Mann, dem Angehörigen eines zusammengewürfelten Haufens des letzten Aufgebots der deutschen Wehrmacht, gesellte. Die kleine Gruppe harrte zusammen mit Tori in einem Kellerloch des Befehls zum Entsatz von Berlin aus. In der Nacht wollten die beiden in ihrem naheliegenden Haus Zuflucht suchen, um das stündlich zu erwartende Kriegsende heil zu überleben. Am nächsten Morgen fand man, vis a vis des Kellers, beide aufgehängt an einem Laternenmast, mit einer großen Tafel an der Brust: „So geht es allen Verrätern."

So blieb Tori nichts anderes übrig, als den Wahnsinn des Krieges bis zum letzten Tag auszukosten. Am Abend des 29. April sollte seine Einheit Kameraden ablösen, die schon seit Tagen ohne Speise und Trank am Ufer des Wannsees ausgeharrt hatten, weil sie wegen Dauerbeschusses durch die Russen nach keiner Seite ausweichen konnten. Die Nacht war dunkel und wolkenverhangen. Kein Stern leuchtete, nur die Luft war erfüllt vom Brummen der feindlichen Flieger, vom Pfeifen heransausender Granaten und von deren Einschlägen in unmittelbarer Nähe.

Die Gruppe marschierte ins Ungewisse. Plötzlich ein unerhörter Luftdruck, verbunden mit einem Blitzen und Krachen. Tori stürzte zu Boden. Sein rechter Arm schmerzte und blutete. Vor und hinter ihm ging es den Kameraden nicht besser. Sie waren, wie er, von Granatsplittern an den verschiedensten Körperteilen getroffen und mehr oder weniger stark verletzt worden.

Damit schien für Tori der Krieg zu Ende zu sein. Jetzt hieß es nur noch, einigermaßen heil in ein Behelfslazarett zu gelangen, welches, so war zu hoffen, nicht ebenfalls beschossen wurde.

Das gelang schließlich und es war bald ein Arzt zur Stelle, der die erste Wundversorgung vornahm. Wie sich zeigte, schien die Verletzung nicht allzu schwer zu sein, denn die Wunden wiesen nur kleine Löcher auf, die Splitter konnten also nicht sehr groß sein.

Wie knapp Tori dem Tod entronnen war, wurde ihm erst klar, als er seinen Patronengurt abschnallte, der eigentlich mit Munition gefüllt sein sollte, in dem er aber immer ein Tintenfaß für die Führung eines Tagebuches unterbrachte. Damals gab es noch keine viel praktischere und wenig Platz einnehmende Kugelschreiber.

Mit Entsetzen stellte er nämlich fest, daß vom Patronengurt kaum etwas übrig geblieben war. Ein Granatsplitter von mindestens vier bis sechs Zentimeter Durchmesser hatte ihn zerrissen und das war wohl mit ein Grund, daß Tori beim Granateneinschlag zu Boden gegangen war. Nur lächerliche zwei Zentimeter weiter vorn hätte ihn das schwere Eisenstück den Bauch und damit auch alle Eingeweide zerfetzt. Ein sofortiger Tod oder eine so schwere Verletzung wären die Folgen gewesen, die er, noch dazu so knapp vor Kriegsende, mit einer kaum mehr funktionierenden Verwundetenversorgung, nie überlebt hätte.

DIE RECHTSCHREIBREFORM

Was dumm ist, das wird heut' zur Norm,
das zeigt die Rechtschreibereform.
Erfunden einst von Dilettanten,
sprich Sprachexperten, sogenannten,
die solcherart Verwirrung stiften,
weshalb sich viele Menschen giften,
für die all das, was deutsch betrifft,
verständlich ist in Wort und Schrift.

Warum jetzt ändern, was gefällt?
In Wahrheit geht es nur ums Geld.
Es wollen die Reformerbienen
an ihren Schnapsideen verdienen.
Das gleiche gilt für die Verlage,
für Buchgeschäfte, ohne Frage,
und die Papiererzeugerclique.
Für sie ist das ein großes Glück.

Ganz int'ressiert ist auch der Staat
am neuen Rechtschreibesalat,
ist doch die Menge an Gesetzen,
in neue Schreibart umzusetzen.
Die Texte werden im Gesamten
nicht besser zwar, doch die Beamten,
die gegen Kündigung immun,
sie haben endlich was zu tun.

Die Kosten trägt das Volk, wie meist,
obwohl es sich nicht darum reißt,
auch keinen Vorteil kann erkennen,
was and're einen Fortschritt nennen.
Wer deutsch schlecht spricht, wird profitieren,
er muß sein Hirn nicht strapazieren,
weil einer, der kaum schreiben kann,
nun die Matura machen kann.

DAS HÄTTE LEICHT INS AUGE GEHEN KöNNEN

Herr Börner hatte zum ersten Mal geschäftlich in London zu tun. Die Flugpreise dünkten ihm geschmalzen. Eine erhebliche Senkung ließe sich jedoch erreichen, argumentierte das Reisebüro, welches die Buchung abwickelte, wenn zwischen Hin- und Rückflug ein Sonntag läge. Die Übernachtungskosten könnte er damit leicht hereinbringen. Das leuchtete ihm ein, außerdem ergab sich dadurch die Gelegenheit, die Hauptstadt Großbritanniens etwas zu erkunden, wozu er sich privat kaum entschlossen hätte, vor allem, wenn man als Selbständiger kostenbewußt verreisen muß. Schließlich steht hinter einem kleinen Mann weder ein Großkonzern noch Vater Staat, die mit Reisekosten und Diäten ziemlich verschwenderisch umgehen.

Um zusätzlich zu sparen, kaufte Herr Börner nur die Tickets, ein Quartier glaubte er in einer Millionenstadt sehr viel preiswerter selbst aufzutreiben. Das war allerdings ein Reinfall, kaum in der englischen Metropole angekommen. „Alles ausgebucht", hieß es. Man konnte ihm nicht einmal ein Privatquartier beschaffen, weil just zu dieser Zeit ein großer, internationaler Kongreß in London tagte. Dessen Teilnehmer stiegen zwar in Luxushotels ab, doch mußten alle anderen Reisenden in Hotels mit weniger Sternen ausweichen. Das ging so weiter bis zur allerkleinsten Pension.

Engländer sind im allgemeinen sehr freundlich und hilfsbereit, besonders wenn sie feststellen, daß vor ihnen ein Ausländer steht, der radebrechend versucht, seine in der Schule erworbenen geringen Sprachkenntnisse möglichst effizient einzusetzen. Dies tat Herr Börner mit umso weniger Scheu, je mehr er merkte, daß man ihm helfen wollte. Erst recht, nachdem es sich herausstellte, daß er aus „Lovely Vienna" stamme. So fand man nach vielen Telefonaten bei irgendeinem Informationsstand heraus, daß es in Croydon, einem nicht allzu weit mit der Untergrundbahn leicht erreichbarem Vorort von London, in einem 4-Sternhotel, noch ein freies Zimmer für die gewünschte Zeit gab. Zwar war der Preis ziemlich hoch, aber was ließ sich in dieser Notlage sonst noch tun? Im Hydepark wollte Herr Börner ja doch nicht auf einer Parkbank übernachten.

Ermattet von der Quartiersuche, schaffte er es gerade noch, ein solides Nachtmahl einzunehmen, wobei er mit Beglückung feststellte, daß die englische Kost weit besser ist, als man ihr nachsagt. Vorurteile lassen sich eben nur schwer beseitigen.

Mit dem Tagesverlauf einigermaßen ausgesöhnt, fuhr er erleichtert nach Croydon und fand schnell das angegebene Hotel in unmittelbarer Nähe der Schnellbahnstation. Sein Zimmer im 12. Stock war solide eingerichtet, mit Eisschrank, TV und überbreitem Doppelbett, in dem gut und gerne drei Personen schlafen hätten können, ohne daß es einen Penny mehr gekostet hätte. Eine Bettgespielin hätte sich im Foyer leicht gefunden. Es saßen genügend hübsche Mädchen dort, die ihm aufmunternde Blicke zuwarfen und gern zu einem Drink oder zu anderen Vergnügungen eingeladen worden wären. Dazu war Mr. Börner zu knausrig.

Nach einem wohltuenden Bad legte er sich ins Bett, surfte noch eine Weile durch die vielen Fernsehprogramme und schaltete dann, reichlich müde,

Fernseher und Nachttischlampe aus. Gelöst und entspannt wollte er möglichst schnell einschlafen. Aber es gelang nicht. Irgend etwas summte oder brummte verhältnismäßig laut im Zimmer, ohne daß Herr Börner feststellen konnte, was es ist und woher es kommt. Im ersten Moment vermeinte er, daß er das Fernsehprogramm doch nicht ganz ausgeschaltet hätte, denn beim TV Gerät leuchtete ein rotes Licht. Er drückte daher alle Tasten auf der Fernbedienung, mit dem Erfolg, daß sich ein Programm nach dem anderen einschaltete. Danach stand er auf und begann, am Gerät selbst verschiedene Knöpfe zu drücken. Erfolglos!

Nun fiel ihm ein, daß im Nachtkästchen ein Radio eingebaut war. Auch dort hatte er vor dem Zubettgehen zahlreiche Tasten gedrückt und etliche Radiosender gehört, dann aber wieder abgedreht. Konnte es sein, daß ein Vorgänger den Wecker auf eine bestimmte Zeit eingestellt und dieser nun zu summen begonnen hatte? Nein, Fehlanzeige. Das Schnarren hörte nicht auf. Jetzt wurde es Herrn Börner nachgerade unheimlich, denn er hatte das Gefühl, das Geräusch würde eher noch lauter werden und möglicherweise die Menschen in den benachbarten Räumen aufwecken.

Nachdem er im gesamten Zimmer herumgeirrt, sämtliche vorhandenen Schalter auf- und abgedreht, in alle Kästen und unters Bett geschaut hatte, konnte er sich nicht anders helfen und griff zum Telefon, um bei der Reception zu fragen, was er tun könne, um den Lärm abzustellen. Vorher mußte er sich aber zunächst gründlichst überlegen, wie er seine Worte in englisch fassen müsse, um sich verständlich zu machen.

Er hatte den Hörer kaum abgehoben, als er zu seinem Erstaunen, bevor er noch ein Wort sagen konnte, etwas ähnliches wie: „Kommen sie sofort ins Erdgeschoß, es brennt" aus der Muschel vernahm. Seine erste Nacht in Großbritannien fing ja schön an. Dann war das Geschnarre nichts anderes als ein Feueralarm?

Bevor er Hals über Kopf auf den Gang hinauslief, fiel ihm ein, daß seit dem Zeitpunkt, an dem er das erste Mal dieses abscheuliche Geräusch zur Kenntnis genommen hatte, schon mindestens zehn Minuten vergangen waren. Dann kommt es doch auf einige Minuten mehr oder weniger auch nicht mehr an, dachte sich Herr Börner, zog sein Nachtgewand wieder aus und sich selbst eiligst wieder an, um nicht Anzug und Arbeitsunterlagen bei diesem Brand zu verlieren. Erst dann raste er auf den Gang hinaus. Kaum draußen, kamen ihm die ersten Hotelgäste entgegen, die schon bei Beginn des Alarms ins Foyer gestürzt waren. „Alles vorbei," war ihren Worten zu entnehmen. Das Feuer sei gelöscht, er könne sich getrost wieder niederlegen.

Das tat Herr Börner dann auch, aber er konnte nur schwer bei dem Gedanken einschlafen, daß er im Fall eines Großbrandes verdammt spät reagiert hätte. Kann man in einem solchen Luxushotel nicht durch eine Lautsprecheranlage in mehreren Sprachen verkünden, daß Feuer ausgebrochen ist, statt irgendeinen Summer dauernd und penetrant schnarren zu lassen? Wie soll ein Mensch, der nicht gewöhnt ist in Luxushotels abzusteigen, auf die Idee kommen, es handle sich hierbei um einen Feueralarm?

Als Herr Börner am nächsten Tag aufwachte, war er noch ganz aufgebracht über diese böse, nächtliche Überraschung. Erst das berühmte „englische Frühstück" mit all seinen Finessen, brachte ihn allmählich wieder ins Gleichgewicht zurück.

Bei der Reception gab es jemanden, der deutsch sprach. So konnte er fragen, ob es sich bei dem Feueralarm in der Nacht um einen Probealarm gehandelt hätte und ob so etwas öfters in diesem Hotel vorkäme. Die Antwort war verblüffend. In der Küche hatte überhitztes Fett zum Brennen begonnen, ohne daß zu irgendeinem Zeitpunkt auch nur die allergeringste Gefahr für den Ausbruch eines Feuers im Hotel bestand. Da aber die automatische Alarmanlage angeschlagen hatte und es dem Personal strikt verboten ist, diese auszuschalten, bevor die Feuerwehr erscheint, nahm alles seinen geplanten Verlauf. So wurde beinahe das gesamte Hotel für nichts und wieder nichts evakuiert und deren Bewohner in Angst und Schrecken versetzt. Dazu kann man nur sagen: „Andere Länder, andere Sitten."

JOGGEN UND RAUCHEN

Das Jogging, sagte jüngst ein Wiener,
empfahl mir einst ein Mediziner.
Ich sollte meinen Körper stählen
und ihn durch Sport ein wenig quälen.
Mit „einer Stunde täglich Laufen",
könnt' ich Gesundheit mir erkaufen.
Das habe ich recht gern vernommen
und Joggen ins Programm genommen.

Doch muß ich Wissenschaftlern trauen,
wird arg erschüttert mein Vertrauen
in körperliche Tätigkeiten,
zu denen ich mich ließ verleiten.
Hat doch ein Mensch auf Autostraßen,
der Jogging nicht kann unterlassen,
mehr Kohlenmonoxyd im Blute,
als Raucher, wie ich nun vermute.

Wer also raucht und joggt daneben,
verkürzt damit, so scheint's, sein Leben.
Das hätten Studien bewiesen,
die solche Schlüsse gelten ließen
und kurz gesagt, ganz klar bedeuten:
Vertrau getrost gescheiten Leuten,
auch wenn sie dir die Freud' verderben,
auf ganz normale Art zu sterben!

BEI UNS STEIGT NIEMAND AUF DAS CLO

Der neureiche und daher allseits geehrte und beliebte Geschäftsmann, Kommerzialrat Fuchs, hatte eine alte Villa erworben, die sich in allerbester Lage von Grinzing befand, sehr geräumig und repräsentativ aussah, aber renovierungsbedürftig schien. Dieser Umstand veranlaßte den neuen Hauseigentümer, umgehend Adaptierungen vornehmen zu lassen, wofür er sich eines Innenarchitekten bediente, den man ihm empfohlen hatte.

Dieser hatte einige ausgefallene Möblierungsideen und verfocht sie mit Verbissenheit, was man noch hinnehmen hätte können, wenn sie auch gut gewesen wären. Wenn man hingegen erkennen muß, daß alle Vorschläge nur darauf hinauslaufen, etwas Teures anzuschaffen, um das eigene Honorar, das mit zunehmender Bausumme steigt, entsprechend zu erhöhen, dann sieht die Sache schon anders aus.

Herr Fuchs war für solche Experten ein gefundenes Fressen, weil er vom Bauen an sich und von einer gediegenen Wohnungseinrichtung erst recht nichts verstand und sich deshalb darauf verlassen mußte, was ihm Fachleute empfahlen. Der vorerwähnte Innenarchitekt erkannte dies sofort und redete dem Bauherrn alles was gut und teuer war ein, oder sagen wir es noch deutlicher, was in jedem Fall in der obersten Preisklasse, die ja meist nicht mit der besten Qualität identisch ist, angesiedelt war.

Frau Fuchs hatte im Gegensatz zu anderen Damen der vornehmen Gesellschaft, die sich beim Einrichten von Wohnungen fast durchwegs als begnadete Innenarchitektinnen oder Designerinnen fühlen, fast nichts zu reden. Nur bei Kleinigkeiten durfte sie mitentscheiden. Aus guten, bürgerlichen Verhältnissen stammend, verfügte sie zwar über einen gesunden Hausverstand und viel Geschmack, glaubte aber, die Verschwendungssucht ihres Mannes durch Sparsamkeit am falschen Platz ausgleichen zu müssen. Dies führte zu vielen peinlichen Situationen, die ihrem Mann erst recht Oberwasser bescherten.

So stritt sie mit ihrem Raumplaner über Clodeckel und wollte partout ganz dünne, weil billig, Erzeugnisse verwenden, als ob sie mit einer Einsparung von einigen hundert Schilling, Zigtausende, sinnlos hinausgeworfene, wieder hereinbringen könnte.

Diesmal hatte ihr Wohnberater aber mit voller Berechtigung Deckel in solider Ausführung vorgeschlagen. Jedoch sein Hinweis, daß die Billigprodukte leicht zerbrechen, fruchtete nichts. „Wieso sollen die brechen?" war die Frage der Hausfrau. „Wenn zum Beispiel jemand draufsteigt!" „Bei uns steigt niemand auf das Clo", war die dezidierte Antwort. Die dünnen Abortdeckel wurden daher angeschafft und sofort montiert.

Wie erstaunt war der Innenarchitekt, als schon am kommenden Montag der erste Clodeckel zerbrochen war. „Wie das?" war seine Frage. „Ist jetzt doch jemand auf das WC gestiegen?" „Ja, es war die Haushälterin" entgegnete Frau Fuchs spitz, und ließ, zwar widerwillig, in allen Sanitärräumen des Hauses die Clodeckel gegen ein stärkeres Modell austauschen.

GEISTESGEGENWÄRTIG MUSS MAN SEIN

Karl war der beste Freund, den man sich vorstellen kann. Stets humorvoll, hilfsbereit, großzügig. Er hatte für Freunde, aber auch für Geschäftspartner, immer ein offenes Haus, denn er liebte Geselligkeit, Speis und Trank und freute sich, wenn es anderen ebenfalls schmeckte.

Ein Fest in seinem Haus, ja sogar eine Einladung zu einem, fast möchte ich sagen, gewöhnlichen Abendessen, war ein gesellschaftliches Ereignis und für jeden Geladenen eine Auszeichnung. Karl und seine Frau Ilse boten den Gästen die erlesensten Gaumenfreuden, es wurde gescherzt und gelacht und die Tische bogen sich vor Köstlichkeiten.

Karl konnte, wenn es darauf ankam, Unmengen von Speisen verschlingen und machte dies mit Vorliebe, wenn er mit jemandem zusammenkam, der ihn noch nicht kannte. Da konnte es schon einmal in einem Lokal nach dem Verzehr einer Stelze passieren, daß er dem Ober, wenn dieser den Fehler begann, danach zu fragen, wie es denn geschmeckt hätte, antwortete: „geschmeckt hat es schon, aber das war eine viel zu kleine Portion!" „Was?", rief der Kellner entgeistert, „das war doch eine riesige Kalbsstelze!" „Eine Kalbsstelze nennen sie das" war die Antwort, „ich habe sie für ein Hühnerhaxl gehalten. Bringen sie mir noch eine Portion, aber bitte eine größere!" Der Ober konnte es nicht fassen, daß ein Mensch zwei große Stelzen hintereinander verzehren konnte. Die Gäste, die Karl zum Essen eingeladen hatte, waren ebenfalls perplex. In Wahrheit war Karl ein ganz bescheidener Mensch, der sich mit normalen Portionen begnügte und durchaus nicht den Eindruck erweckte, er wäre nach einem Mahl noch hungrig.

Diese Vorgeschichte muß dem Leser erzählt werden, damit er nachfolgende Geschichte besser versteht.

Karl hatte einmal seinen Steuerberater und dessen Frau für einen bestimmten Tag zum Nachtmahl eingeladen, es aber ganz übersehen, dies auch seiner Frau zu sagen. Er selbst vergaß ebenfalls darauf, da er den Termin nicht in seinem Kalender eingetragen hatte. Am verabredeten Tag gingen Karl und Ilse nach dem Nachtmahl kurz nach 22 Uhr zu Bett. Kaum hatte man sich niedergelegt, läutete es an der Haustür. „Wer mag das sein, zu so später Stunde?" fragte Ilse „Keine Ahnung" entgegnete Karl, bequemte sich aus dem Bett und sah verstohlen beim Fenster hinaus. Da bemerkte er seinen Steuerberater samt Gattin mit einem großen Blumenstrauß vor dem Tor warten. Im selben Moment erinnerte er sich: „Um Gottes Willen, die habe ich ja für heute um 20 Uhr zum Essen geladen. Jetzt ist es aber mehr als 2 Stunden später. Das ist ja ein wahres Glück für uns.

Er streifte schnell einen Schlafmantel über und eilte zum Tor. Als er dieses öffnete, stammelten die Gäste ganz zerknirscht und verdattert, daß sie sich verspäteten, da sie als ganz sicher angenommen hätten, im Sommer, an einem Freitag Abend, ins Wochenendhaus der Gastgeber am Attersee eingeladen worden zu sein und daher zunächst nach Litzlberg gefahren wären. Dort erfuhren sie von der Haushälterin, daß Karl und Ilse in der Linzer Villa seien. Daraus resultiere ihre so verspätete Ankunft. Karl, nicht auf den Mund gefallen, entgegnete, daß die beiden natürlich nach wie vor willkommen seien, daß man aber nur etwas Kaltes zum Essen anbieten könne, da man das vorbereitete Mahl, nachdem die Gäste zur verabredeten Zeit nicht erschienen wären, selbst verzehrte. Die Spezialitäten, die vorbereitet worden waren, hätte man kalt nicht mehr servieren können.

Das leuchtete selbstverständlich ein, auch gab es keine Zweifel an den Worten des Hausherren, wußte man doch, daß dieser durchaus imstande war, drei Portionen hintereinander zu vertilgen. Darüberhinaus war es den Gästen sehr peinlich, zu sehen, daß die Gastgeber offensichtlich schon zu Bett gegangen waren, denn inzwischen war auch Ilse mit einem eilig übergeworfenen Schlafrock an der Tür erschienen. Sie lehnten es daher entschieden ab, einzutreten und eine Kleinigkeit zu essen, obwohl der Magen beinahe hörbar knurrte, hatte man doch in Anbetracht der zu erwartenden Genüsse seit dem Frühstück nicht den kleinsten Bissen zu sich genommen. Sie baten lediglich, die Einladung, die sie so gründlich mißverstanden hatten, auf ein anderes Mal zu verschieben, was Karl großzügigst zusagte.

Kaum war die Haustür hinter den Gästen, die betroffen von dannen schlichen, ins Schloß gefallen, rieb Karl sich vergnügt die Hände und freute sich, daß er so geistesgegenwärtig reagiert hatte. Er umarmte seine Ilse, die ihn beim Verabschieden der Gäste tatkräftigst unterstützt hatte, obwohl sie nicht die geringste Ahnung hatte, was sie vom nächtlichen Auftritt der Beiden halten sollte.

Bevor die verhinderten Gastgeber endgültig zu Bett gingen murmelte Karl noch: „Das wäre eine schöne Blamage geworden, wäre mir nicht eine so gute Ausrede eingefallen."

AALGLATT

Wer sich als Schwindler schlägt durch's Leben
muß wie ein Aal recht schlüpfrig sein,
darf keinesfalls sich Blößen geben,
sonst fällt kein Mensch auf ihn herein.

Vergessen muß er sein Gewissen,
besaß er eines überhaupt,
denn nur wer schlau ist und gerissen,
dem wird fast alles auch geglaubt.

Nicht jeder ist dazu geboren,
den andern über's Ohr zu hau'n.
Wer das nicht kann, der ist verloren
und eignet sich als Gauner kaum.

PASS AUF, DASS DU NICHT RUNTERFÄLLST!

Es war am Gardasee, als sich das Wasser noch kristallklar und sauber dem Betrachter darbot und man viele Meter auf den Grund hinuntersehen konnte. Da schwammen nicht nur unzählige Fische herum, sondern auch eine Art Seeschlange, die offensichtlich völlig ungefährlich war, sonst hätte man sicher etliche Schauergeschichten über sie gehört. Auch gab es weder Unmengen von Touristen, noch eine Vielzahl von Autos, die mangels ausreichender Parkgelegenheiten anscheinend ununterbrochen um den See kurven und die Luft verpesten.

Die Sonne schien fast ungetrübt den ganzen Tag, das Wasser war warm und die Gegend einzigartig. Das ist sie bis heute sogar geblieben, obwohl unzählige Hotels, Appartementhäuser und sonstige, monströse Baulichkeiten die Schönheiten der Natur kaum mehr ausreichend zur Geltung kommen lassen. Das Wasser ist trüb und milchig geworden, man kommt nirgends mehr direkt an den See und niemand kann sich vorstellen, was für ein Paradies der Gardasee und seine Umgebung einstmals gewesen ist. Lediglich für Windsurfer ist er noch immer ein Eldorado, weil der zum Segeln benötigte Wind täglich zu den gleichen Zeiten von bestimmten Seiten weht.

Direkt am Wasser, wo es ein wenig sandigen Strand gab, während es zur Ufermauer hin immer steiniger wurde, lag ein Elternpaar auf einer Luftmatratze und frönte dem „Dolce far niente". Ein etwa sechsjähriger Bub der beiden turnte inzwischen auf dem Brüstungsgeländer einer fast 5 m hohen Kaimauer herum. Das war aufregender und lustiger, als in der Sonne zu liegen und den Schwalben in den Lüften zuzusehen.

„Paß auf, daß du nicht runterfällst", rief die doch etwas beunruhigte Mutter ihrem Sohn zu. „Keine Angst", erwiderte dieser, „ich fall schon nicht hinunter." Sprachs und stürzte im gleichen Moment mit dem Kopf voran ab. Noch im Fallen stieß er einen fürchterlichen Schrei aus. Es gab einen dumpfen Aufprall, gefolgt von absoluter Stille. Die in der Nähe befindlichen Badegäste, allen voran die geschockte Mutter, eilten zum Unglücksort, wo das Kind blutend auf dem Boden lag. Es wimmerte leise und war ganz benommen. Aber es lebte und konnte sich bewegen, was in Anbetracht der Absturzhöhe und der vielen spitzen Steine kaum zu erwarten war.

Unter dem Buben entdeckte man ein blutiges Fell. Es stammte von einem Hund, der im selben Moment an der Absturzstelle vorbeigelaufen sein dürfte, als der Körper des Kindes herabsauste. So wurde der Aufprall wesentlich vermindert. Der Hund aber war tot.

Der Knabe wurde schleunigst ins Spital gebracht, wo man konstatierte, daß er außer einigen Abschürfungen am Kopf weder eine Gehirnerschütterung davongetragen, noch sich irgendwelche Knochen gebrochen hatte. Ein für das weitere Leben sehr heilsamer Schock war das Einzige, was verblieb. Die Schrammen am Kopf verheilten bald, Komplikationen stellten sich glücklicherweise auch später keine ein, lediglich das Klettern hat er nie mehr versucht.

ICH HEISSE BURLI STISKALIK

Die Angestellten der Nährmittelfabrik Haas saßen bei offenen Fenstern in ihren Büros am Parkring, denn alle wollten die milde Frühlingsluft genießen. Offensichtlich auch die Spatzen in den Bäumen davor, denn das Gezwitscher wollte nicht aufhören. Wenn man aber genauer hinhörte, merkte man, daß es sich um aufgeregtes und sogar richtig böses Vogelgezetter handelte.

Plötzlich flog ein bunter Vogel in einen der Büroräume, verfolgt von einer Schar rostbrauner Gesellen, die wohlweislich vor dem Fenster abdrehten. Drinnen setzte sich ein grüner Wellensittich, sichtlich erschöpft und zerzaust, schwer atmend auf einen Kasten. Er war so mitgenommen, daß er sich von einer Sekretärin in die Hand nehmen ließ, während Kolleginnen eiligst einen größeren Karton herbeiholten, in dessen durchsichtige Abdeckung sie einige Luftlöcher stanzten. Ein sauberes Staubtuch wurde sodann am Schachtelboden ausgebreitet und der kleine Piepmatz draufgesetzt. Was konnte man sonst noch unternehmen? Nach und nach kamen alle Angestellten herbei und bestaunten den gefiederten Gast. In einem waren sich alle einig. Freilassen konnte man ihn nicht, denn die Spatzen hätten ihm draußen über kurz oder lang den Garaus gemacht.

Frau Libitzky erinnerte sich, daß Herr Berger irgendwann einmal einen Sittich besessen hatte und daher einen Rat geben könnte. So war es. Der Mitarbeiter besaß sogar noch den Käfig daheim und machte sich erbötig, das arme Tier kurzzeitig in Obhut zu nehmen. Der Firmenchef, der von der Sensation eines zugeflogenen Vogels in seinem Büro umgehend informiert worden war, schlug vor, Herr Berger solle gleich den Sittich bei sich daheim versorgen, danach erst wieder seine übliche Tätigkeit in der Firma aufnehmen.

In den nächsten Tagen erkundigte man sich laufend, wie es dem Schützling erginge. Dieser, den Berger Tommy taufte, wie seinen letzten Sittich, wurde täglich zutraulicher und saß abends fröhlich auf der Bücherablage neben dem Schreibtisch, an dem sein Pflegevater noch Arbeiten verrichtete. Eines abends stutzte Herr Berger. Hatte der Vogel nicht eben gesprochen? Sein Betreuer hörte genauer hin und richtig, der Vogel sagte etwas. Zwar nicht sehr deutlich, aber für jemanden, der zuvor Sittiche zum Sprechen brachte, nach längerem Hinhören durchaus verständlich. „Ich heiße Burli Stiskalik und wohne Reisnerstraße 20". Nicht weit davon hatte Herr Berger sein Domizil.

Schon am nächsten Tag eilte er in aller Früh an die angegebene Adresse und suchte die Hausbesorgerin auf. „Da wird aber die Frau Stiskalik glücklich sein, die schon seit einigen Tagen ihren geliebten Sittich vermißt." Und richtig. Genau ein gelbgrüner Wellensittich war ihr bei einer Unachtsamkeit eines abends aus dem Fenster geflogen und trotz aller Rufe nicht mehr zurückgekehrt. Die folgende Nacht mußte er im nahen Stadtpark verbracht haben, bevor er andern Tags, von den Spatzen gejagt, genau auf der gegenüberliegenden Parkseite in die Büros der Firma Haas flog. Demnach ist es von Vorteil, wenn man einem Vogel Name und Adresse beibringt.

MANCHMAL IST ES GUT, SCHWERHÖRIG ZU SEIN

Ich hatte Maschinenkunde an der Technischen Hochschule regelmäßig geschwänzt, weil sie mich nicht sonderlich interessierte, obwohl dieses Fach nur eine Wochenstunde in Anspruch nahm. Für die Abtestur war allerdings eine Prüfung erforderlich, doch konnte man sich den Stoff gut und gerne über ein Wochenende aneignen, wie mir meine Kommilitonen verrieten.

So meldete ich mich, als es Zeit war, das Examen hinter sich zubringen, zum nächstmöglichen Prüfungstermin an. Das war ein Montag, gleich in der Früh. Also borgte ich mir am davorliegenden Freitag Nachmittag von meinem Freund Heinz sein Skriptum aus, um es über das Wochenende durchzustudieren.

Wie entsetzt war ich jedoch, als ich am Samstag Vormittag erkennen mußte, daß Heinz eine derartig unleserliche Schrift hatte, daß lediglich das Kapitel „Bagger" einigermaßen lesbar war. Da ich Heinz nicht mehr erreichen konnte, und auch sonst keinen meiner anderen Studienkollegen, lernte ich notgedrungen alles über dieses Thema mehr oder weniger auswendig und ging am Montag früh ziemlich verunsichert mit schlottrigen Beinen zur Prüfung. Ich tröstete mich damit, daß man mir erzählt hatte, das wäre eine reine Routineangelegenheit. Man könnte nötigenfalls ohne Schwierigkeiten von seinem Nachbarn abschreiben, da alle dieselben Prüfungsfragen bekämen und weil man bei diesem Test nicht besonders überwacht wird.

Es war schon spät, als ich zur Schellinggasse kam, denn die Prüfung wurde ausnahmsweise nicht auf der Technik, sondern in der Staatsgewerbeschule, wie die heutige HTL damals hieß, abgehalten. Der Professor für Maschinenkunde unterrichtete nämlich auch dort. Da ich es sehr eilig hatte, rannte ich auf den Stufen zur Schule beinahe einen Herrn um, entschuldigte mich und sprintete umgehend in die angegebene Klasse. Wie erstaunt war ich dann, als kurz danach die Türe aufging und sich herausstellte, daß es der Prüfer war, mit dem ich zuvor zusammengestoßen war.

Statt einer oder mehrerer Prüfungsfragen an alle Prüflinge, wie mir meine Kollegen zuvor berichtet hatten, rief der Professor jeden Kandidaten einzeln auf und gab ihm sein Thema bekannt. Als ich an der Reihe war, sagte er: „Sie schreiben ausführlich über die „Lager". Ich hatte zuvor noch nie etwas darüber gehört und ließ mich verdattert auf meiner Bank nieder. Zu diesem Thema hatte ich wahrhaftig nicht die geringste Ahnung. Ich schaute zu meinen Nachbarn links und rechts, aber die hatten völlig andere Kapitel zu bearbeiten. Auch vor oder hinter mir war niemand, der mir irgendwie behilflich sein konnte. Ein leeres Papier abgeben und damit bei einem so leichten Fach durchfallen? Außerdem war das eine Kostenfrage, denn Prüfungen kosteten damals Geld. Immer wieder sagte ich mir das Wort: „Lager" vor. Ich hatte aber nur etwas über „Bagger" gelernt.

Mit der Zeit ging das Wort „Lager" in meinen Gedanken unwillkürlich auf „Bagger" über. Was passiert, wenn ich schwerhörig bin? Dieser Gedanke ergriff von mir schließlich so unwiderstehlich Besitz, daß ich zuletzt selbst glaubte, „Bagger" verstanden zu haben. Also schrieb ich ausführlich und langatmig darüber.

Als die Prüfungsarbeiten mit der Benotung zurückgegeben wurden, waren alle Prüflinge anwesend und wurden einzeln aufgerufen. Bei mir angelangt, meinte der Professor: „Was ist Ihnen eingefallen, Brenner? Sie haben über Bagger geschrieben!" „Jawohl, Herr Professor, ich habe über Bagger geschrieben", antwortete ich keck. „Sie sollten aber über „Lager" referieren, Lager mit L". „Oh, da muß ich Sie aber schlecht verstanden haben", entgegnete ich. Natürlich hätte ich sonst das Thema „Lager" behandelt" „Na gut", sagte der Professor, milde gestimmt. „Sie haben das Kapitel Bagger sehr ausführlich erläutert und hätten dafür sogar eine „Eins" bekommen, so aber haben sie das Thema verfehlt. Ich will ihnen durchaus zugestehen, daß sie sich verhört haben. Also gebe ich Ihnen eine „Drei", ein genügend sozusagen, aber sie können sich zum nächsten Prüfungstermin gerne wieder melden, und das heutige Ergebnis ausbessern." „Nein, danke" gab ich zur Antwort. „Ich habe keine Ambitionen auf einen Vorzugsschüler. Im Berufsleben schaut sowieso niemand auf das Zeugnis".

Die Prüfung war somit bestanden. Manchmal lohnt es sich wirklich, schwerhörig zu sein oder sich zumindest so zu stellen.

BRIEFBEANTWORTUNG

Ein Mann, der Briefe überfliegt,
um Zeit zu sparen, wie er meint,
im Trend der heut'gen Zeit zwar liegt,
doch ganz zu übersehen scheint,
daß er den Inhalt nicht erfaßt,
obwohl er glaubt, ihn zu versteh'n,
weil man nur liest, was einem paßt,
und nicht Details, die drinnen steh'n

Die Antwort, die er dann verschickt,
geht auf den Sachverhalt nicht ein.
Man frägt sich, wenn man sie erblickt,
kann dieser Mensch bei Sinnen sein?
Die Fakten sind total verdreht,
womit ersichtlich wird im Nu.
Er weiß zwar nicht, worum es geht,
doch gibt er seinen Senf dazu.

BESCHEIDENHEIT IST EINE ZIER, DOCH MANCHMAL DUMM, DAS SAG ICH DIR

Das Ehepaar Grete und Walter Müller nahm zum ersten Mal an einer Kreuzschiffahrtsreise teil. Von Athen ging es mit einem griechischen Schiff gegen Ende Oktober los. Es stand der Besuch einer Reihe griechischer Inseln auf dem Programm, die sie allesamt noch nicht kannten. Also sollte es nicht nur eine Erholungs- sondern auch eine Erlebnisreise werden. Das wurde es dann auch.

Die Einschiffung erfolgte in Piräus, von wo das Schiff eines Samstag abends in See stach. Nachdem die Kabinen bezogen worden waren, machte man sich zunächst mit den Räumlichkeiten des Schiffs vertraut. Bei der Rezeption wurde ihnen und einem netten Schweizer Ehepaar ein gut plazierter Tisch im Speisesaal zugeteilt, der eine gute Aussicht bot. Dazu stieß später noch ein Münchner Paar, da die Reiseleitung sich Mühe gab, möglichst gleichsprachige Personen beisammen sitzen zu lassen.

Mit ihren Tischgenossen hatten sie einen wahren Haupttreffer gelandet. Das Schweizer Ehepaar war distinguiert, aber gar nicht so steif, wie sie sich Schweizer bisher vorgestellt hatten und der Münchner war überhaupt eine Unterhaltungskanone, sodaß man aus dem Lachen gar nicht herauskam. Außerdem waren die Bayern schon Stammgäste bei den verschiedensten Kreuzfahrtlinien und konnten beste Tips für den weiteren Reiseverlauf geben.

Das kleine Kreuzfahrtschiff faßte ungefähr 220 Passagiere, die Besatzung nicht eingerechnet, und war nicht ausgebucht. Das war für alle Reiseteilnehmer ein großer Vorteil. Es gab nirgends ein Gedränge, das Abendprogramm nach dem Dinner konnte für alle gemeinsam abgewickelt werden und auch bei den Landausflügen, zu denen immer genügend Busse zur Verfügung standen, mußte man nicht um die besten Plätze raufen, wie das bei großen Schiffen sonst üblich scheint. Somit verlief die Reise harmonisch und zur vollsten Zufriedenheit eines Großteils der Urlauber. Natürlich gibt es immer Querulanten, die sich nicht wohlfühlen, wenn sie nichts zu meckern haben, aber sie waren bei weitem in der Minderheit. Wurde einmal kein offizielles Unterhaltungsprogramm geboten, sondern die Gäste aufgefordert, selbst als „Künstler" aufzutreten, war es verwunderlich zu sehen, welche Talente in einigen Passagieren steckten. Eine ehemalige Klavierprofessorin spielte meisterhaft Beethovensonaten, ein pensionierter Bankmanager beherrschte Kartentricks besser als der an Bord engagierte Zauberer, andere konnten singen oder steppen, daß es die reinste Freude war. Bei einem Kostümball gab es die ausgefallensten Maskeraden. Walter und Grete hatten das Gefühl, daß einige der Mitreisenden das ganze Jahr daheim üben, um bei einer Kreuzfahrt als Entertainer auftreten zu können.

Die Müllers stellten weiters fest, daß zwei Wochen Urlaub auf See, rein von der Erholung her, mindestens einem dreiwöchigen sonstigen Urlaub entsprechen. Wenn man dann noch alle Besichtigungsfahrten einrechnete, die absolut keine Belastung darstellten, weil man nicht dauernd das Hotel wechseln mußte, bot doch die Schiffskabine während der gesamten Fahrt ein „zu Hause", entsprach dies beinahe einer weiteren Urlaubswoche.

Zu den Höhepunkten einer Schiffsreise gehören üblicherweise das Captains Dinner und ein weiterer Festabend, der auf dieser Kreuzfahrt ausnahmsweise in der Wahl einer Mrs. Ariane, so hieß das Schiff, bestand, weil die Mehrzahl der Touristen eher reiferen Jahrgängen angehörte. Dieses Ereignis wurde schon Tage vorher angekündigt und die an Bord befindlichen Damen aufgefordert, recht zahlreich daran teilzunehmen.

Unter den Urlauberinnen stach eine attraktive Blonde, noch keine 30 Jahre alt, hervor, die mit einem großen Familienanhang, bestehend aus Eltern, Großeltern, Verlobten, und einem Bruder, an Bord war. Sie saßen alle an einem großen Tisch beisammen. Dort führte das „blonde Gift", das bezeichnenderweise den Namen Bella führte, das große Wort, wie sie ja überhaupt bei jeder sich bietenden Gelegenheit versuchte, sich in den Vordergrund zu spielen und den Ton anzugeben. Da sie sich außerdem sehr auffällig kleidete, um mit sehr gewagtem, tiefen Ausschnitt ihren wohlgeformten Busen gut zur Geltung zu bringen, erregte sie besonders bei den jüngeren Herren einiges Aufsehen. Das steigerte sich noch, wenn sie an Deck, neben dem Schwimmbad, mit einem Minitanga aufkreuzte, der sogar den älteren Herren die Augen übergehen ließ.

Bei den Senioren kam sie ansonsten wegen ihres affektierten Gehabens nicht sehr gut an. Auch die Tischgenossen des Ehepaares Müller ließen an ihr kein gutes Haar. Umso mehr bestürmten sie Grete, unbedingt an der Mrs. Arianewahl teilzunehmen. Ihre Stimmen hätte sie allemal. Außerdem gäbe es gar nicht so viel Konkurrenz an Bord. In der Tat. Neben Bella gab es noch eine zierliche Australierin, die recht apart war, sowie zwei weitere, adrette, jüngere Damen, die aber ziemlich farblos erschienen.

Grete wollte nicht so recht mitmachen. Ihr war es zuwider, sich vor allen Leuten an Bord wie ein Mannequin zur Schau zu stellen, aber die Tischnachbarn und Walter ließen nicht locker und meinten, daß sie geradezu die idealste, jungmädchenhafteste Figur von allen hätte, nicht zu viel Busen, aber auch nicht zu wenig, und ihr überdies niemand die drei Kinder ansehen würde, die sie als letztes Argument gegen ihre Teilnahme als Kandidatin der Mrs. Arianewahl ins Treffen führte. Zu Walter sagte sie: „Du kannst leicht reden, du produzierst dich ja auch nicht vor allen Leuten" „An dem soll es nicht liegen", entgegnete er. „Wenn du willst, gebe ich beim nächsten Abend, den die Passagiere gestalten, ein Wienerlied zum Besten." „Da geniere ich mich noch mehr, daß du womöglich falsch singst. Ich müßte dann glatt im Boden versinken. Unter diesen Umständen mache ich in Gottes Namen lieber selbst mit, wenn es euch allen so ein Anliegen ist." Somit war das eine beschlossene Sache.

Obwohl Grete glaubte, bei diesem Schönheitswettbewerb nicht die geringsten Chancen zu haben, ließ sie sich am nächsten Tag beim Bordfriseur einen Termin geben, was gar nicht so leicht war, weil plötzlich auch alle anderen an Bord befindlichen Damen eine schöne Frisur für den Abend haben wollten. Außerdem mußte Walter tief in die Tasche greifen und in der Schiffsboutique ein neues Kleid erwerben, da die mitgenommenen für diesen besonderen Anlaß einfach nicht mehr schön genug waren.

Es rückte der Abend heran. Beim festlichen Dinner brachte Grete kaum einen Bissen hinunter. „Ich begreife dich nicht", mokierte sich Walter.

„Zuerst meinst du, absolut keine Chancen zu haben und nur mir zuliebe auf den Laufsteg zu gehen, und jetzt bist du so aufgeregt, wie eine Primadonna." „Das verstehst du nicht", entgegnete Grete. „Wenn man schon an so einer Show teilnimmt, dann will man sich auch nicht blamieren. Schließlich muß ich den Mitreisenden auch später noch in die Augen sehen können."

Der Festsaal, in dem die Abendveranstaltungen jeweils stattfanden und die Bordkapelle zu verschiedenen anderen Gelegenheiten spielte, war gerammelt voll, wie an keinem der vorangegangenen Tage. Hätte der Münchner in weiser Voraussicht nicht schon zeitgerecht einen besonders günstig situierten Tisch mit allen möglichen Kleidungsstücken belegt, kurzerhand von einem weiter entfernten Tisch eine Karte mit „RESERVIERT" requiriert und diese dort ungeniert aufgestellt, hätten die Sechs an diesem Abend weit hinten Platz nehmen müssen und wenig gesehen. So aber saßen sie, wie gewohnt, an vorderster Stelle, direkt neben der Bühne und konnten das Spektakel aus allernächster Nähe genießen.

Es begann, als der Kapitän mit seinen Offizieren und dem Bordarzt Platz genommen hatten. Das Schiffsorchester spielte flotte Weisen und der Conferencier startete, wie üblich, mit seinen Witzen in englisch und deutsch. Sie waren aber nicht identisch, was den meisten Passagieren überhaupt nicht auffiel.

Dann traten die Damen, mit großen Nummerntafeln in der Hand, einzeln auf, wurden mit Namen vorgestellt und auch deren Nationalität verkündet. Das Alter wurde natürlich verschwiegen. Eine nach der anderen mußte dann zwei Runden drehen, wurde mit grossem Applaus bedacht und machte sodann der Nachfolgerin Platz. Grete trug die Nummer 5 und gab sich selbstsicher. Bella, mit der Platznummer 8, war, wie immer, exquisit gekleidet, wackelte betont mit ihrem Hintern und schien ziemlich siegessicher. Sie erhielt den größten Applaus, wobei sich ihre Familie natürlich besonders hervortat und lauthals „Bravo" schrie.

Von den anderen Damen machte nur die Australierin, die sich jedoch als Kanadierin entpuppte, eine gute Figur. Von den schon etwas reiferen Damen wären einige besser nicht auf die Bühne gegangen. Ihr Auftreten war für alle eher peinlich. Zu den Jüngeren hatte sich noch eine weitere Kandidatin gesellt, doch war diesen Mädchen eigen, daß sie wie Trampeltiere über den Laufsteg marschierten und wenig Frauliches an sich hatten. Nur im Bikini war zumindest eine von ihnen recht gut anzusehen und schien Aussicht auf einen Spitzenplatz zu haben.

Grete sah auch im Badeanzug sehr gut aus, vor allem, weil sie einen Einteiler trug, der ihre Gestalt viel besser zur Geltung brachte, als es ein Bikini getan hätte.

Mit den erwähnten zwei Durchgängen war es aber nicht getan. Der Conferencier wollte auch die Stimmen der einzelnen Damen dem Publikum zu Gehör bringen und ein wenig ihr Allgemeinwissen testen, was gewiß eine gute Idee war. Hier zeigte es sich allerdings, daß einige Teilnehmerinnen die primitivsten Fragen nicht beantworten konnten. Ja, sie wußten nicht einmal Bescheid darüber, was sie auf dieser Reise alles zu sehen bekommen hatten und wie die angelaufenen Inseln hießen. Bewundernswert war allerdings die Selbstverständlichkeit, mit der sie ihr Unwissen zur Schau trugen.

Nach dieser gar nicht so uninteressanten Einlage drehten alle zur Schönheitskonkurrenz angetretenen Bewerberinnen gemeinsam noch drei Runden, ihre Nummerntafeln – je nach Temperament – beinahe schüchtern am Bauch haltend oder mit beiden Händen hoch in der Luft. Dann konnten sie auf ihre Plätze gehen. Die Stewards verteilten nun an alle Anwesenden Zettel, auf denen diese die Nummer der ihrer Meinung nach attraktivsten Dame vermerken sollten.

Grete erkundigte sich leise bei Walter, sodaß es die daneben Sitzenden nicht hören konnten: „Wen wirst du wählen?" „Dich natürlich, wen sonst?" flüsterte Walter zurück. „Das kannst du nicht machen, wir müssen jemanden anderen die Stimme geben," war die prompte Reaktion von Grete. „Du brauchst ja nicht unbedingt Bella zu wählen, aber vielleicht die Kanadierin, die dir ja ganz gut gefällt." So war es dann auch. Beide füllten ihre Zettel aus und warfen sie in eine der großen Pappschachteln, die von den Stewards herumgereicht wurden und im Deckel jeweils einen großen Schlitz aufwiesen.

Während der Auszählung spielte das Orchester Gershwin Melodien, dann gab es einen Tusch und unter atemberaubender Spannung ergriff der Conferencier das Wort. Er verkündete: „Von den insgesamt abgegebenen 135 Stimmen zur Wahl der Mrs. Ariane wiesen 132 ein Kreuz auf und waren daher gültig. Ich beginne mit dem 5. Platz, der vom Publikum Miss Corina aus Großbritannien zugesprochen wurde. Auf sie entfielen insgesamt elf Stimmen." Großer Applaus. Eine der farblosen jüngeren Damen schlurfte auf das Podium, erhielt vom Sprecher einen Händedruck und empfing aus der Hand des Kapitäns eine Flasche Retsina.

Der 4. Platz ging mit 14 Stimmen überraschenderweise an eine etwas ältere, aparte Dame aus Dänemark. Es erfolgte eine ähnliche Prozedur, wie bei ihrer Vorgängerin.

Als Dritte war Miss Kathi aus Kanada mit 23 Stimmen gewählt worden. Ihr gutes Abschneiden war zu erwarten gewesen. Wieder lautstarker Applaus. Als Gewinn eine Flasche süßen Samoswein.

Die Spannung stieg immer mehr an. Der zweite Platz entfällt mit 35 Stimmen auf Mrs. Grete aus Austria", verkündete der Entertainer und Grete empfing aus der Hand des Kapitäns eine große Flasche Champagner. Donnernder Applaus aus dem Publikum, dann ein Tusch und erwartungsvolle Stille, aber jeder kannte das Ergebnis im Voraus. „Siegerin und damit Mrs. Ariane wurde Miss Bella aus Germany", verkündete der Conferencier unter dem Jubel der Anwesenden, wobei sich der Bellaclan besonders hervortat. Das Überraschende dabei: Sie hatte mit 36 Stimmen, also mit nur einer Stimme mehr als für Grete abgegeben, das Rennen gemacht. Vom Kapitän erhielt Bella, die stolz auf das Podium gestiegen war, nicht nur einen großen Blumenstrauß, sondern auch eine Schleife mit der Aufschrift: „Mrs. Ariane" umgehängt, Bella winkte freudigst ins Publikum, so professionell, als hätte sie schon an mehreren Schönheitskonkurrenzen teilgenommen, was durchaus möglich schien. Während der Applaus nicht enden wollte, knurrte der Münchner erbost: „Sie ist zwar eine Landsmännin von mir, aber wir Bayern verstehen uns mit den Österreichern viel besser. Die eigentliche Siegerin sind Sie", sagte er zu seiner Nachbarin Grete gewandt. „Wenn die Bellasippe nicht allein 9 Stimmen aufgebracht hätte, wären Sie doch haushoch Gewinnerin gewordenl" „Sie wollen damit doch nicht sagen" warf Grete ein, „daß nicht zumindest einige von Bellas Verwandtschaft sich der Stimme enthielten?" „Und ob ich das will" brummte der Münchner. „Sie können doch nicht so naiv sein? So wie wir hier am Tisch alle für Sie gestimmt haben, geschah es doch auch bei der Bella Clique! Ich bin Landtagsabgeordneter. Was glauben Sie, was bei der Politik alles gemacht wird, um Stimmen zu ergattern?" „Was würde der sagen," dachte sich Grete, „wenn er wüßte, wie wir selbst gestimmt haben. Er müßte uns sicher für total übergeschnappt halten und hätte damit wahrscheinlich sogar recht."

Nachdem sich die allgemeine Begeisterung etwas gelegt hatte, ergriff der Kapitän nochmals das Wort und verkündete, was umgehend vom Conferencier übersetzt wurde, daß die Schiffahrtslinie als Hauptpreis für die Siegerin außerdem eine einwöchige Schiffsreise mit der Ariane im kommenden Jahr für 2 Personen zu einer anderen Kreuzfahrt stiftet. Der Applaus wollte darauf schier nicht enden.

Der so nett begonnene Abend ging für die Gruppe am Tisch der Müllers ziemlich schweigsam zu Ende. Die Tischnachbarn waren über das Ergebnis der Missiswahl frustriert, während Walter und Grete erkannten, daß sie sich wirklich äußerst dumm verhalten hatten. Bescheidenheit, gut und schön, wenn sie aber so weit geht, daß man glaubt, immer überkorrekt vorgehen zu müssen, während alle anderen das nicht tun, paßt man nicht in diese Welt, in der fast jeder nur auf seinen eigenen Vorteil bedacht ist.

Wie gut, daß die Tischnachbarn nicht ahnten, daß sich die Müllers durch ihr Verhalten selbst um den Hauptpreis gebracht hatten. Mit ihren eigenen zwei Stimmen wäre die Wahl nämlich mit 37 zu 36 Stimmen zu Gretes Gunsten ausgegangen. Sie selbst hatte übrigens, wie sie ihrem Mann später gestand, einen leeren Stimmzettel abgegeben. Walter wiederum hätte sich ohrfeigen können, weil er auf seine Frau gehört hatte. Seine Stimme für Grete hätte ein Unentschieden ergeben und möglicherweise hätte sich die Schiffahrtslinie nicht lumpen lassen und beiden Siegerinnen eine Schiffsreise geschenkt.

Wie heißt es im Volksmund, wenn auch in ganz schlechtem deutsch? Bescheidenheit ist eine Zier, doch weiter kommt man ohne „ihr"

FLASCHENPOST VOM HIMMEL

Waldemar ist ein ausgezeichneter Vertreter und scheinbar auch ein guter Psychologe. Aber was hilft das alles in der heutigen Zeit, auch wenn man unermüdlich von früh bis spät auf der Achse ist, um den Konkurrenten möglichst stets eine Nasenlänge voraus zu sein. Trotzdem gelingt es ihm nur mit Mühe, sich und seine Familie gerade über Wasser zu halten. Dabei hatte er es schon mit vielen verschiedenen Produkten versucht. Im Baustoffhandel, beim Autoverkauf, im pharmazeutischen Bereich und sogar als selbständiger Vertreter. Das Fixum war immer sehr minimal und die Provisionen auch nicht so üppig, besonders wenn man, um höhere Umsätze zu erzielen oder irgendwo neu ins Geschäft zu kommen, davon seinen Geschäftspartnern noch einen Großteil überlassen mußte.

Neuerdings war er als medizintechnischer Vertreter unterwegs und klapperte in Wien, Niederösterreich und im Burgenland einen Arzt nach dem anderen ab. Ein hartes Brot, denn die Herren Doktores werden von Vertretern aller Art geradezu überlaufen. Es gibt laufend neue Medikamente und medizintechnische Einrichtungen, sodaß sich selbst Fachleute nicht mehr damit zurechtfinden.

Will man in Wien möglichst viele Ordinationen abklappern, muß man zunächst versuchen, sein Auto irgendwo günstig zu parken, sonst geht mehr als die Hälfte der Zeit mit Parkplatzsuche verloren. Waldemar war daher glücklich, im 3. Bezirk seinen Wagen sicher abgestellt zu haben und machte sich zu Fuß auf seinen mühsamen Weg. Als er eben die Sechskrügelgasse entlang ging, fiel plötzlich aus heiterem Himmel irgendetwas vor ihm auf den Gehsteig und zerbrach in tausend Scherben. Er war übersät mit Splittern und hatte das Glück, daß ihn keiner im Gesicht traf. Überdies war er von oben bis unten angespritzt, wobei ein starker Biergeruch zu verspüren war. Bei einem raschen Blick nach oben, sah er, wie im 3. Stock jemand gerade noch blitzartig seinen Kopf von einem Fenster zurückzog. „Na warte, dich hole ich mir".

Empört stürzte Waldemar ins Haus und fuhr mit dem Lift in das betreffende Stockwerk. Welch ein Glück. Da gab es nur einen Namen auf zwei Eingangstüren. Ordination und Wohnung eines Zahnarztes Dr. Kratschmar. Er läutete sturm. Der Doktor kam persönlich, denn er hatte an diesem Tag keine Ordination. Vor ihm, voller Wut im Bauch, der begossene Pudel. „Schauen Sie mich an! Sie hätten mich beinahe mit einer vollen Bierflasche erschlagen, die Sie aus dem Fenster geschmissen haben." „Junger Mann, nicht so hitzig. Ich habe nichts aus einem Fenster geworfen und Bier trinke ich auch nicht", entgegnete der Arzt. „Dann war es eben wer anderer. Ich habe genau gesehen, wie jemand aus dem dritten Stock schaute, ob er mich getroffen hat." Der Doktor blieb ruhig. „Bitte überzeugen Sie sich selbst, hier ist nirgends ein Fenster offen."

Er führte Waldemar in mehrere straßenseitige Räume. Natürlich waren alle Fenster geschlossen, aber in einem Raum stemmte ein Arbeiter Elektroschlitze in die Wand. Auf die Frage des Arztes, ob irgendein Fenster vor kurzem noch offen war, wurde er ganz verlegen und das Blut stieg ihm zu Kopf. Auf weiteres Drängen bequemte er sich zur Aussage, daß ihm aus

Versehen seine halbvolle Bierflasche aus dem Fenster gefallen sei, aber, ergänzte er sogleich, sie hätte niemanden getroffen.

Dr. Kratschmar zog seinen Besucher spontan in ein anderes Zimmer, um, wie er sagte, die Angelegenheit in Ruhe zu besprechen. „Da gibt es nichts zu besprechen" sagte Waldemar. „Die Elektrofirma ist ja sicher entsprechend versichert, die soll den Schaden und meinen Verdienstentgang ersetzen." „Das ist es ja", erwiderte der Arzt. „Im Vertrauen gesagt, der Mann ist ein Verwandter und arbeitet privat für mich. Folglich bin ich für sein Tun allein verantwortlich. Ich werde Ihnen selbstverständlich den gesamten Schaden ersetzen, sogar etwas mehr. Was sind Sie denn von Beruf?"

Waldemar erkannte seine einzigartige Chance. Er erklärte, daß er Vertreter für allerlei medizinische Produkte sei und seine Firma vor allem Arztordinationen einrichte, natürlich auch Zahnarztpraxen, fügte er schnell hinzu. „Nun, da kann ich Ihnen behilflich sein." Dem Doktor fiel ein Stein vom Herzen. „Ich möchte sowieso demnächst meine Ordination nicht nur modernisieren, sondern auch weiter ausbauen und vergrößern, weil ich mit mehreren Kollegen eine Gemeinschaftspraxis anstrebe. Da könnten wir gleich miteinander ins Geschäft kommen." Gesagt, getan. Der Zahnarzt versprach, die Kosten für die Reinigung des verschmutzten Anzugs zu übernehmen, der Vertreter sollte ihn in den nächsten Tagen bei ihm abliefern. Pfuscher hat er ab sofort nicht mehr beschäftigt. Der unangenehme Vorfall mit der herabgestürzten Bierflasche war ihm eine heilsame Lehre. Bezüglich der Zusage, alle medizinischen Geräte künftig über die Firma Waldemar's anzuschaffen, hielt er eisern Wort.

Ja, nicht nur das. Er machte unter seinen Kollegen große Reklame für die Geräte der Firma XY und Waldemar konnte mit Ärzten in Geschäftsverbindungen treten, an die er sonst nie herangekommen wäre. Dr. Kratschmar hatte für ihn künftig immer etwas Zeit, auch wenn er gerade einen Patienten behandelte. Es war Waldemar manchmal direkt peinlich, wenn der Arzt zu seinen Klienten sagte: „Ich muß den Herrn ganz kurz empfangen, dem verdanke ich all die modernen und exquisiten medizinischen Einrichtungen in meiner Ordination, die auch Ihnen zugute kommen und eine weitgehend schmerzfreie Behandlung ermöglichen."

Waldemar kam zur Erkenntnis, daß gelegentlich auch unangenehme Ereignisse etwas Gutes haben. So besehen entpuppte sich die Flaschenpost vom Himmel als Segen für ihn. Wenn der Zahnarzt nicht einige Jahre später plötzlich an einem Herzinfarkt gestorben wäre, würde der vom Himmel gesegnete Vertreter für medizinische Geräte wahrscheinlich noch heute dessen gutgehende Zahnarztpraxis beliefern.

DAS SAMSTAG NACHMITTAGSKONZERT

Als etliche Studenten an der Technischen Hochschule in Wien noch nebenbei verdienen mußten, um sich ein Studium überhaupt leisten zu können, denn nach dem Krieg mußte man dafür kräftig zahlen, gab es manchen, der tagsüber schwer arbeitete und dann nachts, bis in die grauen Morgenstunden aus Skripten das lernte, was seine Studienkameraden in den Vorlesungen gehört hatten.

Erich war einer von denjenigen, die tagaus, tagein unterwegs waren, Erzeugnisse von Blinden, wie Bürsten, Besen, Körbe etc. an den Mann zu bringen, um sich durch diese Vertretertätigkeit sein Studiengeld zu erarbeiten. Für den Besuch von Vorlesungen blieb ihm keine Zeit. Lediglich, wenn es mündliche Prüfungen gab, die zumeist öffentlich abgehalten wurden, unterbrach er seinen Nebenberuf, um aus Fragen und Antworten, in Verbindung mit Unterlagen, die ihm seine Kollegen zukommen ließen, das Wichtigste der verschiedenen Fachgebiete herauszufiltern und in sich aufzunehmen.

Er hatte gerade begonnen, sich mit „Mathematik II" zu befassen, als er von einem seiner Freunde, der sich, wie es damals wegen der so spärlich angesetzten Prüfungstermine erforderlich war, schon Wochen im voraus zu einem Examen angemeldet hatte, erfuhr, daß dieser in seinen Vorbereitungen noch nicht so weit sei, um die Materie ausreichend zu beherrschen. Er getraue sich daher nicht, in 14 Tagen anzutreten und wolle um einen neuen Termin ansuchen. Erich, der es als völlig unmöglich ansah, sich etliche Wochen auf ein einziges Fach vorzubereiten, übernahm die Prüfungstaxe und ließ die Anmeldung auf seinen Namen umschreiben. Dann unterbrach er seine „Verkaufstätigkeit", was kein Problem bedeutete, weil er kein Gehalt bezog, sondern nur eine Umsatzprovision, und stürzte sich mit Volldampf auf das Studium der Mathematik.

Die Prüfungen waren auf ca. drei Wochen verteilt und hatten eben erst begonnen. Zunächst mußten die Kandidaten eine schriftliche Arbeit ausführen und durften, wenn sie diese bestanden, zwei Tage später zum mündlichen Examen antreten. Erich war ab sofort als eifriger Zuhörer dabei. Schon bald erkannte er, daß das umfangreiche Thema keinesfalls in so kurzer Zeit zu bewältigen war. Was also tun? Es gab nur eines: „Hasardieren" und irgendein schwieriges Kapitel zur Gänze negieren.

So geschah es dann. Völlig übermüdet von nahezu durchgearbeiteten Nächten trat er zur schriftlichen Prüfung nach nur zwölf Tagen Vorbereitung an und schaffte diese sogar mit einem „gut". Allerdings hatte er einige schwierige Formeln nicht auswendig gelernt, sondern sich auf einen Schwindelzettel verlassen.

Der Tag der Wahrheit war herangerückt. Drei Kandidaten sollten an einem Samstag Nachmittag ihr Wissen mündlich unter Beweis stellen. Einer nach dem anderen mußte hinaus aufs Podium und bekam je zwei Beispiele zum Rechnen. Die Prüfungen zogen sich. Erich war der letzte. Jetzt passierte genau das, was ihm insgeheim den Angstschweiß auf die Stirne hatte treten lassen. Er sollte eine schwierige Vektorrechnung lösen, ausgerechnet das Kapitel, das er beim Studium unberücksichtigt hatte lassen.

Er wand sich wie eine Schlange, der Professor blickte nervös auf seine Uhr. Da klingelt das Telefon. Aus dem Gespräch entnahm Erich, daß des Prüfers Frau diesen scheinbar gleich vis a vis vor dem Musikvereinshaus zu einem Beethovenkonzert erwartete. Jetzt schwitzte der Professor Blut. Einerseits wollte er das Konzert nicht versäumen, andererseits hatte er Bedenken, den Prüfling kurzerhand durchfallen zu lassen ohne ihm etwas mehr Zeit zu lassen oder ihm eine zweite Prüfungsfrage zu gewähren.

Erich erkannte instinktiv die Situation und sagte zum Professor: „Wenn ich Ihr soeben geführtes Telefongespräch richtig interpretiere, scheinen sie Karten für ein Konzert zu haben, das demnächst beginnt. Dürfte ich deshalb den Vorschlag unterbreiten, daß diese Prüfung unterbrochen und zu einem späteren Zeitpunkt fortgesetzt wird, damit Sie nicht zu spät kommen?" Dem Prüfer fiel ein Stein vom Herzen. „Das ist fürwahr eine gute Idee" antwortete dieser. „Wenn sie einverstanden sind, setzen wir die Prüfung kommenden Montag um 14 Uhr fort".

Erich blieben bis dahin fast 48 Stunden, die er weidlich nutzte und sich von seinen Freunden auch entsprechenden Rat holte. Vor allem aber ließ er sich von ihnen erklären, wie das Rechenexempel zu lösen war. Zwei Tage später trat er, zwar hundemüde aber nicht mehr ganz so unbeleckt, was die „Vektorrechnung" im allgemeinen und sein Prüfungsbeispiel im besonderen anbelangte, zur Fortsetzung des Examens an. Und siehe, der Professor ließ ihn genau dort weitermachen, wo die Prüfung am Wochenende zuvor aufgehört hatte. Jetzt klappte alles wie am Schnürchen, und da das nachfolgende Beispiel zu den Kapiteln gehörte, die Erich bei den vorangegangenen Prüfungen schon mehrmals von Studienkollegen vorexerziert bekommen hatte, konnte er auch dieses einwandfrei lösen. Die von vielen Kameraden so gefürchtete Prüfung, für deren Vorbereitung die meisten mindestens zwei Monate benötigten, hatte Erich, ohne deshalb ein Mathematikgenie zu sein, in zwei Wochen geschafft.

Die Vektorrechnung hat er aber nie wieder in seinem Leben anwenden müssen, obwohl er es später sogar zum leitenden Direktor einer großen Baufirma mit einigen hundert Untergebenen brachte.

KONFUZISCHES

Ein Mensch kann mit drei Möglichkeiten
auf kluges TUN sich vorbereiten.
Am edelsten durch eig'nes Denken,
am bittersten, das wird ihn kränken,
durch die Erfahrung langer Jahre.
Sie kostet viele, weiße Haare.
Dazwischen kann man durch Kopieren
auf leichte Art sich motivieren,
nach außen souverän zu handeln,
jedoch auf fremden Pfaden wandeln.

GRENZKONTROLLE

Seit dem Beitritt Österreichs zur Europäischen Gemeinschaft kann man ohne Paß und Visa quer durch halb Europa reisen und braucht auch keine Grenzkontrolle zu fürchten. Das war nicht immer so. Kurz nach dem Krieg war jede Auslandsreise, wenn man diese überhaupt antreten durfte, ein großes Abenteuer.

Sportler waren mehr oder weniger die ersten, denen man in größerer Zahl erlaubte, in angrenzende Staaten zu Wettkämpfen zu fahren. Das war für jeden Teilnehmer nicht nur eine große Auszeichnung, sondern bot Gelegenheit, sich ausgiebigst den Bauch vollzuschlagen und diverse, in der Heimat heiß begehrte Lebensmittel und Getränke mitzubringen. Die sportlichen Erfolge schienen weniger wichtig, obwohl unser Heimatland schon damals über hervorragende Spitzensportler verfügte. Kaum traten sie aber gegen fremdländische Vereine an, gingen sie meist mit wehenden Fahnen unter.

Der Grund hierfür schien rätselhaft, doch hatten die einladenden Veranstalter bald herausgefunden, daß die hungerleidenden Sportler aus Österreich mit einem fulminanten Abendessen vor den Wettkämpfen weitgehend schachmatt gesetzt werden konnten. Letztere stürzten sich nämlich heißhungrig über die dargebotenen Köstlichkeiten und waren anderntags kaum mehr fähig, sportliche Höchstleistungen zu erbringen.

Angeblich passiert derartiges gelegentlich heute ebenfalls, auch wenn nicht Hunger der Auslöser dafür ist, sondern reine Gier. Da muß man allerdings schon mit einem exquisiten Buffet, beginnend mit Champagner, Lachs und Kaviar zum Völlern verführt werden und da schlagen österreichische Sportler gerne über die Stränge. Die Daheimgebliebenen wundern sich dann, wieso ihre Spitzensportler im Ausland bei Wettkämpfen unerklärlicherweise versagen.

So erging es auch einer Gruppe von jugendlichen Schwimmsportlern beiderlei Geschlechts, die Ende der Vierzigerjahre zu einem Vergleichskampf nach Rijeka eingeladen worden waren. Sie mußten sich zumeist mit den Plätzen drei und vier begnügen und errangen nur in ganz wenigen Schwimmbewerben Spitzenplätze. Dafür hatten sie nach langer Zeit wieder gut und reichlich gegessen. Das glich die sportliche Niederlage aus.

Leider hatten sie in der kargen Freizeit, die ihnen zwischen Ankunft, den Schwimm- und Wasserballbewerben und der Abfahrt blieb, kaum Gelegenheit, begehrte Alkoholika aufzutreiben. Nur Willy war der Glückliche, dem dieses Kunststück gelungen war. Auf der Heimfahrt im Zug war er so unvorsichtig, den Sportkameraden zu verraten: „Einen echten Slibowitz habe ich ergattert." Natürlich waren jetzt alle ganz versessen, wenigstens einen Schluck zu kosten. Zu mehr hätte es sowieso nicht gereicht. Aber Willy blieb hart. Daheim in Wien stellte so eine Flasche ein kleines Vermögen dar.

Als er irgendwann das WC aufsuchen mußte, waren sich alle anderen sofort einig. „Jetzt verkosten wir den Slibowitz." Die Flasche ging von Mund zu Mund und im Nu war sie leer, was nun? „Wir müssen die Flasche mit Wasser auffüllen, dann merkt er nichts," sagte Bobo und hatte auch gleich eine

Feldflasche voll Wasser zur Hand. Damals gab es ja weder auf den Stationen und schon gar nicht im Zug auch nur die geringste Kleinigkeit zu Essen oder Trinken, folglich mußte sich jeder Fahrgast vor Antritt einer Reise selbst mit entsprechendem Proviant versorgen.

Zurückgekehrt merkte Willy natürlich nichts und die anderen hüteten sich, das Thema Schnaps in irgendeiner Form zu erwähnen. Die Fahrt zog sich, aber man vertrieb sich die Zeit mit Kartenspielen.

Die Grenze war erreicht. Langer Aufenthalt. Die jugoslawischen Zöllner suchten nach versteckten Flüchtlingen, die österreichischen nach Schmuggelgut. Alle Koffer mußten geöffnet, der Inhalt der Reisetaschen vorgezeigt werden. Mit geübten Griffen durchstöberten sie Seitenfächer, wühlten in der Wäsche herum und verursachten ein heilloses Chaos. Plötzlich hielt einer eine Flasche Slibowitz in der Hand. „Was ist das?" „Wasser!" riefen alle im Chor, während sich Willys Gesicht dunkelrot verfärbte. „Ihr wollt mich wohl zum Narren halten!" erzürnte sich der Grenzbeamte. „Die Mitnahme von Alkoholika ist verboten!" „Das ist kein Alkohol", mischte sich jetzt Bobo ein. „Es ist Wasser, nichts als Wasser. Sie können ja kosten, wenn Sie wollen." Der Zöllner öffnete die Flasche und roch daran. „Ihr könnt mir nichts erzählen, das ist Slibowitz." „War es einmal, ha, ha! Jetzt ist es Wasser" wiederholte Bobo. „Trinken Sie einen Schluck." Der Beamte, der sich auf den Arm genommen fühlte, setzte nun tatsächlich zu einem tiefen Schluck an und hätte dann am liebsten alles wieder ausgespuckt. „Das ist ja scheußlich, abgestandenes, lauwarmes Wasser." „Haben wir ja gesagt", riefen wieder alle durcheinander und lachten schadenfroh.

Der Zöllner verzichtete auf die weitere Gepäckskontrolle, eilte zornentbrannt in den nächsten Waggon und bald setzte sich der Zug wieder in Bewegung.

Willy wußte nicht, wie im geschah. Langsam dämmerte es in seinem Hirn, daß seine Schwimmkameraden ihm einen bösen Streich gespielt hatten. Andererseits war er dadurch einer Strafe und ärgeren Unannehmlichkeiten entgangen. Die Slibowitzflasche wäre außerdem sowieso konfisziert worden. So fügte er sich in das Unvermeidliche und machte gute Miene zum bösen Spiel. Nachträglich tat es ihm sogar leid, daß er die Flasche nicht doch zum Verkosten herumgereicht hatte. Er wäre dann wenigstens auch zu einem kräftigen Schluck Slibowitz gekommen. So hatte er nach wie vor keine Ahnung, wie diese jugoslawische Spezialität schmeckt, die er bisher nur vom Hörensagen kannte und erst Jahre danach tatsächlich kennenlernen sollte.

DENKEN UND REDEN

Ein Dichter lebt voll Unbehagen,
er könnte mal was Falsches sagen.
Doch eines wäre noch viel schlimmer:
Spricht er Gedanken aus, jetzt nimmer!

ZAWAS HOB I DI KROT GSCHLUCKT?

Dieser typische Wiener Ausspruch heißt auf gut deutsch: „Wozu habe ich die Kröte geschluckt?" und bedeutet nichts anderes als „Weshalb habe ich mir das angetan?" Ich weiß nicht, woher diese Redewendung stammt. Sie existierte jedenfalls lange bevor das stattfand, von dem ich als Augenzeuge jetzt wahrheitsgemäß berichte.

Wir, eine Gruppe von etwa 30 Burschen im Alter von 10 bis 14 Jahren, verlebten in einem alten Schloß in der Steiermark, das in ein Jugendheim umgebaut worden war, einen einwöchigen Urlaub ausgefüllt mit Sport und Spiel. Die hügelige Landschaft mit viel Wald, einigen Teichen, herrlicher Landluft und friedlicher Stille war nahezu ideal für Großstadtkinder, die ihr Leben zwischen Häuserschluchten, Autokolonnen, Lärm und verpesteter Luft zubrachten.

Da die Ferienwoche gut organisiert und mit Wanderungen, Radfahren und Schwimmen ausgefüllt war, und auch Ballspiele und sonstige Wettkämpfe auf dem Programm standen, blieb kaum Spielraum für sonstige Unternehmungen. Alles das, damit die Jugendlichen nicht allzu übermütig wurden.

In der Wochenmitte gab es einen freien Nachmittag. Jeder konnte tun und lassen, was er wollte. Aber auch dazu war er nicht verpflichtet. Der Himmel war wolkenlos, die Sonne brannte heiß herab und es war daher nicht verwunderlich, daß nahezu alle Teilnehmer an dieser Sportwoche zum nahen Teich liefen, um sich im Wasser richtig auszutoben.

Man hätte auch im nächsten Ort Süßigkeiten kaufen können, die einige Naschkatzen vermissten, obwohl das Essen im Heim gut und ausreichend war. Doch das mitbekommene Taschengeld war längst verbraucht und es bestand wenig Chance, sich irgendwo zusätzliche Moneten zu beschaffen. Felix war der Krösus in der Gruppe. Er hatte als einziger noch etliche Schillinge, um die ihn die anderen beneideten. „Gut", sagte er zu seinen Freunden, „Wer sich traut, einen lebenden Frosch zu schlucken, bekommt von mir einen Hunderter."

Hundert Schilling waren eine Menge und überstiegen für viele das Taschengeld einer ganzen Woche. Die hätte sich jeder gerne verdient. Im Umkreis gab es viele kleine Kröten. Aber solch eine lebend zu verschlucken? Karli fragte „Du gibst mir wirklich 100 Schilling, wenn ich das mache?" „Na klar, großes Ehrenwort" antwortete Felix. Karli nahm all seinen Mut zusammen, fing eine kleine Kröte von ca. 1 cm Größe und schluckte sie mit Todesverachtung. Felix zuckte seine Geldbörse und nahm zögernd den versprochenen Betrag heraus. Man sah es ihm an. Er trennte sich nur schwer von einer derartigen Summe. Das merkte auch Karli. Im Bewußtsein, daß sein Kumpel nie und nimmer ebenfalls eine solche Heldentat begehen würde, sagte er daher: „Wenn Du mir das nachmachst, kannst Du Dein Geld behalten". Felix kämpfte schwer mit sich, es ging auch für ihn um viel Geld. Zuletzt überwand er sich und vollbrachte die Tat. „Wozu hab ich die Krot geschluckt" war Karlis enttäuschter Kommentar.

WIE ÜBERLISTET MAN SEINEN LEHRER?

Zu allen Zeiten gab es Lehrer, die ihren Schutzbefohlenen etwas beibringen wollten und Schüler, denen es garnicht recht war, allzuviel pauken zu müssen, um den Lehrstoff, den sie für völlig unnötig fanden, in sich aufzunehmen. Da man aber an Prüfungen nicht vorbeikam, bei denen das erworbene Wissen abgefragt wurde, hat es Generationen von Schülern gegeben, die mit Ideenreichtum viel Zeit aufwandten, um für Examen weniger lernen zu müssen.

Besonders schwer tat man sich mit dem Merken von Jahreszahlen in Geschichte oder von Formeln in Mathematik, Physik oder Chemie und dieses Nichtwissen führte gar oft zu einem „Nichtgenügend", auch wenn man sonst in diesem Fach ganz gut bewandert war.

Um dieses Manko irgendwie auszugleichen, bedienten sich Tausende von Schülern einer ganzen Reihe von Schwindelzetteln, die sich bei schriftlichen Prüfungen oft sehr gut bewährten, allerdings einen entscheidenden Nachteil haben. Kommt nämlich dem Prüfer bei einem Schüler einmal etwas verdächtig vor, so behält er diesen natürlich fest im Auge, bis er zu ihm gelangt ist und das Corpus delicti, das in so einem Fall kaum unauffällig zum Verschwinden gebracht werden kann, in Händen hält. Da hilft auch kein noch so raffiniertes Versteck, es sei denn, man ist Berufszauberer, aber wer ist das schon als Schüler?

Silvio Sender beschäftigte sich schon einige Zeit mit diesem Problem, vor allem, seit er erleben mußte, wie sein bester Freund, von dem er bei Schularbeiten öfters abgeschrieben hatte, vor der ganzen Klasse als Schwindler enttarnt und strafweise in die letzte Bank versetzt wurde. Ein Gedankenblitz durchfuhr Silvio. Man mußte einen Schwindelzettel so präparieren, daß er von selbst, auch bei drohender Entdeckung und nahender Gefahr, sicher und unauffällig verschwand.

Es dauerte nicht lang und er hatte die Lösung. Daheim erbat er sich von seiner Mutter Gummibänder, Zwirn und Nadel, und aus seiner eigenen Sammlung von allerlei Krimskrams entnahm er ein Stück Plastik, das auf der Rückseite ein festes Stück Leinen aufwies. Daraus schnitt er Rechtecke mit etwa 6 – 8 cm Länge und 4 – 5 cm Breite und nähte daran ein starkes Gummiband mit ca. 8 mm Breite. Das andere Ende befestigte er im Innern seiner Ärmel, ungefähr in Höhe des Oberarms. Nun wurden entsprechende Schwindelzettel beschrieben, natürlich in ganz kleiner Schrift, und diese mit den Plastikunterlagen dauerhaft verbunden. Jetzt bedurfte es nur noch der praktischen Erprobung. Silvio freute sich schon auf die kommende Schularbeit, was sonst nicht sehr oft der Fall war.

Sein Experiment wurde bei der nächsten Mathematikschularbeit ein durchschlagender Erfolg. Obwohl der Professor als Enttarner von Schummlern in der ganzen Schule bekannt war und seine Schüler während der schriftlichen Arbeit wie ein Habicht belauerte, dabei auch Silvio mehrmals ins Visier faßte, konnte er keine Unkorrektheiten entdecken. Kaum näherte er sich ihm, öffnete dieser ganz leicht die linke Hand, mit der er den Schwindelzettel festhielt und dieser verschwand langsam und unauffällig im Ärmel.

Ja selbst wenn der Professor auf ganz leisen Sohlen angeschlichen kam, sodaß Silvio ihn bis zum letzten Moment nicht bemerkte, genügte die Schrecksekunde, während er hochfuhr, daß der Gummizug das verräterische Papier blitzschnell und automatisch in den Ärmel zurückzog. Auch einem geübten Aufdecker von Schwindeleien konnte eine derartige Technik nicht auffallen.

Es gab nur eine einzige Schwierigkeit bei dieser Prozedur. Kaum war die Luft wieder rein, mußte der Mechanismus wieder in Gang gesetzt, das heißt, der Schwindelzettel wieder aus dem Ärmel herausgezogen werden. Das war umso schwieriger, je tiefer die Plastikunterlage darin verschwand, eine Voraussetzung aber dafür, daß selbst eine genauere Nachschau keine Verdachtsmomente bestätigte. Denn von einer Leibesvisitation hat man in unseren Schulen wahrlich noch nie etwas gehört.

Silvio entwickelte im Laufe seiner Schulzeit diese mechanische Gedächtnisstütze so weit, daß er sie sogar bei mündlichen Prüfungen anwenden konnte, wenn er draußen vor der großen Schultafel stand. Hätte er später nicht einen soliden Beruf ergriffen, wäre er vielleicht ein guter Illusionist geworden.

Ist es nicht etwas sträflich, der heutigen Jugend solche Tricks zu verraten, die im Schulwesen noch keinen Eingang gefunden haben, weil Silvio auch seinen besten Freunden niemals dieses Geheimnis verriet? Wahrscheinlich nicht, weil heute „Gedächtnisakrobatik" nicht mehr so wichtig an den Schulen genommen wird. Außerdem lernt man beim Anfertigen von Schwindelzetteln, die sozusagen die Essenz eines Lernstoffes darstellen, weit mehr, als beim sturen Auswendiglernen von Begriffen und Formeln, sodaß man letzten Endes derartige Schummeleien gar nicht nötig hätte.

FARBSKALA DES ÄRGERS

Wer hat den Satz noch nicht vernommen?
„Dem ist die Galle hochgekommen
und dessen Antlitz wirkt gegerbt,
weil Zorn die Haut ganz Gelb verfärbt."
Auch lieben es so manche Leute,
sich „grün und blau" zu ärgern, heute.
Ganz sicher ist es gar nicht gut,
sich zu sekkieren bis auf's Blut,
sodaß man schließlich „rot" nur sieht,
wobei man meist den „Kürz'ren" zieht,
und käseweiß wird im Gesicht,
weil's gar so arg im Herzen sticht.
Wird einem „schwarz" dann vor den Augen,
dann heißt dies nicht, daß die nichts taugen.
Der Mensch, der schwer nach Atem ringt,
schon bald vor lauter Wut zerspringt.

LUXUSREISE IN DEN KONKURS

Schon in frühester Jugend fiel der kleine Alexander in der unmittelbaren Umgebung seines Domizils im 16. Wiener Gemeindebezirk durch gute Manieren, adrettes Aussehen und Hilfsbereitschaft auf. Man konnte zwar nicht behaupten, er wäre ein Vorzugsschüler, aber die oft wechselnden Lehrer waren mit seiner Leistung zufrieden und bezeichneten ihn allesamt als aufgewecktes und kluges Bürschlein. Das änderte sich auch nicht, als er zu einem Elektromeister vom alten Schlag in die Lehre kam, wo er sich von anderen Lehrbuben dadurch abhob, daß er sich vor keiner Arbeit drückte, nicht tachinierte, wie man in Österreich zu faulen Menschen sagt, weder rauchte noch trank und auch die Mädchen links liegen ließ.

So war es kein Wunder, daß sein Lehrmeister daran interessiert war, ihn auch nach seiner Gesellenprüfung in der Firma zu halten. Das war auch in Alexanders Sinn, denn er fühlte sich zu Höherem berufen und wollte bald sein eigener Chef sein. In der kürzestmöglichen Zeit absolvierte er die Meisterprüfung und dann fehlte nur noch das nötige Kleingeld, um ein eigenes Elektrounternehmen auf die Beine zu stellen. Es fügte sich, daß er eine nette Handelsschülerin knapp vor Schulabschluß kennen und lieben lernte, deren Eltern nicht ganz unvermögend waren. Maria war damit einverstanden, in dem zu gründenden Geschäft eifrigst mitzuarbeiten und ihre Eltern streckten Geld vor, damit die beiden nach ihrer Hochzeit in ihrem burgenländischen Heimatort, direkt an der Grenze zu Niederösterreich, einen winzigen Laden eröffnen konnten.

Jenseits der Leitha gab es in einem angrenzenden Ort bereits ein großes Elektrogeschäft mit mehreren Auslagen und einem umfassenden Warensortiment. Dort waren auch etliche Monteure und Helfer beschäftigt, die alle anfallenden Elektroarbeiten in der näheren und weiteren Umgebung mehr schlecht als recht verrichteten, wie man solches oft feststellen kann, wenn eine Firma sozusagen als Platzhirsch fungiert, weil es keine Konkurrenz gibt. Alexander Manter schien von Anfang an keine Gefahr für den anderen zu sein, weil ihn niemand beachtete, und er allein keine größeren Arbeiten übernehmen konnte. Nur durch seine junge Frau, die man im Ort natürlich bestens kannte, gelang es ihm, da und dort als Elektriker einzuspringen und sein Können unter Beweis zu stellen.

Im Gegensatz zu seinem übermächtigen Konkurrenten im Nachbarort, war Herr Manter überaus verläßlich, fachkundig und flink, hielt die von ihm genannten Termine prompt ein und verrechnete stets moderate Preise. Das sprach sich bald wie ein Lauffeuer in beiden Orten herum und sein Kundenstock wuchs von Tag zu Tag. Bald mußte er einen Elektromonteur einstellen, dann noch einige, schließlich sein Geschäft vergrößern und er konnte sich der vielen Aufträge kaum mehr erwehren.

Als ich ihn kennenlernte, besaß er bereits ein eigenes Haus, mit Büro, Werkstätte und einem großen Schauraum im Erdgeschoß, sowie einen Lagerraum im Keller. Seine Geschäftstätigkeit hatte sich inzwischen auch auf Wien ausgeweitet, wo er trotz der Entfernung und den damit verbundenen Mehrkosten billiger war, als die in der Bundeshauptstadt ansässigen Elektrounternehmen. Ohne tatkräftige Unterstützung seiner Frau, die nicht nur den Verkauf im Geschäft managte, die Buchhaltung und Lagerhaltung führte, den Einkauf tätigte, Telefondienste übernahm und alle Schreibarbeiten erledigte, hätte Herr Manter, der mit Kundenbesprechungen, Behördenwegen, Einteilung aller anfallenden Arbeiten, Erstellung von Kostenvoranschlägen, Einsatz und Kontrolle seiner Arbeiter, etc., voll ausgelastet war, kaum mehr einen Überblick über sein Unternehmen gehabt. Zum Glück hatte er einen Obermonteur beschäftigt, der sowohl über enormes Fachwissen verfügte, als auch selbständig Entscheidungen traf, wie es sein Chef nicht besser hätte tun können.

Dieser Mann, ein Herr Lasching, brachte es sogar zuwege, in Haushalten, Büros und kleineren Betrieben, die wie es vor einigen Jahren noch üblich war, nur über ein sogenanntes Vierteltelefon verfügten, jedoch gerne einen zweiten Telefonapparat, z.B. im Schlafzimmer gehabt hätten, voll funktionierende Nebenstellen zu installieren. Mit diesen konnte man dann genau so gut nach außen telefonieren, wie bei „ganzen Telefonen", obwohl die für das Telefonnetz zuständigen Spezialisten behaupteten, bei Telefonen, die sich vier Personen – nur durch die letzte Nummer unterschieden – teilen müßten, sei es technisch keineswegs machbar, auch noch einen Zweitapparat anzuschließen.

Als ich eines Tages in das Elektrogeschäft Manter kam, bediente nicht Frau Maria die Kunden, sondern eine entfernt Verwandte. Auf meine Frage, ob die Chefin erkrankt sei, erfuhr ich, daß dem nicht so sei. Frau Manter wäre im Vorjahr die beste Verkäuferin für Produkte eines großen Elektrokonzerns im Burgenland gewesen. Als solche hätte sie zum Dank von diesem Unternehmen eine Flugreise samt einwöchiger Rundreise in Südamerika geschenkt bekommen. Alle Achtung, dachte ich.

Ein Jahr später erfuhr ich etwas ähnliches. Diesmal war ihr als Belohnung ein Aufenthalt in Südafrika spendiert worden. Unglaublicherweise schaffte es Frau Maria, bzw. das Elektrounternehmen Manter, auch zum dritten Mal in ununterbrochener Reihenfolge, die burgenländische Firma zu sein, die dem Großkonzern die meisten Elektroprodukte, wie Waschmaschinen, Herde, Fernsehgeräte, Mixer, Kühlschränke, Mikrowellenherde etc., abgenommen hatte. Wieder wurde Frau Maria mit einer Luxusreise in ein exotisches Land ausgezeichnet. Es war nahezu unheimlich, wie das Geschäft florierte.

Dann riß plötzlich jede Verbindung mit der Elektrofirma Manter ab. Niemand kam an das Telefon, abgesandte Faxe blieben unbeantwortet, übernommene Arbeiten wurden nicht ausgeführt. Absolute Funkstille. Es blieb mir nichts anderes übrig, als selbst nach dem Rechten zu sehen. Da ich aber einen vierzehntägigen Urlaub eingeplant hatte, kam ich erst nach etwa einem Monat dazu, in die burgenländische Ortschaft zu fahren, wo Betrieb und Wohnhaus der Firma Manter etabliert waren. Dort angekommen, blieb mir vor Erstaunen der Mund offen. Leere Auslagen, zugesperrtes Geschäft, das Ehepaar ausgezogen. Erkundigungen bei den Nachbarn ergaben,daß die diversen Luxusreisen direkt in einen Konkurs gemündet hatten, weil das Unternehmen Manter zwar in den letzten 3 - 4 Jahren dem Großkonzern die meisten Elektrogeräte abgenommen hatte, diese jedoch nicht verkauft, sondern im Keller gelagert wurden.

So kann man natürlich auch zum besten Abnehmer eines Elektrokonzerns werden. Herr Manter soll übrigens von alldem nichts gewußt haben, da er sich ausschließlich seinen Elektroinstallationen widmete und mit Montagen voll ausgelastet war.

Wie groß der finanzielle Schaden für alle Lieferanten war, habe ich nie erfahren, auch die Eheleute Manter seither nie wieder gesehen. Ich weiß nur, daß beide Hals über Kopf das Weite ergriffen, nachdem sie alles verloren hatten und sich vor den Dorfbewohnern schämten. Herr Manter soll irgendwo in einem anderen Bundesland eine Stelle als kleiner Elektromonteur gefunden haben, wo er gerade nur das allernötigste zum Leben verdient. Was darüber hinaus geht, ist auf Jahre hinaus verpfändet.

WEIHNACHTEN

Wie schnell vergeht ein ganzes Jahr,
man wird sich dessen kaum gewahr.
Die Tage werden plötzlich kurz,
schon ist er da, der Wettersturz.

Es pfeift der Wind ganz eisig kalt,
und siehe da, auch Schnee folgt bald.
Die Arbeit wird in Kürze ruhn,
der Mensch hat Besseres zu tun.

Ein Licht erscheint am Firmament,
es ist, als ob der Himmel brennt.
Das Weihnachtsfest steht knapp bevor,
die Engel singen leis' im Chor.

Besinnlichkeit umfängt uns jetzt,
sind wir gestreßt doch bis zuletzt.
Sobald die Weihnachtsglocke klingt,
Musik in unsere Herzen dringt.

Vergessen ist der Alltag schnell,
wenn Kerzen brennen, warm und hell
und die Familie, froh und traut,
voll Hoffnung in die Zukunft schaut.

WERBUNG, DIE IN DIE HOSE GEHT!

Eine Person, die in der heutigen Zeit über einen ordentlichen Wohnsitz verfügt, ist trotz Datenschutz Freiwild für die Werbeindustrie. Es vergeht kaum ein Tag, an dem nicht der Postkasten mit Werbeschriften und Prospekten aller Art angefüllt wird, ob man will oder nicht, auch wenn groß und deutlich neben dem Namen vermerkt ist, daß Werbesendungen unerwünscht sind.

Besonders sogenannte „Opinion Leader", das sind Menschen die bestimmten Berufsgruppen angehören oder in der Wirtschaft leitende Positionen einnehmen, werden von einer Werbeflut sondergleichen überschwemmt. So erging es auch Günther Bortenschlag. Er hatte sich zwar angewöhnt, Drucksachen oder Briefe mit dem Vermerk: „Postgebühr bar bezahlt", ungeöffnet wegzuwerfen, aber manchmal war nicht gleich ersichtlich, daß es sich wieder um eine Werbezusendung handelte.

Nun ergab es sich, daß er just zu dem Zeitpunkt, an dem er ein neues Auto erwerben wollte, Prospekte einer bekannten Autovertretung erhielt, sowie eine Einladung zu einer kostenlosen Probefahrt mit einem Neuwagen nach Wahl über ein Wochenende. Es sollte hiefür lediglich der Termin einige Wochen vor der beabsichtigten Probefahrt mit der Firmenvertretung ausgemacht werden.

Günther, der eigentlich nie daran gedacht hatte, sich einen Mercales zuzulegen, besprach sich mit seiner Frau Lisl und meinte: „Warum eigentlich nicht. Bei einer längeren Probefahrt könnten wir einen solchen Wagen ausgiebig testen und feststellen, ob uns die Marke zusagt oder nicht.

Mit der Mercalesvertretung wurde anschließend ein Wochenende in vier Wochen und die gewünschte Wagentype vereinbart und besprochen, daß der PKW Freitag nachmittags abgeholt und am darauffolgenden Montag in der Früh wieder zurückgebracht werden würde.

Nun war noch zu überlegen, wohin die Fahrt gehen sollte. Lisl schlug vor, entfernte Verwandte im Innviertel zu besuchen, die schon längst einen solchen Besuch urgierten, der aus Zeitmangel immer wieder verschoben worden war. Günther fand die Idee großartig und die Gärtnerfamilie in der Nähe von Ried war erfreut, endlich wieder einmal die Familie Bortenschlag zu sehen.

Das vereinbarte Wochenende war herangerückt und Günther setzte sich mit der Firma Rasental telefonisch in Verbindung, wie die Übergabe des Mercales erfolgen sollte. Wie erstaunt war er aber, als man ihm lapidar mitteilte, der Wagen könne leider nicht zur Verfügung gestellt werden. Keine Begründung weshalb nicht, keine Entschuldigung, kein Anbot für einen anderen Termin, nichts.

Günther kochte. Den Verwandtenbesuch konnte er nicht mehr absagen und mußte ihn mit dem eigenen Wagen absolvieren. Eines schworen sich die Bortenschlagers aber: „Ein Mercales wird von uns garantiert nie angeschafft. Kann jemand eine vernünftige Erklärung dafür abgeben, was so eine Firmenwerbung für einen Sinn hat?

DIE REKLAMATION

Es gibt Menschen, die führen eine Art Schmarotzerleben. Durch ständiges Nörgeln, Reklamieren und Beschwerden aller Art, ob begründet oder nicht, schaffen sie es immer wieder, Vorteile für sich herauszuschinden, die besten Plätze zu ergattern und überall den Rahm abzuschöpfen. Sie fallen, wie man bei uns so schön sagt, immer auf die Butterseite.

Britta war so eine Person und es war oft peinlich, mit ihr einzukaufen oder in ein Restaurant zu gehen. Nichts paßte ihr. Sie durchwühlte mit Vorliebe das immense Warenangebot bei Ausverkäufen, ließ ein Chaos hinter sich und kaufte dann doch nichts, oder sie schickte im Restaurant wegen Nichtigkeiten das Essen zurück und brachte ihre Reklamationen lauthals vor allen anderen Gästen vor, sodaß man sich als ihr Begleiter richtiggehend genierte.

Ein Couchtisch fehlte noch dringend in ihrer Wohnung. Tagelang verunsicherte sie die verschiedensten Möbelhäuser, konnte sich aber doch, wie meist, nicht zu einem Kauf entschließen. Dummerweise ließ ich mich dazu überreden, sie zu beraten. Schließlich fanden wir einen Tisch, der einen ganz kleinen, kaum merkbaren Kratzer aufwies, aber Britta offensichtlich nicht störte, da er besonders preiswert war. Vielleicht auch wegen dieses Fehlers. Natürlich feilschte sie mit dem Verkäufer um jeden Schilling und war ganz glücklich, ihm weitere 5 % Rabatt heruntergehandelt zu haben.

Zwei Tage später wurde der Tisch zugestellt. Kaum war er ausgepackt „bemerkte" Britta den kleinen Kratzer und wollte ihn sofort zurückschicken. Aber der Spediteur meinte, das müsse sie schon mit dem Möbelgeschäft ausmachen. Dorthin eilte Britta, wie sie mir später erzählte, umgehend, und ließ sich nicht einmal durch einen weiteren Preisnachlaß von 30 % dazu überreden, den Couchtisch zu behalten. Sie bestand auf eheste Ersatzlieferung.

Diese erfolgte ein oder zwei Wochen später. Jetzt gab es an dem Tisch rein gar nichts mehr auszusetzen und der Preis war, wie sie selbst zugab, eine Mezzie. Zwei Tage später geschah ein Malheur. Da der Tisch eine hitzebeständige Kunststoffplatte aufwies, hatte sie sorglos ein eingeschaltetes Bügeleisen darauf abgestellt. In Kürze roch es verdächtig. Ein Brandfleck war unvermeidbar. Der Schreck saß tief. Britta trabte umgehend zum Möbelhaus und reklamierte erbost. „Hitzebeständig heißt nicht, ein Bügeleisen auf so einer Platte abzustellen", belehrte sie der Möbelverkäufer und weigerte sich, neuerdings einen kostenlosen Austausch vorzunehmen. Als weitestes Zugeständnis machte er sich erbötig, einen zweiten Tisch zu denselben Konditionen zu liefern, wie der vorhergehende, weil es sich um ein Auslaufmodell handelte, das deswegen schon weitgehend im Preis reduziert worden war.

Jetzt hätte Britta gerne den vor zwei Wochen wegen eines Haarrisses retournierten Tisch mit zusätzlich 30 % Rabatt gekauft, doch der Verkäufer blieb hart. „Entweder den vollen Preis, oder kein neuer Tisch". „Dann eben nicht!" Britta rauschte empört von dannen. Bei einem Besuch in ihrer Wohnung, ein Jahr später, sah ich noch immer den Tisch mit der verbrannten Platte. Jetzt störte sie der weithin sichtbare Schaden scheinbar nicht mehr.

WIE MAN SICH SELBST DAS WASSER ABGRÄBT

Thomas war frisch verheiratet und im Begriff, seine Wohnung nach und nach solid einzurichten. Es fehlte an Allem und Jedem, denn die erworbene Altwohnung befand sich in einem typischen Bassenahaus mit Plumpsklosett und Wasser am Gang, und die vorhandenen Stromleitungen waren so schwach, daß die Sicherungen schon beim Anschluß einer kleinen elektrischen Kochplatte durchbrannten.

Da die Neugestaltung der Wohnung und vor allem der Installationen viel Geld verschlungen hatte, blieb für weitere Anschaffungen kaum Geld übrig. Außerdem wollte Thomas nicht irgendeinen billigen Ramsch in einem Möbelcenter erstehen, sondern nach und nach mit den wichtigsten Einrichtungsgegenständen beginnen, und nur Solides erwerben. Die Gestaltung des Bades und der Küche stand an erster Stelle, das Schlafzimmer konnte zum Schluß drankommen, auch wenn man vorerst auf Matratzen schlafen mußte, die auf den Boden auf Zeitungspapier gelegt wurden.

Thomas arbeitete in einer großen Firma, sozusagen als Mädchen für alles. Sein Chef hatte vor kurzem eine feudale Villa in Wiens Nobelbezirk Grinzing erworben und war im Begriff, sie auf das Beste herzurichten und mit erlesensten Möbeln auszustatten. Seine bisherige Wohnung nahe dem Luegerplatz verwendete er zur Vergrösserung seines Büros, gleich anschließend an seine Wohnung und Thomas war von ihm beauftragt worden, wöchentlich einen Transport von Einrichtungsgegenständen vom 1. Bezirk in die Villa in Grinzing zu organisieren. Das klappte nun schon seit Wochen anstandslos und termingerecht an jedem Donnerstag Vormittag.

Da der Chef von den Möblierungssorgen seines Untergebenen wußte, schenkte er ihm eines Tages einen kleinen, aber soliden Schreibtisch, Thomas war hierüber sehr erfreut und bat den Chef der Spedition, dieses Stück bei seiner nächsten Fuhre vom 1. in den 19. Bezirk mitzunehmen und einen kleinen Umweg zur Salesianergasse, etwa 500 m vom Ring entfernt, zu machen, was auch geschah.

Wie erstaunt war Thomas jedoch, als er eine Faktura erhielt, in der für die Zustellung des Schreibtisches genau so viel verrechnet wurde, wie für die sonstigen Fuhren. Genau genommen wollte der Spediteur daher für eine einzige Fahrt samt kleinem Umweg den doppelten Preis. Er rief deshalb den Chef der Spedition an und machte auf den offensichtlichen Irrtum aufmerksam. Dieser entgegnete, er hätte für zwei verschiedene Kunden Transporte vorgenommen und daher das Recht, zwei Rechnungen zu legen. Außerdem wäre die Lieferung an Thomas eine einmalige Zustellung gewesen, während er für die anderen Möbeltransporte einen Dauerauftrag hätte. „Genau diesen habe ich namens meines Dienstgebers erteilt und kann ihn auch jederzeit wieder kündigen", sagte Thomas, „haben sie das vergessen?" „Das ist mir egal" entgegnete der Spediteur, „ich bestehe auf prompte Bezahlung, andernfalls klage ich!"

Thomas ließ sich auf keine weiteren Diskussionen ein, beglich den geforderten Betrag und beauftragte eine andere Spedition mit den wöchentlichen Möbeltransporten. Wie man sich mit einer solchen Sturheit selbst das Wasser abgräbt, war ihm völlig unverständlich. Ein Jahr später ging die Spedition übrigens in Konkurs.

WIE MAN SICH IRREN KANN

Menschen, die bereits im Computerzeitalter aufwuchsen, wird nachfolgende Geschichte nicht begreiflich sein, noch weniger Schulgängern, die es nicht einmal mehr verstehen, daß man rechnen lernen muß, wo es doch derart viele vollelektronischen Geräte auf dem Markt gibt, die einem diese Arbeit schnell und zuverlässig abnehmen. Auch Kassiererinnen in den Supermärkten sind oft erstaunt, wenn ein Kunde die Moneten für seinen Einkauf bereits abgezählt in Händen hält, obwohl die automatische Registrierkasse den Gesamtpreis noch gar nicht angezeigt hat. Das Kopfrechnen ist eben bei älteren Leuten noch nicht ganz in Vergessenheit geraten.

Diese hatten in ihrer Schulzeit, nach heutigen Maßstäben und ihren technischen Möglichkeiten gemessen, nur sehr primitive Hilfsmittel für Rechenoperationen aller Art zur Hand, die aber, verglichen mit ihren Eltern, einen enormen Fortschritt bedeuteten. Das war z. B. der Rechenschieber. Folglich gehörte es zum Mathematikunterricht in den Mittelschulen, daß diese Rechner eifrig bei der Lösung von Rechenbeispielen genutzt wurden.

So ergab es sich, daß in meinem Realgymnasium wieder einmal eine Schularbeit angesetzt war, bei welcher der Professor die Aufgaben der Reihe nach an die Tafel schrieb, nach kurzer Zeit wieder weglöschte und durch eine neue Aufgabe ersetzte. Insgesamt gab es vier Beispiele zu lösen. Ich hatte meinen Rechenschieber brav auf das Pult gelegt, bediente mich aber eines Logarithmenbuches, mittels dessen man zwar nicht so schnell, aber viel genauer rechnen konnte. Allerdings schaffte ich auf diese Art und Weise nur drei Rechnungen. Als der Lehrer nämlich die vierte Aufgabe an die Tafel schrieb, löschte er die vorangegangene, doch konnte ich die letzte zeitmäßig gerade noch schaffen.

Wie erstaunt war ich und mit mir die gesamte Klasse, – die genau wußte, daß ich den Rechenstab nicht besonders schätzte, weil man sich dabei sehr leicht in den Kommastellen irrt, – als der Prüfer in der nächsten Mathematikstunde das Ergebnis der vorangegangenen schriftlichen Arbeit allen Anwesenden bekanntgab. „Klassenbester im Rechenschieberrechnen war der Brenner. Er hat im Gesamten zwar nur drei Beispiele gelöst, aber diese waren alle richtig. Leider haben diejenigen, die zwar vier Rechnungen fertigstellten, Dezimalfehler gemacht, sodaß selbst die zweitbeste Arbeit nur zwei richtige Lösungen ergab." Der Professor konnte nicht verstehen, warum die ganze Klasse lachte und lauthals applaudierte. „Ja, nehmt euch den Brenner als Vorbild" dozierte er weiter. „Euer Kollege war zwar nicht der schnellste, hat dafür aber weniger Fehler gemacht. Leider bekommt er trotzdem nur ein „gut", während ich bedauerlicherweise diesmal viele „nichtgenügend" schreiben mußte!" „Irren ist menschlich", kann man dazu nur sagen. Ich habe Rechenschieber auch in meiner späteren Laufbahn als Techniker nie benützt und heute hat dieses Requisit aus früheren Zeiten höchstwahrscheinlich nur noch im Technischen Museum eine Daseinsberechtigung.

GEFANGEN IN DER BOTSCHAFT

Die Zeiten sind hoffentlich vorbei, als Botschaften ausländischer Staaten, auch in einem so zivilisierten Land wie Österreich, mittleren Festungen glichen. Zunächst war es die Angst vor Spionen, später vor Terroranschlägen, die führende Nationen Maßnahmen ergreifen ließ, um unbekannten Personen das Betreten exterritorialen Gebiets unmöglich zu machen, wobei manches Mal weit über das Ziel geschossen wurde. Einerseits wurden Räume mit der höchsten Sicherheitsstufe eingerichtet, wobei Wände, Decken und Fußböden aus überdimensionierten Stahlbetonteilen bestanden, Panzertüren zur Anwendung gelangten, schußsichere Panzergläser, Fernsehkameras, Schleusen und unzählige, schwerste, kaum knackbare Schlösser eingebaut wurden, andererseits manche Türbänder so filigran gestaltet waren, daß Einbrecher höchstens wegen eines Lachanfalls nicht gleich in der Lage waren, solche Eingangssperren zu knacken.

Heute sind alle diese Sicherheitsvorkehrungen nicht mehr so auffällig wie ehedem, obwohl man sich trotzdem in manchen Botschaften wie in einem Raubtierkäfig vorkommt, oder Arbeiter für die Erledigung einfachster Arbeiten aus dem Heimatland eingeflogen werden, weil Einheimischen in keiner Art und Weise vertraut wird. Das war zumindest bis vor kurzem bei östlichen Staaten so Sitte.

Westliche Botschaften sind da schon etwas toleranter, obwohl manche Abteilungen strengen Sicherheitsvorkehrungen unterliegen, selbst für eigene Staatsangehörige, sodaß einzelne Räume nur in Begleitung von FBI-Beamten, oder wie diese in anderen Ländern genannt werden, betreten werden dürfen.

Das war auch in einer Botschaft, die ich eben wegen dieser strengen Bestimmungen nicht nennen darf, der Fall. Dort war für untergeordnete Arbeiten eine ganze Reihe von Österreichern beschäftigt und vereinzelt sogar zu Abteilungsleitern ernannt, doch verschiedene Teile des Gebäudes waren für sie absolut tabu. Es gab unter ihnen auch eine Art Hausverwalter, der dafür zu sorgen hatte, alle auftretenden baulichen Mängel schleunigst beheben zu lassen, obwohl er nicht zum Stab der Angestellten gehörte, sondern auch andere Tätigkeiten als selbständiger heimischer Unternehmer durchführte. Dieser Herr mittleren Alters, war den ganzen Tag in Wien in Ausübung seines Berufes unterwegs, und wie es sich heutzutage fast für jeden derartigen Menschen gehört, mit einem Handy ausgestattet. Damit war Anton Behr, so hieß der Mann, fast überall in Wien erreichbar, oder sollte es zumindest sein, denn das GSM Netz ist nicht so flächendeckend, wie in der Werbung immer behauptet wird.

An einem Tag, an dem er anderes zu tun gedachte und dies auch im Büro, in seinem Kalender vermerkt hatte, erhielt er einen Anruf von der Botschaft und wurde gefragt, ob er auf einen Sprung vorbeikommen könne, die Saumrinne dürfte auf der Hofseite an einer Stelle undicht sein. Herr Behr, gerade im Nachbarbezirk unterwegs, änderte kurzerhand seine Fahrtroute und traf bald danach am gewünschten Ort ein, um den Schaden zu besichtigen. In der Meinung, es ginge nur um einige Minuten Aufenthalt, ließ er sein Handy wohlverwahrt im Wagen und fuhr mit dem Sicherheitsoffizier per Lift ins Dachgeschoß. Nach dem Aufsperren mehrerer Panzertüren, entfernen von Sicherheitsriegeln, Vorhangschlössern, Ausschalten von Alarmanlagen etc. hatte man endlich auch die eisenbeschlagene Tür, die in die Dachschräge führte, überwunden. Hier merkte der Beamte, daß er ausgerechnet den Schlüssel für das Öffnen des Gitters vor der Dachluke vergessen hatte, weshalb er diesen von der Portierloge zu holen gedachte. Herrn Behr wollte er den Weg ersparen, deshalb fragte er, ob es ihm etwas ausmache, ihn auf kurze Zeit in dieser Dachschräge einzusperren. Natürlich machte dies Anton nichts aus, er war ja kein kleines Kind, das sich im Dunkeln fürchtet, außerdem brannte über der Tür ein schwaches Licht.

Die Zeit verging, nichts rührte sich. Kein Laut drang durch die dicken Wände und durch die stahlbewehrte Betondachdecke. Auch das dicke, zusätzlich mit Blech beschlagene Sicherheitsglas des Dachbodenfensters, das nicht als Lichtquelle sondern nur für einen für Reparaturzwecke nötigen Dachausstieg diente, und die massiven Gitter davor, ließen kein Geräusch weder nach innen noch nach außen. Rufe und Schreie hatten also keinerlei Zweck, auch Klopfen würde nicht gehört werden. Schließlich kannte der Hausverwalter durch seine langjährige Tätigkeit auch Teile des Hauses, wo ein Normalsterblicher nicht hingelangte.

Zunächst hatte er gedacht, der Sicherheitsoffizier sei vielleicht durch irgendjemanden aufgehalten worden. In der Zwischenzeit waren aber schon zwei Stunden vergangen. Zu dumm, daß das Telefon im Wagen lag. Nun ging die Bürozeit bald zu Ende und dann stand ein Wochenende bevor. Einziger Trost für Herrn Behr, seine Frau würde ihn vermissen und sicher in der Botschaft nachfragen. Dann fiel ihm aber ein, daß er diesen Weg gar nicht im Bürokalender vermerkt hatte, weil er ja, unterwegs zu anderen Gebäuden, überraschend telefonisch abberufen worden war. Nicht einmal sein PKW würde einen Anhaltspunkt liefern, wo er sein könnte, weil er ausgerechnet an diesem Tag keinen Parkplatz vor der Botschaft gefunden hatte.

Würde er für eine östliche Botschaft arbeiten, könnte der Gedanke auftauchen, man wäre wieder in alte Gepflogenheiten des „Kalten Krieges" zurückgekehrt, aber hier handelte es sich um einen westlichen, zivilisierten Staat. Da hat es so unauffällige Festnahmen und Anhaltungen, bis ein Verdächtiger willenlos wurde und gestand, was immer man von ihm hören wollte, nicht gegeben.

Noch etwas anderes quälte Anton Behr. Er mußte dringend Wasser lassen, aber wo? Die schmale Dachschräge, in der er sich befand, ging zwar rund um das Haus, aber man konnte nur an der Hausinnenseite halbwegs gerade stehen, an der Dachrinnenseite waren höchstens 40 cm Höhe vorhanden. Ärgerlicherweise brannte nur eine einzige Lampe in seinem Verließ, gerade über der Eingangstür. Alle anderen Beleuchtungskörper, verteilt auf die gesamte Hauslänge wiesen entweder keine Glühbirne auf oder die vorhandenen waren ausgebrannt. Typisch. Dort wo der Hausverwalter nicht gerne eingelassen wurde, kümmerte sich niemand darum, ob alles in Ordnung war, ansonsten verlangte man von ihm, daß er auch Kleinigkeiten immer schnell und prompt erledigte.

Als es acht Uhr abends war, hielt Herr Behr es nicht mehr aus. Er suchte den am weitesten von der Eingangstür entfernten Platz und entleerte dort seine schon übervolle Blase. Das verschaffte enorme Erleichterung. In der Zwischenzeit stellte sich Hunger ein, da er seit dem frühen Morgen nichts mehr zu sich genommen hatte. An den Entfall des Mittagessens hatte er sich längst gewöhnt, jedoch stets ausgiebigst genachtmahlt. Mehr zu schaffen machte ihm das Einsetzen von Durst. Das ewige Hin- und Herrennen in dieser Enge, das Zermartern des Hirns, wie er diesem Verließ entkommen könne, und die Aussicht, Tage untätig hier verbringen zu müssen, zehrte an den Nerven und ließ das Mundinnere ganz trocken werden. Einem Tiger in einem engen Käfig mußte es ganz ähnlich ergehen. Beginnende Platzangst tat das Übrige und seine Widerstandskraft schien langsam zu erlahmen. In seiner Verzweiflung wurde er unachtsam, stieß mit dem Kopf gegen die einzige, noch funktionierende Glühbirne, und stand plötzlich in absoluter Finsternis. Das war zu einem Zeitpunkt, an dem er sich endlich durchgerungen hatte, nach einem Plätzchen Ausschau zu halten, wo er sich hinlegen könnte.

Mit dem Wegfall des Lichts ging das Zeitgefühl zur Gänze verloren und auch die Armbanduhr war jetzt keine Hilfe mehr, das Ziffernblatt war nicht zu sehen. Mehrmals nahm Anton Behr einen Anlauf, sich endlich irgendwo hinzulegen. Aber der Boden bestand aus rauhem Beton, die Unebenheiten drückten unangenehm ins Fleisch. Dagegen half auch das Sakko nicht, das er ausgezogen, auf den Boden ausgebreitet und von seinen „Innereien", wie Brieftasche, Notizblock, Schreibgerät erleichtert hatte. So begnügte sich der Hausverwalter zunächst damit, sich einfach auf den Boden zu setzen, mit seinem Rücken an die Längswand zum eigentlichen Dachbodenraum gelehnt und die Füße auszustrecken. Alles andere als bequem.

Die Zeit schien stillzustehen, der unfreiwillige Gefangene nahm zum ersten Mal in seinem Leben Gewahr, daß absolute Stille genau so wenig zu ertragen ist, wie übermäßiger Lärm. Trotz bleierner Müdigkeit konnte und konnte er nicht einschlafen. Dauernd mußte er seine Lage ändern, dazu die immer wiederkehrende Frage, warum sucht niemand nach mir?

Daran waren besondere Umstände schuld. Normalerweise hätte seine Frau sich schon längst Sorgen gemacht, warum ihr Mann nicht heimkam. Als sie jedoch den Terminkalender ihres Mannes im Büro prüfte, entdeckte sie die Eintragung, daß am Abend ein Klassentreffen angesagt war. Da kam es ab und zu vor, daß er, besonders wenn der Arbeitstag hektisch war, direkt in das Restaurant fuhr, in welchem die Zusammenkünfte stattfanden und man auch gemeinsam speiste. Es wurde bei solchen Anlässen meist sehr spät, sodaß Frau Behr immer schon schlief, wenn ihr Anton heimkehrte. So würde es auch diesmal sein, allerdings mit einem kleinen Unterschied. Die Hausfrau hatte nämlich an eben diesem Freitag Nachmittag die Nachricht von ihrer Tochter, die im Burgenland lebt, erhalten, daß sie erkrankt sei und gerne Unterstützung ihrer Mutter über das Wochenende in Anspruch nehmen würde. Das war für Frau Behr eine Selbstverständlichkeit, folglich hatte sie ihrem Mann, man schlief in getrennten Schlafzimmern, eine Nachricht hinterlassen, wonach sie schon in aller Früh verreisen, ihn aber vorher nicht wecken würde. Am Montag Vormittag käme sie voraussichtlich wieder nach Wien zurück.

Davon wußte Herr Behr allerdings nichts, auch nicht, was dem Beamten passiert war, als er sich nur kurz ins Erdgeschoß der Botschaft begab, um einen fehlenden Schlüssel zu holen. Ein Herzanfall ließ ihn vor der Portierloge zusammenbrechen, er verlor das Bewußtsein. Der sofort herbeigerufene Notarzt vermutete einen Herzinfarkt und brachte den Sicherheitsoffizier auf schnellstem Weg in das nächstliegende Spital. Dort kam er schleunigst auf die Intensivstation, wurde an verschiedene Schläuche angeschlossen, ein EKG wurde gemacht, Spritzen verabreicht und endlich ging der furchtbare Schmerz in der Herzgegend und die Todesangst vorrüber. Der Beamte ließ alles in stoischer Ruhe über sich ergehen und war froh, so schnell in ärztliche Betreuung gekommen zu sein. Die Erinnerung an die vorangegangenen Tätigkeiten waren dem Gedächtnis zur Gänze entschwunden.

Vergingen Minuten, Stunden, Tage? Herr Behr hätte dies nicht sagen können, auch nicht, ob gerade Tag oder Nacht war. Gelegentlich fiel er für kurze Zeit in Schlaf, trotz unbequemer und harter Unterlage. Hunger war ihm schon längst vergangen, weniger gut war der Durst zu ertragen. Er erinnerte sich an Zeitungsmeldungen über Menschen, die tagelang irgendwo eingeschlossen waren und trotz Hunger und Durst dieses Martyrium in relativ guter Verfassung überstanden hatten. Also würde er es genau so schaffen und irgendwann wieder ans Tageslicht kommen. Worüber aber noch nie seines Wissens geschrieben wurde, war der Umstand, wie Leute in ähnlicher Lage wie er, mit ihrer Notdurft zurecht gekommen waren. Hemmungen bezüglich des Urinierens waren ihm schon abhandengekommen. Im Gegenteil. Ihm kam der Gedanke, daß es in Büros unter dem Dachboden bald durchnässen würde, wenn er immer denselben Platz zur Verrichtung seiner Notdurft benützte. Doch auch das war nicht mehr so sicher, seitdem er sich nur mehr in stockdunkler Umgebung bewegen konnte.

Wie war es aber mit dem Stuhlgang? Das Problem wurde immer dringlicher. Einerseits wollte Herr Behr nicht von der Dachbodentüre weichen, damit man ihn gleich fände, wenn jemand Nachschau hielt, andererseits mußte er zur Verrichtung seines Geschäftes möglichst weit weg von seinem normalen Aufenthaltsort, um nicht im Gestank leben zu müssen. In einer solchen Situation wird der Mensch zum Tier, stellte der Hausverwalter fest und dachte mit Schaudern an Millionen von Menschen, für die Hygiene einfach nicht existiert. Jedenfalls war das Umgehen mit den primitivsten Bedürfnissen eines zivilisierten Menschen für Herrn Behr belastender, als sein Drang nach Essen und Trinken.

Das Wochenende war vorrüber gegangen. Frau Behr hatte mehrmals versucht, ihren Mann telefonisch zu erreichen, aber vergebens. Im Büro lief ein Tonband und am Handy meldete er sich nicht. Auf die Idee, selbst anzurufen, war er scheinbar nicht gekommen. „Wahrscheinlich ist er verschnupft, weil ich so Hals über Kopf zu unserer Tochter gefahren bin," dachte sie sich, war aber andernteils froh, daß sie die Fahrt unternommen hatte, weil es im Haushalt der Tochter mit zwei Kleinkindern schon drunter und drüber gegangen war. Ohne sich aber allzu sehr den Kopf zu zerbrechen, fuhr sie am Montag Nachmittag nach Hause. Dort wurde sie erstmals stutzig. Es beunruhigte sie, daß ihr Mann offensichtlich seit Freitag gar nicht mehr daheimgewesen war und keinerlei Nachrichten hinterlassen hatte. Das war sonst nicht seine Art und in ihrer langjährigen Ehe bisher auch noch nie vorgekommen.

„Es wird doch nichts passiert sein?" war ihr augenblicklicher Gedanke. „Hatte er einen Autounfall? Liegt er irgendwo im Spital? Was mache ich nur?" Es kostete sie Mühe, ihre Gedanken zu konzentrieren. „Am zweckdienlichsten ist es wohl" dachte sie, „wenn ich den Tagesablauf von Anton, seit Verlassen des Hauses am vergangenen Freitag, gleich nach dem Frühstück, minutiös an Hand seines Kalenders verfolge, um festzustellen, wo sich seine Spur verliert."

Das tat sie sogleich mit Akribie und stellte fest, daß er überall gewesen war, wie er es vorgemerkt hatte. Vom Besuch in der Botschaft wußte sie natürlich nichts. Auch die Telefonnummer eines Klassenkameraden fand sie heraus der, soweit sie sich erinnern konnte, bei kaum einem Treffen fehlte. Sie rief ihn an und hatte das große Glück, ihn sofort zu erreichen. Einige Minuten später wäre er über alle Berge gewesen, da er verreisen wollte. Aus dem Gespräch mit ihm entnahm Frau Behr mit Verblüffung, daß ihr Mann erstmals unentschuldigt dieser Zusammenkunft ferngeblieben war. „Das ist eigenartig", war ihre Reaktion. „Somit wurde er das letzte Mal vor drei Tagen um 15 Uhr von jemanden gesehen. Ich muß umgehend die Polizei verständigen!"

Man war sehr freundlich am Kommissariat, als sie dort anrief. Von einem Unfall war aber nichts bekannt und für eine Vermißtenanzeige war es noch zu früh. „Vielleicht hat ihr Mann das Wochenende dazu benützt, einen Ausflug zu unternehmen oder eine Freundin zu besuchen, nachdem er feststellte, daß sie verreist waren", meinte man und gab den Rat, zumindest noch einen Tag zuzuwarten, „er kann eine Panne gehabt haben oder im Stau stecken geblieben sein." Frau Behr mußte diese Meinung wohl oder übel akzeptieren, erst viel später fiel ihr ein, daß Anton von ihrer Burgenlandfahrt nichts wissen konnte, da er am Freitag überhaupt nicht heimgekommen war.

Voll Sorge verging der Abend. Sie war jeden Moment auf einen Anruf gefaßt, aber wenn das Telefon läutete meldeten sich Freunde oder Bekannte, die vom Verschwinden ihres Mannes keine Ahnung hatten. Die anschließende Nacht war furchtbar. Frau Behr konnte kein Auge zumachen. Tausend Gedanken kreisten in ihrem Gehirn, aber am Ende führten sie nur zum Ausgangspunkt all ihrer Überlegungen zurück. Wo steckte ihr Mann? Am nächsten Morgen führte sie ihr erster Weg ins Polizeikommissariat zwecks Aufnahme eines Vermisstenprotokolls, gleichzeitig nahm man alle Daten des mit Herrn Behr verschwundenen Wagens auf, um vielleicht diesen ausfindig zu machen.

Schon am nächsten Tag konnte die Polizei Frau Behr die Mitteilung machen, daß der gesuchte Wagen aufgefunden worden war, keinerlei Beschädigungen aufwies und wo sie ihn holen könne, wenn sie einen Wagenschlüssel hätte. Das war der Fall und brachte insoferne eine mögliche Spur zu ihrem Mann, als sie feststellte, daß der PKW unweit der von ihm betreuten Botschaft geparkt war.

Nun überstürzten sich die Ereignisse. Nachdem man eine Reihe von Untersuchungen bei dem in einer Intensivstation liegenden Sicherheitsoffizier der Botschaft vorgenommen und festgestellt hatte, daß dieser knapp an einem Herzinfarkt vorbeigegangen war, konnte er in ein normales

Krankenzimmer verlegt und dort auch von Kollegen seiner Botschaft besucht werden. Bei dieser Gelegenheit erkundigte sich der Mann erstmals nach dem Hausverwalter, mit dem er die beschädigte Dachrinne besichtigen sollte und wollte wissen, ob man ihn lange im Dachboden warten ließ. Davon wußte der Verwaltungsbeamte überhaupt nichts und konnte, in die Botschaft zurückgekehrt, auch nichts in Erfahrung bringen. Obwohl es eine strenge Bestimmung gab wonach jeder, der die Botschaft betrat oder wieder verließ, in einem eigenen Besucherbuch zu registrieren war. Es fand sich aber keinerlei Eintragung.

Nun kam Herr Behr zwar ziemlich oft in das Botschaftsgebäude, wurde aber trotzdem immer in das Besucherbuch eingetragen. Am Freitag der Vorwoche war jedoch kein entsprechender Vermerk aufzufinden, ganz abgesehen davon, daß sich auch niemand daran erinnern konnte, den Hausverwalter gesehen zu haben. Der erste Sekretär der Botschaft hätte es bei dieser Auskunft wohl bewenden lassen, wäre nicht im gleichen Augenblick Frau Behr aufgetaucht. Sie berichtete vom mysteriösen Verschwinden ihres Mannes und davon, daß er seinen Wagen in unmittelbarer Nähe des Botschaftsgebäudes geparkt hätte, was die Vermutung aufkommen ließ, er hätte dienstlich dort zu tun gehabt.

Der Gedanke, Herr Behr könnte tatsächlich das Gebäude kurz betreten haben, in Verbindung mit der Frage des Sicherheitsoffiziers im Spital, wie lange man Herrn Behr im Dachgeschoß warten ließ, bevor man ihn holte, bewogen den Administrationsoffizier letztendlich, gemeinsam mit einem Untergebenen Nachschau zu halten. Vom Portier wurde den Herren ein ganzer Bund Schlüssel übergeben mit denen die vielen Türen auf dem Dachgeschoß geöffnet werden konnten. Dort aber fiel ihnen auf, daß diese, außer der einen zur Dachschräge, nicht versperrt waren, was eine Schlamperei sondergleichen darstellte und entsprechende Konsequenzen für die dafür Verantwortlichen nach sich ziehen würde. Wenn der Sicherheitsbeamte im Spital lag, hätte sein Stellvertreter täglich den obligaten Rundgang durch das Gebäude vornehmen und dabei die nicht versperrten Türen sehen müssen. Nervös geworden, beeilte sich der erste Sekretär die letzte Tür aufzusperren. Im Inneren spendete die Dachluke kein Licht, weil sie aus Sicherheitsgründen mit einer massiven Stahlplatte abgedeckt war. Sämtliche Leuchten funktionierten nicht. Um überhaupt etwas sehen zu können, besorgte sein Begleiter eine Taschenlampe. Damit konnte der Dachraum halbwegs ausgeleuchtet werden.

Weit hinten lag ein Kleiderbündel auf dem Boden. Neugierig geworden bequemten sich die beiden dorthin. Es war nicht zu fassen. Tatsächlich lag hier Herr Behr teilnahmslos in seinem zerknitterten Anzug, verstaubt, unrasiert. Er blinzelte mit geröteten Augen in das ihn blendende Licht und es dauerte eine Weile, bis er zu begreifen schien, daß endlich Retter in der Gestalt bekannter Botschaftsangehöriger erschienen waren. Die qualvolle Zeit der unfreiwilligen Gefangenschaft in der Dachschräge war vorbei. Sie hatte zwar nur fünf Tage gedauert, dem Hausverwalter schien es aber, als wären es mindestens zehn Tage gewesen, seitdem er in dem Verließ eingesperrt und nicht mehr freigelassen worden war.

Durst war das erste, was er sagte. In einem Zug leerte er eine ganze Flasche Mineralwasser, die ihm eiligst gereicht wurde, ehe er imstande war, die

Erklärungen zu verstehen, wie es überhaupt zu diesem Mißgeschick kommen konnte.

Seine Gattin war überglücklich, ihn lebend und in relativ guter Verfassung wieder in die Arme schließen zu können. Zur Kontrolle seines Gesundheitszustandes mußte er zwar kurzfristig in ein Spital, aber es stellte sich heraus, daß er dieses Abenteuer ohne Schaden überstanden hatte. Trotzdem wünschte Herr Behr niemanden ein solches Erlebnis, denn er meinte, man könne dabei leicht den Verstand verlieren. Letzten Endes ist es aber doch immer wieder erstaunlich festzustellen, was ein Mensch in einer Notsituation zu ertragen imstande ist.

ENTARTETE POESIE

Man spricht heut' vielfach von „Gedicht",
reimt sich ein Sprüchlein, oder nicht.
Auch scheint es vielen ganz egal,
ob sie auch stimmt, die Silbenzahl.

Wie wichtig die Betonung ist
wenn jemand ein Poem mal liest,
wird außerdem meist ignoriert,
weil sonst das „Dichten" schwierig wird.

Was ist ansonsten noch gefragt?
Daß Dir der Inhalt etwas sagt?
Bei vielen ist das nicht der Fall,
doch hochgelobt wird's überall.

Somit wird heute Literat,
schon fast ein jeder, in der Tat.
Jetzt braucht er nur mehr Protektion,
dann gibt es auch viel Subvention.

Vor Jahren brach der Federkiel,
schrieb man was Dummes, und zuviel.
Doch Schreibmaschinen niemals schrei'n,
tippt man auch großen Unsinn ein.

Wer dichtet nach der alten „Art",
bekommt nur einen langen Bart.
Gefragt ist das, was nicht entzückt.
Das nennt sich Kunst, ist's auch verrückt!

DER HAUPTPREIS

Es ist fast nicht zu glauben, wieviele Menschen es in unserer Umgebung gibt, die, wie man auf deutsch sagt, hinter dem Mond leben. Sie gehen zwar täglich zur Arbeit, da es sich so gehört und man in Zeiten, wie diesen, froh sein muß überhaupt Arbeit zu haben, hausen nicht besonders wohnlich in einer sogenannten Mietskaserne und interessieren sich für rein gar nichts.

Sie leisten sich keinen Luxus und geben doch viel Geld für Alkoholika, Zigaretten und den regelmäßigen Kauf von Losen der Klassenlotterie aus, spielen eifrig im Toto, bei „6 aus 45" und bei sonstigen Glücksspielen mit, und freuen sich über jeden Schilling, den sie ab und zu hierbei gewinnen. Sie übersehen dabei allerdings, daß sie wesentlich mehr Geld investieren als sie zurückbekommen und hoffen ein Leben lang auf einen Haupttreffer.

So war es auch beim kinderlosen Ehepaar Hans und Frieda Kugler. Eines Tages aber stand das große Glück vor der Tür. Sie hatten bei einem Firmenpreisausschreiben, wie schon so oft, mitgemacht, diesmal jedoch den ersten Preis gewonnen. Einen achttägigen Urlaub für zwei Person in einem Tiroler 5 Sterne Hotel, samt Hin- und Rückfahrt, sowie Vollpension. Die beiden konnten dieses Glück gar nicht fassen. Bisher waren sie, wenn sie überhaupt Urlaub machten, in kleinen Gasthöfen oder Pensionen untergekommen, wo man preiswert lebte, aber keine besonderen Ansprüche an Unterkunft und Verpflegung stellte. Jetzt sollte es sogar in ein Luxushotel gehen?

Der Tag der Abreise nahte. Frau Kugler hatte plötzlich Bedenken, daß ihre Garderobe in diesem feinen Haus vielleicht zu auffällig wäre, denn sie trug gerne großgeblumte Kleider mit bunten Farben. Ihr Mann knurrte: „Die können uns alle gern haben, die geschniegelten Leute. Wir sind in dem Hotel Urlauber, genau wie die anderen, und werden uns deshalb keine neuen Gewänder kaufen."

Man war am Bestimmungsort angelangt. Das vornehme Hotel hatte sogar einen livrierten Diener geschickt, der das Ehepaar mit einem Pferdegespann vom Bahnhof abholte. „So einen Empfang laß ich mir gefallen," sagte Herr Kugler zu seiner Frau, drückte dem Lakaien fünf Schilling in die Hand, „da darf man auch mit Trinkgeld nicht geizen."

Während die Kuglers in der Empfangshalle des Hotels die Anmeldeformalitäten erledigten, erzählten sie allen Angestellten, daß sie zu den wenigen Teilnehmern eines Preisausschreibens gehörten, die alle gestellten Fragen richtig beantworteten und deshalb den Hauptpreis gewonnen hätten. Dem Pagen, der in der Zwischenzeit das umfangreiche Gepäck des Ehepaars ins Zimmer bringen wollte, stieg Herr Kugler mit der Bemerkung auf die Zehen: „Nix da, die Koffer trag ich selbst, damit nichts verlorengeht, und Trinkgeld gibts höchstens bei der Abreise." Trotzdem wurden die in diesem Haus reichlich ungewöhnlichen Gäste in ihr Zimmer geleitet, das bezüglich Größe und Ausstattung alle ihre Träume bei weitem übertraf. In einer Vase steckte ein großer Blumenstrauß mit einem Billett, mit welchem die Hotelleitung schönen Aufenthalt wünschte. Auf der Anrichte war eine reich dekorierte Obstschüssel plaziert, die Herr Kugler sogleich mit Heißhunger abzuräumen begann, obgleich das Nachtmahl oder „Dinner", wie es vornehm ausgedrückt in einer Informationsschrift hieß, unmittelbar bevorstand.

Während sich seine Frau für das Essen etwas herrichtete, begutachtete Hans den Fernseher mit Angabe der empfangbaren Sender, einschließlich der Programme, für die man extra bezahlen mußte, das Radio mit Weckuhr, ein Telefon neben dem Bett und eine Minibar, gefüllt mit allerlei Getränken und Knabbereien. „Hier werden wir sicher nicht verhungern und verdursten," rief Herr Kugler ins Bad hinein, „da läßt es sich länger aushalten, als eine Woche!"

Im Speisesaal steuerten die beiden auf den erstbesten Tisch neben dem angerichteten Buffet zu, denn im Zimmer hatten sie aus eigens aufgelegten Unterlagen entnommen, daß es zum Dinner ein separates Salatbuffet zur freien Entnahme gibt und zum Abschluß eine Käseplatte, „Da müssen wir möglichst nahe dran sein, damit uns die anderen nicht alles vor der Nase wegessen" war der Kommentar des Hungrigen. Der Ober bedeutete ihnen, daß die Tische alle besetzt seien, für das Ehepaar Kugler jedoch ein eigener Platz reserviert wurde. Der gehörte, direkt am Fenster mit einer wunderbaren Aussicht, zu den bevorzugtesten Sitzgelegenheiten überhaupt, was die beiden in keiner Weise zu würdigen wußten. Sie sahen nur die weite Entfernung zum Buffet und waren mit dem Platz unzufrieden.

Das Menü war selbst für ein Spitzenhotel außergewöhnlich und bestand aus insgesamt fünf Gängen: Zwei Vorspeisen, einem Hauptgericht und zwei Nachspeisen. Die Salatauswahl nicht mitgerechnet. Trotzdem hörte man Herrn Kugler nur nörgeln. „Warum braucht man so große Teller, wenn dann so wenig drauf ist?" „Wichtig ist doch nur, daß wir satt werden," beruhigte ihn seine Frau, doch bei der Nachspeise ging die Kritik wieder an. „Der Teller ist voller Farbklexe und am Rand haben sie Zucker draufgestreut, daß man ihn nicht einmal in die Hand nehmen und abschlecken kann" „Mir schmeckts," antwortete Frieda. „Ich könnte gar nicht mehr vertragen."

Am Ende des Mahls kam der Ober zum Tisch und fragte: „Wollen Sie die Getränke gleich bezahlen, oder soll ich sie auf die Rechnung setzen?" „Wir zahlen hier gar nichts, wir haben den Aufenthalt als Hauptpreis gewonnen," kam die erboste Antwort. „Ja, ja," beruhigte der Ober, „das mag durchaus stimmen, aber die Getränke sind in unseren Pensionspreisen nicht inbegriffen, die müssen Sie separat bezahlen." Widerwillig kam Herr Kugler dieser Aufforderung nach und sagte anschließend zu seiner Frau: „In Hinkunft trinken wir im Speisesaal nur Wasser. Bier und Wein holen wir uns aus dem Eiskasten im Zimmer." „Müssen wir dafür nicht auch extra zahlen?" „Das wäre noch schöner! Zuerst gewinnen wir etwas, dann holen sie das Geld durch Getränke zurück? Das lasse ich mir nicht gefallen. Da können sich diese Halsabschneider gleich den Hauptpreis auf den Hut stecken!" Damit war für Hans Kugler der Fall erledigt und künftig bediente sich das Ehepaar vor dem Essen immer ausgiebigst vom Getränkevorrat im Zimmerkühlschrank.

Die Tage flogen nur so dahin. Das Wetter war prächtig, die Landschaft rundum einzigartig, aber dafür hatten die Kuglers keinen Blick. Sie gingen kaum aus dem Haus, waren stattdessen immer die ersten, wenn es an der Zeit war, irgendeine Mahlzeit einzunehmen. Auch an den Abenden wußten sie nichts mit sich anzufangen. Meist hockten sie vor dem Fernsehapparat und „surften" durch das Programm. Hierbei knabberten sie von den Vorräten, die im Zimmereiskasten täglich nachgefüllt wurden, angefangen von gesalzenen Erdnüssen, über Käsestangerl bis zu den Süßigkeiten. Es war erstaunlich, was vor allem Herr Kugler in sich hineinstopfte, als hätte er den ganzen Tag nichts gegessen. Dabei häufte er sich schon am frühen Morgen beim Buffetfrühstück seinen Teller voll, wobei er von vielen Köstlichkeiten allerdings nur kostete und die besten Leckereien unberührt auf seinem Teller zurückließ. Es kostete ja nichts. Daheim hätte er sich so eine Verschwendung nicht erlaubt.

Das Ende des Urlaubs war herangerückt. Großzügig hinterließ Herr Kugler zehn Schilling für das Stubenmädchen auf dem Nachtkästchen. Die Koffer schleppte er selbst ins Erdgeschoß und als er bei der Schlüsselrückgabe gefragt wurde, ob ein Taxi zum Bahnhof gerufen werden sollte, meinte er: „Nur, wenn das nichts kostet!" „Natürlich kostet das nichts", entgegnete man ihm, „die Fahrt müsse er allerdings schon bezahlen." „Da gehen wir lieber zu Fuß, wir haben sowieso noch genügend Zeit", war die Antwort. Man wendete sich bereits zum Gehen, als die freundliche Dame an der Rezeption auf die Begleichung der offenen Rechnungen hinwies. „Für uns wurde alles schon bezahlt, wir haben unseren Urlaub als ersten Preis gewonnen", war die stereotype Antwort von Herrn Kugler. „Das wissen wir," gab die Hotelangestellte kund, „dafür bekommen Sie auch keine Rechnung, aber Sie haben täglich Getränke und andere Kleinigkeiten aus der Zimmerbar entnommen. Das ist nicht im Pauschale inbegriffen, und macht in Ihrem Fall, Moment einmal, über dreitausend Schilling aus." „Sie sind ja verrückt geworden", schrie Herr Kugler laut und alle Gäste, die sich in der Hotelhalle aufhielten, blickten konsterniert auf den wild herumgestikulierenden Mann. „Das ist eine grenzenlose Schweinerei" fuhr Herr Kugler in seinem Zorn fort. „Um dieses Geld hätte ich mir woanders einen Urlaub mit allem Drum und Dran leisten können, ohne einen Haupttreffer gemacht zu haben. Ich will sofort mit dem Hoteldirektor sprechen!" „Der wird Ihnen auch nichts anderes sagen", meinte die Rezeptionistin, „aber da kommt er persönlich."

Da sich das Ehepaar nicht und nicht beruhigen wollte und über das ihnen widerfahrene Unrecht in übelster Art und Weise schimpfte, bat sie der Direktor in sein Besprechungszimmer, denn das Luxushotel konnte ein solches Geschrei in der Hotelhalle nicht einfach so hinnehmen. Aus Kulanzgründen erklärte er sich schließlich bereit, die Hälfte der Forderungen nachzulassen, doch auch diesem Kompromiß wollte Herr Kugler nicht zustimmen. „Außerdem besitzen wir gar nicht mehr soviel Geld" argumentierte er und entleerte die Brieftasche vor dem entgeisterten Hotelchef. Der begnügte sich schließlich mit etwa tausend Schilling und gab den Rat, künftig die Preislisten in der Zimmerbar genau zu beachten, schließlich wären darin die Preise für alle Getränke und Naschereien genauest angeführt. „In so ein Hotel gehen wir sowieso nie mehr wieder", war die Antwort, „auch wenn wir zehn Hauptpreise gewinnen!"

DOLCE FAR NIENTE

Man träumt am Meer in Hängematten,
will keinen Sonnenbrand sich holen.
Wer schlau ist, legt sich in den Schatten,
dort kann er bestens sich erholen,
vergnüglich auf's Ozonloch pfeifen,
jedoch die frische Luft genießen.
Die Bräune, die kann langsam reifen
und auch der Bart muß nicht so sprießen.

Der Geist kann ebenfalls gesunden,
wenn Lärmerreger nirgends stören.
Man läßt sich einen Fruchtsaft munden,
braucht Weltnachrichten nicht zu hören.
Sie und die Zeitungsneuigkeiten
vermiesen oft die Urlaubswochen.
Man spricht ja nur von Scheußlichkeiten,
schreibt, was die Menschheit hat verbrochen.

Doch abgeschnitten in der Fremde,
von jeder Art Informationen,
legt in den Schoß man beide Hände,
kann bestens seine Nerven schonen.
Ein Urlaub soll mit Recht erfreuen,
was hat man sonst von seinem Leben?
Es darf der Mensch sich nur nicht scheuen,
sich süßem Nichtstun hinzugeben.

CHRISTFEST AUF DEN ANTIPODEN

Man hat ihn zwar, den Tannenbaum,
auch dort, wo's nicht so kalt.
Er ist jedoch, man glaubt es kaum,
aus Plastik, nicht vom Wald.
Die Farben stimmen, sie sind grün,
die Kerzen nicht aus Wachs.
Man kann sich noch so sehr bemüh'n,
die Stimmung, die bleibt lax.
Kein Tannenduft, kein warmes Licht,
kein prickelndes Gefühl.
Ein wahres Christfest ist das nicht.
Das Herz bleibt stumpf und kühl.

DER WESPENSTICH

Die fünfjährige Bettina spielte ganz allein mit ihren Puppen auf dem Balkon und war selig. Die übrige Familie auch, denn auf diese Weise war man den kleinen Quälgeist eine Zeitlang los und mußte sich nicht andauernd um ihn kümmern. Das Kind war nämlich sehr lebhaft und wißbegierig und ging den Eltern manches Mal richtig auf die Nerven.

Plötzlich kam Bettina schreiend ins Zimmer gestürzt, verfolgt von einer Wespe. Es bedurfte keiner hellseherischen Fähigkeiten, um sofort zu erkennen, das Kind war gestochen worden. Der Vater ergriff eine in der Nähe herumliegende Fliegenklatsche und tötete mit einem gezielten Schlag das Untier, das seiner süßen Tochter etwas zuleide getan hatte. Die Mutter erkundigte sich, wohin die böse Wespe gestochen hätte und Bettina brachte schluchzend hervor: „Ins Bein". Darauf wurde schnellstens ein Leinenstreifen geholt, mit eiskaltem Wasser, einem in solchen Fällen angeblich altbewährten Mittel, getränkt und die Einstichstelle gesucht.

Vater entdeckte am linken Unterschenkel des Kindes einen „roten" Fleck. Dort wurde das nasse und kühlende Leinen aufgelegt. Als sich Bettina von ihrem Schreck halbwegs erholt hatte, wurde der Umschlag durch einen neuen, den man wieder in eiskaltes Wasser tauchte, ersetzt. Die Behandlung zeigte bald Wirkung. Fröhlichkeit stellte sich erneut ein, der Schmerz war vergessen und die auf dem Balkon zurückgelassenen Puppen riefen nach ihrer Mutter, wie Bettina sagte, weshalb sie schleunigst an ihren Spielplatz zurückwollte.

Das Ehepaar stand diesem Wunsch nicht im Wege, war doch damit die Sonntagsruhe wieder hergestellt. Bevor das Mädchen wieder auf den Balkon rannte, sagte der Vater zu ihm: „Wenn wieder eine Wespe kommt, bleib ganz ruhig und lauf gleich zu uns. Dann wird sie dir gewiß nichts tun. Wie gut, daß wir die Wunde gekühlt haben, jetzt sieht man überhaupt nichts mehr vom Stich." Er zeigte auf die Stelle die man so erfolgreich behandelt hatte „und das Bein ist auch nicht geschwollen." „Aber dort hat mich die Wespe überhaupt nicht gestochen," gab Bettina zur Antwort. „Es war das andere Bein, wo sie mir weh getan hat!" Lange Gesichter bei der Familie. Da an der angegebenen Stelle gleichfalls keine Rötung zu erkennen war, kam man zum Schuß, daß die Wespe möglicherweise unschuldig erschlagen worden war.

ES GEHT AUCH OHNE HIRN

Bin kein Doktor, kein Professor,
hab was Rechtes nie studiert,
war verschrien nur als Fresser
und als Mensch aus dem nichts wird.
Trotzdem muß es mir gelingen,
aller Welt zu explizier'n.
Menschen, die am höchsten springen,
brauchen Kraft, jedoch kein Hirn.

DAS UNTERBEWUSSTSEIN SCHLÄFT NICHT

Ein westeuropäischer Staat hatte mich beauftragt, in Budapest seine Konsulats- und Visaabteilung komplett umzubauen und zu modernisieren. Dieser Auftrag bedeutete nicht nur eine große Ehre für mich als österreichischen Architekten, sondern war auch mit viel Arbeit, Reisetätigkeit, sowie Verantwortung verbunden. Zusätzlich erforderte sie diplomatisches Geschick, denn es mußte das Einvernehmen mit dem Arbeitsministerium, dem auswärtigen Amt und denjenigen, die für die Sicherheitsvorkehrungen in dem Gebäude zuständig waren, hergestellt werden. Aber auch Konsul und Botschafter hatten gewichtige Worte bei Planung und Ausführung mitzureden.

Die Planung ging hierbei am schnellsten vonstatten, wesentlich länger dauerte es, die Zustimmung von den einzelnen Abteilungen zu erhalten. Als auch diese Hürde genommen war, mußten die Detailpläne genehmigt werden, erst dann konnte an die Einholung von Kostenvoranschlägen für die verschiedenen Bau- und Professionistenarbeiten gedacht werden.

Weitere Wochen vergingen, bis schließlich die Gesamtkosten genehmigt wurden, und alle Beteiligten mit Arbeitsbeginn- und vorgesehenem Fertigstellungstermin einverstanden waren. Es kam beinahe einer Sisyphusarbeit gleich.

Endlich waren alle Hindernisse beseitigt, die neu angefertigten Möbel angeliefert, der zuständige Beamte des Arbeitsministeriums, die Arbeiter verschiedener österreichischer Firmen und ich in der ungarischen Hauptstadt eingetroffen. Der Beginn der Umbauten hatte begonnen. Doch schon nach einigen Stunden hieß es: „Halt, hier darf nicht mehr weitergearbeitet werden. Konsul und Botschafter sind strikt gegen die vorgesehene Raumteilung mit den angelieferten Trennwänden aus Holz und Glas und gegen die beabsichtigte Aufstellung der mitgebrachten Einbaumöbel, Schreibtische, etc. mit der Begründung, daß der Besucherwarteraum zu groß, die Räume für die Beamten jedoch zu klein ausfallen würden. Die Lieferung muß nach Österreich zurück.

Großer Schreck bei allen Beteiligten. Selbst der Beauftragte des Arbeitsministeriums aus dem betreffenden Land wagte keinen Einwand. Ich forderte die zur Untätigkeit verurteilten Arbeiter auf, zunächst Mittagspause zu machen und bat um einen dringenden Besprechungstermin beim Herrn Botschafter. Den gewährte man mir, aber es wurden alle schon bekannten Einwände gegen die Fortsetzung der Arbeiten wiederholt. Ich sagte: „Ich habe Ihnen doch schon vor vielen Wochen die genauen Details für den geplanten Umbau übersandt, ohne daß Sie ein Veto dagegen einlegten". „Wir hatten keine Zeit, die Pläne zu begutachten", war die Antwort. „In der vorgesehenen Art und Weise lasse ich die Arbeiten jedoch nicht weiterführen. Wenn Sie die Möbel nicht zurückschicken wollen, bleibt es Ihnen freigestellt, einen anderen Entwurf auszuarbeiten." Dann erklärte mir der Botschafter, wie die Raumgrößen verändert werden sollten. Der Vertreter des Ministeriums, selbst ein Architekt, der eigentlich meine Argumentation unterstützen sollte, um unnötige Kostenüberschreitungen, die durch die Abänderungen entstehen würden, zu vermeiden, zuckte mit den Achseln und ließ mich im Regen stehen.

Sollten alle meine bisherigen Mühen vergebens gewesen sein? Ich offerierte allen Arbeitern, die von der Mittagspause zurückgekommen waren, sich am

Nachmittag Budapest anzusehen und am nächsten Morgen wieder pünktlich zur Arbeit zu erscheinen. Bis dahin würde ich eine Alternative ausgearbeitet haben, um die gewünschten Änderungen durchzuführen, ohne einen Goßteil der angelieferten Möbel zurück nach Österreich schicken zu müssen.

Auf ein Mittagessen verzichtete ich, stattdessen versuchte ich, einen nicht allzu kostenintensiven Ausweg aus dem Dilemma zu finden. Eines war gewiß. Wie die Geschichte auch ausgehen würde, am Ende heißt es immer: „Der Architekt ist an allem schuld!"

Rechtzeitig vor Büroschluß fand ich eine Lösung, ohne allzuviele Einrichtungsteile umzuändern und viele Möbelstücke neu anfertigen zu müssen, sodaß sich die Zusatzarbeiten in einem finanziell vertretbaren Rahmen halten würden. Ganz wesentlich war jedoch, daß Botschafter, Konsul und der Architekt des Arbeitsministeriums zufrieden schienen, das Projekt daher als gerettet anzusehen war.

Ich schlief nach diesem anstrengenden Tag hochbefriedigt in dem Bewußtsein ein, durch äußerste Gedankenkonzentration und Strapazierung meines Gehirns, ein Debakel verhindert und mir viel Ärger mit meinen Auftraggebern erspart zu haben, denn der durch größere Abänderungen entstandene Zeitverlust und die Kostensteigerungen hätten bestimmt ein unangenehmes Nachspiel gehabt.

Gegen vier Uhr früh wachte ich aus unerklärlichen Gründen auf und sah im Geist das Konsulat mit Trennwänden und Einbaumöbeln vor mir. Es war jedoch völlig anders gestaltet als am Vortag, an dem, nach mühevollen Ringen, ein Kompromiß vereinbart worden war. Die Details der Einrichtungsvariante kamen so deutlich zum Vorschein, daß ich sogleich hellwach wurde und mir Papier und Bleistift zur Hand nahm. Dann begann ich die Vision aufzuzeichnen und erkannte staunend, daß eine noch viel bessere Lösung zustandegekommen war.

Mich hielt es nicht mehr im Hotel. Ohne ein Frühstück einzunehmen, war ich schon vor 7 Uhr früh im Konsulat, zugleich mit den ersten Arbeitern. Fieberhaft ließ ich nach meinen Skizzen die Umrisse der Trennwände, Pulte und sonstigen größeren Möbel am Boden aufreißen, denn noch immer zweifelte ich daran, daß die gesamte Einrichtung, so wie sie nach Budapest geschickt worden war, trotz gravierender Änderungen unterzubringen war, ohne daß ein einziges Möbelstück überflüssig war oder neu angefertigt werden mußte. Es stimmte, der neue Plan ließ sich zur Gänze umsetzen. Eine Ideallösung war gefunden worden, die sowohl künftige Nutzer, als auch Botschafter und Konsul zufriedenstellen würde.

Fieberhaft erwartete ich das Erscheinen der letzteren. Auch sie waren von der Lösung des Problems sehr angetan. Neugestaltung und Funktionalität des Konsulates waren nach Baufertigstellung hervorragend gelöst, was selbst von ursprünglichen Kritikern neidlos anerkannt wurde. Diese wahre Begebenheit beweist, daß das menschliche Gehirn auch im Schlaf tätig ist und ein Problem, welches im wachen Zustand als völlig gelöst betrachtet wurde, im Unterbewußtsein weiter bearbeitet und einer besseren Lösung zuführt.

DAS LOS SOLL ENTSCHEIDEN

Der Verband Österreichischer Ziegelwerke für Oberösterreich und Salzburg hält jedes Jahr irgendwo in einem der beiden Bundesländer, wie es Vorschrift ist, eine Vollversammlung ab, die zumeist mit Werksbesichtigungen oder einem anderen Rahmenprogramm verbunden wird, um Mitgliedern und deren Angehörigen einen Anreiz zu bieten, möglichst zahlreich an dieser Veranstaltung teilzunehmen.

Als es wieder einmal so weit war, eine Generalversammlung auszuschreiben, machte der Obmann, Franz Rieseneder, den Vorschlag, es einmal mit einer Auslandsreise zu versuchen und nach Italien zu fahren. Man könnte zur Abwechslung ein Italienisches Ziegelwerk besichtigen und außerdem eine Opernvorstellung in Verona besuchen. Dieser Vorschlag wurde von den Mitgliedern mit Begeisterung aufgenommen und die Geschäftsleitung des Vereins begann umgehend mit den umfangreichen Vorarbeiten, mußten ja nicht nur Kontakte mit italienischen Kollegen hergestellt, sondern auch die Opernkarten rechtzeitig bestellt und für eine entsprechende Unterkunft in Verona gesorgt werden. Gleichzeitig wurden die Verbandsmitglieder gebeten, Voranmeldungen abzugeben, damit sich abschätzen ließ, wieviele Personen voraussichtlich daran teilnehmen würden. Zur Sicherheit wurden danach noch einige Karten mehr bestellt, denn nichts ist unangenehmer als Nachzüglern später erklären zu müssen, sie könnten an dieser Fahrt nicht mitmachen, weil sie nicht rechtzeitig ihre Anmeldungen abgaben.

Eine Woche vor Beginn der Fahrt stellte sich heraus, daß noch zwei Karten übrig waren. Wem könnte man damit Freude bereiten? Jemand machte den Vorschlag, den Bundesgeschäftsführer samt Frau hierzu einzuladen, da er schon öfters an Hauptversammlungen der Landesgruppe teilgenommen hatte. So wurde es auch getan.

Der Direktor in Wien fühlte sich geehrt und eine Vorstellung in Verona wollte er schon lange einmal besuchen. Auch seine Frau war von dem Vorschlag angetan – er hatte nur einen Haken. Da das vorgesehene Programm sehr umfangreich war, trafen sich alle Teilnehmer schon um sechs Uhr früh an einer Raststätte der Autobahn in Oberösterreich, was für das Ehepaar bedeutete, daß es schon vor vier Uhr früh losfahren müßte, um den Bus, den die Landesgruppe gemietet hatte, rechtzeitig zu erreichen. Das hieß, um drei Uhr aufstehen, und nach einem anstrengenden Tag spätabends ins Bett kommen.

Man überlegte hin und her und kam doch zu keinem Entschluß. Da machte der Bundesgeschäftsführer seiner Frau folgenden Vorschlag: „Wir lassen das Los entscheiden. Ich schreibe drei Zettel. Einer besagt: Wir fahren beide. Auf dem andern steht: Ich fahre allein und das dritte Los enthält die Mitteilung: Wir lehnen dankend ab."

Gesagt, getan. Alle drei Zettel kamen in einen Hut, die Frau zog einen daraus. Mit Spannung nahm man den Losentscheid zur Kenntnis: „Wir fahren beide!" Dankend wurde die Einladung angenommen. Fahrt und Opernbesuch wurden zu einem unvergeßlichen Erlebnis. Der Himmel über der Arena voll leuchtender Sterne, hunderte Besucher mit brennenden Kerzen in der Hand, eine tolle Opernaufführung. Unvorstellbar, daran nicht teilgenommen zu haben.

DER (FAST) RISIKOLOSE DIEBSTAHL

Erich Tucek lebt mit seiner Frau Helli schon viele Jahre in der Südstadt und pflegt einmal im Monat mit seiner Angetrauten, wenn es sich einrichten läßt, zumeist an einem Donnerstag mittags, vor einem Monatsende, einen Großeinkauf im Shopping Center zu unternehmen, weil um diese Zeit viele Berufstätige noch nicht ihr Gehalt auf dem Konto haben und die Geschäfte nicht ganz so überlaufen sind wie sonst. Da das Paar eben erst vom Urlaub zurückgekehrt und der Eiskasten daher komplett leer war, ließ es sich an einem Herbsttag nicht vermeiden, einen anderen Einkaufstag zu wählen, was die beiden hernach bitter bereuten. Das Gedränge war beinahe lebensgefährlich, in allen Geschäften stauten sich Massen und es war in einzelnen Abteilungen so, als würden Waren verschenkt werden. Die Warteschlangen an den Kassen waren endlos.

Als Herr und Frau Tucek schon nahe der Kasse standen, drängte sich ein Mann vor, der offensichtlich nichts gekauft hatte und den Markt auf schnellstem Weg verlassen wollte. Die beiden schenkten dieser Begebenheit keine besondere Aufmerksamkeit, kommt derartiges ja öfters vor. Schließlich gab es dadurch keine zusätzliche Verzögerung. Als sie nach Bezahlung ihrer Waren mit dem Einkaufswagen zu Ihrem geparkten Fahrzeug gehen wollten, kamen sie an einer laut gestikulierenden und schreienden Frau vorbei, die nach der Polizei rief und hinzufügte: „So eine Frechheit, da will mich einer am hellichten Tag bestehlen." Neugierig geworden, blieben Erich und Helli stehen. Es dauerte nicht lange, bis sich ein Uniformierter blicken ließ und zu „amtshandeln" begann.

Näher gekommen hörten die zwei, wie die Frau immer wieder betonte, der Mann neben ihr, dem Aussehen nach ein Ausländer, hätte den Einkaufswagen an sich gerissen und erklärt, das seien die von ihm gekauften Waren.

Für den Polizisten war die Entscheidung einfach. Er verlangte von beiden die Vorlage der Rechnung. Der Mann holte sie aus einer Tasche heraus und schon eine oberflächliche Kontrolle ergab, das diese tatsächlich mit den Waren im Einkaufswagen übereinstimmte, während die Frau keine Belege vorweisen konnte. „Ich habe sie bei der Kasse liegenlassen, aber sie können nachfragen, die mehr als zweitausend Schilling habe ich bar bezahlt." „Liebe Frau, ob das stimmt oder nicht, können sie, wie es scheint, nicht beweisen und die Kassierin wird es auch nicht bestätigen können, bei dem Andrang, der heute hier herrscht. Wer die Rechnung in Händen hält ist im Recht, deshalb gehören dem Herrn die Waren". Zu ihm gewandt: „Sie können gehen!" Sodann sagte er zur Frau, die vor Wut sprachlos war. „Ich glaube ihnen sogar, denn leider passiert so etwas nicht das erste Mal. Deshalb erstatte ich gegen Sie auch keine Anzeige, zu der ich eigentlich verpflichtet wäre. Einen Rat muß ich Ihnen allerdings geben: Werfen sie künftig keine Rechnung weg. Sie sehen ja, welche Unannehmlichkeiten sich daraus ergeben können."

SIND WIR HIER RICHTIG?

Der Urlaub in Teneriffa war einmalig. Zwei Wochen Hochsommer mitten im November. Daheim in Österreich grimmige Kälte. 20 cm Neuschnee auf Innsbrucks Strassen, bis zu 22 Minusgrade in Seefeld. Hingegen fast 30 Grad Hitze im Schatten einer der Inseln des ewigen Frühlings und sogar 23 Grad Wassertemperatur. Nicht im Schwimmbad, sondern im Meer. Bei derartigem Schönwetter vergehen zwei Urlaubswochen noch viel rascher als sonst.

Der Rückreisetermin war näher gekommen, was soll man anziehen? Auf den Kanarischen Inseln möchte man am liebsten mit dem Badeanzug zum Flughafen fahren, um nicht schweißtriefend in die Maschine einsteigen zu müssen, in Tirol wäre ein Pelzmantel angemessen, der mithilft, den ersten Kälteschock zu überwinden.

Zwischenstopp in Madrid und die alarmierende Nachricht, daß wegen Streiks der Fluglotsen der Weiterflug völlig ungewiß sei. Endlose Warterei am Flughafen Barajas. Entsetzliches Chaos. Menschenmassen die sich nach allen Richtungen hin und herwälzen. Unverständliche Lautsprecherdurchsagen, verzweifelte Mütter und heulende Kinder. Vereinzelt aber immer wieder Aufrufe, sich zu bestimmten Flugsteigen zu begeben, da ab und zu doch Flugzeuge abgefertigt würden, allerdings nur für Auslandsflüge.

Stunden über Stunden hofften wir, daß einmal auch ein Flug nach Wien dabei sein würde. Aber vergeblich. Es wurde neun Uhr abends, dann zehn und die wildesten Gerüchte kreisten um uns. Die einen besagten, daß es jede Minute weitergehen würde, die anderen, daß an einen Weiterflug vor morgen früh nicht zu denken sei. Unsere Kinder waren todmüde und schluchzten still vor sich hin. Warum läßt man uns nicht in die Stadt fahren, irgendwo ein Quartier beziehen und am nächsten Morgen wiederkommen?

Eine Stunde nach Mitternacht war es endlich soweit. Die Fluglinie hatte Hotels für die Teneriffa Urlauber aufgetrieben, wir bekamen Übernachtungsgutscheine und ein Taxi zur Verfügung gestellt und sollten uns anderntags schon um sechs Uhr früh wieder am Flughafen einfinden. Einige Stunden früher wäre das Anbot willkommener gewesen, jetzt war es höchstens für die Kinder von Nutzen. Wir Erwachsenen konnten nach den Aufregungen sowieso nicht schlafen. Am nächsten Tag herrschte am Flughafen noch immer ein furchtbares Chaos. Eine Meldung jagte die andere. Abwechselnd wurden wir von einem Flugsteig zum anderen dirigiert. Einmal hieß es, der Weiterflug ginge über Zürich, dann über München. Schließlich sollten wir in Genf umsteigen. Irgendwann landeten wir in einem Flugzeug, wußten aber noch immer nicht, bringt es uns näher zur Heimat oder nicht, natürlich hätten wir uns erkundigen können, ob der Flug nach Genf geht. Aber vielfach hören die Befragten gar nicht zu und sagen trotzdem „Ja!". Zum Erstaunen meiner Familie sprach ich daher die nächstbeste Stewardeß an: „Sind wir hier richtig in der Maschine nach Tel Aviv?" „Um Gottes Willen, nein" rief sie. „Steigen Sie sofort aus, wir fliegen nach Genf!" „Dann ist ja alles gut", war meine Antwort, denn nun wußte ich, wir waren im richtigen Flugzeug. „Nein" sagt man nämlich meist nicht unüberlegt.

ICH HOLE DICH ZU MIR INS GRAB

Sie führten, wie man so sagt, schon seit Jahren eine vorbildliche und harmonische Ehe. Er, Thorsten Waldner, gelernter Jurist und hervorragender Wirtschaftsfachmann, den man ob seines Könnens schon früh eine Professur in seiner Heimatstadt München angeboten hatte, sie, Irene Kubik, eine ehemalige Schülerin von Thorsten, die ihr Studium abgebrochen hatte, nachdem sie ihren Goldfisch an Land gezogen hatte.

Das soll nun nicht heißen, daß sie es von Anfang an darauf angelegt hatte, Ihren Professor zu becircen und ihn für sich zu gewinnen. Sie war nur, wie so viele ihrer Studienkolleginnen auch, vom blendenden Aussehen Thorstens vom Beginn ihres Studiums an fasziniert, bewunderte seine Natürlichkeit, sein überragendes Wissen, die Redegewandtheit und letztendlich den Eindruck, den er besonders bei den Hörerinnen ihres Semesters hinterließ. Daß es ihr schließlich gelang, trotz der enormen Konkurrenz, das Rennen um den begehrten Junggesellen zu gewinnen, lag nicht nur an ihrer ausgesprochenen Schönheit und ihrem Wissenseifer, sondern vor allem an ihrem Raffinement, mit dem sie zu Werke ging.

Von dem allseits bewunderten Professor beachtet zu werden, war schon allein ein Meisterstück. Ihm aber schließlich näher zu kommen und sozusagen unentbehrlich zu werden, dazu bedurfte es den Einsatz aller weiblichen Reize und Verführungskünste. Zugegeben: weder Thorsten noch Irene waren Heilige. Sie hatten beide schon Erfahrungen mit dem anderen Geschlecht. Sie waren jetzt aber in das Alter gekommen, wo es galt, einen sicheren Hafen anzulaufen. Thorsten, Mitte der dreißig, sehnte sich nach einer Familie, der er ein gemütliches und solides Heim bieten konnte und Irene, etwa zwölf Jahre jünger, die man als verbummelte Studentin bezeichnen hätte können, bevor sie ein echtes Interesse am Wirtschaftsstudium entwickelte, konnte sich nichts Schöneres vorstellen, als an der Seite eines berühmten Wissenschaftlers zu repräsentieren.

Nach der Hochzeit zogen die Waldners in die Villa am Tegernsee, die der Bräutigam von seinen Eltern, die schon früh verstorben waren, geerbt hatte, behielten aber selbstverständlich die geräumige Stadtwohnung am Rande von München, weil es während der Woche natürlich von dort zur Hochschule näher war, umso mehr, als Thorsten abends immer noch lange zu tun hatte.

Wie es sich für einen vorbildlichen Ehemann gehört, brachte er das Kunststück zuwege, Beruf und Privatleben weitgehend zu trennen. Er freute sich tagsüber immer, möglichst bald mit Irene zusammenzukommen, verbrachte die Abende und besonders die Wochenende vornehmlich daheim, auch wenn er oft bis spätabends an wissenschaftlichen Arbeiten tätig war oder an Konzepten für Vorträge feilte, die er in verschiedenen Städten des In- und Auslandes zu halten hatte. Seine Frau begleitete ihn, wann immer ihr das möglich war, genoß das gesellschaftliche Leben an seiner Seite, besuchte gemeinsam mit ihm Veranstaltungen aller Art und natürlich lud man ins eigene Heim nicht nur gute Freunde ein, sondern auch Honoratioren und Vertreter aus Kunst, Kultur und Politik, wie es das Ansehen eines so bekannten Professors mit sich brachte.

So sehr sich beide Kinder wünschten und sich auch redlich darum bemühten, es wollte und wollte nicht gelingen. Schließlich hatte es das Ehepaar Waldner aufgegeben, sich darob graue Haare wachsen zu lassen. Er, weil er sich nicht klar darüber war, ob er sich neben seiner anstrengenden beruflichen Tätigkeit Kindern ausreichend widmen würde können, sie, weil sie nicht wußte, ob sie überhaupt eine gute Mutter abgegeben hätte. Schließlich wollte sie weder ihre gesellschaftliche Stellung und ihr daraus resultierendes Ansehen bei der sogenannten Hautevolee gefährden, noch mit anderen, selbst mit eigenen Kindern, teilen, sodaß auch die Adoption fremder Kinder nie zur Diskussion stand. In München ließ es sich mit einem gut verdienenden Mann, dazu mit entsprechendem Dienstpersonal, recht angenehm leben und das Haus am Tegernsee war überhaupt ein Traum, auch wenn man es zumeist nur an Wochenenden und natürlich im Sommer entsprechend genießen konnte.

So gingen die Jahre dahin. Irene verfügte über viel Freizeit und nützte diese ausgiebigst. Sie hatte einen großen Freundeskreis um sich geschart, liebte das „Shopping" und das Herumstöbern in Boutiquen, war natürlich immer nach den neuesten Modetrends gekleidet und gern gesehener Gast bei allen möglichen Veranstaltungen. Thorsten hingegen sehnte sich eher nach Ruhe, war doch sein beruflicher Alltag mehr als hektisch. Aber eine hübsche Frau benötigte natürlich viel Abwechslung und Bewunderung. All das fand sie im überreichen Maß in der Münchner Gesellschaft.

Ganz langsam und fast unmerklich lebte man sich aber irgendwie auseinander. Thorsten fiel es erst auf, als er feststellen mußte, daß es im Bett nicht mehr so klappte, wie früher. Immer öfters schützte Irene Müdigkeit, Abgespanntheit, Kopfschmerzen, oder irgendwelche andere Wehwehchen vor, um mit ihrem Mann nicht schlafen zu müssen, was sowieso höchstens alle zwei Wochen einmal der Fall gewesen wäre. Dabei waren sich die beiden anfangs fast gegenseitig hörig und Sex gehörte zu ihrem Leben, wie Essen und Trinken. Ganz besonders an den Wochenenden. Schon am Freitag, den sie in Anbetracht der bevorstehenden Ruhetage als den schönsten Tag der Woche bezeichneten, konnten sie nicht früh genug ins Bett springen, auch wenn sie danach noch zu irgendeiner Veranstaltung gingen.

An Sonntagen standen sie oft erst mittags auf, ausgeschlafen und wohlig entspannt, denn Liebe ohne Streß, noch dazu bei himmlischer, meist klassischer Musik, die beide bevorzugten, im Winter manchmal auch vor einem lodernden Kaminfeuer, war einfach Spitze.

Die Zeiten hatten sich geändert. Irene neigte mehr und mehr zu Nörgeleien, nichts war ihr recht. Sie kritisierte ihren Mann, den sie sonst so bewundert hatte, immer öfters. Meist wegen irgendwelcher Kleinigkeiten, bei denen es sich überhaupt nicht lohnte, darüber auch nur ein einziges Wort zu verlieren.

Thorsten, der in der Hochschule in jüngster Zeit öfters Ärger mit der politischen Einflußnahme auf allen Gebieten von Kunst, Kultur und Wissenschaft hatte und mit dem Zeitgeist nicht mehr zurechtkam, sehnte sich danach, zumindest daheim Verständnis zu finden, sein Herz ausschütten zu können und seine Meinung bestätigt zu finden. Er kam sich zusehendst isoliert und unverstanden vor. Ähnliches hatte es durch Jahre hindurch in seiner Ehe nicht gegeben.

Dann wurde Irene krank. Sehr krank sogar, oder hatte der „Wurm" schon die letzten Jahre in ihr gesteckt? Im selben Maß, wie sich Thorsten um sie mühte, ihr stundenlang aus wirklich guten Büchern von Schriftstellern, die Irene früher so geliebt hatte, vorlas, wuchs ihre Aggression gegen alles und jedes, vor allem gegen ihren eigenen Mann. Nur selten gab es Augenblicke, wo sie wieder so wie früher sein konnte. In einem solchen lichten Moment machte sie Thorsten, dem sie sich in den letzten Wochen konsequent verweigert hatte und dessen daraus resultierenden sexuellen Notstand sie offenbar wahrnahm, den Vorschlag, sich eine Geliebte zu nehmen. Aber nur, um mit ihr gelegentlich zu schlafen, nicht aber um mit ihr Konversation zu führen oder ihr seelisch näher zu kommen.

Thorsten konnte sich mit diesem Vorschlag nicht befreunden, denn er liebte Irene noch immer und hatte die Hoffnung nicht aufgegeben, daß die Medizin ein Medikament oder eine neue Heilmethode entwickeln könnte, um der unheimlichen und zunehmend lebensbedrohlichen Krankheit einen Riegel vorzuschieben. Immer wieder las er Illustriertenberichte über erstaunliche Heilungserfolge an irgendeiner Klinik, aber wenn er sich näher dafür interessierte, hatte es sich entweder um eine Zeitungsente gehandelt oder der einmalige Heilungserfolg an jemanden, der an den gleichen Symptomen litt, war einem Wunder zuzuschreiben. Solche gibt es zwar ab und zu auf dieser Welt, darauf kann ein ernsthafter Mensch aber nicht seine Zukunft aufbauen.

Thorsten wurde nach wie vor eingeladen, an verschiedenen Orten, zumeist in Deutschland, Vorträge zu halten. Jetzt mußte er jedoch allein dorthin fahren, was ihn gar nicht freute. Wie einsam kam er sich oft nach einer gelungenen Tagung vor, bei der er zwar von vielen Menschen manchmal fast enthusiastisch gefeiert wurde, im Inneren aber fröstelte es ihm.

Während eines Kuraufenthaltes in Füssing lernte er eine etwa 50jährige, alleinstehende Dame kennen, die man an seinen Tisch gesetzt hatte und die sich als sehr belesene, an allem interessierte, Persönlichkeit erwies. Sie sah sehr gepflegt aus und zog, genau wie er, täglich vor dem Frühstück im geheizten Freibad ihre Runden. Außerdem schien sie altersmäßig sehr gut zu ihm zu passen, denn Dr. Waldner war inzwischen auch schon 56 Jahre alt geworden, was man ihm aber keineswegs ansah.

Nach der Mahlzeit ging jeder getrennt zu seinen verschiedenen Behandlungen, Bädern, Massagen usw., um sich abends am gemeinsamen Eßtisch wieder zu finden.

Langsam kam man sich näher, unternahm im Anschluß an das Abendessen einen gemeinsamen Spaziergang durch die umfangreichen Parkanlagen des Kurortes, nahm noch einen Kaffee in einem der zahlreichen Lokale ein und stellte fest, daß man viele gemeinsame Interessen teilte. Nach wenigen Tagen sah man die beiden sogar nachmittags schon nebeneinander im Liegestuhl immer näher rücken, denn da gab es keine Behandlungen, die man, wollte man nicht den Krankenkassenzuschuß verlieren, strikt nach Plan einhalten mußte.

Anläßlich eines gemeinsam besuchten Klavierkonzertes, bei dem unter anderem die „Nächte aus spanischen Gärten" von Manuel de Falla auf dem Programm standen, zündete bei den fremdartigen, aber enorm einschmeichelnden Melodien, der zwischen den beiden in den letzten Tagen knisternde Funke endgültig, und bei einem anschließendem Glas Sekt gewährte Manuela, so hieß Thorstens Bekanntschaft, eine Witwe, diesem den ersten Kuß.

Die Kur hätte, wenn es nach den Beiden gegangen wäre, gut und gerne doppelt so lange dauern können, doch einmal geht auch die schönste Zeit zu Ende. Manuela fuhr mit Thorsten nach München und bestieg dort den Zug nach Hamburg, ihrer Heimat, während der Professor zu Irene zurückkehrte, die, statt Freude über seine Rückkehr zu zeigen, sofort zu keppeln begann und sich darüber aufregte, daß ihr Mann nicht täglich zweimal angerufen hatte.

Es vergingen Monate, in denen sich Manuela und Thorsten immer wieder trafen, meist im Zusammenhang mit Vorträgen, die Thorsten immer dann gerne annahm, wenn er sie irgendwo im Norden zu absolvieren hatte. Gelegentlich kam aber auch Manuela nach dem Süden, man verbrachte oft ein anschließendes Wochenende gemeinsam im selben Hotel, Raum an Raum, aber niemals in einem Doppelzimmer, so sehr Thorsten darauf drängte. „Ich habe Verständnis für deine Situation”, sagte Manuela und ich mag dich, „aber solange deine Frau lebt, kann es zwischen uns keine engere Beziehung geben, auch wenn du das Einverständnis hiezu von ihr hast. Das mußt du verstehen.“

Thorsten, inzwischen bis über beide Ohren in Manuela verknallt, kannte sich selbst nicht mehr. Wie konnte man sich in seinem Alter noch so verlieben? Inzwischen war ihm die Hamburgerin nahezu unentbehrlich geworden. Sie besuchte alle seine Vorträge, lobte oder kritisierte was er gesagt hatte, aber immer völlig objektiv und ging dann sogar so weit, nicht nur seine Vortragskonzepte grammatikalisch zu korrigieren, sondern eigene Ideen und Anregungen einfließen zu lassen, die Kopf und Fuß hatten.

Irene ging es inzwischen immer schlechter und Thorsten widmete ihr jede Minute, die er in München verbrachte, soferne er nicht mit Vorlesungen oder anderen wissenschaftlichen Arbeiten eingedeckt war. Sie würde nicht mehr lange zu leben haben, war die einhellige Meinung der sie behandelnden Ärzte, denn inzwischen war sie in eine Klinik eingeliefert worden und bettlägerig.

Als Thorsten mit Manuela wieder einmal zusammentraf, fragte er sie unverblümt, ob sie seine Frau werden würde, wenn Irene nicht mehr am Leben wäre, was täglich der Fall sein könnte. „Ja”, war die kurze Antwort, „aber nach einer angemessenen Trauerzeit!”

Dringender Anruf aus dem Spital für Herrn Dr. Waldner. Könnte der Professor schnellstens in die Klinik kommen, um seine Frau stehe es sehr schlecht. Thorsten ließ alles liegen und stehen und fuhr umgehend zu Irene. Sie war bei Bewußtsein, aber auch ein Laie konnte feststellen, daß sie in den letzten Zügen lag. Als sie Thorsten erkannte, machte sie alle Anstalten, ihm irgend etwas zu sagen. Er legte sein Ohr ganz an ihren Mund und vernahm die Worte: „Ich hole dich zu mir ins Grab!” Dann ein tiefer Seufzer und seine Frau war dahingegangen.

Thorsten war erschüttert. Einerseits hatte ihn der schon langvorhersehbare Tod seiner einst innigstgeliebten Frau schwer getroffen, andererseits konnte er nicht verstehen, daß Irene all die ihr verbliebene Kraft aufgewandt hatte, um Thorstens Ankunft noch zu erwarten und ihm derartiges zu sagen. Sollte das eine Drohung sein, hatte sie ihn zuletzt so gehaßt? Und warum nur, warum?

Kaum hatte Thorsten die dringendsten Angelegenheiten bezüglich des Begräbnisses seiner Frau erledigt, rief er Manuela an, um ihr mitzuteilen, daß er nun frei sei und sogleich nach dem Begräbnis nach Hamburg käme, um sie abzuholen. Vorher wolle er noch einen neuen Wagen kaufen, dann stünde ihrem Glück nichts mehr im Wege.

Manuela war mit allem einverstanden und man vereinbarte, unter Zugrundelegung einiger Reservetage, daß Thorsten sie in zweieinhalb Wochen, an einem Sonntag zu Mittag von daheim abholen würde. Bis dahin verblieben den Liebenden genug Zeit, ihre Sachen zu ordnen und zunächst einen gemeinsamen Urlaub anzutreten.

Unter großer Anteilnahme von Freunden und Bekannten ging das Begräbnis für Irene über die Bühne und alle konnten es gut verstehen, daß Thorsten sich Urlaub genommen hatte und auf einige Wochen verreisen wollte. Kaum war der Rummel vorrüber, kaufte Dr. Waldner, wie vorgesehen, ein Luxusauto und hatte dabei das große Glück, durch den Rücktritt eines anderen Kunden so schnell zu dem von ihm gewünschten Wagen zu kommen und nicht eine lange Lieferzeit in Kauf nehmen zu müssen.

Täglich rief er bei Manuela an und konnte es schon nicht mehr erwarten, bei ihr einzutreffen. Zum letzten Mal war dies zwei Tage vor dem vereinbarten Zeitpunkt, also Freitag mittags. Am anderen Tag wollte er schon früh losfahren, unterwegs aber noch einmal irgendwo übernachten, um gut ausgeruht pünktlich in Hamburg bei seiner neuen Liebe einzutreffen.

Der Sonntag kam. Für Manuela vergingen die Stunden viel zu langsam. Alles war schon gepackt. Sie hatte ein tolles Kostüm angezogen, sich eine nette Frisur zugelegt und sah entzückend und um einige Jahre jünger aus. Es wurde 13 Uhr, 14 Uhr, 15 Uhr. Kein Thorsten, kein Anruf. War ihm etwas passiert? Sie rief die Polizei an, ob es zwischen München und Hamburg irgendwo einen Unfall gegeben hätte. Mühseliges hin- und hertelefonieren mit allen möglichen und unmöglichen Dienststellen. Unfälle hatte es genügend gegeben, aber von einem Dr. Thorsten Waldner war nirgends etwas vermerkt. Inzwischen war es Nacht geworden. Manuela konnte nicht schlafen, was war geschehen? Erst am Montag früh erreichte sie Thorstens Haushälterin in der Münchner Villa. Schluchzend berichtete sie, daß Dr. Waldner beim Besteigen seines neuen Wagens einen Herzinfarkt erlitt und bereits tot war, als die Rettung erschien. Seine Frau hatte ihn tatsächlich zu sich ins Grab geholt.

EIN FREMDKÖRPER IN DER HOSENTASCHE

Es war zur Sommermitte und kalt in Rom. Ich befand mich auf der Heimfahrt von Neapel und hatte einige Stunden Aufenthalt in der italienischen Hauptstadt geplant, weil mein Schlafwagenzug erst am Abend nach Wien fuhr und ich wieder einmal einen kleinen Bummel durch die Stadt unternehmen wollte.

In einem Schließfach hatte ich mein Gepäck hinterlassen und vorsorglich einen Sommermantel anbehalten. Beim Informationsstand erhielt ich einen primitiven Stadtplan, den ich zusammengefaltet in der rechten Hosentasche verstaute, wo ich sonst meine Geldbörse aufbewahre. Diese steckte ich stattdessen in den linken Hosensack, denn den Stadtplan würde ich sicher öfters benötigen.

Nach einigen Stunden Fußmarsch war ich reichlich müde und vor allem durstig geworden. Ich setzte mich in eine Cafeteria gegenüber dem Trevibrunnen, bestellte etwas zum Essen und ein kühles Bier und wollte dann, frisch gestärkt, meinen Stadtbummel fortsetzen.Vorher mußte ich zahlen und bewunderte den Ober, wie er in Windeseile die verschiedenen Posten meiner Konsumation zusammenaddierte und mir die Rechnung präsentierte. Sie schien mir etwas hoch. Gewitzigt durch vorhergegangene Italienbesuche nahm ich mir die Zeit, die einzelnen Positionen anzusehen und zusammenzurechnen. Wahrhaftig, der Kellner hatte sich um einen erheblichen Betrag zu seinen Gunsten geirrt, nahm meine Korrektur gelassen und ohne Entschuldigung zur Kenntnis, änderte die Rechnungssumme und eilte mit meiner Kreditkarte ins Lokal. Bald danach legte er mir den Beleg zur Unterzeichnung vor und ich war so dumm, dies zu tun ohne nochmals die Rechnungssumme zu kontrollieren. Erst später merkte ich, daß er den ursprünglichen, überhöhten Betrag wieder fakturiert hatte. Da war es aber zu spät für eine Reklamation. Lediglich das Trinkgeld habe ich mir erspart.

Nach weiteren Stunden Fußmarsch hatte ich endgültig genug von der Besichtigung Roms, stieg in eine Untergrundbahn und wollte zurück zum Bahnhof. Der Wagen war gerammelt voll, man steckte in ihm wie in einer Sardinendose. Der Zug war kaum angefahren, da hatte ich das Gefühl, in meiner rechten Hosentasche, unter dem Mantel, befände sich eine fremde Hand. Im ersten Moment wollte ich dem neben mir stehenden Mann, zu dem die Hand offensichtlich gehörte, mit voller Wucht meinen Ellbogen in den Magen stoßen, merkte aber, daß er mit seinem Nachbarn einen bedeutungsvollen Blick tauschte. Zwei gegen einen in einer Stadt, deren Sprache ich nicht beherrsche, womöglich ein Messer ganz locker sitzt, war mir etwas riskant. Außerdem fiel mir plötzlich ein, daß in dieser Tasche ausnahmsweise nicht meine Geldbörse, mit Zug- und Schlafwagenfahrschein, Kreditkarte, Bargeld etc. steckte, sondern der zerknitterte Stadtplan. Mit dem würde der Dieb keine allzu große Freude haben.

In der nächsten Station stieg er eiligst aus, nicht aber der andere Fahrgast. Somit waren die beiden keine Komplizen, sondern hatte sich der Taschendieb nur vergewissert, ob sein Nachbar etwas bemerkte oder nicht. Mich hat dieser, in Italien nicht unübliche Vorfall belustigt. Ich hätte nur gerne das lange Gesicht des Ganoven beim Betrachten seiner Beute gesehen. Ein dick zusammengefalteter Papierfetzen statt des erhofften Banknotenbündels.

DER GLÜCKSFISCHER

Fischer sind in meinen Augen erstaunliche Leute. Ob an einem Fluß, See oder am Meer, überall kann man diese Spezie Mensch sehen, die mit wahrer Engelsgeduld entweder einen Wurm zum Baden verleitet, (nicht zu dessen Vergnügen allerdings) oder laufend Brot auf einen Angelhaken spießt, das sich, kaum im Wasser angelangt, verflüchtigt oder tatsächlich von Fischen gefressen wird, die dasselbe vorsichtig von der Angel abknabbern, wie ein Mensch, der gerade einen Hühnerknochen mit den Zähnen bearbeitet.

Selbst wenn das Brot, zumeist weißes, vorher ordentlich geknetet wird, scheint es nicht lange als Köder zu taugen, deshalb werfen die Angler zusätzlich Brot ins Wasser, um die Fische zu verwirren, die dann versehentlich in den Angelhaken beißen. Jedenfalls habe ich nur selten jemanden gesehen, der wahrhaftig einen einigermaßen passablen Fisch auf diese Art an Land ziehen konnte.

Ich gebe zu, daß ich trotzdem solche Fischer bewundere. Stundenlang stehen sie regungslos an einer Stelle, den Blick starr aufs Wasser gerichtet, wo die Leine, markiert durch einen Schwimmer, eintaucht, jederzeit bereit, die Rute hochzureißen, damit ein vorwitziger Fisch nicht ungestraft mit dem Köder verschwindet.

Unverständlich ist mir, daß sich ein Petrijünger, der oft bis zu den Knien im eiskalten Wasser steht, dabei nicht den Tod holt. Das dürfte absolut nicht der Fall sein, sonst gäbe es keine Hobbyfischer mehr. Als solche muß man diese Menschengattung wohl bezeichnen, die tagaus, tagein diesem Zeitvertreib huldigt. Oder angeln manche wirklich nur, um sich eine Mahlzeit zu beschaffen?

In Istrien beobachtete ich einmal eine abgemagerte, ärmlich gekleidete Gestalt, die täglich an einer bestimmten Stelle am Pier ihre Angel auswarf, ohne Erfolg. Mir tat der Mensch leid. Öfters kam sein kleiner Sohn nachsehen, ob er schon etwas gefangen hätte. Wahrscheinlich hatte er Hunger. So beschloß ich eines Tages, mich auf dem Fischmarkt nach einem noch lebenden Fisch umzusehen, den ich in einen mit Wasser gefüllten Plastikbeutel stecken wollte, um ihn dem glücklosen Fischer unbemerkt in seinen immer bereitstehenden Kübel zu plazieren. Das gelang, als der Mann eben dabei war, seine Angel, die sich an irgendeinem Hindernis verfangen hatte, wieder freizubekommen. Der Zufall wollte es, daß kurz danach sein Bub wieder Nachschau hielt, bevor der Angler überhaupt „seine Beute" im Kübel entdeckt hatte. Die Freude des Kindes war unbeschreiblich. Ehe der Fischer dazukam, zu erklären, er wisse nicht, wie der Fisch in den Behälter kam, zog der Kleine glücklich mit dem Fang von dannen, und ich freute mich, daß einem Festmahl offensichtlich nichts mehr im Weg stand.

Tage später wurde ich an derselben Stelle der Ufermauer eines Wunders teilhaftig, wie es gewiß nicht oft vorkommt. Der bisher so erfolglose Angler zog einen mittelgroßen Barsch, mit dem Haken nicht im Maul sondern in der Schwanzflosse, an Land. Der Fisch hatte sich wohl so über den lächerlichen Köder belustigt, daß er unabsichtlich zu nahe an den Haken herankam, als der Angler unverhofft die Rute in die Höhe riß und ihn dadurch aufspießte. Dieses Bild muß man gesehen haben. Ein zappelnder Fisch hängt mit dem Kopf nach unten an einer Angel. Das Lachen verging ihm.

GRIPS MUSS MAN HABEN

Es war noch nicht lange her, daß man Miguel aus einem Gefängnis in Barcelona entlassen hatte. Zum Abschied bekam er den guten Rat auf den Weg, künftig einer geregelten Arbeit nachzugehen und die Finger von krummen Dingen zu lassen, sonst würde er das nächste Mal nicht mehr so glimpflich mit einigen wenigen Jahren des Eingesperrtwerdens davonkommen. Das nahm sich Miguel sehr zu Herzen. Nicht, um ein anständiger Mensch zu werden, sondern um bei seinen künftigen Taten schlauer vorzugehen.

Zunächst holte er sich die Beute vom letzten Banküberfall. Seinen Anteil daran hatte er in einer Stahlkassette an sicherer Stelle in einem Wald vergraben. Dort lag das Geld noch völlig unversehrt.

Zu seinem Glück konnte man vor Jahren, nach Auffliegen des Coups, nicht annähernd klären, wie die Beute unter den vielen Komplizen aufgeteilt worden war. Jeder beschuldigte jeden, den größten Teil der Banknoten übernommen zu haben, spielte den anderen, gegen Zusicherung geringerer Strafen aus, und verriet sogar Details, auf die die Polizei im Zuge ihrer Erhebungen kaum gekommen wäre. Trotzdem konnte der Großteil der erbeuteten Geldsumme nie aufgefunden und sichergestellt werden.

Miguel stellte schon bei der Gerichtsverhandlung seine Schlauheit unter Beweis. Er redete wenig, gab nur zu, was man ihm klipp und klar beweisen konnte und belastete seine Kumpane nicht, sondern stellte sich unwissend. Genaugenommen hatte er, wie er sagte, nur Handlangerdienste geleistet. Damit kam er mit der geringsten Strafe davon, vor allem auch deshalb, weil er nach der Tat keinen aufwendigen Lebensstil betrieben hatte, wie alle anderen, sodaß man ihm seine Nebenrolle abnahm und es für gut möglich hielt, daß er von den Kollegen um seinen Beuteanteil geprellt worden war.

Alle nach dem letzten Raubzug gewonnenen Erfahrungen führten dazu, daß sich Miguel fest vornahm, in Zukunft nie mehr mit Partnern zusammenzuarbeiten, weil er nicht wegen deren Dummheiten auffliegen wollte und auch dem scheinbar besten Freund nicht zu trauen war, wenn es um größere Geldbeträge ging. Schließlich hatte er in der Haft einiges gelernt. Vor allem, die Finger von größeren Unternehmungen zu lassen. Damit konnte man zwar schnell Reichtum erlangen, mußte aber wesentlich mehr riskieren als bei kleineren Beutezügen.

Banken kamen überhaupt nicht in Frage, die verfügten alle über Alarmeinrichtungen, Überwachungsanlagen und was es noch für technische Einrichtungen gab, die es einem kleinen Räuber schwermachen, größere Geldbeträge ohne besonderen Aufwand zu erbeuten. Selbst das Auskundschaften von günstigen Gelegenheiten war problematisch, hatten es sich doch viele Geldinstitute zur Angewohnheit gemacht, völlig harmlose Kunden zu filmen und diese Aufnahmen tagelang aufzuheben, um nach eventuellen Überfällen feststellen zu können, ob sich schon vorher einer der Besucher verdächtig gemacht hat oder nicht.

Noch einen Grundsatz hatte er sich eingeprägt. Niemals eine Waffe bei sich tragen. Da war man von vornherein der Dumme und bekam im Falle eines Mißlingens ganz automatisch einige Jahre mehr aufgebrummt, auch wenn man den Revolver, oder was immer als Mordwerkzeug betrachtet werden konnte, nicht einmal in die Hand genommen hatte. Außerdem war man ja ein christlicher Mensch der sich nicht mit einer Bluttat beflecken wollte.

Letztlich hatte er gelernt, daß überall im Leben eine gute Planung schon der halbe Erfolg eines Unterfangens ist. Das galt erst recht bei den von ihm künftig beabsichtigten Beutezügen.

Großstädte sind im allgemeinen ein guter Boden für alle Arten von Unternehmungen, auch für solche, die als nicht ganz einwandfrei gelten. Sogenannte krumme Touren, wie es im Volksmund heißt. Man fällt einfach weniger auf. Andererseits sind dort mehr Polizisten stationiert, der Verkehrsstau kann auf der Flucht recht hinderlich sein und die besten Planungen über den Haufen werfen. Es ist daher nötig, ein erstklassiges Konzept zu entwerfen, so wie es ein guter Manager macht, der an eine größere Aufgabe herangeht.

Eines war klar. Wenn man einmal entschlossen ist, sich sein Geld leichter zu verdienen, wobei das Wort „leichter" ein ausgesprochener Blödsinn ist, man verdient sich auf die Art, wie es sich Miguel vorstellte, Geld nicht leichter, sondern anders, dann muß man schon sein Hirn ein wenig strapazieren, um erfolgreich agieren zu können. Das bedeutet einfach, „Grips" zu haben.

Woran scheitern denn die meisten Mitbewerber in dieser Branche? Sie denken zu wenig, sind nur geblendet vom vielen Geld und wollen dieses in kürzester Zeit an sich bringen. Sie haben eben wenig Verstand. Wenn ein Verbrecher – welch scheußliches Wort – mit Umsicht und Vorausblick, unter Beachtung aller möglichen Eventualitäten zu Werke geht, sich minutiös einen Plan zurecht legt, wie sein Vorhaben realisiert werden kann, dabei alle Vor- und Nachteile gründlichst abwägt und Zeit und Wegdiagramme aufstellt, um die geplante Tat nicht von vornherein zum Scheitern zu bringen, kann einfach nichts schief gehen, erst recht, wenn man auch Überlegungen für mögliche, unvorhergesehene Ereignisse parat hat.

Wie man sieht, ging Miguel mit beinahe wissenschaftlichen Methoden an sein nächstes „Ding" heran. So besehen, hätte er es auch als seriöser Geschäftsmann zu etwas gebracht. Im Unterbewußtsein hatte er auch ähnliches vor, wenn er einmal ein ansehnliches Anfangskapital nicht ganz legal erworben hätte. Er war nämlich kaum vom Gedanken abzubringen, daß es unter den „anständigen" Mitmenschen etliche gab, bei denen der Grundstein zu ihrem späteren, kometenhaften Aufstieg vom armen Schlucker zum Millionär auf einer kriminellen Tat basierte, die gut ausgegangen und nie mehr wiederholt wurde. Wie sonst schafft sich einer, bei den heute in ganz Europa üblichen hohen Steuersätzen, aus dem Nichts ein Vermögen? Andererseits, sind nicht auch sogenannte solide Geschäftsleute, die ihren Betrieb in den Konkurs oder Ausgleich führen, vorher aber genügend Geldmittel auf die Seite bringen, was oft schwer zu beweisen ist, Gauner, die ihre Mitmenschen betrügen und um all ihre Ersparnisse bringen, aber selten zur Verantwortung gezogen werden?

Wie dem auch sei. Miguel verlegte zunächst seinen Wohnsitz in eine weit entfernte, größere Stadt, um nicht irgendwann einmal mit seinen früheren Partnern zusammenzutreffen, sobald diese gleichfalls ihre

Strafen abgesessen hatten. Dann begann er mit seinen Erkundungsgängen. Zunächst, um die Stadt gründlichst kennenzulernen, dann, um geeignete Objekte für seine kommenden Taten ausfindig zu machen. Schließlich engte er den Kreis für diese immer mehr ein. Jetzt begann er mit kleinen Einkäufen in Geschäften, die er ins Visier genommen hatte. Dabei verwandelte er ständig sein Aussehen, eine Kunst, die er von einem Zellengenossen gründlichst gelernt und seither ständig weiter verbessert hatte.

Von Vorteil erwies es sich für ihn, daß er von dem geraubten Geld die Miete für eine winzige Garconniere im Erdgeschoß eines großen Wohnblocks für Monate im Voraus bezahlen konnte, sodaß er kaum mit anderen Hausbewohnern in Berührung kam, denen dadurch nicht der ständige Wechsel im Aussehen des neuen Hausbewohners auffiel. Dieses dokumentierte sich nicht nur in der verschiedenartigsten Kleidung, Frisur, Haarfarbe und ob er Bart trug oder nicht, nein, er konnte auch die Augenfarbe beliebig wechseln, blau, grau, braun, grün, mit und ohne Brille, ging manchmal mit Stock und humpelte, kurzum, seine eigene Mutter hätte ihn in den vielen Verkleidungen nicht mehr erkannt. Wichtig war aber, daß er genau darüber Buch führte, wann und wohin er mit welchem Aussehen ging, um sich nicht mit eigenen Waffen zu schlagen. Selbst die lebensnotwendigen Besorgungen für Essen und Trinken unternahm er in immer anderen Supermärkten, die es im Übermaß an allen Ecken und Enden in dieser Stadt gab.

Zuletzt hatte er sich, wobei er auch andere Objekte für spätere Aktionen dauernd im Auge behielt, für einen Laden entschieden, der in vieler Hinsicht für den Anfang beinahe ideal zu sein schien. Er trug die Aufschrift „Bazar Tadeo" mit den Untertiteln: Tabacos, Revistas, Regalos, zu deutsch „Tabakwaren, Zeitschriften und Geschenke," in dem jedoch auch Lose, Telefonwertkarten, Eis,sowie andere Dinge verkauft wurden, die einen regen Kundenverkehr nach sich zogen. Als Verkäufer und wahrscheinlich auch Ladenbesitzer fungierte ein alter Herr, der sehr pedantisch war und an seinen langjährigen Gewohnheiten eisern festhielt. Miguel konnte schon nach einer Woche intensiver Beobachtung von einem schräg gegenüberliegenden Cafe oder von einer nahen Bushaltestelle feststellen, daß der Geschäftsinhaber täglich am späten Vormittag erschien, die Rolläden vor den Auslagen hochkurbelte und pünktlich, Schlag 10 Uhr die Ladentür öffnete. Dieselbe Prozedur spielte sich mittags und abends ab. Eine Minute vor 14 Uhr ließ er die Rolläden herunter, hängte ein Schild „cerrado" hinter die Tür und verließ das Geschäft genau drei Minuten nach zwei, indem er die Glastür sorgfältig abschloß. Das war zu einer Zeit, wo die meisten Spanier bereits Siesta hielten. Nachmittags spielte sich um 17 Uhr und abends um 20 Uhr ein ähnliches Schauspiel ab.

Während der Geschäftsmann mittags und abends immer direkt nach Hause ging – auch das hatte Miguel unauffällig festgestellt – suchte er Freitag Mittag, mit einer großen Tasche unter dem Arm, zuvor eine nahe Bank auf, die im Gegensatz zu anderen Geschäften erst um 14.30 oder 15 Uhr ihre Pforten schloß, um offenbar den Ladenbesitzern die Möglichkeit zu bieten, die Wochenlosung während der Mittagsruhe dort zu deponieren. Damit bot sich von vornherein ein Freitag als bester Termin für einen beabsichtigten Raubüberfall an.

Noch hatte Miguel nicht alle möglicherweise auftretenden Überraschungseffekte getestet. Während er bereits ein zweites, etwas entfernteres Geschäft für ein weiteres Unternehmen observierte, kam er immer wieder zum Bazar Tadeo zurück, wobei er mit Befriedigung feststellte, daß die Pünktlichkeit von Felipe Nuez Pietro, dem Ladenbesitzer, dessen Namen er inzwischen eruiert hatte, so unwahrscheinlich war, daß er seine Uhr danach richten konnte. Das sollte seine Tat wesentlich vereinfachen. Es hatte sich außerdem gezeigt, daß der Freitag zwar wesentlich kundenfrequentierter war als alle anderen Tage, daß aber der Geschäftsgang schon ab 13 Uhr enorm abflaute und eine halbe Stunde später kaum mehr einer in den Laden kam. Siesta ist eben eine Ruhezeit, die in Spanien allgemein penibel eingehalten wird.

Es war so weit. Miguel lehnte an einer Hausmauer nahe dem Lokal, und ging genau in dem Moment auf dieses zu, als der Geschäftsmann die Rolläden herabkurbelte. Als er eben das Schild „geschlossen" von innen an die Tür hängte, riß Miguel diese auf und verlangte atemlos nach einem Päckchen Zigaretten, von dem er wußte, daß die ausgefallene Marke genau hinter dem Verkaufspult auf einem Regal gestapelt war, wozu man eine kleine Leiter benötigte, um hinaufzugelangen. Während der Geschäftsmann diese von einem hinteren Raum hervorholte, stülpte sich Miguel eine dunkle Gesichtsmaske mit Augenschlitzen über das Gesicht, steckte den Zeigefinger seiner rechten Hand so hinter die Windbluse, daß es aussah, als hätte er eine Pistole in der Hand und mußte kein Wort mehr sagen.

Als der Ladeninhaber sich umdrehte und hinter dem Pult die drohende Gestalt sah, fielen ihm Zigarettenpäckchen und Türschlüssel zu Boden. Er hob beide Hände in die Höhe und sagte zitternd: „Nicht schießen, was wollen Sie von mir?" „Dreh dich um, Alter. Setz dich auf den Sessel hier, verschränke die Arme hinter der Lehne und sei ruhig. Es passiert dir nichts." Dann fesselte Miguel seinem Opfer die Hände mittels mitgebrachtem, festen Seil und knotete dasselbe auch über die Füße. Zuletzt stülpte er seine Gesichtsmaske über dessen Kopf. Dann bückte er sich nach dem am Boden liegenden Schlüsselbund und sperrte seelenruhig die Ladentür zu.

In der bereitstehenden großen Ledertasche des Geschäftsmannes befanden sich tatsächlich, gut gebündelt, viele tausend Peseten. Sie wurden schnell in eine mitgenommene Reisetasche umgeschlichtet. Dazu kam der Inhalt der Geschäftskasse. „Wo ist weiteres Geld aufbewahrt?" Das schlotternde, am Sessel angebundene Bündel Mensch, gab dies in seiner Angst ohne Umschweife bekannt – das war auch nicht zu verachten. Miguel suchte anschließend den Bazar nach weiteren mitnehmenswerten Gegenständen ab. Es fielen ihm dabei eine Reihe von Telefonwertkarten für ein bis zweitausend Peseten pro Stück in die Hände, dazu Fahrscheine, Briefmarken etc. Zuletzt stopfte er so viele Rauchwaren als er noch irgendwie unterbringen konnte, in die geräumige Tasche.

Die Aktion hatte nur wenige Minuten in Anspruch genommen, und Miguel war nicht ein einziges Mal gestört worden. Bevor er das Lokal verließ, ermahnte er den vor Aufregung fast ohnmächtig gewordenen Geschäftsinhaber, mindestens noch eine Viertelstunde zu warten, bevor er sich bemerkbar mache, sonst ginge es ihm schlecht. Er würde ihn noch eine Zeitlang durch das Glas der Eingangstür beobachten. Daran dachte Miguel allerdings nicht im geringsten, er sah sich nur noch genau um, ob er nicht irgendetwas Verdächtiges zurückgelassen hatte. Dann schloß er die Tür auf, steckte den Schlüssel um und versperrte den Laden ordentlich.

Um zu prüfen, ob man von außen irgend etwas Verdächtiges bemerken könnte, ging er langsam ganz kurz zurück, drehte sich um und fiel mit dem ersten Schritt den er tat, kerzengerade in einen tiefen Schacht. Ein schmerzerfüllter Schrei zerriß die Luft. Ein sich in der Nähe befindlicher Arbeiter, mit einer Leiter unter dem Arm, eilte zur Schachtöffnung und entdeckte zu seinem größten Erstaunen einen wimmernden Menschen „Ist etwas passiert?" rief er hinunter. „Mein rechter Fuß ist entweder gebrochen oder stark verstaucht" hörte er es aus dem Untergrund. „Wie sind Sie überhaupt hierhergekommen? Der ganze Vorplatz ist doch abgesperrt!" „Ich kam aus dem Geschäft, aber helfen Sie mir zuerst heraus!" „Schon gut, mein Kollege kommt gleich, zu zweit geht es besser. Aber wieso kommen Sie aus dem Geschäft? Das ist doch zugesperrt. Das war mit Don Pietro so vereinbart!" Der Arbeiter rüttelte an der Tür, aber die war zu.

Inzwischen hatten sich einige Leute um den Schacht versammelt und gaben gute Ratschläge. „Ruft die Rettung oder die Polizei" hörte man sie schreien. „Da ist jemand in eine Grube gefallen, weil der Idiot von Arbeiter einen Schachtdeckel aufmacht und weggeht, um eine Leiter zu holen, statt sie von vornherein parat zu haben." „Die hatte ich auch parat" brüllte der Gemaßregelte, „aber sie war für die tiefe Grube zu kurz!"

Im Schacht wimmerte Miguel verzweifelt, „holt mich doch endlich hier heraus und sucht den Schuldigen danach." Vereint bemühte man sich endlich, die hergebrachte Leiter neben dem Verunglückten in den Schacht zu schieben. Lautes Sirenengeheul. Die Rettung fährt vor, dicht gefolgt von einem Polizisten auf einem Motorrad.

Miguel war beinahe hochgehievt, da hörte man es vom Geschäft nebenan laut an die Türe klopfen und um Hilfe schreien. „Ich bin überfallen worden, der Räuber hat die Türe abgesperrt!" „Man sollte alte Leute nicht unterschätzen, weder was ihre Körperkräfte anbelangt, noch ihren Verstand" ging es Miguel durch den Kopf, „dabei habe ich ihn so fest an den Sessel gebunden. Er kann sich doch nicht selbst befreit haben, höchstens samt Stuhl zur Tür gesprungen sein. Das war ein folgenschwerer Fehler von mir." Jetzt hieß es schnell handeln. Kaum hatte man Miguel aus der Grube gezogen, wollte er schon davonlaufen. Aber es wurde ein klägliches Humpeln daraus. Er hatte sich tatsächlich den Fuß arg verletzt.

Den Rest der Geschichte konnte man anderntags den Zeitungen entnehmen. Normalerweise ruht in Spanien während der Mittagszeit weitgehend die Arbeit. Auch die Kanalarbeiter, die vor dem Bazar Tadeo einen Putzdeckel im Kanalisationsstrang erneuern sollten, waren zunächst nicht willig, den Wünschen des Geschäftsinhabers nachzukommen, diese Arbeit während der Siesta durchzuführen, wo keine Kunden erwartet werden. Gegen Zahlung eines entsprechenden Obulus hatten sie sich aber bereiterklärt, die Mittagspause zu unterbrechen und die Kanalreparatur nach 14 Uhr durchzuführen. Der Gehsteig wurde ordnungsgemäß abgesperrt, an der Geschäftstür hing das Schild „Cerrado", als Zeichen dafür, daß der Inhaber gegangen war. Eine Leiter, sowie Werkzeug standen bereit. Nach dem Abheben des Schachtdeckels stellte sich allerdings heraus, daß der Schacht doch tiefer war, als angenommen. Also holte man schnell eine längere Leiter. Daß ausgerechnet in diesem Moment jemand aus dem Geschäft kam, war absolut nicht vorhersehbar. Was auch stimmte. Dadurch kam es zu keiner Verurteilung der Baufirma.

Miguels Aktion war gut überlegt, und hätte unter normalen Umständen hundertprozentig funktioniert, wenn nicht so ein Zufall dazwischengekommen wäre. Dagegen nützte auch die beste Strategie nichts. Er war und blieb ein Pechvogel, weshalb ihm weitere Jahre im Gefängnis als Gewißheit blühten.

DIE VOGELSCHEUCHE

Es gab eine Zeit, da litten in Österreich viele Leute an erbärmlichen Hunger. Nicht nur in den letzten Kriegstagen, sondern auch in den Jahren danach. Das bekamen besonders die Städter zu spüren, die keine Möglichkeit sahen, sich irgendwo etwas Zusätzliches zum Essen zu ergattern. War doch das, was man mit Lebensmittelkarten zu kaufen bekam, nie ausreichend. Zum Leben zu wenig, zum Sterben zu viel, wie man sarkastisch sagte.

Eine Gruppe Studenten war in dieser Zeit gegen Ende der Sommerferien per Bahn an den Attersee gereist. Vorher mußten alle erst einige Schillinge bei diversen Ferialjobs verdienen, um sich den Urlaub überhaupt leisten zu können. Möglich wurde dieser dadurch, daß einer von ihnen einen Bekannten hatte, der am See ein Wochenendhaus besaß und der Gruppe die Möglichkeit bot, auf seinem Grund zu campieren. WC und Waschgelegenheit außerhalb des Hauses durften sie auch benützen.

Das war für arme Studiosi ein tolles Anbot. Vier von zusammen sechs Kameraden besaßen sogar Räder, die man per Bahn mitgenommen hatte. Somit war man nicht nur auf den See allein beschränkt, sondern konnte abwechselnd Ausflüge in die Umgebung unternehmen. Da es außerdem ständig schönes Wetter gab, wäre dies ein prächtiger Urlaub gewesen, hätte sie nicht so oft Hunger gequält.

In der näheren Umgebung ihres Domizils gab es ausgedehnte Obstgärten in denen Mostäpfel, Mostbirnen und Zwetschken reif wurden. Nun wachten zwar die Bauern mit Argusaugen darüber, daß niemand diesen zu nahe kam, aber sie hatten nichts dagegen, wenn jemand Früchte, die auf dem Boden lagen, aufhob, da sie selbst darauf nicht Wert legten. Somit konnten sich die Studenten zum Frühstück und zum Abendessen zumindest saures Kompott kochen, nachdem sie etliche Würmer aus dem Obst entfernt hatten.

In einer ca. 4 km entfernten Ortschaft gab es ein Wirtshaus in dem auf Lebensmittelkarten ein bescheidenes Mahl serviert wurde. Man nahm es in zwei Dreiergruppen hintereinander ein, wozu drei Fahrräder genügten. Als aber die halbe Gruppe heimreiste und nur mehr drei Studenten mit zwei Rädern weiter campierten, mußte man sich was einfallen lassen, um das Transportproblem zu lösen. Schneckerl, sogenannt wegen seiner gewellten Haare, schlug vor, daß zuerst zwei per Rad losfahren, der Dritte sich zu Fuß auf den Weg macht. Nach einigen hundert Metern, läßt einer sein Rad am

Straßenrand und beginnt zu Fuß weiterzugehen. Kommt der Dritte dort an, nimmt er das Rad desselben, überholt ihn und danach auch den ersten, der inzwischen sein Rad für den Zweiten hingelegt hat. Auf diese Art konnte man eine recht gute Durchschnittsgeschwindigkeit für alle erzielen und war nicht zu lange unterwegs.

Hunger wich trotzdem nicht von der Seite. Fischi hatte einige Fische aus dem See geangelt. Darin war er sehr geschickt. (Seinen Spitznamen hatte er aber schon vorher bekommen). Das hätte ein tolles Festmahl werden können, dazu fehlte es aber an Beilagen. Irgendwo müßte es doch Kartoffeläcker geben? Tagsüber war es zu riskant, selbst welche auszugraben. Die Bauern gaben aber nichts gegen Geld her. Da hätte man Schmuckstücke oder andere Wertsachen anbieten müssen, die keiner hatte. Also beschlossen Fischi und Heinz, nachts auf Beutezug zu gehen, wozu ihnen der Dritte im Bund, schon im eigenen Interesse, viel Glück wünschte.

Als es 23 Uhr wurde, ging es los. Kilometerweit gab es kein einziges Kartoffelfeld. Sie waren schon eine Stunde ins Landesinnere gefahren. Der Mond schien hell, keine Menschenseele war zu sehen. Endlich kamen sie an eine Stelle, wo es Kartoffeläcker gab, so weit das Auge reichte. Was hatte aber eine Vogelscheuche in einem Erdäpfelfeld zu tun? Mitten drin stand sie da, mit ausgestreckten Armen, einen abenteuerlichen Hut auf dem Kopf, zerschlissen und zerlumpt. Wie man sich Vogelscheuchen eben vorstellt. Den beiden Freunden kam die Sache nicht geheuer vor. Sie radelten zunächst weiter, stoppten dann, verfluchten das allzuhelle Mondlicht und beschuldigten sich gegenseitig, Angsthasen zu sein. Dann fuhr man zurück und wäre nach einer kurzen Wegstrecke vor Schreck beinahe vom Rad gefallen. Die Vogelscheuche stand nämlich nicht mehr dort, wo man sie vor kurzem noch gesehen hatte, sondern direkt neben dem Weg, exakt da, wo die beiden Helden auf ihren Drahteseln daherkamen. Sie entpuppte sich als zerlumpte Menschengestalt, aber die beiden Studenten waren so geschockt, daß sie nicht wagten, sie näher anzusehen, sondern das Lenkrad verrissen und wie von Furien besessen davonrasten.

Heinz und Fischi zitterten wie Espenlaub und vermeinten dem Leibhaftigen persönlich begegnet zu sein. Außer Sichtweite des Gespenstes blieben sie kurz stehen und atmeten tief durch. Dann fuhren sie zum Zeltplatz zurück und verkrochen sich, noch immer vor Angst schlotternd, unter der Tuchent. Erst am folgendenTag kamen sie zur Erkenntnis, daß die Gestalt, die sie so erschreckt hatte, wahrscheinlich ebenfalls Kartoffel ausgraben wollte und nur deshalb zu einer Vogelscheuche mutierte, um nicht von den zwei Radfahrern des Diebstahls überführt zu werden.

Die Studenten haben danach lieber Hunger gelitten, als sich nochmals auf eine so abenteuerliche, nächtliche Radtour zu begeben.

EIN TODESWÜRDIGES VERBRECHEN

Dank ausgezeichneter Französischkenntnisse überlebte Dr. Franz Lischka auf wunderbare Weise den zweiten Weltkrieg mit all seinen Greueln, denn für schwierige Aufgaben wurden oft ausgezeichnete Dolmetscher gebraucht. Das Schicksal wollte es, daß er gleich nach seiner Einberufung zum Wehrdienst, schon auf dem Weg nach Rußland, zu einer Spezialausbildung in die Dolmetscherschule Halle abkommandiert und danach für eine ganz besondere Verwendung eingeschult und der Fernmeldegruppe „El Alamein" zugeteilt wurde. Kein beneidenswerter Einsatz, denn er sollte zum Afrikakorps Rommels stoßen, dort an die vorderste Front gehen, zu den feindlichen Linien vorrobben, die Fernsprechleitungen des Gegners anzapfen und abhören: das Todeskommando par excellence!

Auf dem Weg nach Marseille, wo er zusammen mit vielen anderen Kameraden eingeschifft werden sollte, verfolgte Lischka spannend das Geschehen in Afrika, wobei er nicht sehr glücklich darüber war, daß Rommel zurückweichen mußte, weil ein Einsatz an einer Front, die der Gegner vorschob, weit gefährlicher dünkte, als in einem Stellungskrieg oder zu einem Zeitpunkt raschen Vorstürmens.

In Lyon hieß es plötzlich: „Halt!" Die Nachrichten über Afrika und den Bewegungskrieg Rommels hatten sich überstürzt. In der Führung war man natürlich schon viel eher über den harten Stand des Wüstenfuchses im Bilde und fürchtete, die afrikanische Position zur Gänze aufgeben zu müssen. Lischkas Spezialeinheit konnte sich auf eigene Erkundigungen stützen, denn man war als Abhörtrupp optimal ausgerüstet und konnte spielend jeden Feindsender hereinholen.

Mit einem Schlag benötigte Rommel keine Dolmetscher mehr, wohl aber eine technische Spezialeinheit. Diese fuhr also los, während Lischka als einziger in Südfrankreich zurückbleiben mußte. Das stellte sich schon kurz danach als unermessliches Glück heraus, denn das Transportschiff seiner Kameraden fiel einem Luftangriff zum Opfer und alle Insassen ertranken.

In einem kleinen Städtchen wurde wieder eine Spezialeinheit aufgestellt, wobei auch ein Dolmetscher nicht fehlen durfte. Obwohl der Krieg in aller Härte weiterging, verlief das Leben für diesen kleinen Trupp recht beschaulich. Jeder bewohnte ein winziges Hotelzimmer und ging mehr oder weniger einer geregelten Beschäftigung nach. Dienstlich natürlich immer in Uniform, unter Benützung des Haupteinganges gegenüber dem Bahnhof. Wenn Lischka aber private Besuche absolvierte oder sogar Ausflüge in die nähere Umgebung unternahm, bevorzugte er Zivilkleidung, obwohl dies strengstens verboten war. Dann wählte er einen anderen Hotelausgang, von wo er durch ein Hintertor in eine Nebenstraße gelangte.

Eines sonntags hatte er wieder erfolgreich auf diese Art einen Spaziergang unternommen und tafelte mittags im nahen Grand Hotel. Der Speisesaal war randvoll besetzt, nur ein kleiner Tisch für ihn noch frei. Da öffnete sich die Tür und es trat zu Lischkas Bestürzung ein Mann ein, den er gut kannte. Mitglied der Gestapo. Vier gab es, die in diesem kleinen Städtchen Dienst versahen. Im Gespräch waren sie ganz zugänglich. Ältere Semester, die eher zu einem Zivildienst eingezogen waren. Obwohl sie sich immer sehr jovial gaben, hüteten sie ihre Dienstgeheimnisse streng vor allen Anderen und ließen sich nicht in ihre Karten blicken. Wahrscheinlich hatten sie abgehende Meldungen zu chiffrieren und eingehende in Klartext umzusetzen, aber es war nicht ersichtlich, ob sie nicht auch Bespitzelungen durchführten. Konnte man ihnen also trauen? Würde sich nicht der soeben hinzugekommene Mann verpflichtet fühlen, zu melden, daß er mitten im Feindesland einen Soldaten in Zivilkleidung angetroffen hatte?

Während er sich Lischka gegenüber niederließ, würgte dieser seine letzten Bissen hinunter und machte dem Kellner verzweifelt Zeichen. Der konnte nicht gleich kommen. In der Zwischenzeit begann der Gestapoangehörige sein Gegenüber genau zu mustern. Der Dolmetsch vermied jedweden Blickkontakt, schaute starr auf seinen Nachtisch, schälte vom Käse sorgfältig und ganz langsam die Rinde ab, und spürte mit wachsender Beklemmung, wie die Blicke seines Tischnachbarn an ihm hängenblieben. Plötzlich beugte sich dieser mit seinem Oberkörper über den kleinen Tisch und fragte: „Irre ich mich oder sind Sie der Herr Lischka?" Dieser behielt seine Nerven in Griff, blickte verwundert auf und entgegnete: „Pardon, Monsieur, je ne vous comprends pas." „Oh, entschuldigen Sie vielmals" erwiderte der Geheimdienstmann und legte eine Hand auf seinen Mund als hätte er Sorge, noch etwas Unpassendes zu sagen. Da kam der Kellner, Lischka zahlte und verschwand.

Am nächsten Morgen eilte er wie immer in Uniform zur Dienststelle im Postgebäude. Am gegenüberliegenden Gehsteig sah er den Gestapomann vom Vortag daherkommen und grüßte scheinbar unbefangen hinüber. Schon überquerte dieser die Straße und Lischka dachte besorgt: „Was wird sich jetzt tun?" Der Herr vom Geheimdienst blieb stehen, hielt den Dolmetsch am Arm fest und berichtete von einem Wunder: „Stellen Sie sich vor. Gestern bin ich hier im Grandhotel einem Franzosen gegenübergesessen, man hätte sagen können, einem Zwilling von Ihnen. Selbst in der Stimme habe ich kaum einen Unterschied bemerken können. Zufälle gibt es."

Damit war die Angelegenheit für Lischka noch einmal gut ausgegangen, ohne daß er sich überhaupt bewußt geworden war, daß er ein todeswürdiges Verbrechen begangen hatte. Seitdem nämlich die Alliierten auf dem Festland gelandet waren und sich die deutsche Armee auf dem Rückzug befand, wurde mit Soldaten, die in Zivilkleidung angetroffen wurden, nicht viel Federlesen gemacht. Sie wurden ohne jegliche Gerichtsverfahren liquidiert, wobei sich vor allem die SS bei derartigen Exekutionen hervortat.

Das mußte auch Lischka erkennen, als er sich kurz vor Kriegsende mit den Resten seiner Einheit nach Hause durchschlagen wollte. Man hatte die deutsch-französische Grenze bereits hinter sich gebracht, als zwei seiner Kameraden sich in Dörfern, durch die man auf der Flucht kam, mit Zivilkleidern versorgten und untertauchen wollten, um nicht in letzter Minute diesem unsinnigen Krieg zum Opfer zu fallen. Sie wurden erwischt und rücksichtslos von SS-Männern ermordet, oder wie es damals hieß: einer gerechten Strafe zugeführt.

DAS FOTO VOM BAUFORTSCHRITT

Die Töchter waren zu Teenagern herangewachsen, das Zweithaus am Neufeldersee zu klein geworden. Das merkte man vor allem dann, wenn Besuch kam und es nicht so warm war, um sich die ganze Zeit im Freien aufhalten oder baden zu können. Folglich beschloß der Familienrat, nach reiflicher Überlegung, das Haus aufzustocken.

Kaum hatte die Badesaison geendet, wurde mit den Arbeiten begonnen, um im kommenden Frühling die ersten wärmenden Sonnenstrahlen in einem viel gemütlicheren Heim verbringen zu können.

In der Zwischenzeit war der Winter ins Land gezogen. Der Himmel war wolkenverhangen, die Sonne kaum zu spüren. Es wurde Zeit wieder einmal nach dem Rechten zu sehen und zu erkunden, wie weit Bau- und Professionistenfirmen mit ihren Arbeiten gekommen waren. Sissy, die Mutter, nützte einen Freitag vormittag, an dem ihr Mann im Büro arbeitete und die Töchter für einige Stunden die Schulbank drückten, um die Baustelle zu inspizieren.

Um zwölf Uhr an Ort und Stelle angelangt, war keine Menschenseele zu sehen. Auf den Feldern lag Schnee, es wehte ein eisiger Wind und der See war zur Gänze zugefroren. Die Hauseigentümerin besichtigte eingehend das kaum wiedererkennbare Hausinnere und stellte mit Genugtuung fest, daß sich in den vergangenen Wochen einiges getan hatte. Trotz dicken Lammfellmantels, den sie vorsorglich angezogen hatte, fröstelte es sie. Doch die Chance, einige Schnappschüsse vom Baufortschritt zu machen, wollte sie sich nicht entgehen lassen. Zuletzt durften einige Außenaufnahmen nicht fehlen, vor allem, weil sich das Gebäude nur im Winter gut sichtbar darbot, wenn die davorstehenden Bäume unbelaubt sind.

Sissy stellte sich mit schußbereitem Fotoapparat zunächst an den Rand des Sees, kam aber zur Überzeugung, daß sich vom Bootssteg ein noch besseres Bild erzielen ließe. Rückwärts gehend gelangte sie an dessen Ende und probierte mit einem Fuß die Tragfähigkeit der Eisdecke, die sich wegen des zuletzt herrschenden Hochwassers nahezu in gleicher Höhe mit dem Steg befand, aus. Danach folgten zwei weitere Schritte, das Haus immer mit dem Fotoapparat anvisierend.

Krachend und splitternd knirschte das Eis unter ihren Füßen und sie versank, zu Tode erschrocken, mit einem Schrei, der in der Kälte gefror, fast wie in Zeitlupe bis zum Hals im See. Wohl konnte sie noch schnell in einer Art Reflexbewegung mit einer Hand gerade noch den Holm der Einstiegleiter umfassen, aber die Kamera entglitt ihren klammen Fingern und versank im eiskalten Wasser. Stille rundum, nur einige vorbeistreichende Raben krächzten höhnisch.

Bis auf die Haut durchnäßt kletterte Sissy mit letzter Kraft die Leiter hinauf. Das Wasser rannte in Strömen aus ihrer Bekleidung. So schnell es mit dem vollgesogenen Mantel ging, rannte sie zu ihrem vor dem Hause parkenden Wagen. Glücklicherweise war ihr nicht auch noch die am Rücken getragene Tasche ins Wasser gefallen, doch kostete es sie erhebliche Mühe, den Autoschlüssel herauszusuchen. Wie sie es fertigbrachte, dann auch noch die Wagentür aufzusperren, ist ihr heute noch ein Rätsel. Sie startete den Wagen und raste völlig kopflos, quatschnaß und frierend davon, ohne zu bedenken, daß es in der benachbarten Ortschaft Freunde gab, wo sie sich umziehen und wärmen hätte können.

In ihrem Kopf hämmerte es ununterbrochen: „Heim, heim!" Die Scheiben ihres Autos beschlugen sich immer wieder, sodaß sie kaum die Fahrbahn sehen konnte, obwohl sie die Heizung voll aufgedreht hatte. Kurzfristig mußte sie sogar stehen bleiben, um den mit Wasser vollgesogenen Lammfellmantel auszuziehen und auf den Rücksitz zu legen.

Bei der Weiterfahrt wunderte sie sich, daß sie immer wieder von laut hupenden und gestikulierenden PKW-Fahrern überholt wurde, obwohl sie am äußersten Fahrbahnrand dahinschlich und niemanden behinderte. Schließlich fuhr ein besonders hartnäckiger Bursche eine Zeitlang in gleicher Höhe neben ihrem Wagen, seine Beifahrerin kurbelte ihr Fenster herunter und machte Sissy ein Zeichen, ihres ebenfalls herabzulassen, was diese widerwillig tat. Die fremde Frau rief: „Ihr Kühler ist leck, sie verlieren laufend Wasser!" Die, trotz immer stärker wirksam werdender Wagenheizung, noch immer vor Kälte schlotternde, gebadete Maus, dankte für den Hinweis. Es wunderte sie nicht, daß das aus ihrem Gewand durch den Wagenboden tropfende Wasser eine nasse Spur auf der Fahrbahn hinterließ. Was sollte sie aber in ihrer fatalen Situation machen? Natürlich wäre es besser gewesen, wenn sie sich gleich bis auf die Unterwäsche ausgezogen hätte. Die wäre in der Zwischenzeit wohl schon getrocknet.

Endlich erreichte Sissy ihre Wohnung. Sie war froh, daß weder ihr Mann noch ihre Kinder schon heimgekommen waren, denn ihr Anblick war alles andere als erfreulich. Was mußte wohl eine Hausbewohnerin von ihr gedacht haben, als sie das, im wahrsten Sinn des Wortes aufgeweichte Menschenbündel in den ersten Stock hinaufhetzen sah, ohne eines Grußes gewürdigt zu werden?

Sissy stürzte als erstes ins Badezimmer, riß die noch immer klatschnassen Kleider vom Leib, feuerte diese in eine Ecke und füllte die Wanne bis zum Rand mit heißem Wasser. Erst als sie eine längere Zeit hindurch die wohlige Wärme des Badewassers genoß, taute sie auf und wurde wieder zu einem Menschen. Jetzt kam ihr endlich auch zu Bewußtsein, wie ungeschickt sie, aus blanker Panik, auf das Versinken im See reagiert hatte und daß sie sich die unangenehme Fahrt mit ihren nassen Kleidern ersparen hätte können, wenn sie ein wenig nachgedacht und ihre Freunde im nahen Steinbrunn aufgesucht hätte. Aber nachher ist man ja immer klüger.

Zum Glück blieb von diesem nassen Abenteuer nur ein gewaltiger Schnupfen zurück. Aus den Fotos vom Baufortschritt ihres Zweithauses ist allerdings nichts geworden. Die ruhen wahrscheinlich auf ewig samt Kamera auf dem Grund des Neufeldersees.

VOM KIND ZUM MANN

Einleitung:

Mein Vater stammte aus bescheidensten Verhältnissen. Aber er hatte das Zeug in sich, von einem Proletarierkind zu einem Stararchitekten aufzusteigen. Ähnlich wie der berühmte Franzose „Le Corbusier" hatte er keine Technische Ausbildung, sondern startete seine Berufskarriere zunächst intuitiv als Autodidakt. Sie begann mit der Planung einer evangelischen Kirche samt angeschlossener Schule in Tsingtau (China), nach Entlassung aus russischer Kriegsgefangenschaft. Glücklich 1920 nach Wien zurückgekehrt, begann er sofort mit dem eigentlichen Architekturstudium und brachte es schon sehr bald zu einem weltweit bekannten Planer für soziale Wohnbauten in Österreich und in Deutschland. Er handelte sich dabei aber viele Neider ein, die ihm, unterstützt von den damaligen amtierenden Stadtpolitikern, wo sie nur konnten, Prügel vor die Füße warfen. Diese Geschichte würde allein ein ganzes Buch füllen.

Nachfolgend möchte ich mit den Worten meines Vaters, seinen Werdegang von der frühesten Kindheit bis zu seiner glücklichen Heimkehr aus dem 1. Weltkrieg zu Papier bringen, weil ich glaube, daß diese Erzählung aus den ersten Jahren unseres 20. Jahrhunderts, gerade zu einer Zeit, wo das Jahr 2.000 vor der Tür steht, für viele Menschen von besonderem Interesse sein könnte.

Die Kindheit

Dem Schicksal wird eine große Rolle im Leben eines Menschen eingeräumt, aber drei Dinge waren noch vor einer Generation ausschlaggebend für die jeweilige Lebensgestaltung:

1. Die Herkunft, die sowohl den wirtschaftlichen und gesellschaftlichen Stand betrifft, in den man hineingeboren wurde, als auch im Hinblick auf die geistigen und körperlichen Qualitäten, die wir ererben.
2. Der erwählte Beruf, inwieweit er zur Erfüllung einer gestellten Lebensaufgabe und zu einer befriedigenden Tätigkeit im Leben führt.
3. Die Harmonie mit dem Lebenskameraden, mit dem man sein Leben gemeinsam verbringt und seine Familie aufbaut.

Sie sind es, die in erster Linie entscheiden, wie man Glücksfälle und Schicksalsschläge, die der Lebenskampf nun einmal mit sich bringt, hinnimmt und meistert.

Manche wollen aus der Sternenkonstellation das Lebensschicksal vorauslesen. Ihnen sei mitgeteilt, daß ich am 12. August 1896 um 14,30 Uhr in Wien geboren wurde. Es wäre sicherlich ein Unterschied gewesen, wenn ich zur selben Stunde und Tageszeit als Sohn des Hausherrn und Wirtes „Zum roten Hahn", auf der Landstraßer-Hauptstraße im 3. Bezirk, und nicht als Enkel eines Hausmeisters, in der Proletarierwohnung eines Fabrikarbeiters, auf die Welt gekommen wäre. Mein Lebensweg hätte, trotz Sterndeutung, anders ausgesehen.

Der Würgengel, die Diphterie, wollte mich bereits im Alter von sechs Monaten holen, nahm stattdessen meine um eineinhalb Jahre ältere, von all meinen Verwandten vergötterte Schwester mit. Meine Mutter war die älteste von sieben Geschwistern und meine Schwester das erste Enkelkind. Oft genug hielt man mir ihre Klugheit und sonstigen guten Eigenschaften vor, besonders dann, wenn ich als Gassenbub eine Lausbüberei angestellt hatte. Wie fast alle Proletarierkinder in der Großstadt, bin ich ohne Aufsicht und sogenannte Kinderstube aufgewachsen.

Der Vater, - Haustyrann und Kunsttischler:

Mein Vater hat sich sein Leben sehr einfach eingerichtet. Aus den Ersparnissen seiner Junggesellenzeit – er dürfte schon während seiner Wanderjahre in Italien, Deutschland und der Schweiz, äußerst sparsam gelebt haben – kaufte er meiner Mutter zur Hochzeit ein Lebensmittelgeschäft in der Wiener Markthalle. Damit übernahm sie die Verpflichtung, für den gesamten Haushalt, den Lebensunterhalt und nach und nach für die Aufzucht von insgesamt drei Buben zu sorgen. Er war bestenfalls der Finanzier für einen größeren Einkauf, doch mußte alles wieder pünktlich zurückbezahlt werden. Vielleicht hat er auch hie und da bei einer größeren Ausgabe etwas beigesteuert, doch war dies nicht die Regel. In meinen Kindheitserinnerungen ist mir haften geblieben, daß er mir einmal Maroni kaufte; es muß demnach sehr selten vorgekommen sein, daß er sich zu einer Ausgabe für uns Kinder herbeiließ. Als Spielzeug bekamen wir selbstverständlich nur das, was er selbst herstellen konnte, weil es fast kein Geld kostete. Es mußte außerdem nahezu unverwüstlich sein, ob dies nun geschnitzte Kasperlköpfe waren oder Schlitten, Gewehre, Leiterwägen usw., alles Dinge also, die aus Holz angefertigt werden konnten. Für sich benötigte er beinahe nichts. Sein gesamtes Geld, das er irgendwie erwerben konnte, kam in die Sparkasse, und bei jeder Gelegenheit konnten wir von ihm hören, wir sollten es einmal besser haben und nicht das Sklavendasein eines Proletariers führen müssen. Selbst wenn er in den Gesangsverein ging, war dies nur zum Teil zu seinem Vergnügen, zum größeren Teil wegen der ihm dort gebotenen weiteren Einnahmequelle. Er spielte gut Zither, konnte vom Blatt weg singen, war äußerst musikalisch und Stimmhalter beim zweiten Tenor, so daß ihm der Verein für seine Mitwirkung noch bezahlte.

Von Haus aus war mein Vater Kunsttischler. Nie mehr in meinem Leben habe ich eine so präzise, exakte Arbeit, auf den Millimeter genau, gesehen, wie er sie lieferte. Gleichgültig, ob dies Einlegearbeiten und Schnitzereien waren oder später Modelle für meine Entwürfe.

Als wieder einmal eine kleine Wirtschaftskrise herrschte, kamen die Möbelfabrikanten in Wien überein, ihre Arbeiter zu entlassen und sie dann zu billigeren Löhnen wieder aufzunehmen. Ich glaube, der Umstand - nicht so sehr aus Solidarität, sondern mehr aus der Verbitterung heraus - jetzt für dieselbe Arbeitsleistung weniger Lohn zu erhalten und auch weniger Geld in die Bank tragen zu können als früher, hat meinen Vater zu einem der wütendsten Anführer gegen diese Maßnahmen gemacht, sodaß sein Name von allen Möbelfabrikanten auf eine schwarze Liste gesetzt wurde, und er nirgends mehr in seiner Heimatstadt in seinem Fach unterkommen konnte. Da nützte es ihm auch nichts, daß seine Arbeiten zur Weltausstellung nach Chicago gesandt wurden und er sogar mit einem von ihm selbst gebauten Photoapparat die Aufnahmen der Interieurs in der Firma machte. Er hätte sich zwar als Meister etablieren können, die Meisterprüfung hatte er und auch das Geld dazu, aber er scheute jedes Risiko, wollte nur wöchentlich seinen Lohn und auch diesen nur, um sein Sparkonto zu erhöhen.

Durch Vermittlung eines angesehenen Sangesbruders konnte er bei der Firma „Clayton-Shuttleworth" in Wien als Modelltischler unterkommen und, obwohl dies eine ganz anders geartete Tätigkeit von ihm forderte als er bis dahin zu leisten hatte, beherrschte er aufgrund seiner guten handwerklichen Schulung und Leistung dieses neue Arbeitsgebiet sofort.

Musikalität als Einnahmequelle

Mein Vater gehörte zu jenen Menschen vor dem ersten Weltkrieg, die, wie viele andere auch, davon überzeugt waren, daß Vermögen durch Sparen erworben werden könne, und so sparte er, wie wohl kein Zweiter. Jede Ausgabe für mich, auch die Geringste, mußte verschwiegen oder getarnt werden. Dabei war ich bereits in frühester Jugend ein Aktivposten in der Familie, da mein Vater entdeckte, daß ich sehr musikalisch war. Bei seinem Gesangsunterricht begann er aber nicht etwa mit Kinderliedern, sondern mit solchen, die auch in seinem Verein bekannt waren und gesungen wurden. So kam es, daß ich bereits mit vier Jahren bei einem Gesangsfest beim „Wolf in der Au" in Hütteldorf mein Debut feierte, wo ich das nicht sehr einfache Lied „Die Gamserln" mit Jodler, zusammen mit meinem Vater, vortrug. Es gab einen Begeisterungssturm, an dem ich mich noch genau erinnern kann. Vom Arm einer Dame wanderte ich auf den einer anderen, wurde bejubelt und herumgetragen.

Nun hatte ich das zweifelhafte Glück, einen Gastwirt zum Taufpaten zu haben. Mein Vater konnte diesen nicht oft genug mit mir besuchen und jedesmal gab es fünf Kronen für mich als Patengeschenk. Dafür mußte ich natürlich immer wieder singen und die Gäste bis spät in den Abend unterhalten, wobei die Zuhörer mit Trinkgeld nicht geizten. Manchmal wurde mir vom vielen Rauch und dem Biergeruch fast übel, aber das rührte meinen Vater nicht, ich war ja jetzt eine neue Einnahmequelle.

Bei einem Geselligkeitsverein, der in der Johannesgasse seinen Sitz hatte, gab es jeden ersten Sonntag im Monat einen Unterhaltungsabend, bei dem meine Gesangsvorträge eine zeitlang regelmäßig zum Programm gehörten. Die Darbietungen wurden alle gratis geleistet und die Einnahmen dienten vor allem dazu, einmal im Jahr arme Kinder mit Kleidern, Wäsche, Schuhen, usw. auszustatten. Da ich nun schon so großen Anteil an der Programmgestaltung hatte, mußte ich auf Verlangen meines Vaters auch eingekleidet werden. Folglich stand ich zu Weihnachten als „armer Waisenknabe" ebenfalls unter den beteilten Kindern, nur damit zu Hause das Geld für einen Anzug gespart wurde.

Mit sechs Jahren lernte ich Violine spielen, natürlich bei einem alten Lehrer, dessen Unterricht sehr billig war, der aber auch nicht viel Lust und Begeisterung dafür erwecken konnte. Sobald meine Kenntnisse dazu ausreichten, spielte ich zu Silvester und im Fasching im Schrammelquartett meines Vaters die zweite Geige, wodurch ihm die halben Einnahmen gehörten. Außerdem wirkte ich noch als Gesangskraft mit. Ich kam nach solchen Veranstaltungen immer erst in der früh nach Hause und ins Bett.

Dieser Teilabschnitt meiner Jugend war nicht gerade erfreulich .und bewirkte, daß ich später auch als Erwachsener Tabaksqualm und Bierdunst nicht ausstehen konnte und weder Bälle noch sonstige öffentliche Unterhaltungen besuchte. Ich hatte von meiner Kindheit an genug davon.

Mein Vater brachte es mit all seinen Einnahmen und seiner Sparwut mit Zins und Zinseszins immerhin zu einem beachtlichen Vermögen von über 60.000 Kronen, die er in der Inflation nach dem ersten Weltkrieg zur Gänze verlor. Er hatte somit ein ganzes Leben lang umsonst geschuftet und gespart. Außerdem war er während des Krieges, als die Mieten erhöht wurden, aus einer großen Wohnung mit Badezimmer im l. Stock eines gediegenen Hauses in der Bechardgasse in eine Zweizimmerwohnung im 4. Stock in die Dianagasse Nr.1 übersiedelt, wo es Wasser nur am Gang gab und lediglich ein „Plumpsclo“ für alle sechs Familien in diesem Stock zur Verfügung stand. Hätten wir Söhne nicht noch geistige Fähigkeiten und Arbeitsqualitäten geerbt, wäre uns das elendste Proletarierschicksal nicht erspart geblieben.

Schon die Erziehung schafft späteren Standesdünkel. Ein Prinz, der bereits in der Wiege als Hoheit tituliert und später von vorn und hinten bedient wird, hat im Leben sicherlich ein anderes Auftreten als ein Proletarierbub. Aber man braucht nicht erst so große Gegensätze nebeneinanderzustellen. Auch in den bürgerlichen und besonders kleinbürgerlichen Kreisen wird den Kindern bereits anerzogen, daß sie etwas besseres sind als Arbeiterkinder. Kein Wunder, daß sie sich dann dementsprechend ihnen gegenüber benehmen! Es mag vielleicht der eine im Leben genauso unglücklich oder glücklich werden wie der andere, die Ungleichheit der Erziehung und die Lebensbedingungen, in die der Mensch hineinwächst, machen ein gegenseitiges Verstehen nahezu unmöglich. Neid- und sogar haßerfüllt wird der aus den untersten Schichten alle jene betrachten, die über ihm stehen, und mit ganz wenigen Ausnahmen wird es vorkommen, daß den Menschen der oberen und obersten Schichten zu Bewußtsein kommt, was hier an den sozialen Zuständen der Menschheit verbrochen wird.

Gesangstalent

Der mir von Natur aus mitgegebenen Stimme, mit der ich alle Menschen in Bann ziehen konnte, selbst wenn sie halb betrunken, oder aller Lebensgenüsse überdrüssig waren, verdanke ich es, wenn ich bei meiner doch sehr primitiven Erziehung oft das Gefühl der Überlegenheit und eines Auserwählten hatte.

Die Anerkennung, die ich für mein Singen, besonders bei den Erwachsenen fand, hatte aber auch seine Nachteile. Als ich in die erste Taferlklasse der Kolonitzschule in der Weißgärberlände ging, war ich sicherlich noch nicht der Lausbub zu dem ich dort herangezogen wurde. Mein Lehrer hatte irgendwie herausbekommen, daß ich in diesem Alter bereits eine Reihe Steirerlieder singen konnte, und ich hatte wahrscheinlich deshalb des öfteren das Vergnügen, nach dem Nachmittagsunterricht noch „hierbleiben“ zu müssen. Dann versammelten sich in meiner Klasse auch noch die anderen Lehrer der Schule und ich mußte diesen einige meiner Lieder vorsingen. Dabei verging die Zeit sehr rasch. Als ich dann endlich gehen durfte, wartete bereits mein Vater daheim mit dem Stock. Wenn der Grad und die Anzahl der Prügel, die ich in meiner Jugend bekommen habe, ausschlaggebend wäre für eine gute Erziehung, dann muß ich sagen, habe ich eine außerordentliche und gründliche Erziehung genossen! Vielleicht habe ich das erste Mal in der Schule wirklich geschwätzt oder etwas angestellt. Ich weiß es nicht mehr. Aber die Hiebe zu Hause hätten mich sicherlich davon abgehalten, dies zu wiederholen. Ich mußte aber immer wieder, in Abständen, in der Schule bleiben und vorsingen, kam dann spät nach Hause und wurde dafür jedesmal wieder verprügelt, so daß der Anlaß hierzu schon ganz gleichgültig war. Ich ließ alles schicksalhaft über mich ergehen, tat mir aber auch keinen Zwang mehr an, besonders artig zu sein und stillzusitzen.

In der zweiten Klasse bekamen wir zwar eine Lehrerin, die nicht mehr diese für mein Hinterteil so folgenschweren Praktiken mit dem „Hierbleiben" ausübte, aber ich war bereits als unbändiger Lausbub gezeichnet.

Im Norbertinum

Da die Hiebe bei mir nichts mehr fruchteten, wurde beschlossen, mich in ein Internat zu stecken, und zwar ins Norbertinum, in Preßbaum. Es war dies ein katholisches Institut, wo alle Kinder in Uniform herumliefen und die Freizeit arg beschnitten wurde. Jede Klasse hatte zwei Schulbrüder, einen Lehrer für den Unterricht, einen für die Freizeit. Mit dem Lehrer stand ich mich ganz gut, aber mit dem Spielbruder für die Freizeit gab es arge Kämpfe.

Wahrscheinlich aus Ärger über meine Strafversetzung, in dieses von mir empfundene Gefängnis, bekam ich die Gelbsucht. Als ich ganz allein im Krankensaal lag, begann ich aus Langeweile zu singen. Da reihte sich bald Kopf an Kopf an der Glastür und als ich ausgesungen hatte, stürmten die dort versammelten Schulbrüder herein. Beschenkt von allen Seiten mußte ich weitersingen. Auch der Chorbruder wurde herbeigerufen und es wurde beschlossen, mich in die Schar der Sängerknaben einzureihen. Von diesem Zeitpunkt an hatte ich schon wieder eine Sonderstellung als Solosänger im Kirchenchor und der Spielbruder seine schwere Zeit. Geschlagen durfte man dort nicht werden, da dies wahrscheinlich im Widerspruch zu einer christlichen Erziehung stand, so mußte ich im Falle von Strafen dutzende und aber dutzende Male das Einmaleins schreiben. Die Kinder in diesem Institut kamen alle nicht aus begüterten Familien. Ich aber wurde in meiner Verbannung bei den sonntäglichen Besuchen von meinen Verwandten und meiner Mutter doch mehr beschenkt als früher, war daher Besitzer eines Fußballs und anderer, begehrenswerter Spielsachen. Diese standen natürlich, solange ich Strafen schreiben mußte, nicht zur allgemeinen Verfügung, sondern verblieben in meinem Gewahrsam. Bald hatten die anderen heraus, daß sie genau so gestraft waren wie ich, wenn ich nicht bei ihnen war und sie begannen für mich auf Vorrat auf ihren Schiefertafeln, die wir dort aus Papierersparnis die ganze Volksschulzeit über benützten, alle möglichen Kombinationen von Einmaleins vorzuschreiben. Damit hatte ich, je nach

Wunsch, die von mir verlangten Strafarbeiten zur Auswahl und war in kürzester Zeit wieder frei.

Wenn man zwei Monate hindurch in der wöchentlichen Beurteilung im Betragen eine Eins hatte, bekam man auf den Kragen eine rote Litze; nach drei roten Litzen eine silberne und nach drei silbernen eine goldene. So konnte man bereits von weitem den Grad der Bravheit oder auch die Dauer des Aufenthaltes am Kragen erkennen. Weit schneller, als einem solche Litzen zuerkannt wurden, kamen sie aber wieder herunter. Ich habe mich aber nie besonders darum gekümmert. Selten, daß eine oder gar zwei rote Litzen an meinem Kragen prangten und das wahrscheinlich auch nur zur Aneiferung. Als auch das nichts fruchtete, versuchte es der Spielbruder mit ganz gemeinen Mitteln. Gab es etwas besonders Gutes zum Essen, z. B. Marillenknödel, so durfte ich, ohne überhaupt etwas angestellt zu haben, aufstehen, an das Tafelende treten und zusehen, wie es sich die andern schmecken ließen. Da kannte er aber unseren Solidaritätsgeist nicht. Die Knödel wurden mir mit der Hand von meinen Kameraden zugesteckt, doch mußte ich so tun, als wenn ich sie nicht bekommen hätte. Ich ging daher zum Chorbruder und beklagte mich über diese Ungerechtigkeit. Da dieser wußte, daß ich imstande war, im Kirchenchor zu streiken, bekam ich von nun an von der Bruderküche mehr und noch viel Besseres, als wir Schüler zu Mittag hatten. Darüber hinaus bisweilen noch Süßigkeiten und Obst, das ich dann gönnerhaft unter meinen Mitschülern verteilen konnte.

Mit diesen und ähnlichen Mitteln ging es also auch nicht. Als ich eines Tages eine frisch ausgefaßte Hose in einer halben Stunde zerrissen hatte, packte mich der Spielbruder an den Füßen und ließ mich solange kopfabwärts hängen, bis ich ganz schwindlig und benommen war. Das war dann nach zweijährigem Aufenthalt ausschlaggebend dafür, daß ich von diesem Internat wegkam. Selbst das Angebot, daß ich nahezu umsonst dort verbleiben könne, um mich dem Chor zu erhalten, wirkte diesmal auf meinen Vater nicht.

Die Kirchenmusik, die zu allen Zeiten einen tiefen Eindruck auf mich machte und das Mitsingen im Chor, sowie das Einstudieren von Messen, waren für mich die schönste Erinnerung an dieses Institut, sowie die Messen, die z.B. im Musikvereinssaal in Wien oder in einer der vielen Kirchen stattfanden und an denen ich teilnahm. Gut in Erinnerung habe ich auch die Grundsteinlegung der Preßbaumer Kirche, die der alternde Kaiser Franz Josef vornahm. Ich stand damals beim Singen nur wenige Schritte von ihm entfernt.

Die fünfte Volksschulklasse besuchte ich wieder in der alten Schule in Wien. Ein bejahrter Lehrer, der den Ehrgeiz hatte, daß man bei ihm mehr lernte, als anderswo, behandelte mich als nicht zu seiner Schar gehörend. Er war immer sehr stolz, wenn seine eigenen Schüler etwas wußten, was ich in dem religionsgeschwängerten Institut nicht gelernt hatte. Möglicherweise sah er auch im Norbertinum eine Art Besserungsanstalt. Das Zeugnis, das ich bekam, war jedenfalls so, daß man es nicht wagen konnte, mich anschließend in eine Mittelschule zu stecken. Als mein Vater aber entdeckte, daß ich sogar im Singen nur eine „2“ bekommen hatte, erkannte er die Ungerechtigkeit der Beurteilung, ändern konnte auch er nichts mehr.

In der Bürgerschule

So wurde die Bürgerschule in der Hörnesgasse mein weiteres Betätigungsfeld. Ich war nun nicht mehr ein Außenseiter, kamen wir doch alle aus verschiedenen Volksschulen und hatten jetzt mehrere Lehrer, entsprechend der verschiedenen Fächer. Ich stand nun wieder in der Einreihung vorne und meine Stimme fiel beim Gesangsunterricht auch gleich wieder auf. Der Lehrer, der Verständnis dafür zeigte, ging vom normalen Gesangsunterricht ab, studierte drei und vierstimmige Chöre mit Solopartien ein, und meine Aufgabe war es, nebst dem Solopart auch alle anderen Gesangspartien den einzelnen Gruppen solange vorzusingen, bis die Melodie saß.

Der Religionslehrer oder Katechet, wie er genannt wurde, der seine Lehrstunden in der Woche immer in der Früh als erster hatte, führte gar ein, daß die Schüler an diesem Tag eine halbe Stunde früher in der Schule sein sollten und diese halbe Stunde wurde durch Vorsingen von mir ausgefüllt. Nie waren alle so pünktlich anwesend wie an diesen Tagen.

Mit zunehmendem Alter war es immer schwieriger geworden, eine Haushaltungshilfe für uns zu finden, die es bei uns drei Buben aushielt. Meine Mutter war im Geschäft tätig und mein Vater in der Fabrik. So war ich als Ältester mehr und mehr für den Haushalt verantwortlich. Die Wohnung mußte aufgeräumt und auch das Essen zubereitet werden. Wir hatten allerdings die Hauptmahlzeit immer am Abend. Zu Mittag wurde entweder aufgewärmt oder sonst eine Kleinigkeit bereitet. Die Sisyphusarbeit im Haushalt lernte ich daher zur Genüge kennen, was mir später in meinem Leben vielfach half, und meinem heutigen Beruf sehr zugute kam.

Der Knabenhort

Zur damaligen Zeit gab es in Wien einen von ehemaligen Infanterieoffizieren militärisch geführten Knabenhort, der während der großen Schulferien weite Reisen, nahezu umsonst für die Teilnehmer, durchführte. Kam die schöne Jahreszeit, so wurden wir dort eingeschrieben. Statt im Prater wild herumzustrolchen, standen wir in Reih und Glied in Matrosenuniformen und lernten alle militärischen Exerzierübungen. Es gab in gewissen Zeitabständen ein Preisexerzieren auf dem Trabrennplatz bei der Rotunde, das von Offizieren beurteilt wurde. Es war nun Ehrensache, daß die Erdberger unbestritten vor allen anderen Bezirken die Ersten waren und blieben, und das war Anreiz genug, daß wir uns redlich Mühe gaben. Bei mir war der Umstand ausschlaggebend, daß ich sonst auf die Ferienreisen nicht mitgenommen worden wäre.

Zwei Auslandsfahrten habe ich mitgemacht. Das erste Jahr ging es südlich von Wien über die Städte Graz, Marburg, Cilli, wo überall ein bis zwei Tage halt gemacht wurde, nach Triest. Ehe wir noch wußten, daß wir uns kurz vor dem letzten Reiseziel befanden, ließ man uns kurz vor Triest in Opcina aussteigen und den letzten Rest des Berges hinauf marschieren. Oben angelangt, lag überraschend zu unseren Füßen das weite, blaue Meer, das wir alle zum ersten Mal sahen. Ein unvergeßlicher Anblick! Mit klingendem Spiel – wir hatten auch eine regelrechte Militärmusik mit – zogen wir dann in die Stadt ein, machten in den nächsten Tagen Ausflüge mit dem Schiff nach

Pirano und zum herrlich gelegenen Schloß Miramare und erweiterten so unseren geistigen Horizont. Von Stadt zu Stadt ging's wieder mit Sonderzug heimwärts. Wir schliefen zum Teil in Militärzelten oder in Schulen und kamen tief beeindruckt nach zwei Wochen wieder nach Wien zurück.

Ein Jahr darauf ging's westwärts über Linz, Salzburg, München, wo wir vom bayrischen Prinzregenten empfangen und bewirtet wurden, über Kufstein, Admont und das Gesäuse wieder heimwärts.

Auch hier beim Knabenhort wurde nach einem Elternabend, wo ich ein paar Lieder vortrug, ein Chor aufgestellt und als ein mohammedanischer Potentat die Kaiserstadt besuchte, wurden wir ihm vorgeführt und das Ganze verfilmt. Damals gab es leider noch keinen Tonfilm und so fanden wir die Vorführung urkomisch, weil wir uns zum ersten Mal, noch dazu stumm singend, auf der Leinwand erblickten.

Nach diesen, Anfang der Schulferien stattgefundenen Reisen kam ich, wie fast zu allen meinen Schulferien, ins Kamptal, zu einem Lieferanten meiner Mutter. Das war für mich der schönste Teil meiner Jugendzeit. In den Ferien kümmerte sich dort keine Menschenseele um mich, und niemand verlangte Rechenschaft über mein Tun und Lassen. Selbst wenn ich zu den Mahlzeiten nicht erschien, machte es nichts aus. Zerschunden und narbenbedeckt kam ich jeden Herbst heim, war mir doch kein Baum zu hoch und kein Weg zu weit. Meine Verwilderung war derart, daß mich selbst meine Mutter, als sie einmal Nachschau halten kam und aus der Postkutsche stieg, wo ich sie erwartete, im ersten Moment gar nicht erkannte und mich fragte, wo ihr Bub wohne.

Ich lernte dort das Landleben und die schwere Arbeit der Bauern so richtig kennen und, soweit ich Zeit und Lust hatte, half ich aus freiem Entschluß kräftig mit, schon um gegenüber meinen dortigen Freunden, den Bauernbuben, nicht allzusehr zurückzustehen.

Streiche in der Handelsakademie

Nach Beendigung der Bürgerschule ging es an die Berufswahl. In meiner Verwandtschaft war auch ein Onkel, der als Reisender und Kaufmann viel herumkam und der sich nach Ansicht meines Vaters nicht so schinden und plagen mußte wie ein Arbeiter und doch bessere Wohn- und Lebensverhältnisse hatte als alle anderen. Daher wurde beschlossen, ich solle den Kaufmannsberuf erlernen und in die Handelsakademie eintreten. Im Anwesen dieses Onkels war ich nahezu mehr zu Hause als daheim und wurde auch von ihm zur Firmung geführt.

Ich war nun schon so alt, daß ich nicht mehr so kahl geschoren wie bisher herumlaufen wollte. Mein Vater hatte, um das Geld für den Friseur zu sparen, eine Haarschneidemaschine gekauft und uns drei Buben, so oft sich ein kurzer Haaransatz zeigte, glatt geschoren. Bis zur Firmung waren die Haare doch schon etwas gewachsen, aber immerhin noch zu kurz, so daß der Friseur mit der Brennschere etwas nachhalf. Wollte ich doch zu gerne Locken haben! Ich war dann sehr froh, daß diese Locken, je länger das Haar wuchs, trotz Kopfwaschens und Kämmens, blieben, und ich mit 15 Jahren entdeckte, daß ich eigentlich naturgewelltes Haar besaß.

Waren in der Bürgerschule drei oder vier Juden in der Klasse gewesen, so war der Prozentsatz in der Handelsakademie schon weit beträchtlicher. Sie hatten nicht gerade die Mehrheit, aber da sie in allen Dingen hemmungsloser, lauter und frecher waren, traten sie eben dort mehr in Erscheinung. Man könnte fast sagen, nach dem Ton, der dort vorherrschte, ging es zu wie in einer Judenschule. Das wurde nicht etwa von uns anderen übel aufgenommen, im Gegenteil, wir paßten uns bald an und taten es mit der Zeit ihnen gleich. Im ersten Jahr ging es noch verhältnismäßig harmlos zu. Schließlich mußten wir uns ja gegenseitig, und die Schulverhältnisse im besonderen, kennenlernen.

Ein Umstand, der für mein späteres Tun auch einen großen Ausschlag gab, war, daß mir mit einigen anderen auch die Bibliothek zur Verwaltung übergeben wurde. Das Lesen der Bücher in der Bibliothek war für mich weitaus interessanter als das Lernen, standen mir doch daheim fast keine Bücher zur Verfügung. In allen Gegenständen, bei denen es auf die rasche Auffassungsgabe ankam, hatte ich gute Noten, es genügte das Zuhören beim Unterricht. Dort, wo es aber auf Fleiß und Geduld ankam, versagte ich, besonders bei Fremdsprachen. Es blieb daher nicht aus, daß ich mit all meiner Erfindungsgabe Mittel und Wege fand, um meine Prüfungen auch ohne mühseliges Auswendiglernen zu bestehen. In dieser Schule war das gar nicht so einfach. Auf übliches, bekanntes Schwindeln, wie vielleicht in anderen Mittelschulen, fiel der gewitzte Lehrkörper nicht herein. Man mußte schon Außergewöhnliches leisten, was aber auch wieder die Bewunderung und Achtung der Mitschüler eintrug. Daß allerdings die von mir erfundenen Methoden weit über meine Schulzeit hinaus zur Anwendung kamen, hätte ich nie gedacht. Auf diesen Umstand wurde ich erst aufmerksam gemacht, als man lange nach dem ersten Weltkrieg zum ersten Mal die Wiener Messe abhielt und damals auch die Schulräumlichkeiten der alten Wiener Handelsakademie am Karlsplatz mit herangezogen wurden. Dies bot mir den Anlaß, den Tummelplatz meiner Flegeljahre wieder einmal aufzusuchen. Obwohl bereits mehr als acht Jahre vergangen waren, seitdem ich diese Schule verlassen hatte, erkannte mich doch gleich der Schuldiener, der uns bei der Reinigung und Betreuung der Bibliothek behilflich gewesen war und der mich mit den Worten begrüßte: „Ja, Sie leben auch noch? Wissen Sie übrigens, daß die ganze Handelsakademie noch nach Ihrem System schwindelt?“ Also, auch dort blieb meine Tätigkeit unvergessen.

Die Methoden, die ich in der Akademie ausfindig gemacht hatte, richteten sich aber sehr viel nach den Gewohnheiten der einzelnen Professoren, waren manchmal nur improvisiert, von plötzlichen Eingebungen getragen. Um ein Beispiel herauszugreifen, konnte man beim Französischprofessor sicher sein, daß er während des Unterrichtes höchst selten von seinem Sitz aufstand. Ich stürzte mich in Unkosten und kaufte antiquarisch ein zweites Lehrbuch, aus dem er seine Sätze diktierte und schnitt es mit der Schere so zu, daß ich mit raschem Zugriff beim Aufrufen den Teilabschnitt, den ich benötigte, herausreißen konnte. Mit vorbereitetem Klebstoff kam dieser Buchausschnitt auf die konisch nach unten geneigte, vierkantige Holzschüssel für Schwamm, Kreide und Tuch. Ehe ich dem Diktat folgend schrieb, besann ich mich scheinbar etwas, überflog den gedruckten Text und schrieb ihn ab. Einmal stand der Professor wohl auf, da er neugierig war, warum ich den Tafelschwamm so fixierte, nahm Tuch und Schwamm hoch, schüttelte den Kopf, aber daß an der schrägen Seitenfläche des Behälters ein Zettel klebte, darauf kam er nicht.

So einfach war es natürlich nicht immer. Mathematik war zwar ein guter Gegenstand für mich, aber auch dieser konnte so langweilig vorgetragen werden, daß ich es vorzog, mich in die Bibliothek zurückzuziehen und Bücher zu lesen. Es fiel ja weiter nicht auf. Wenn ein Professor mich suchte, hieß es einfach, ich müsse die Bibliothek in Ordnung bringen und ohne als fehlend eingetragen zu werden, sahen mich viele Professoren höchst selten. Vor den schriftlichen Prüfungen, den Schularbeiten, lernte ich alles rasch nach, bekam gute Noten und der Fall war erledigt. Nun fiel aber diesem Mathematikprofessor am Schulschluß auf, daß er von mir nicht eine einzige mündliche Prüfungsnote besaß. Ja, er konnte sich nicht einmal erinnern, wie ich aussah und als ihm die übliche Antwort zuteil wurde, daß ich die Bibliothek in Ordnung bringe, ließ er mich zur Prüfung holen. Ich war gerade in ein interessantes Buch vertieft und der Gegenwart entrückt, als diese Schreckenskunde mich durch einen Mitschüler erreichte. Die Prüfung bestand in Divisionen mit besonders schweren Brüchen, deren Feinheit ich nicht so rasch von einer Minute auf die andere erfassen konnte. Also half nur mehr Frechheit. Ich rechnete auf der Tafel wie ein Rechenkünstler. Divisionen, besonders aus seinem Rechenbuch, mußten bekanntlich aufgehen und so machte auch ich am Schluß eine große Null und verkündete triumphierend: „Es geht auf!“ Nur unser Vorzugsschüler, der später Professor an der Wiener Exportakademie wurde, merkte, daß alles geschwindelt war und zeigte auf, aber mein wütender Blick bannte ihn so, daß er die Hand rasch wieder senkte. Übereilt löschte ich meine Untat wieder aus. Der Professor bat, nur noch das Resultat stehen zu lassen, da er sich's in sein Aufgabenbuch eintragen wollte. Der wird sicher nicht wenig erstaunt gewesen sein, wenn später einmal ein anderes Resultat bei dieser Aufgabe herauskam! Meine Schularbeitsnoten waren aber glänzend gerechtfertigt.

Solche Husarenstücke waren aber sehr gewagt und einmal ging es auch wirklich schief. In Handelskorrespondenz war ein Geschäftsbrief zur Aufgabe gemacht worden. Ich wurde aufgerufen, meine Arbeit vorzulesen. Da ich die Aufgabe wieder einmal nicht gemacht hatte, ergriff ich kurzerhand das Heft meines Nachbarn und las seinen Geschäftsbrief vor. Dann wurde ich an die Tafel gerufen und hatte die Antwort aufzuschreiben. Auch das erledigte ich zur Zufriedenheit. Das Aufgabenheft hatte ich extra aufgeklappt hingelegt, somit schien alles in bester Ordnung. Da nahm der Professor das Heft zur Hand, sah sich den Umschlag an und entdeckte, daß es das Heft meines Nachbarn war. Obwohl wir nur fünf Noten hatten, erhielt ich zur Kennzeichnung dieser schmachvollen Tat eine 6 !

Gab es sonst irgendeinen Tumult, der den Unterricht abwechslungsreicher gestaltete, so war die Stunde des Schönschreibens, Kaligraphie, eine mehr langweilige Angelegenheit. Wenn ich schon unbedingt dabei sein mußte, kam ich wenigstens eine Viertel- oder halbe Stunde später vom „Aufräumen“ der Bibliothek. Einmal nahm ich meine kleine Spritze, angefüllt mit Wasser, die ich sonst zum Töten der exotischen Schmetterlinge aus meiner Zucht verwendete, mit, und während ich mich noch beim Professor wegen meines verspäteten Eintreffens entschuldigte, drückte ich hinter meinem Rücken auf den Gummiball und ein dünner Wasserstrahl ging über die ganze Klasse. Jetzt war der Teufel los und der erwünschte Tumult da, der ein weiteres Schönschreiben in dieser Stunde ausschloß. Der Professor jagte gehetzt von einer Ecke des Klassenzimmers in die andere, um den Übeltäter herauszufinden. Am Schluß wandte er sich ganz verzweifelt an mich: „Sehen Sie Brenner, während Sie hier mit mir sprechen, hat so ein Lausbub..." Den Rest konnte ich nicht mehr verstehen; er ging unter im Gejohle der Klasse.

Es soll hier nun nicht vielleicht Material zusammengetragen werden zu einem neuen Film „Feuerzangenbowle", sondern nur die Atmosphäre dieser Schule aufzeigen, die in dem dort vorgeschriebenen Lesebuch mit Stolz den Werdegang jener vermerkte, die alle aus dieser Schule hervorgegangen sind und in ganz anderen Berufen als im Kaufmannsberuf ihre von der Menschheit anerkannten Leistungen vollbrachten.

In den letzten Jahrgängen ging es aber nicht mehr ohne Wiederholungsprüfung in Französisch und Englisch. Ich entschloß mich daher, diese Fremdsprachen in deren Heimatländern zu erlernen.

Englisch lernen in London

Es kam das Jahr 1914. Die Abschlußnoten standen bereits fest. Ich sollte also auch im letzten Jahr eine Wiederholungsprüfung im Herbst machen. Das ärgerte mich derart, daß ich erst gar nicht das Schulende abwartete und sofort ins Ausland fahren wollte. Die Nachricht vom Mord an unserem Thronfolger an jenem verhängnisvollen Sonntag, erreichte mich bei einem Sängerfest in Tulln, das daraufhin ziemlich unvermittelt abgebrochen wurde. Mein Vater war nun selbst der eifrigste Befürworter, daß ich so rasch wie möglich nach London fuhr. Ahnte er vielleicht, daß es zum Krieg kommen würde und wollte mich dann lieber im Ausland wissen? Er versorgte mich sogar mit Geld und sonstiger Ausstattung und so nahm ich Abschied von meiner Heimatstadt.

Mein Reiseweg war nicht der schnellste, doch der billigste und ereignisreichste. Mit einem Donaudampfer ging es vorerst bis Passau, dann per Bahn weiter über Nürnberg, Würzburg, Frankfurt nach Mainz, alles Städte, die ich mir gut ansah. In Mainz bestieg ich wieder einen Dampfer und fuhr den Rhein abwärts bis Rotterdam. In den Städten Koblenz und Köln machte ich je einen Tag Halt und fuhr mit dem nächsten Schiff weiter.

Ich hatte kaum Rotterdam, die erste fremdsprachige Stadt im Ausland, von Bord kommend, betreten, als ein Schutzmann auf mich zutrat und mich auf Deutsch vor den Gefahren der Hafenstadt warnte. Auf dem Dampfer hatte ich aber bereits einen alten Seebären kennengelernt, der mich jetzt durch die Hafenstadt Rotterdam lotste, aber auf mich acht gab, wie auf ein rohes Ei. Alles war für mich neu und wissenswert und gerade wegen dieser Warnung auch die Hafenspelunken und das Hafenleben.

Die Überfahrt nach London erfolgte am nächsten Abend und mit der untergehenden Sonne verschwanden auch die Konturen des Festlandes. Nach Erledigung der Formalitäten der Einreise stand ich am frühen Morgen im

Trubel des Londoner Straßenverkehrs, gerade so wie bei uns ein Bauernbub, der zum ersten Mal die Großstadt betritt. Was war Wien dagegen? Und dazu ein Land, dessen Sprache ich über meine mangelhaften Schulkenntnisse hinaus erst erlernen sollte. Aber ich war gewillt, die Versäumnisse in der Schule durch das harte Leben in der Praxis wettzumachen und da mich das Leben daheim ohnedies hart anpackte, jede Stellung anzunehmen, die sich mir bieten würde, nur um die Sprache und das Leben in England kennenzulernen.

Die einzige Empfehlung die ich hatte, war die Adresse eines ehemaligen Lehrbuben eines meiner Onkel, sonst nichts. Dieser verschaffte mir wenigstens ein Heim bei einer reizenden Londoner Arbeiterfamilie, wo er in Pension wohnte. Auch stand er mir als Freund mit Rat und Tat zur Seite.

Nach den ersten Tagen, an denen ich London kreuz und quer durchstreifte, fand ich eine Stellung in einer vornehmen Pension. Für das Servieren mußte ich mir nur noch einen Smoking anschaffen und bei den Haushaltsarbeiten mithelfen, die mir ohnedies nicht unbekannt waren. Soweit war alles schön und gut, wie ich es mir für den Anfang auch gar nicht anders vorgestellt hatte. Da drangen immer aufregendere Nachrichten in unser Haus, bis dann die Tatsache feststand: Der Krieg hatte seinen Anfang genommen. Ich gab daher meine Stellung auf und kehrte zu meiner englischen Pensionsmutter zurück.

Mit allen Mitteln wurde das englische Volk nun für den Krieg begeistert. Stündlich erschienen die Zeitungsausgaben, die sich mit der Zeit gegenseitig überboten. Sie schrieben vom Einmarsch der Alliierten und einer Revolution in Deutschland, Verhaftung des Kronprinzen und dgl. Begeistert doch nichts die Völker mehr für den Krieg als billige Siege, selbst dann, wenn sie erfunden sind. Fähnchen aller beteiligten Nationen im Kampf gegen Deutschland und Österreich wurden als Abzeichen auf dem Rock getragen. Interessanterweise war auch Italien bereits darunter. Im Film wurde unter dem Jubel der Zuschauer die Stärke der englischen Flotte gezeigt. Dies trug alles dazu bei, die Wut der Massen aufzustacheln.

Mir wäre es beinahe einmal schlecht ergangen. Da die Zivilkleidung in England nahezu uniformiert war, trug man auf dem Strohhut die Stoffschleife seitwärts. Tragen es alle so, ändert sich die Mode im darauffolgenden Jahr. Nun ist die Schleife hinten. Das wurde allgemein so eingehalten. Ich aber kam vom Kontinent und hatte einen Panamastrohhut. Daran erkannte man mich einmal auf der Straße als feindlichen Ausländer. Einer fing an, die anderen stimmten ein und schon hatte ich einen wütenden Mob hinter mir: „Down with Germany! Down with Austria!“ Zum Glück waren einige beherzte Schutzmänner aufgetaucht, die mich schützend zur Untergrundbann begleiteten und mir den Rat gaben, mich mit diesem Strohhut nicht mehr auf der Straße blicken zu lassen.

Zurück nach Österreich

Betreut und versorgt, wie es besser meine eigene Mutter nicht gemacht hätte, mit einem großen Korb voll Lebensmitteln und mit den aufrichtigsten Segenswünschen wurde ich von der englischen Familie, bei der ich gelebt hatte, zum Bahnhof begleitet.

Ging die Hinreise in der Nacht vonstatten, so konnte jetzt nur mehr bei Tage die Überfahrt vorgenommen werden. Kriegsschiffe aller Art begleiteten uns immer eine Strecke lang. Flugzeuge und selbst ein Luftschiff überflogen unser Schiff. In Holland stießen Flüchtlinge aus Belgien zu uns, die nur ihr nacktes Leben gerettet hatten und verprügelt worden waren, ob es nun junge Mädchen, die im Haushalt gearbeitet oder alte Männer waren, die nahezu ihr ganzes Leben dort verbracht hatten.

Entlang der belgischen Grenze ging die Bahnfahrt durch Holland. Wegen der Gefahr des Beschusses wurde geraten, sich auf den Boden zu legen. Endlich erreichten wir die deutsche Grenze. Wir bestürmten den ersten Posten mit all unseren Fragen, ob die Feinde wirklich schon in Deutschland eingebrochen seien und eine Revolution ausgebrochen sei und mit sonstigen Nachrichten dieser Art, wie wir sie aus englischen Zeitungen herausgelesen hatten. Hier hörten wir nun das Gegenteil. Lüttich sei bereits gefallen und der Vormarsch in Belgien im Gang. Aber das klang uns jetzt auch unwahrscheinlich.

Mit Flüchtlingspapieren ausgestattet, ging es auf großen Umwegen durch ganz Deutschland, hinauf nach Hannover, über Berlin und Breslau nach Wien. Die Gegenzüge brachten Soldaten an die Front. Wir wurden wie die Soldaten verpflegt und betreut, und ich hatte es gar nicht so eilig, rasch nach Hause zu kommen.

Weit über eine Woche dauerte die Heimfahrt, für die wir weder die Fahrkosten, noch sonst irgendwelche Auslagen bestreiten mußten. Nur, als ich beim Wiener Nordbahnhof ankam und mit der Straßenbahn heimfahren wollte, sollte ich unbedingt den Fahrpreis erlegen, was ich aber nicht konnte, da ich kein österreichisches Geld besaß. Zum Glück mußte ich ohnedies nur zwei Stationen fahren, sonst wäre ich mit Wiener Gemütlichkeit hinausgeflogen und hätte meinen Koffer durch die Stadt schleppen müssen.

Zu Hause waren meine Eltern gar nicht entzückt über meine Heimkehr, stand mir doch jetzt die Teilnahme am Krieg bevor. Mit dem freiwilligen Einrücken war es vorerst nichts. Zunächst mußte ich das Einjährigen-Freiwilligenrecht erwerben und mich dazu einer Nachtragsprüfung in Französisch unterziehen. Ich zog es aber vor, eine Notmatura abzulegen und, um mich darauf vorzubereiten, ging es in mein altes Ferienquartier ins Kamptal. Da genoß ich noch einmal einen schönen Sommer und konnte, da mich diesmal kein Schulbetrieb heimrief, auch die Weinlese miterleben. Ende Oktober machte ich schließlich meine Prüfung und dann mußte ich auf Anordnung meines Vaters drei Monate in die Praxis. Ich kam in eine Goldscheideanstalt in der Neustiftgasse, wo bis auf einen deutschen Chef alle wichtigeren Posten bereits von Frauen eingenommen wurden. Welch eine Enttäuschung bot die Praxis gegenüber der Theorie? Für die hier geforderte Tätigkeit hielt ich Volksschulbildung schon als ausreichend! Wozu erst die Handelsakademie?

Auch diese drei Monate vergingen und ich durfte mich nun freiwillig dem Militär stellen. Ein paar Monate später hätte ich ohnedies einrücken müssen.

Als Kriegsfreiwilliger bei den Deutschmeistern

Ich kam zu den Deutschmeistern, wo die Einjährigen und Offiziersanwärter gesondert ausgebildet wurden. Die Praterwiesen waren mir bereits von meiner Knabenhortzeit her bekannt, desgleichen die militärischen Übungen. Hier ging es lange nicht so stramm zu wie seinerzeit bei uns Buben. Es war daher kein Wunder, daß ich den Vorgesetzten von Anfang an gut auffiel. Diese, die nun Doktoren und Ingenieure, Hoch- und Mittelschüler zu Soldaten ausbilden sollten, waren einfache Menschen aus dem Volke. Menschen also, die nie mehr in ihrem Leben soviel Macht eingeräumt erhielten wie hier beim Militär als Unteroffiziere, die aber auch diese Machtstellung bewußt auszunützen verstanden und so zur Hauptstütze des Militarismus wurden. Die Einjährigen aber, die mehr oder weniger durch passive Resistenz aus ihrer Erziehung heraus oder der genossenen Schulbildung halber ihre geistige Überlegenheit zur Geltung bringen wollten, wurden arg hergenommen.

Ich durfte zumeist nach den ersten Übungen aus der Reihe treten und vergnügte mich mit Nichtstun oder Veilchen suchen. Wenn die anderen durch ihre Taktik bereits Dutzende Male immer ein und denselben Gewehrgriff übten und am Schluß auch ohne passive Resistenz nicht mehr konnten, hieß es höchstens: „Brenner, machen Sie's einmal vor!" Ausgeruht wie ich war, konnte ich dies mit Exaktheit vorführen, was mich immer wieder von weiteren Übungen befreite.

Später mußten wir jeder abwechselnd das Kommando führen. Wie das Kommando, so die Ausführung. Wenn dann der eine oder andere mit Herzklopfen seiner Stimme jene Schärfe geben sollte, daß man von einem Kommando sprechen konnte, versagten sie vollkommen und mußten sich nun ihrerseits dem Hohn und Spott der Ausbildner aussetzen. Ich erlaubte mir von Anfang an den Scherz, in Aussprache und Ton einen unserer schärfsten Ausbildner nachzumachen und hatte die Genugtuung, daß meine Kameraden wie der Blitz zusammenfuhren und gar nicht dazu kamen, mit gewohnter und vorgefaßter Nachlässigkeit dem Kommando zu folgen.

Solange man noch daheim schlafen gehen konnte, nur etwas früher als bisher ins Büro zur Kaserne wanderte und am Abend wieder heimkehrte, war es ganz gemütlich. Aber wir wußten ja, bald kommt die Aufteilung auf andere Regimenter in der Monarchie, in deren Assentierungsbereich sich nicht soviel Intelligenz wie in der Großstadt Wien vorfand.

Die Juden hatten wieder einmal einen ihrer Feiertage, den sie hier streng einhielten, während wir anderen, wie üblich, ausrücken mußten. Als wir von unserer Übung heimkehrten, waren der Reihe nach alle Regimenter aufgeschrieben und die Anzahl der Einjährigen, die von diesen angefordert wurden. Die Juden waren aber bereits vor uns in der Kaserne und hatten die Gelegenheit wahrgenommen, sich für die besten und in den schönsten Gegenden liegenden Regimenter zu melden. Mir wurde mitgeteilt, daß ich es nicht nötig hätte, mich zu melden, da ich bei meinem Wiener Regiment verbleiben könne. Das kam für mich nicht in Frage. Ich wollte fort, aber nicht vielleicht in ein polnisches Nest, sondern dorthin, wo es mir gefiel. Ich bekam daher die Sondergenehmigung, ungeachtet der bereits erfolgten Meldungen, mir mein gewünschtes Regiment aussuchen zu können, und meine Wahl fiel auf das kroatische Infanterie-Regiment Nr. 79, Standort Fiume. An die Adria! Das war mein Fall! Ich kannte bereits die Alpen kreuz und quer durch meine drei bis vierwöchigen Studentenwanderungen während der Schulferien an der Handelsakademie und wollte etwas Neues kennenlernen.

Von den für dieses Regiment bereits gemeldeten Juden mußte der letzte zurücktreten, und mir wurde das Kommando über die anderen gegeben. Fort ging es nach dem Süden!

In der Offiziersschule

Zu dieser Zeit erfolgte die Kriegserklärung von Italien. Aus diesem Grund war nicht mehr Fiume, sondern das kroatische Nest Otocac der Standort unseres Regimentes. Aber für uns war dies ohnehin völlig gleichgültig, denn wir wurden, ohne Aufenthalt zu nehmen, gleich wieder weiter in die Offiziersschule nach Ogulin überwiesen.

Von allen 13 Nationen und aus allen Gegenden der Monarchie wurden hier Menschen zusammengewürfelt. Um keine Nationalitätencliquen aufkommen zu lassen, wurde von jeder Gruppe nach dem Eintreffen, der Erste dorthin, der Zweite dahin usw, abkommandiert. Da aber noch alles irgendwie improvisiert war, bezogen wir Wiener dessenungeachtet kurzerhand den vorgesehenen Marodenraum (das Krankenzimmer), entfernten die Hinweistafel und lebten heiter und zufrieden beisammen.

Zwei Monate dauerte die Ausbildung, und ich ging unbestritten unter 200 Offiziersbewerbern als Rangerster hervor. In allen Prüfungssparten gab es vier Noten. Die beste Note war 4 und in der Addition zeigte sich, wer die höchste Zahl erreichte. Bei den Prüfungsaufgaben wimmelte es von Aufsitzern. Es war wichtiger, alle diese aufzuspüren, als Dinge auswendig zu lernen, die man ohnedies abschreiben konnte. So wurden wir einmal auf ein breites Bergplateau geführt. Dort lagen alle Offiziersanwärter so weit auseinander, daß eine Verständigung untereinander bei der herrschenden, strengen Überwachung nicht möglich war. Nun sollte eine von dort sichtbare Kirche auf der Generalstabskarte gekennzeichnet werden. Die klare Luft im Karst täuscht über die Entfernungen. Richtete man die Karte nach dem Kompaß und zog eine Linie zu der in weiter Ferne sichtbaren Kirche, waren alle froh, diese so leicht gefunden und die Aufgabe gelöst zu haben. Neben dieser auf der Karte eingezeichneten Kirche führte jedoch ganz schwach eine kleine, gewundene Linie vorbei, die einen größeren Bach anzeigte. Folgedessen konnte es gar nicht die Kirche sein, die wir sahen und richtig, noch einmal soweit stand in gleicher Linie wieder eine Kirche, diesmal auf einem Berg. Die war die richtige und ich der einzige, der die Lösung gefunden hatte.

Die Vorteile dieses Prüfungsergebnisses waren sichtbarer als in der Schule. Ich avancierte innerhalb dieser zwei Monate vom Gefreiten zum Feldwebel-Kadettaspiranten.

Obwohl ich der Jüngste war, marschierten die Angehörigen unseres Regimentes unter meinem Kommando sodann Richtung Otocac, das damals noch keine Bahnverbindung hatte und in der Karstwildnis lag. Einige Kameraden waren darunter, die die Prüfung nicht bestanden hatten und Unteroffiziere blieben. Die Schar setzte sich zusammen aus Kroaten, Slowenen, Tschechen, Sudetendeutschen und meinen Wiener Juden. Zu Fuß bzw. mit Bauernfuhrwerk für unser Gepäck sowie die Fußmaroden ging es los. Die Bauernhäuser, an denen wir vorbeikamen, waren äußerst primitiv, kannten nicht einmal einen Schornstein. Auf offenem Feuer wurde gekocht; der Rauch erfüllte den ganzen Raum und zog durch das Dach ab. Beim Getreidedrusch war der Dreschflegel unbekannt. Das Getreide wurde so ausgebreitet, daß die Haustiere, Esel und Pferde, an einem Göpel im Kreis herum trabten und mit den Hufen die Kornfrucht ausdroschen. Mit der Verköstigung waren wir schon eher einverstanden. Am besten mundeten uns die am Spieß gebratenen Hammel und Widder oder gar ein Spanferkel.

Mit gemischten Gefühlen zogen wir in Otocac ein. Wenn das Leben hier schon so primitiv und mittelalterlich war, wie würden wir da erst untergebracht sein? Die erste Nacht blieb mir unvergessen. Wir bekamen einen großen Dachbodenraum zugewiesen, mit Strohsäcken auf dem Boden. Elektrisches Licht gab es nicht. Als wir in der Nacht, gepeinigt von Ungeziefer, Kerzen entzündeten, war in deren Schein eine Springflut von Flöhen zu sehen. Am nächsten Tag vergnügten wir uns, die Decken zum Fenster hinauszuhängen und zuzusehen, wie die Flöhe, durch die darauf brennende Sonne gereizt, hinunter in den Hof sprangen. Ich zog es daraufhin vor, mich bei der ersten Gelegenheit zum Marschbataillon zu melden. Dieses war einen Halbtag Fußmarsch von Otocac entfernt, auf der Karsthöhe die unmittelbar von der Adria aufstieg, stationiert und hatte dort, unter Leitung von Ingenieuren, Befestigungen aus den Felsen zu sprengen und Schützengräben gegen eine Landung der Italiener auszubauen. Die einzelnen Kompanien lagen weit auseinander zerstreut und waren manövermäßig untergebracht. Ich hatte Glück und bekam einen Oberleutnant tschechischer Nationalität als Kompaniekommandanten, der im Zivilleben Kunstmaler war. Gleich nach der Begrüßung wurde mir seine Diensteinteilung mitgeteilt. Er sei der Kompaniekommandant und daher nur, wenn es unbedingt notwendig sei, bei der Kompanie. Wir vier Zugskommandanten hätten jeden 4. Tag abwechselnd die Kompanie zu übernehmen, zur Arbeitsstätte zu führen, für die weitere Ausbildung zu sorgen, und ansonsten frei.

Man könnte nun der Meinung sein, daß bei einer solchen Dienstauffassung alles drunter und drüber gehen würde, doch genau das Gegenteil war der Fall. Ich übte meistens Feldwache, wobei die aufgestellten Posten jeden eventuell herannahenden Offizier zu melden hatten, ließ die Kompanie im übrigen lagern, die herrliche Aussicht auf das Meer und die davor liegenden Inseln genießen und machte es jedem zur Pflicht, selbst für seine militärische Ausbildung zu sorgen und sich von Kameraden jene Übungen und Wendungen vorzeigen zu lassen, die ihm noch nicht geläufig waren. Hie und da nahm ich mir selbst einen besonders schweren Fall älteren Jahrgangs vor, und ohne Drill und Brüllen hatte diese Methode glänzende Erfolge, so daß wir als einzige Kompanie bei der abschließenden feldmäßigen Übung vom inspizierenden General besonders lobend erwähnt wurden, wobei diesem gar nicht auffiel, daß unser Kompaniekommandant selbst bei dieser Übung fehlte.

Aufnahme ins Offizierskorps

So wenig sich dieser Kompaniechef scheinbar um die Ausbildung kümmerte, so mehr tat er dies hinsichtlich der Verpflegung. Die Kroaten waren für dies sehr dankbar. Wir konnten daher sicher sein, daß sie, wenn es darauf ankam, das Letzte aus sich herausholten. Nur einer störte die Harmonie in dieser Kompanie, der Kompaniefeldwebel, ein ehemaliger aktiver Offizier. Dieser suchte sich gerade den für ihn ungünstigsten Augenblick aus, gegen mich vorzugehen. Es war knapp vor dem Abmarsch ins Feld, wieder in Otocac. Mein Kompaniekommandant hatte gegen allen Widerstand durchgesetzt, daß ich doch noch vorher zum Kadetten befördert wurde und somit zum Offizierskorps gehörte. Bei der abendlichen Befehlsausgabe sollte dies verlautbart werden. Zu Mittag gestattete ich einem jungen Infanteristen, den Nachmittag frei zu nehmen, um seine zu Besuch gekommene Mutter noch einmal sprechen zu können. Am Abend teilte er mir jedoch mit Tränen in den Augen mit, daß der Feldwebel ihm trotz meiner schriftlichen Erlaubnis den Ausgang verwehrt hatte und daß seine Mutter wieder in ihr Heimatdorf zurückwandern mußte, ohne ihn gesprochen zu haben. Ich stellte den Feldwebel vor der zur Befehlsausgabe angetretenen Kompanie deshalb zu Rede. Er hatte die Frechheit, sich als den Rangälteren aufzuspielen, dem das Recht zustünde, meine Anordnungen umzustoßen, obwohl er wußte, daß ich diese als stellvertretender Kompaniekommandant gegeben hatte. Als Antwort darauf ließ ich die Befehlsausgabe vornehmen, fragte ihn, ob er vernommen hätte, daß ich ab heute Kadett und somit um eine Charge höher sei als er. Kleinlaut bejahte er, da er bereits ahnte, daß er bei mir jetzt keine ruhige Minute mehr erleben würde. Das war aber auch der einzige, dem ich in meiner ganzen Militärzeit militärisch kam.

Für mich persönlich war es eigentlich gut, daß ich mir damals noch nicht den Kopf darüber zerbrach, weshalb und wozu eigentlich Kriege geführt werden. Ich merkte nur vom Anfang meiner Militärzeit an, daß man dort besser fährt, sich militärisch stramm zu benehmen und nicht zu viel zu denken. Ich hielt mich danach.

Mit der Ernennung zum Kadetten stand mir nun auch eine Offiziersgage zu. Ich erhielt mit allen Zulagen ca. 350 Kronen im Monat, nahezu das Dreifache, was ich in meinem kaufmännischen Büro erhalten hätte. Diese Gage ermöglichte es mir, meinem Vater das für mich ausgelegte Schulgeld zurückzuerstatten, denn es lag in seiner Art, mir diese Ausgaben ständig vorzuhalten. Ich konnte mir darüber hinaus sogar schöne Ersparnisse zurücklegen. Mehr als das verdanke ich der Militärzeit meine spätere Berufung als Architekt.

Komfortable Deckungsbauten

Der Stellungskrieg an der russischen Front im Winter 1915/16 machte es erforderlich, Deckungsbauten für uns und die Mannschaft zu errichten, die wir immer komfortabler und zweckmäßiger ausstatteten. Erdwände wurden mit jungen Kieferstämmen ausgekleidet, Möbel aus hell leuchtenden Birkenästen hergestellt. Dies war für mich nicht nur ein angenehmer Zeitvertreib, sondern nahezu ein wahres Bedürfnis geworden. In den Mannschaftsunterkünften herrschte dadurch kasernenmäßige Ordnung und

Reinheit. Für uns Kompanieoffiziere ließ ich einmal in einer Reservestellung einen gemeinsamen Deckungsbau ausführen, mit gedeckter Veranda, sonnigem Sitzplatz usw. Wir hatten es dadurch geräumiger, als wenn jeder sein eigenes Deckungsloch gehabt hätte, büßten dies jedoch damit, daß wir von da ab immer Besuch bekamen, manchmal bis spät in die Nacht hinein, weil sich von nun an auch die anderen Offiziere vom Bataillon und Regiment bei uns am wohlsten fühlten. Selbst der Brigade- und der Divisionsgeneral hörten von meinen Deckungsbauten und kamen beide, um sie zu inspizieren. Sie gingen mit dem besonderen Lob, daß ich dadurch den Geist der Kompanie frisch und lebendig erhalten hätte.

Zu den Deckungsbauten gehörten natürlich auch Wege, Stege und Gartenanlagen, die das Bild abrundeten. Was die anderen aber davon abhielt, es mir gleichzutun, war lediglich die Ungewißheit, wie lange man uns jeweilig in Reservestellung hielt oder wieder an die Frontlinie sandte.

Aus den 25 Zigaretten oder 5 Zigarren, die man als Offizier täglich erhielt, machte ich Preise für besondere Arbeitsleistungen, und da diese mit der Zeit nicht mehr ausreichten, mußte ich mir sogar, als Nichtraucher, Rauchwaren von daheim ins Feld senden lassen. Bekam ich einen besonders schlechten Grabenabschnitt zugewiesen, dann griff ich auch noch zu anderen Methoden, um rasch im Ausbau vorwärts zu kommen. Mußten Rasenziegel, Holzstangen usw. herbeigeschafft werden, ging ich die erste Tour mit, ließ mir sehr viel Zeit, gab ausgiebige Rauchpausen, holte und trug ostentativ selbst die dreifache Menge, stoppte die Zeit und gab für die Folge an, wann die Kompanie wieder zurück sein mußte. Ich konnte dann sicher damit rechnen, daß es auf die Minute klappte.

In russischer Kriegsgefangenschaft

Als der Frühling mehr und mehr ins Land zog, sorgte der eine oder andere von der Kompanie stillschweigend, daß ich in der Früh immer Blumen auf dem Tisch hatte. Für mich war das eine Art Anerkennung und ein Zeichen der Beliebtheit bei meinen Leuten. Mein schönstes Kriegserlebnis dieser Art hatte ich aber in den ersten Tagen der russischen Kriegsgefangenschaft. Die Brussilow-Offensive hatte unsere Front durchbrochen und auch unser Regiment zum Rückzug gezwungen. Bei der Verteidigung eines Brückenkopfes wurden wir aufgegeben, die Brücke hinter unserem Rücken gesprengt und der Rest unserer Leute gefangen genommen. Schon die beiden letzten Kampftage hatten wir wenig oder gar nichts zu essen bekommen und auch die Russen waren auf unsere Verköstigung nicht eingerichtet. Der Hunger schaute uns aus den Augen und auf unserem Marsch – die Offiziere vorne, die Mannschaft hinterdrein – mußten viele Rastpausen eingelegt werden. In Gedanken versunken über das vermeintliche Unglück, saß ich am Straßenrand, als sich ein Infanterist zu mir gesellte und mir vorsichtig eine Fleischkonserve zuschob. Ich konnte diese unter gar keinen Umständen annehmen, mußte aber gleichzeitig achtgeben, daß niemand anderer uns und den Wertgegenstand beobachtete. Wie erstaunt war ich aber, als er mir auf meine Frage, warum er gerade mir diese Kostbarkeit anbot, entgegnete, ich sei doch im 14. Marschbataillon, also nahezu vor einem Jahr, sein Zugskommandant gewesen.

In Kiew wurden wir nach Nationalitäten gesondert und die Offiziere von der Mannschaft getrennt. Nur Deutsche, Österreicher und Ungarn blieben beisammen. Danach ging es nach Kaljasin an der Wolga, nördlich von Moskau. Es war dies der nördlichste Punkt der Erde, den ich erreichte. Im Sommer wanderte um Mitternacht die Dämmerung von Westen nach Osten, und man konnte noch ganz gut nachts im Freien lesen.

Sibirien

Nur zwei Monate verblieben wir dort, dann ging es auf eine zweimonatige Fahrt durch ganz Sibirien und die Mandschurei bis nach Chabarowsk. Während dieser Zeit bekamen wir niemals eine warme Verpflegung. Lediglich heißes Wasser gab es an den Stationen für den Tee. Von den Bauern wurden jedoch an die Stationen Butter, Eier, Käse, Milch, Wurst, und gebratene Hühner gebracht und verkauft.

Uns war es recht, daß wir nicht, wie mit dem sibirischen Expresszug, in 14 Tagen die Strecke durchreisten und daher einen besseren Eindruck von den verschiedensten Landschaftsbildern mitnehmen konnten. Sibirien hat nur viel zu wenig Menschen, um all den Reichtum auswerten zu können, den die Natur dort bietet. Am auffälligsten war dies an der mandschurischen Grenze bemerkbar. Drüben jeder Quadratmeter bebaut und die Landschaft in einen Garten verwandelt, hier in Rußland unbebaute Steppe. Soweit das Auge reichte, konnte diese Grenzscheidung genau verfolgt werden.

Auch in Chabarowsk blieben wir nicht allzu lange und fuhren wieder eine Strecke zurück, in die Nähe Wladiwostoks nach Spasskoje. Dieses Verschicken von einem Lager in ein anderes war in der russischen Gefangenschaft sehr beliebt; anscheinend wollte man dem kriegsmüden Volke die Anzahl der gefangenen Offiziere immer wieder vor Augen führen. Mein kürzester Aufenthalt in einem Lager innerhalb der vierjährigen Gefangenschaft dauerte drei Wochen, mein längster nicht über 9 Monate. Jedesmal richtete man sich von neuem ein, kaufte Tische, Sessel und sonstiges Mobilar zur Wohnbehaglichkeit, und mußte alles wieder im Stich lassen, wenn es wieder weiter auf Fahrt ging. Anfangs war ich wohl ärgerlich darüber, wenn es immer wieder hieß, die jüngeren Offiziere müßten abwandern. Als ich aber nach Jahren in ein Lager gelangte, wo die älteren Offiziere schon die längste Zeit hausten und deren geistige Verarmung sah, war ich aufrichtig froh, durch so viele Lager gekommen zu sein, und immer wieder neue Menschen kennengelernt zu haben. Gab doch die Gefangenschaft den besten Einblick in alle Gesellschaftsschichten, der sich denken läßt. Da wir in Kleidung und Lebensweise nicht unterschiedlich waren, konnte man erkennen, daß die geistige und kulturelle Überlegenheit der oberen Klassen nicht allzu groß war und mehr in der Einbildung als in der Ausbildung lag.

Hier in der Gefangenschaft konnte man noch etwas lernen, nämlich, daß das absolute Nichtstun eine Strafe ist. Folglich versuchte man, in irgendeiner Weise einer Beschäftigung nachzugehen. Im ersten Zeitabschnitt war es das Bestreben, sich in Sprachen zu vervollkommnen oder neue hinzuzulernen. Als Reaktion folgte eine sportliche Ära, Tennis- und Fußballplätze wurden angelegt, Leichtathletik betrieben. Im letzten Zeitabschnitt ging jeder irgendeinem nützlichen Erwerb nach, um so mehr als wir den

Wertschwund des Geldes kennenlernten und schließlich von unseren 50 Rubel monatlich gerade noch einen Tag hätten leben können.

Schnupperkurs in Architektur

Je nach Temperament und Lebensweise bildeten sich unter den Gefangenen Gruppen, Grüppchen, literarische und künstlerische Zirkel, berufliche oder rein gesellschaftliche Verbindungen. Es ist verständlich, daß in der Gefangenschaft auch viele nicht nur über ihr Leben, sondern auch über ihre eigenen Kriegserlebnisse erzählten. Es gab z.B. einen Förster, der ein Schußbuch über seine Kriegszeit führte, als ob es sich um Rehe und Hirsche gehandelt hätte und nicht um Menschen; es gab Biertischstrategen, auch wenn sie dem aktiven Offizierskorps angehörten; es wurden lustige und wieder sehr besinnliche Erzählungen, die an überirdische Dinge glauben lassen, vorgebracht, und bei mir fiel schließlich auf, daß ich mehr von Deckungsbauten mit allen baulichen Einzelheiten erzählte als von direkten Kriegsgeschehnissen. Bis eines Tages der Wiener Kunstmaler, Erwin Lang, mit der Frage herausrückte, warum ich denn nicht Architekt geworden sei, wenn mich das Bauen so interessiere. Ich kannte zu dieser Zeit, wie so viele andere Menschen, weder den Unterschied zwischen Architekt und Baumeister, noch wußte ich, welche Voraussetzungen zu solch einem Studium nötig wären. Der kaufmännische Beruf war mir jedenfalls durch meine knapp vor dem Kriegsdienst absolvierte dreimonatige Praxis total verleidet.

Unter den Kriegsgefangenen befand sich eine genügend große Zahl von Architekten. Bald erklärte sich einer bereit, mir systematischen Unterricht in allen Fächern zu erteilen, nicht nur, weil er sich dadurch selbst wieder mit seinem Beruf beschäftigte, sondern weil ihm außerdem ein Portrait von Erwin Lang als Gegenleistung versprochen wurde.

Kam ich später in ein anderes Lager, wobei sich Umgruppierungen innerhalb der Internierten ergaben, wodurch ich meinen Lehrer verlor, so war im nächsten Camp unter der gleichen Bedingung bald Ersatz gefunden.

Die Bolschewisten treten in Erscheinung

Es kam die Revolution und damit die Gefahr, daß die Japaner Ostsibirien besetzen würden, was tatsächlich später eintraf. Wir drängten die Russen, uns heimfahren zu lassen und setzten dies schließlich auch durch. Mit Lebensmitteln reichlichst ausgestattet (hieß es doch, in Mittelsibirien herrsche Hungersnot), ging's im Frühjahr 1918 heimwärts. Als wir die mandschurische Hauptstrecke erreichten, gab es Butter und Käse, was wir im Norden in Krasnaya Rjetschka bei Chabarowsk, von wo wir die Heimreise antraten, schon lange nicht mehr bekommen hatten. Wir kauften, was zu haben war, jedoch das „Hungergebiet“ kam nie.

Hingegen hatten wir unter tschechischen Legionären zu leiden, die über Wladiwostok an die französische Front gebracht werden sollten. Erkannten sie einen ihrer ehemaligen Offiziere, so holten sie sich ihn heraus und verprügelten ihn. Waren wir seit der bolschewistischen Revolution ohne Bewachung, vollkommen frei herumgelaufen, so bekamen wir jetzt eine Schutzgarde gegen die Übergriffe der Tschechen, die aber auch dafür sorgte, daß wir während der mehrwöchigen Fahrt hin und wieder voraus bestelltes, warmes Essen erhielten.

Die Rote Garde lernten wir erstmals in Irkutsk kennen, neu eingekleidet und selbstbewußt auftretend. Eine strenge Visitation wurde angekündigt, worauf zwei oder drei Hosen und Hemden übereinander angezogen und soviel Lebensmittel wie möglich hinuntergewürgt wurden, konnte doch nach unseren Begriffen „Visitation" nur „Konfiskation" heißen. Die Untersuchung war sehr genau und alles beschriebene Papier wurde uns abgenommen, ob dies nun Briefe von daheim oder Tagebuchaufzeichnungen u.dgl. waren, nichts verblieb in unseren Händen. Der Grund hierzu? Das enge Zusammenleben vieler Menschen brachte mit der Zeit genügend Zündstoff mit sich, der sich erst nach der Rückkehr in die Heimat hätte auswirken können. Defaitistische Äußerungen waren in mitgeführten Protokollen festgelegt, um so die heimatlichen Kriegsgerichte zu beschäftigen. Diesen Protokollen vor allem galt die Untersuchung. Dabei gingen natürlich auch alle anderen uns liebgewordenen Briefe und Erinnerungen verloren. Am Schluß wurde noch eine Ansprache an uns gehalten, in dem Sinne, daß die jüngeren von uns genügend Zeit finden würden, den neuen Geist, der jetzt in Rußland herrsche, kennenzulernen und aufzunehmen. Bei den älteren Herren, vom Hauptmann aufwärts, müßten sie jedoch, um diesen Zweck zu erreichen, für einen längeren Aufenthalt im Lande sorgen. Diejenigen also, die bis zuletzt auf straffe Disziplin achteten und, da wir keine Bewachung mehr hatten, aus unseren Reihen eine Bahnwache aufstellten, damit wir ja nicht in die Versuchung kämen, uns bei unseren oft tagelangen Aufenthalten auf den einzelnen Stationen unter das russische Volk zu mischen und revolutionären Geist aufzunehmen, mußten nun ihre Sachen nehmen und zurückbleiben.

In Nowonikolajewsk kamen wir zum ersten Mal mit Rotarmisten aus unseren eigenen Reihen in Berührung. Es waren dies meist verärgerte Kriegsgefangene, die sich bis zu den deutschen Linien durchgeschlagen hatten und von den deutschen Posten mit angelegtem Gewehr zurückgetrieben worden waren, da man ihnen als „bolschewistisch Verseuchte" die Heimkehr verweigerte. Sie duldeten es nicht, daß wir noch mit Rangabzeichen auf den Krägen herumliefen, und sie forderten die sofortige Entfernung derselben. Einigen unter uns, die sich davon jedoch nicht trennen konnten, halfen sie mit ihren Taschenmessern nach.

Kriegsgefangene als Unternehmer

Es ging Europa zu und über den Ural. Nie mehr wollten wir nach Sibirien zurück, das uns jahrelang in Kriegsgefangenschaft gehalten hatte. Als wir schon glaubten, innerhalb weniger Tage die Heimat wiederzusehen, durfte unser Zug von Samara aus nicht mehr weiterfahren. Der österreichische Gesandte in Moskau gab uns auf ein hilfeflehendes Telegramm hin die Antwort: „Am Platz bleiben, bis allgemeine Regelung erfolgt!" In einem Eisenbahnzug kann man nun nicht am Platz bleiben. Entweder es geht vorwärts oder zurück. Viele sprangen vom Zug ab und versuchten, so nahe am Ziel, allein in die Heimat zu gelangen. Den meisten gelang es sogar. Die sogenannten Vernünftigen aber, die sich sagten, ein oder zwei Monate später spiele doch gar keine Rolle mehr, mußten traurigen Herzens wieder nach Sibirien zurückfahren. Ich gehörte zu den Letzteren, wollte ich doch meine bereits umfangreiche Sammlung von Zeichnungen und Ölbildern, die Erwin Lang von mir angefertigt hatte, nicht im Stich lassen. Somit gelangten wir wieder nach Nikolajewsk, wo wir ausgeladen und ins Lager geführt wurden. Aus den „zwei Monaten“ sind schließlich zwei Jahre geworden.

Tschechische Legionäre, in ihren Transportzügen nahezu über die ganze sibirische Strecke bis Wladiwostok verteilt, machten in ein und derselben Stunde einen bewaffneten Aufstand und bekamen durch den Moment der Überraschung nahezu die gesamte Bahnstrecke in ihre Hände. Einzelne Streckenabschnitte und Städte wurden nachträglich freigekämpft. Sie stellten dann eine weißrussische Armee unter Koltschak auf, und von da an hatten wir unsere schwerste Zeit. Nach der anfänglichen Überrumpelung begann langsam, aber unaufhaltsam der Vormarsch der Roten Armee, gehörte ihr doch schon alles Land im Abstand von 50 km beiderseits der Bahnstrecke. Mit dem Rückzug der Weißen Armee und der Tschechen wurden auch wir weiter in Richtung Ostsibirien verfrachtet. Die Verköstigung wurde zusehends schlechter, und der Wert des Rubels nahm rapide ab.

In Krasnorjarsk fanden wir, als wir hinkamen, bereits ein geschäftiges Leben und Treiben vor. Jeder versuchte, sich auf irgendeine Weise in den Produktionsprozeß einzuschalten. Produziert wurde im Lager einfach alles, angefangen von Lippenstift und Schminke, bis zu Totenkränzen und Särgen. Fachkenntnisse waren eher hinderlich als fördernd, da diese Einrichtungen voraussetzten, die nicht zu beschaffen waren. Ein typisches Beispiel war die Färberei, die wir am vordringlichsten vor allem benötigten, da wir Kleidungsstücke und Mäntel nur von den uns bewachenden Soldaten eintauschen konnten. Von Zeit zu Zeit wurde eine Razzia unternommen und alle russischen Monturen wieder eingesammelt. Ein brauner russischer Mantel, schwarz gefärbt, hätte dem ein Ende gesetzt.

Wie im Mittelalter, bei rauchendem Kessel mit Blauholz, wurde das Färben von Leuten bewerkstelligt , die damit noch nie etwas zu tun gehabt hatten, während ein Fachmann, Direktor einer Färberei, sich um irgendeinen Hilfsdienst umsehen mußte.

Erwin Lang und ich gründeten mit einem Dritten, einem Ing. Haybach, eine Druckerei. Lang war der künstlerische Leiter und stellte die Klischees im Linolschnitt her. Haybach tätigte die kaufmännischen Abschlüsse und ich stand an der primitiven Druckpresse, wobei ich mit fortschreitenden technischen Verbesserungen bis zum Rotationsdruck für Omnibusfahrscheine kam.

Es wurde höchste Zeit, daß wir zu Verdienst und besserer Nahrung gelangten. Als ich die ersten Tage in diesem Lager herumging, hielt mich der österreichische Lagerarzt auf und beorderte mich zur Krankenvisite. Dabei wurde festgestellt, daß ich hochgradig unterernährt sei und von ihm aus auf die Austauschliste käme, da kaum damit zu rechnen sei, daß ich mich sobald erholen würde. Jedenfalls bekam ich von da an Zubußen an Konserven, Kondensmilch u.dgl. In unserer Stube gab es aber große Aufregung. Solange alle, wie sie sich hier zusammengefunden hatten, auf eine gemeinsame Heimfahrt rechnen konnten, erträgt sich alles leichter. Wenn jedoch einer aus diesem Kreis bevorzugt heimkehren soll, denkt jeder vermehrt mehr an sein Zuhause, was begreiflich Unruhe und Aufregung verursacht.

Erwin Lang nahm die Angelegenheit so tragisch, daß er auch zu diesem Arzt ging und ihm sein Leid klagte. War er doch schon zwei Jahre länger in Gefangenschaft und hatte Familie daheim. Bei ihm konnte aber lediglich eine Gemütsdepression oder Nervenangelegenheit festgestellt werden, für die es keine Ausnahmen gab. Um ihm dennoch einen Ausweg zu zeigen, wies ihm der Arzt eine Stelle in der Bauchmuskulatur, wo er beim Nachlassen des Druckes einen Schmerz vortäuschen müsse, daraus würde der russische Arzt eine chronische Blinddarmreizung konstatieren, was ihn gegebenenfalls für einen Austausch geeignet mache. Die Stelle wurde mit Tusche gekennzeichnet, damit er öfters üben könne, diese auch zu finden.. Echt russische Verhältnisse sind nun so, daß, wenn eine Kommission eingesetzt wird, diese bestenfalls einige Monate später zustandekommt. Ich wurde inzwischen aufgepäppelt und als ich nach einigen Monaten der russischen Kommission vorgeführt wurde, erregte mein Befund nur mehr ein Lächeln. Erwin Lang hingegen kam auf die Austauschliste.

Inmitten des russischen Bruderkrieges

Es kam der Sommer 1919. Zuhause war schon längst Frieden, und wir standen immer noch inmitten des Bürgerkrieges, der ohne Erbarmen geführt wurde. In der heißen Zeit erlahmte in Sibirien allerdings jede Energie und Tätigkeit. Wir waren daher glücklich, daß wir unter Bewachung jeden Tag zum Fluß geführt wurden und dort baden und uns abkühlen konnten. In der Ferne lockte Wald, sibirischer Urwald. Einer war bereits dort gewesen, wo einige Offiziere aus unserem Lager als Holzfäller für die Stadtverwaltung tätig waren. Sie bekamen dort gutes, reichliches Essen und konnten sich auch sonst frei bewegen. Wenn man die infolge der Hitze dahindösenden oder schlafenden Wachposten beobachtete, mußte direkt der Gedanke aufkommen, davonzuschleichen und auf Ferienaufenthalt in das Holzfällerlager zu gehen.

Aufträge auf Etiketten und sonstige Druckereierzeugnisse lagen in dieser Sauregurkenzeit nur wenige vor. So beschlossen Haybach, ein weiterer Kamerad und ich eines Tages, uns mit dem Kameraden, der uns das Leben dort draußen so schön geschildert hatte, auf den Weg zu machen und Erwin Lang die Führung unserer Druckerei zu überlassen.

Alles klappte - wir kamen gut an. Man wies uns in den Erdhöhlen Schlafplätze an, und wir waren nun „Paying Guests“ im Holzfällerlager. Wie junge Hunde tollten wir übermütig im Urwald herum, erkletterten Felsen und Bäume, pflückten wildwachsende Beeren, und erfreuten uns an sibirischem Edelweiß, das dort auf Wiesen wächst. Zudem hatten wir herrliches Wetter. Am Abend, wenn wir um den Tisch herumsaßen, erleuchtete ein großes Stück faulenden Holzes den Raum, und in dieser eigenartigen Beleuchtung wurden Lebensschicksale ausgetauscht. Wären nicht tagsüber die Mücken gewesen, gegen die wir uns nur durch Schleier und Beschmieren der freien Hautflächen mit Birkensaft schützen konnten, so hätten wir uns vielleicht auch noch als Holzfäller gemeldet. So wohl fühlten wir uns hier als freie Menschen!

Umso mehr überraschte uns bald danach die Mitteilung von Haybach, daß er schon am nächsten Tag ins Lager zurückkehren wolle. Nun hatte ich das nicht zu erklärende Gefühl: was der macht, ist absolut richtig, auch wenn es im Moment unverständlich erscheint. Ich stand daher vom Tisch auf und erklärte: „Wenn Haybach ins Lager zurückkehrt, dann gehe ich mit , denn dann geschieht etwas!“ Worauf die beiden anderen, die vorerst darüber gelacht hatten, sich ebenfalls anschlossen.

Statt, wie beabsichtigt, 14 Tage dort zu verbringen, trabten wir bereits am vierten Tage unserem „Stall“ zu und mischten uns unter die Badenden am Fluß, um mit diesen ins Lager zurückzukehren.

Erst jetzt lachten wir über unsere Dummheit und daß wir uns wie ausgeflogene Kanarienvögel benommen hätten, die, kaum ein paar Tage in der Freiheit, sich in ihren Käfig zurücksehnten!

Die Meuterei

Müde von der Wanderung und den ungewohnten Anstrengungen durch das Herumstrolchen und Klettern im Urwald, wo die Bäume kreuz und quer durcheinander liegen und kein Weg noch Steg führt, schlief ich fest und tief in den anderen Morgen hinein. Noch schlafend hörte ich Kanonendonner und Maschinengewehrfeuer und glaubte, vom Krieg zu träumen. Ich wachte dann völlig auf, doch der Kriegslärm verstärkte sich nur noch mehr. Ich hatte ein Oberbett und sah in die Stube hinunter. Niemand war mehr da. Auch ich war jetzt rasch angezogen. Nun erfuhr ich, daß die Abteilung, aus der unsere junge Bewachungsmannschaft, meist 16- und 17-jährige Burschen, bestand, in der Nacht gemeutert hätte, weil es an die Front gegen die Roten gehen sollte. Umzingelt von Kosaken und tschechischen Legionären, spielte sich der kurze Kampf zum großen Teil in unserem Lager ab, das damals über 4000 Gefangene zählte. Die Aussichtslosigkeit ihres Kampfes einsehend und auf Versprechungen, die mit Handschlag den Anführern gegeben wurden, vertrauend, ergaben sich die jungen Meuterer. Sie wurden entwaffnet und dann reihenweise und später einzeln hingemäht, wobei die Kosaken in einen Blutrausch gerieten und mit dem einfachen Erschießen nicht mehr genug hatten. Wir konnten von unserer Stube aus dem Treiben nicht mehr zuschauen, so graute uns, mußten aber von der Nachbarstube von aktiven Offizieren deren überlaute Berichte mit anhören, auch wenn wir uns die Ohren zuhielten.

Als sich dann niemand mehr fand, den man gerechterweise noch umbringen konnte, hieß es, die Kriegsgefangenen seien die Anstifter, und man hatte es hier wieder auf die Offiziere, insbesondere auf die Ungarn abgesehen, die damals in ihrem Lande eine Räteregierung hatten. Wir durften unsere Unterkünfte nicht verlassen. Von Baracke zu Baracke, von Gebäude zu Gebäude wurde eine genaue Raumdurchsuchung vorgenommen. Zunächst mußten die Insassen einer Unterkunft antreten. Jeder Zehnte sollte abgezählt werden. Da dies aber nicht rasch genug funktionierte, d.h. sich niemals eine Reihe bilden wollte, aus der man jeden Zehnten hätte abzählen können, wurde von der Hausliste jeder Zehnte einfach herausgelesen. Diese mußten aus der Reihe treten und bei der Gebäudedurchsuchung mitgehen. Sie wurden, wenn irgend etwas Verdächtiges gefunden wurde (eine russische

Militärkappe, Schnalle oder gar Waffe), sofort erschossen. Leider war dies bei einigen Baracken der Fall. Darüber hinaus wurden sogar Vereinsführer oder Leute, die sich sonstwie organisatorisch hervorgetan hatten, aber vor allem diejenigen, die sich ohne Erlaubnisschein außerhalb des Lagers befanden, zum Tode verurteilt. Zu denen hätten, einen Tag vorher, auch wir vier noch gezählt, und nichts hätte uns vor diesem Schicksal bewahrt!

Vom Fenster aus sahen wir noch, wie diese Gruppe der Verurteilten hinaus in die Steppe wankte, einer stützte den anderen und keiner konnte sie vom Tode erretten! Vielleicht wäre noch weiter gemordet worden, wenn nicht Elsa Brandström, mit dem Beinamen „Engel von Sibirien", in der Nähe geweilt und uns vor weiteren Schikanen bewahrt hätte!

Mit dem Winter kam auch die Front immer näher. Alles war auf baldige Heimfahrt gerichtet, dachte doch niemand daran, daß bei den existierenden Transportschwierigkeiten Kriegsgefangene weiter mitgeschleppt werden. Nicht einmal die Überlegung, nur jene aus dem Lager mitzunehmen, die eventuell die Rote Armee verstärken könnten und körperlich dazu geeignet gewesen wären, sondern nur der Umstand, daß in den zur Verfügung stehenden Eisenbahnwägen so und so viele Personen untergebracht werden könnten, war dafür maßgebend. Zu dieser Gruppe, gehörte jetzt auch Erwin Lang, durch Entscheid der Austauschkommission.

Selbstvorwürfe nützten jetzt nichts. Unerbittlich mußten in wenigen Stunden die Betreffenden abmarschbereit sein. Niemand fand sich, der an seiner Stelle mitgegangen wäre. Um ihm sein Schicksal zu erleichtern, der, von unserer Gruppe losgelöst, weiter ins Ungewisse nach Osten ziehen sollte, erklärte ich mich schließlich bereit, mit einem zu tauschen, der im Lager verbleiben wollte. Es war dies ein Oberleutnant, ebenfalls ein Wiener, den ich später in der Heimat beruflich und gesellschaftlich oft traf. So meldete ich mich denn beim Aufruf als Oberleutnant Schindler; und er verblieb als Kadett Brenner im Lager. Später, wenn einige hundert Kilometer dazwischen lägen, konnte dies in den Listen ja noch immer richtiggestellt werden.

Das Ende der Gefangenschaft

Um die Weihnachtszeit herum kamen wir nach Tschita, dem Hauptort des zweiten Weißgardisten-Führers in Sibirien, Semjonow. Schon im Sommer zuvor gab es einen Aushang in unserem Lager, daß er einige hundert Mann als Kohlenberg- und Bahnarbeiter suche, wofür sich aber kein Mensch meldete. Jetzt hatte er die gewünschte Anzahl zur Stelle. Durch einen seiner höchsten Offiziere entließ er uns als Weihnachtsgeschenk in die Freiheit. Wir sollten nicht mehr als Kriegsgefangene angesehen werden, aber auch nicht damit rechnen dürfen, von ihm weiter Verpflegung und Unterkunft zu erhalten. Es stünde uns jedoch frei, in seine Dienste zu treten, entweder als Offiziere in seiner Armee oder als Bergarbeiter in den Kohlengruben. Er benötigte weiters sowohl Ingenieure für die Bahn wie für die Industrie. Wer jedoch über genügend Kapital verfüge, könne sich auch auf die Heimreise begeben. Das klang aber schon mehr als höhnisch. Wir bekamen als letztmalige Zuwendung noch etwas Wäsche und Uniformstücke, und wurden einige Tagesmärsche vom Osten der Stadt entfernt in einem größeren Bauerndorf für die Übergangszeit untergebracht. Täglich wurden dort durch

Kuriere und Plakatanschläge jene freien Stellen verkündet, für die man sich bewerben konnte. Jeder von uns, der eine der offerierten Arbeiten ausführen konnte, bewarb sich darum, denn den letzten stand das sibirische Bergwerk bevor.

Für uns war der Aufenthalt in diesem Bauerndorf inmitten einer verschneiten Berg- und Waldlandschaft, die wir frei durchschweifen konnten, recht angenehm. Wir lernten das Leben der sibirischen Bauern kennen und staunten, daß hier, sozusagen am Ende der Welt, landwirtschaftliche Maschinen aller Art vorzufinden waren, allerdings als Eigentum der Ortsgemeinde.

Ansonsten lebt dort der Mensch höchst einfach und bescheiden. Die Bauernhäuser aus Rundholzstämmen hatten nur einen Raum, wobei ein Viertel des Hauses vom Backofen eingenommen wurde. Es gab nur Truhen, Bänke und Tische. In Nahrung, Kleidung und Wohnung erinnerte alles an Verhältnisse wie bei uns im Mittelalter. Morgens, in der Früh, wurden der Backofen angeheizt und für das Frühstück Fladen zubereitet, die wir keineswegs verschmähten. Das Mittagessen, meist aus Hirsebrei und dgl. bestehend, wurde in einem großen Topf zubereitet, zum Kochen in den Backofen gestellt, dann ging man zur Arbeit. Zu Mittag war das Essen ohne weitere Aufsicht gekocht.

Für die Abendbeleuchtung gab es weder Kerzen noch Petroleumlampen, sondern Kienspäne, die, an eine eigens vorgesehene Stelle am Backofen mit Abzugsöffnung angebracht, ein helles, lebendig brennendes Licht ausstrahlten. Besonders reizvoll war dies abends, wenn man durch die verschneite Dorfstraße ging und aus allen Häusern das flackernde Licht schimmern sah.

Wir halfen, soweit es ging, in der Wirtschaft mit, durch Holz schneiden und Wasserschöpfen aus einem Eisloch am nahen Fluß. In der Nacht hörten wir die Wölfe heulen und sahen am Tage ihre Spuren im Schnee; feierten Weihnachten und Neujahr, aber nichts tröstete uns über unsere Lage hinweg. Gab es denn nicht doch noch einen Ausweg? Wer genügend Kapital vorweisen konnte, durfte die Heimfahrt antreten! Und wären Bilder kein Kapital?

Ölbilder als Kapital

Erwin Lang, um dessentwillen ich mitgezogen war, hatte noch für mindestens zwei Ölbilder Leinwand und Farben, und darauf baute ich meinen Plan auf. Er müsse sich als angesehener Kunstmaler um den Auftrag bewerben, das Portrait von Semjonow zu malen. Dafür müsse soviel Honorar herausschauen, daß wir beide nach Hause fahren könnten.

So einfach und selbstverständlich dieser Plan war, Erwin Lang hielt ihn für irrsinnig. Da er sich aber mir gegenüber doch etwas verantwortlich fühlte, machte er vorerst eine halbe Sache. Er gab einem aktiven Leutnant, der früher auch zu unserem Kreis gehört hatte, all die Kritiken über seine Arbeiten mit, die er in den Kunstzeitschriften in den verschiedenen Lagern vorgefunden und vorsorglich herausgerissen hatte, um sie zur gelegentlichen Ausweisleistung über seine anerkannte Künstlerschaft vorweisen zu können. Jetzt war der Zeitpunkt da! Mit diesen und seinen, ihm von Erwin Lang geschenkten Bildern zog er los in die Stadt. Nach einiger Zeit erhielt Lang die Kritiken mit dem Vermerk zurückgesandt, daß in dieser Stadt niemand Kunstverständnis besitze. Er hätte jedoch Gelegenheit, sich mit einigen Freunden auf die Heimreise zu begeben und hoffe auf ein baldiges Wiedersehen in der Heimat.

Damit war für mich die Sache noch lange nicht erledigt. Dem Betreffenden hatte ich schon seit jeher nicht getraut. Ich überredete Erwin Lang, endlich selbst in die Stadt zu ziehen, um bei Semjonow vorzukommen. Schon nach wenigen Tagen erhielt ich die Nachricht von Lang, daß er bereits mit einem Fuß in Europa stände, ich möge ihm doch seine Sachen nachbringen.

Schon aus Neugierde und wie auch ich es bewerkstelligen könnte, mit einem Bein in Europa zu stehen, veranlaßte ich unseren Bauer, mich sofort mit dem Wagen zur Bahnstation zu fahren. Geregelte Zugsverbindungen gab es nicht. Man war auf gut Glück angewiesen. Während ich mich bei der Bahnstation auf einen längeren Aufenthalt einrichtete, kam ein Militärschienenauto, das einige Sachen zu verladen hatte. Die Umstehenden hielten es für wahnsinnig, das Ansuchen zu stellen, mitgenommen zu werden. Mir war dies aber völlig gleichgültig, und so stramm, wie in meiner Rekrutenzeit, stellte ich mich dem russischen Oberst als österreichischer Offizier vor, und bat um Mitnahme. Er bedauerte unendlich. Ich salutierte und trat ab und sah mit den anderen Leuten weiterhin dem Aufladen zu. Ehe es jedoch zur Abfahrt ging, winkte mich der Oberst herbei, nachdem er mich die ganze Zeit über beobachtet hatte. Ich packte rasch meine Sachen zusammen und war mit dem Schienenauto in kürzester Zeit in der Stadt. Die Adresse, die ich besaß, war der amerikanische Rotkreuzzug, auf der Strecke zwischen zwei Stationen in Tschita. Zum Glück kam ein Kriegsgefangener mit seinem Schlitten vorbei, dem lud ich Erwin Langs Sachen auf, und noch am hellen Nachmittag landete ich damit bei Lang, der nicht wenig erstaunt darüber war, in welch kurzer Zeitspanne ich dies alles bewerkstelligt hatte.

Erwin Lang hatte Weisung, wegen Seuchengefahr keine Kriegsgefangenen in den Rotkreuzzug zu nehmen, und so mußte ich, so erfroren ich auch war, mit den Sachen weiterziehen zu einem anderen Kameraden, der bereits in der Stadt im E-Werk tätig war und der mir zwischen den Maschinen ein Nachtlager ermöglichte.

Am Wege dorthin erfuhr ich nun von Lang den ganzen Sachverhalt. Als er in die Stadt gekommen war, hatte er sich um eine Verbindung zu Semjonow bemüht, aber da waren so viele andere Generäle da, die durchblicken ließen, daß sie vorerst selbst gemalt werden wollten. Dazu reichte aber weder die Zeit noch das Material. Er kam aber auch zu den Honoratioren der Stadt, zum Bürgermeister usw., und überall wurde er wie ein Schwindler behandelt, denn vor 14 Tagen wäre doch erst ein Maler Erwin Lang dagewesen und hätte für teures Geld seine Ölbilder verkauft und sich mit Kritiken aus Zeitschriften als Maler ausgewiesen. Das Geld, das dieser Schwindler nun für die ihm von Lang geschenkten Bilder erhalten hatte, reichte sogar so weit, daß er noch zwei seiner Freunde mitnehmen konnte!

Eine solche Aufnahme verletzt und schüchtert natürlich ein. Aber die Erkenntnis, daß die Kunstmalerei in Sibirien ihren Wert hat, erfreute wiederum, und machte Mut, weiter Umschau zu halten, wo dieser Schwindler seine Tätigkeit noch nicht entfaltet hatte. So kam Erwin Lang auch zu dem amerikanischen Oberst, dem das gesamte amerikanische Rote Kreuz unterstand. Der war geschäftstüchtig genug, nicht nur die Bilder, die übrigens aus meiner Sammlung stammten, in seinem Salonwagen aufzuhängen, sondern diesen noch so abzuteilen, daß im größeren Raum er selbst, im kleineren Teil aber Erwin Lang Quartier nehmen sollte. Damit nahm er zu den schönen Bildern auch noch den Künstler in Beschlag , der ihm nun Aquarelle und Zeichnungen von den verschiedensten Volkstypen, die dort nebeneinander lebten, zu machen hatte.

Nun aber auch noch für mich einen Platz im Rotkreuzzug freizumachen, war hoffnungslos. Für mich hatte der Amerikaner keine Verwendung, und als Heizer oder für Aufräumungsarbeiten und Bedienung wollte er mich, wie andere Kriegsgefangene, die in seinen Diensten standen, als Offizier und Freund des Kunstmalers, nicht anstellen. Es blieb nur ein Weg, unsere ganze Habe auf dem Markt öffentlich zu verkaufen, um zu versuchen, mit dem Erlös eine Eisenbahnkarte für die Fahrt nach Charbin oder Wladiwostok zu erhalten.

Erwin Langs Sachen hatte ich bald verkauft, mich in der Zwischenzeit auch um russische, japanische und chinesische Ausweispapiere umgeschaut, dann machte ich mich auf den Rückweg ins Dorf, um meine Sachen abzuholen. Ich hatte wiederum Glück, sah auf meinem Weg von weitem schon eine in eilendem Tempo auf dem Eis des Flusses dahin fahrende Schlittenkolonne herankommen. Einer der Schlitten nahm mich auf. Es ging in rasender Fahrt zu einem Ort, wo Pferde gemustert wurden. Dort traf ich wieder Bauern aus meinem Ort, und schon ging es im selben Tempo wieder unserem Dorfe zu. Im Nu war die wenige Habe von mir zusammengepackt. Es ging ans Abschiednehmen und mit dem Schlitten des Bauern wieder zur Bahnstation.

Diesmal allerdings nicht mehr so elegant mit Schienenautobus, sondern auf dem Tender einer Lokomotive. Auch meine Sachen waren in einigen Tagen verkauft. Die Fahrkarte nach Charbin bekam ich noch, aber der Zugverkehr, der ohnedies höchst selten und unregelmäßig war, wurde nun für den Zivilverkehr gänzlich eingestellt. Es half auch kein Anbiedern an die Japaner oder Tschechen, mich in einen ihrer Transportzüge mitzunehmen.

So schlief ich ab sofort im Bahnhofsgebäude Tschitas, um ja nur keine Gelegenheit zu versäumen, die mich nach dem Osten bringen könnte. Die Front kam wieder ganz nahe heran. Koltschak war bereits von den Tschechen an die Rote Armee ausgeliefert worden, um sich dafür freien Abzug zu sichern. Um keinen Preis wollte ich mich wieder inmitten des Bürgerkrieges befinden.

Da hieß es plötzlich um Mitternacht, in einem Lastzug seien noch zwei Viehwaggons frei, da könnten Reisende mitgenommen werden. Alles stürmte hinaus und versuchte, in die Waggons zu gelangen. Schnell schrieb ich noch ein paar Zeilen an Erwin Lang, damit er Kenntnis nähme, wohin ich geraten sei, die er aber leider nicht erhielt. Mit Hilfe eines Kameraden, der bereits im Waggon saß, konnte ich schließlich auch noch mit hineingezwängt werden, und los ging die Fahrt.

Kismet

Zwei Tage und zwei Nächte fuhren wir gegen Osten. Nach und nach waren die Mitreisenden: Russen. Chinesen, Koreaner, an ihren Bestimmungsorten angelangt und ausgestiegen. Am Schluß befand ich mich ganz allein im Viehwaggon. Es war plötzlich keine Lokomotive mehr da und die Station mit Zügen vollgestopft. Meine Lage war trostlos! Weit weg von meinen Kameraden, einsam in einem Lastzug, der das Ende seiner Fahrt erreicht hatte, ohne Nahrungsmittel und ohne irgendwelche Hilfe, von hier weiterzukommen!

Am frühen Morgen wurde ich von einem unbändigen Durstgefühl gepeinigt. Ich sträubte mich dagegen, im sibirischen Winter bei der dort herrschenden Kälte, so früh aus dem Waggon zu klettern, um mir heißes Wasser zum Tee zu holen. Ich konnte aber nicht weiterschlafen, der Hals war ganz ausgetrocknet. Mit zusammengebissenen Zähnen riß ich daher die Tür auf, und was sehe ich? Am Nebengleis steht der amerikanische Rotkreuzzug. Ich stürze hinüber, suche den Salonwagen vom Kommandeur. Nicht da! Ich sehe aber einige Kriegsgefangene, die Dienst machen. Sie erkennen mich auch und schreien: „Was? Da finden wir Sie? Ihre Bettstelle ist hier und überall hat Sie der Lang vor unserer Abfahrt gesucht! Als es ihm endlich gelungen war, den Platz hier für Sie durchzusetzen, waren Sie einfach nicht mehr da!“ Mein Durstgefühl war plötzlich weg. Aber ohne dasselbe wäre dieser Zug ohne mich weitergefahren! Man mag nun darüber denken, wie man will, aber Zufall kann man dies doch schwerlich nennen!

Man geleitete mich sogleich in den reichgedeckten Speisewagen. Die bedienenden Kriegsgefangenen bekamen hier genau die gleiche Kost wie die amerikanischen Ärzte und Offiziere: Toast, Weißgebäck, Butter, Eierspeisen, Marmelade in jeder Art, zur Wahl Kaffee, Kakao, Milch, Tee. Der chinesische Koch sah belustigt zu, wie es mir schmeckte und welchen Appetit ich entwickeln konnte. Zu Mittag gab es gar Hühnersuppe, Huhn mit Spargel und Reis, Pfirsichkompott. Ich traute meinen Ohren nicht, als einer der als Waggonheizer dienenden Kriegsgefangenen mir scheinbar den Appetit rauben wollte mit der Bemerkung: „Jeden Tag Hendl mit Spargel! Wenn ich den Fraß schon nimmer sehen müßte!“ Waren doch Hühner dasjenige, was man auf jeder Station frisch kaufen und schlachten konnte, während alles andere aus Konserven stammte. Ich ließ es mir gut schmecken und bekam überdies vom chinesischen Koch noch eine große Konserve Kompott, damit ich in der Zwischenzeit bis zum Nachtmahl nicht verhungere!

Die ersten zwei Tage hatte ich nichts zu tun, aber dann stellte sich der leitende amerikanische Zugsarzt ein, ich sollte ihm einen Kalender zeichnen. Als der zur Zufriedenheit fertiggestellt war, hatte ich Pläne von amerikanischen Hilfsspitälern für verschiedene sibirische Orte zu zeichnen. Dafür erhielt ich auch noch die höchste Mannschaftslöhnung in der amerikanischen Armee.

Vierzehn Tage dauerte die Fahrt und aus den mitgeführten, noch ziemlich vollbeladenen Lastwägen wurde ich mit Wäsche, Socken, Stoffen, Anzug usw. reichlich ausgestattet. Als wir in Charbin ankamen, war der Salonwagen des Chefs der Abteilung bereits eingelaufen. Obwohl dieser viel später von Tschita weggefahren war, konnte er mit nur einer Lokomotive und noch einem zweiten Schlafwagen diese Strecke weit rascher durchfahren.

Ich war auf eine freudige Begrüßung gespannt, weil noch alles gut abgelaufen und ich auf der Strecke aufgelesen worden war. Ich durfte jetzt im Salonwagen Platz nehmen, wo von allen Wänden meine Portraits, in Öl und Aquarell gemalt, als Federzeichnung oder Holzschnitt hingen, oder Bilder als Hirtenknabe, Heiliger Johannes usw. wozu ich überall Modell gesessen hatte. Kurz, meine gesamte persönliche Sammlung, um derentwillen ich 1918 nicht vom Zug abgesprungen war, um schneller in die Heimat zu gelangen. Doch Erwin Lang verabschiedete sich ziemlich förmlich von mir, da sich unsere Wege von jetzt ab trennen würden. Mit dem amerikanischen Roten Kreuz käme ich schließlich bis Wladiwostok und von da hoffentlich bald heim!

Ich war mehr erstaunt als betroffen und ließ mich nicht so ohne weiteres abfertigen. Erwin Lang konnte mir aber auch keine richtige Erklärung geben, aus welchem Grund ich in meinen Waggon zurückkehren sollte. Da öffnete sich plötzlich die Tür zum Schlafwagenabteil, und heraus trat eine junge, hübsche Frau, die mich sofort als das Modell der vielen Bilder und Zeichnungen an den Wänden erkannte. Da lag also das Geheimnis! Ich wurde von ihr eingeladen, gleich dazubleiben.

Es war die junge Frau des Kosakenhauptmanns Semjonow, die im Schutz des amerikanischen Roten Kreuzes, als Schwester verkleidet, zusammen mit der Familie des Bürgermeisters aus Tschita und in Begleitung einiger weißgardistischer Offiziere nach Tsingtau reisen wollte. Erwin Lang gehörte bereits ihrer Begleitung an. Nun wurde auch ich eingeladen, mich anzuschließen.

Der Weg ging vorerst getrennt nach Mukden, dann gemeinsam nach Dairen. Von dort fuhren wir mit dem Dampfer nach Tsingtau. Die ganze Fahrt hindurch war so abenteuerlich und so voller neuer Eindrücke, daß ich oft glaubte, lediglich zu träumen.

Schon das Reisen 1. Klasse war für mich etwas Aufregendes, nachdem ich jahrelang in Viehwaggons transportiert worden war. Die Waggons waren in China ganz amerikanisch ausgestattet. Alle Beschläge vernickelt und peinlich sauber, die Schaffner in weißen Anzügen. Man ging wieder in richtigem Zivil, mit Hemd, Kragen, Krawatte, gebügelten Hosen und besah das exotische Treiben in der Kaiserstadt Mukden und das Hafenleben in Dairen. Das Fahren in den Rikschas kostete noch Überwindung, kam ich doch erst aus Rußland mit seiner sozialen Revolution, der man sympathisch gegenüber stand und hier? Hier ziehen Menschen ein Wägelchen, in denen man bequem sitzt und sich spazierenführen läßt. Bei Tisch wurde serviert und das Beste vom Besten geboten. Da merkte man erst, was man all die Jahre hindurch hatte entbehren müssen!

Frühling in Tsingtau

All das setzte sich fort in Tsingtau, wo wir im ersten Hotel abstiegen und vor unserem Fenster das Meer brandete; die Stadt sehr gepflegt und überaus rein. Alle sprachen Deutsch, auch die Chinesen, wenn auch in vereinfachter Nennform, gleich dem Pidgin-Englisch.

Hier suchten wir Verbindung zu den deutschen Familien, denn, so amüsant auch der Umgang mit dieser lebenslustigen, jungen Frau war, ihre Begleitung, weißgardistische Häuptlinge, die tausende Menschen hingemordet hatten und von deren Umtrieben wir einst mit Grauen gehört hatten, war doch auf die Dauer nicht der richtige Verkehr, zumal unsere wahre Gesinnung darüber in Gesprächen hätte durchsickern können.

Wir wollten vorerst einmal den katholischen und den protestantischen Seelsorger aufsuchen. In der Mission der evangelischen Pfarre fanden wir im Pastor einen Mann mit großem Kunstverständnis, welcher uns herzlich aufnahm und uns einlud, seine Gäste zu sein, was wir uns nicht zweimal sagen ließen. Erst nach etlichen Tagen wurden wir uns darüber klar, daß wir hier nicht einen einfachen, bescheidenen Pastor, wie es sein Gehaben war, sondern den Übersetzer der chinesischen Philosophie, Dr. Richard Wilhelm, vor uns hatten. Bereits in der Gefangenschaft befanden sich bei unserem geringen Gepäck einige von ihm übersetzte Bücher mit chinesischen Weisheitssprüchen von Laotse usw., die wir immer wieder lasen. Um so erfreuter waren wir, nun seine Bekanntschaft machen und seine Freundschaft erwerben zu können.

Wir erlebten einen herrlichen Frühling. Alles blühte rundherum und insbesondere im Park der Mission. Wir bewohnten einen eigenen Pavillon im umfangreichen Gelände. Erwin Lang fand wieder Leinwand und Farben und stürzte sich in die Arbeit. Drei Wochen waren wir erst in Tsingtau, viel zu kurz, um ans Heimfahren zu denken, da kam ein Dampfer aus Wladiwostok mit Kriegsgefangenen an Bord, der viele Familien aus Tsingtau mit nach Deutschland nahm, u.a. auch Frau und Söhne Dr. Wilhelms. Unter den Kriegsgefangenen, die an Land kamen, war auch der Leutnant mit seinen beiden Freunden, der sich in Tschita als Erwin Lang ausgegeben hatte. Er war nicht wenig erstaunt, uns hier am Kai anzutreffen. Lang erlaubte sich den Spaß, ihn freundlichst einzuladen und so zu tun, als wenn nichts vorgefallen wäre, sich daran weidend, wie dieser Leutnant immer wieder in versteckter Form herauszubekommen versuchte, ob Lang von seiner Schandtat wußte oder nicht.

So gut wie hier in Tsingtau, mit seinem milden Klima, gleich dem von Florenz, konnte es uns sobald nicht wieder gehen und ohne auch nur eine Minute zu bedauern, winkten wir dem aus dem Hafen fahrenden Dampfer nach, der in die Heimat fuhr.

Meine hauswirtschaftlichen Kenntnisse traten wieder in Geltung, nachdem die Hausfrau abgereist war. Ich übernahm die Hausverwaltung, die Küche, den Einkauf und kümmerte mich um die Menüfolge. Als Bedienungspersonal standen mir Kuli, Koch und Boy zur Verfügung, mit der berühmten Dreiteilung der Hausarbeit in China, wobei die Arbeiten streng voneinander getrennt werden: Kuli für die Schmutzarbeit, Koch für die Küche, Boy für persönliche Bedienung, Servieren usw.

In der Woche gingen wir jeder unserer Arbeit nach, wobei ich auf der Schreibmaschine die tägliche Übersetzung Dr. Wilhelms ins Reine übertrug.

Unser gemeinsamer abendlicher Spaziergang diente dem Einkauf für den Haushalt. Nach dem Abendbrot las Dr. Wilhelm seine Tagesübersetzung vor, Lang zeigte sein Arbeitsprodukt, nur ich stand noch abseits, konnte höchstens einmal von meiner mißlungenen Hühnerzucht berichten, weil die Katze alle ausgeschlüpften Küken aufgefressen hatte.

Entwurf einer Kirche

Eines Tages stellte Dr. Wilhelm mir die schicksalhafte Frage, ob ich mir bereits zutraue, eine Kirche der chinesischen Christengemeinde, der Presbyterianer und eine dazugehörige Schule zu entwerfen? Diese Frage kam so überraschend für mich, daß ich nicht gleich zu antworten wagte. Nur die Bedingung, der Entwurf müsse besser sein als ein gegenüberliegendes Gebäude, machte mich mutig, denn das wollte und konnte ich mir zutrauen.

Ich ließ mir das genaue Bauprogramm erklären, wieviel Personen die Kirche fassen mußte, den Vorgang des Gottesdienstes etc. Ich hörte, daß im Gegensatz zur katholischen Kirche keine Ausschmückung, kaum ein Kreuz am Altar erforderlich seien, die 10 Ältesten der Kirchengemeinde an der Rückwand, hinter dem Prediger ihren Platz einnehmen und ich merkte, daß dies alles eher einem Versammlungssaal als einer Kirche katholischer Prägung gleichsehen sollte. Die Frauen sitzen getrennt oben in der Empore, die daher sehr breit angeordnet werden müsse, und der Aufgang hiezu sollte womöglich von außen schon gekennzeichnet sein.

Der ausersehene Bauplatz war sehr schön gelegen, an einer der höchsten Stellen Tsingtaus, an einer Straßenkreuzung, noch innerhalb der Mission.

Ich lernte jetzt zum ersten Mal die Geburtswehen einer geistigen Schöpfung kennen. Angesichts dieser konkreten Aufgabe waren alle meine Entwürfe im Kriegsgefangenenlager Spielereien, mehr zum Zeitvertreib. Hier stand ich nun allein, ohne alle Hilfsquellen, vor einer neuen Aufgabe. Einmal todunglücklich über die eigene Talentlosigkeit und den ideenlosen Kopf, das andere Mal wieder mit dem Mut der Verzweiflung, mich ja nicht unterkriegen zu lassen, da dies doch der Prüfstein für meinen weiteren Lebensweg wäre.

Endlich fand ich eine Lösung, mit der ich bei aller kritischen Betrachtung einverstanden sein konnte und die ich im Gesamtaufbau und in der Grundrißgestaltung heute auch nicht ändern würde, wenngleich die Detailausbildung anders wäre. Die Chinesen hielten sich in der Detailbearbeitung auch nicht streng an meinen Entwurf und glaubten, materialmäßig manches besser machen zu können, wodurch dann der Gesamteindruck später etwas gelitten hat.

Als der Grundgedanke zu dem Entwurf festlag, machte die weitere Durcharbeitung Freude. Die Besprechung mit meinen Auftraggebern, dem chinesischen Kirchenrat, erfolgte über Dr. Wilhelm als Dolmetsch. Nur über das Bauprogramm der Schule bestand noch Uneinigkeit. Vorerst arbeitete ich aber die Baupläne der wichtigeren Kirche durch.

Über das Wochenende fuhren wir mit einem Auto immer in das nahegelegene Laushangebirge, das karstähnlichen Charakter hat, vom Meer hoch aufsteigt und Übernachtungsmöglichkeiten in den einzelnen verstreut liegenden chinesischen Klöstern, richtiger: Einsiedeleien aller Konfessionen, hat. Mit einer Karawane von Kulis, die unsere Sachen trugen, erstiegen wir die Berge und blieben manchmal, wie zu Ostern und Pfingsten, gleich ein paar Tage oben.

In diesen chinesischen Einsiedeleien leben jeweils ein paar alte Gelehrte, meist verdiente Würdenträger, hohe Staatsbeamte mit Dienerschaft und verbringen so ihren Lebensabend. Rund um eine solche Einsiedelei ist jahrhundertealtes, gepflegtes Grün in der sonst meist kahlen, vegetationsarmen Gegend zu sehen. Bäume, deren Umfang auf tausendjährigen Bestand weisen, Bambushaine, die im Winde rauschen, seltsame Blumen und Sträucher und die Standorte selbst jeweils gut gewählt, mit märchenhaftem Ausblick auf das Meer, dessen Horizont auf Augenhöhe steigt, dazwischen einzelne Inseln.

Am schönsten aber waren die Abende und die ersten Nachtstunden. In der Abendstille hörte man die Brandung des Meeres bis zu uns herauf, der Bambus rauschte, Nachtvögel umflogen uns, und stillschweigend ließen wir den zauberhaften Eindruck auf uns wirken. Zu jeder Stunde wurde von einem Mönch der Gong angeschlagen und dem wiederholten, immer schwächer werdenden Echo nachgelauscht.

Verpflegung hatten wir in Konserven, Thermosflaschen und Kochbehältern reichlich mit. Einmal füllte ich einen großen Thermophor mit Speiseeis an und bot diese Kostbarkeit dem Abt des Klosters dar, der dies wohl zum ersten Mal genossen haben dürfte. Dies hat ihn so beeindruckt, daß er in den Keller hinunterstieg und eine kleine, verstaubte Flasche hervorholte und mir in einer kleinen Schale etwas von ihrem Inhalt anbot. Ich konnte dies nun schwerlich abschlagen und leerte die Schale mit einem Schluck. Aber für die nächsten paar Minuten konnte ich nicht aus den Augen schauen; so einen konzentrierten, hochprozentigen und in der Kehle brennenden Reisschnaps hatte ich noch nie getrunken. Der Abt meinte nur, für Eis gäbe er Feuer.

Für viele Tausende meiner Kameraden waren Krieg und Kriegsgefangenschaft verlorene Jahre. Auch mich kosteten sie die besten Jahre meiner Jugend. Aber unendlich bereichert, mit einem Lebensziel vor Augen und einem Beruf ergeben, zu dem, wie mir schien, eigentlich nichts anderes erforderlich war als ein Kopf mit Ideen und das wenige Handwerkzeug, kehrte ich heim.

Die Chinesische Mauer und die Ming-Gräber

Hier in Tsingtau fand ich volle Entschädigung für die Entbehrungen der Kriegsgefangenschaft und verlebte die sorgenfreieste Zeit meines Lebens überhaupt. Das Schönste stand mir jedoch noch bevor. Dr. Wilhelm, dieser hochherzigste Gastgeber, wie es sich nur denken läßt, beabsichtigte mit uns eine dreiwöchige Reise nach Dairen, Mukden, zu den Kaisergräbern, an die Große Mauer und nach Peking zu unternehmen. All unsere Gespräche drehten sich nun um unsere Reiseziele, und da wir zudem noch den besten Kenner und Führer Chinas hatten, wurden wir schon jetzt von ihm in die Kunstgeschichte des Landes eingeführt.

Dr. Wilhelm übersetzte zu dieser Zeit gerade das Buch der Wandlungen. Er war auch in diesen Dingen äußerst gewissenhaft, ließ die von ihm verfertigten Übersetzungen von seinen chinesischen Schülern in der Mission ins Chinesische zurückübersetzen, - da es immer leichter ist, eine fremde Sprache in die eigene zu übertragen, - und verglich dann das Ergebnis mit dem Original. Wo Unstimmigkeiten aufschienen, übersetzte er die betreffende Stelle oft drei- bis viermal, bis die chinesischen Bildzeichen endlich dem Urtext glichen.

Zur Zeit der chinesischen Revolution waren die meisten Würdenträger des chinesischen Hofes in die Festung Tsingtau unter deutschen Schutz geflohen. Dr. Wilhelm versammelte sie in seiner Mission, zumindest schuf er hier den geistigen Mittelpunkt für die chinesische Elite. Später wanderten wieder viele ab und nahmen auf Grund ihrer Gelehrsamkeit hohe Staatsstellen in der chinesischen Republik ein. Ein alter Weiser, der Lehrer des letzten Kaisers, verlebte zur Zeit unseres Aufenthaltes in der Mission seine alten Tage. Zu ihm gesellte sich täglich Dr. Wilhelm, um seine Übersetzungen mit diesem zu besprechen. Hat doch China die internationale Bilderschrift, die alle Volksstämme Ostasiens lesen können, wenn sie sich auch untereinander in Wort und Sprachen nicht verständigen können. So wie diese Schriftzeichen zueinander stehen, können sie oft Gegensätzliches ausdrücken. Wenn die Philosophie in höhere Regionen abdriftete, wurde die wissenschaftliche Übertragung in die deutsche Sprache immer schwieriger. Erwin Lang benützte diese Sitzungen, um von diesem Gelehrten ein eindrucksvolles Ölbild zu machen und einen Holzschnitt anzufertigen. Ich übertrug nach wie vor die Übersetzungen auf der Schreibmaschine in die Reinschrift.

Das „Buch der Wandlungen“ wird von den Chinesen benützt, um in wichtigen Lebensentschlüssen das Schicksal zu befragen. Unter strengem Zeremoniell, mit Weihrauch u.dgl., werden aus einem Behälter, der kurze und lange Stäbe enthält, der Reihe nach sechs Stäbchen gezogen. Das sich daraus ergebende Zeichen bildet einen Hinweis auf einen Weisheitsspruch in diesem Buch, aus dem in verschiedenen Lebenslagen Rat geholt wird.

Befragung des Orakels

Da die Reise an die Große Mauer und zu den Ming-Gräbern bevorstand, befragten auch wir eines Tages das Schicksal und in dem betreffenden Abschnitt, der dem gewählten Zeichen folgte, stand unter dem Kapitel „Reisen“: „Es ist gut, nur mit einem Freunde auf die Reise zu gehen!“ Wir, insbesondere ich, waren darüber bestürzt, denn wir waren doch zwei Freunde, die mit wollten, und demnach hätte ich als der Jüngere zurücktreten müssen. Aber so weit ließen wir uns von der Schicksalsbefragung doch nicht beeinflussen, und es wurden für alle drei Schiffskarten nach Dairen gebucht.

Am Abend vor der Abreise bekam ich auf der rechten Bauchseite heftige Schmerzen, die mich die Nacht über nicht schlafen ließen. In der Früh ging es noch schnell zum Arzt in die Krankenanstalt. Die Untersuchung war kurz. Der Arzt bat mich, noch etwas zu verweilen, ging aus dem Zimmer – und sperrte den Raum hinter sich ab. Er hatte Angst, ich könnte im jugendlichen Leichtsinn trotz der akuten Blinddarmentzündung die Reise mitmachen.

Am Fenster des Krankenhauses stehend, sah ich wehen Herzens dem Dampfer nach, der mich hätte mitnehmen sollen zu der vielleicht schönsten und wohl auch interessantesten Reise auf der ganzen Erde. Am Abend wurde ich operiert. Ganz Tstingtau bemitleidete mich, und niemals in meinem Leben habe ich so viele Blumen in meinem Zimmer stehen gehabt wie zu dieser Zeit. Viele von den wenigen Deutschen, die noch in Tsingtau waren und diese Reise wenigstens teilweise erlebt hatten, besuchten mich mit ihren Photoalben, um mir in Bildern die mir verloren gegangene Reise nahe zu bringen.

Fälschungen

Bei der Rückkehr von ihrer Reise wurden mir als Entschädigung zwei wunderschöne chinesische Vasen vom Anfang des 18.Jahrhunderts von Dr. Wilhelm überreicht, als wenn ich ein Anrecht auf diese gehabt hätte.

Diese habe ich als besonders kostbaren Schatz mit nach Hause genommen und mein Leben lang in Ehren gehalten. Sie schienen mir, als aus der Ming-Dynastie stammend, so wertvoll, daß ich sie später in einem massiven Safe aufbewahrte. (Anmerkung des Sohnes: Sie stellten sich leider 80 Jahre später als Fälschung heraus.)

Als ich noch im Spital lag, dürfte sich meine Bauherrschaft über das Bauprogramm der Schule geeinigt haben und brachte mir dasselbe in Form eines selbst verfertigten Grundrisses, zu dem ich die Fassade zeichnen sollte. So einfach war es aber wieder nicht. Jedenfalls wußte ich jetzt, was für Räume erforderlich waren und wie groß die Schule geplant sein sollte. Der Grundriß war bald umgezeichnet, wobei ich sämtliche Räume in gleicher Größe übernahm. Aus der geänderten Grundrißgruppierung ergab sich fast automatisch die Fassadengestaltung, so daß auch diese Aufgabe bald gelöst war.

In Peking führte Dr. Wilhelm eine längere Unterredung mit dem damaligen Präsidenten Chinas, der nach der Revolution in Tsingtau Zuflucht genommen hatte. Den Inhalt dieser Unterredung erfuhren wir zwar nicht, jedoch die für uns traurige Folgerung, daß er in die Heimat zurückkehren müsse. Später kam Dr. Wilhelm als Attaché der Deutschen Botschaft wieder nach China, und zwar nach Peking.

Abschied von Tsingtau

Wie hätten wir uns vor einem Jahr noch darauf gefreut, in die Heimat fahren zu können! Nun zählten wir aber die Tage, die wir noch in diesem für uns so herrlichen Lande verbleiben konnten. Der Bau der von mir geplanten Kirche hatte bereits begonnen, ausgeführt wurde er von einer chinesischen Baufirma nach chinesischen Methoden. Unter anderem wurden die Bretter von Hand aus auf der Baustelle von Kulis aus Rundhölzern geschnitten. Ein Deutscher hatte wohl eine Zeit lang ein Sägewerk betrieben, wurde aber von den Kulis nieder konkurriert und gab auf. Die Fundamente waren bereits eingebracht und man konnte am Bauplatz den Umriß von Schule und Kirche erkennen. Da hieß es Abschied nehmen und, den Bau der Kirche dem weiteren Schicksal überlassen, hoffend, daß der Grundgedanke halbwegs zur Ausführung gelangen würde.

Unser Schiff, das uns vorerst nach Shanghai brachte, ankerte im Hafen und, wie dies in einer so kleinen Stadt nun einmal ist, wenn alte Bekannte, die jahrelang hier gelebt und den geistigen Mittelpunkt abgegeben haben, verreisen, war ganz Tsingtau dort versammelt, um Abschied zu nehmen. Jetzt erst recht, wo Dr. Wilhelm auf unbestimmte Zeit, vielleicht für immer, in die Heimat fuhr.

Ich stand auf Deck und blickte über die Menschenmenge, die malerische Hafenanlage, im Geiste mich verabschiedend von allem Schönen, das ich hier erlebt hatte und die Stelle absuchend, wo Kirche und Schule nach meinem ersten Entwurf stehen würden, in der Silhouette dieser Stadt. Da kamen langsam, mit trippelnden Schritten, die 10 Ältesten der chinesischen Kirchengemeinde in ihren Festgewändern an Deck. Ich war gerührt, daß diese alten Männer den Weg nicht gescheut hatten, um, wie ich glaubte, ihrem Dr. Wilhelm den Abschiedsgruß zu überbringen. Doch Dr. Wilhelm wandte sich zu mir und sagte, der hohe Besuch gelte nicht ihm, sondern mir, da sie mir danken wollten für die für sie gemachten Entwürfe. Ehe ich noch richtig begriffen hatte, bildeten diese alten Herren einen Halbkreis um mich und begannen, sich in chinesischer Weise vor mir zu verneigen. Das bedeutete, daß die eigenen Hände geschüttelt werden, wie wenn man jemand anderem zum Gruß die Hand gibt. Im Verneigen wird mit beiden Händen eine Referenz gemacht, wie dies bei uns in früheren Jahrhunderten mit einer Hand bezeugt wurde. Dies sah sehr feierlich aus. Da die Chinesen sich im allgemeinen, sogar mit Recht, für die kulturell am weitesten entwickelte Nation halten, war es um so erstaunlicher, daß mir als blutjungen Menschen, der noch keine 24 Jahre zählte, von diesen ehrwürdigen Greisen eine öffentliche Ehrung zuteil wurde.

Ich war in einer wenig beneidenswerten Stellung. Einesteils war ich erschüttert über diese Ehrerbietung, andernteils war ich in meinem Rücken bedrängt von neugierigen europäischen Frauen, die nicht abwarten konnten, um die Erklärung dieses für sie so eigenartigen Erlebnisses zu erfahren. Ich dürfte abwechselnd blaß und rot geworden sein, verneigte mich auch, um zu danken, was nur zur Folge hatte, daß die 10 Ältesten nochmals mit dem Verneigen begannen. Bis mich Dr. Wilhelm dahin belehrte, daß ich als der Geehrte ruhig stehend die Ehrung über mich ergehen lassen müßte. So geschah es dann.

Ich habe später in der Heimat weit bessere Entwürfe, sozusagen mit dem Herzblut, gezeichnet, um dem eigenen Proletarierstand menschenwürdige Wohnungen zu schaffen. Dafür erhielt ich in der Fachliteratur Kritiken, wie sie sobald kein anderer Architekt aufzuweisen hatte. Meine Arbeiten wurden in die „Propyläen-Kunstgeschichte“ aufgenommen und in vielen anderen Fachbüchern veröffentlicht, - aber eine solche persönliche Ehrung ist schlechterdings in Europa unmöglich. Und gerade in der Zeit, in der ich diese Zeilen niederschreibe, kommt es mir besonders schmerzlich in Erinnerung, wie so ganz anders dieses alte Kulturvolk Respekt vor persönlichen, geistigen Leistungen bezeugt und achtet als unsere sogenannten „Oberen", die wirklich bei mir mehr Grund dazu hätten als diese chinesischen Greise!

Ich fuhr von Tsingtau ab mit dem Gefühl, mein Gesellenstück geleistet und für die ersten Jahre meines Studiums den Lebensunterhalt gesichert zu haben. Architekt zu werden, war nicht mehr ein Wunschtraum, er schien greifbar in Erfüllung zu gehen.

Zwischenstation in Shanghai

Unser unermüdlicher Führer, Dr. Wilhelm, geleitete uns ins chinesische Theater, in chinesische Antiquitätenläden, wo wir unter seiner Sachkenntnis wertvolle Kunstgegenstände unglaublich billig erstehen konnten. Wir besuchten chinesische und japanische Teehäuser. Bei letzteren mußte achtgegeben werden, ob jeder wirklich heile Socken anhatte, denn es ist doch sehr blamabel, wenn man bei Eintritt ins Haus die Schuhe gegen Strohsandalen austauschen muß und dabei eine vorwitzige Zehe herauslugt.

In den besten chinesischen Speisehäusern lernten wir die feinsten Tafelgenüsse kennen. Schon in Tsingtau hatten wir es uns zur Gewohnheit gemacht, zu Mittag Essen aus einem chinesischen Restaurant zu holen, weil wir dadurch billiger und bequemer davonkamen, das aber aus höchstens vier Gängen bestand. Hier lernten wir die reichhaltigen Menüs einer vornehmen chinesischen Mittagstafel kennen mit 20 und mehr Gängen, alles bereits in der Küche in kleinen Bissen zubereitet, so daß man mit den beiden Stäbchen in der einen Hand eine Zange bildend, mit der anderen Hand die Eßschale zum Munde führend, jeden Bissen ergreifen und in den Mund führen konnte. Dazu Reis und Sojasauce als Unterlage.

Auf diese Art machten wir Bekanntschaft mit den kulinarischen Kostbarkeiten von Schwalbennestern, Haifischflossen, sogenannten faulen Eiern, Bambussprossen, aber auch von Hühner- und Gänsefleisch, Krabben, Fischen, usw., ein abwechslungsreiches Kosten von jeder Speise, bis man satt war.

In der sommerlichen Hitze Shanghais wird es dankbar empfunden, daß während des Essens in Dampf gehaltene Tücher gereicht werden, die, auf das Gesicht gelegt, momentan heiß empfunden, nachher eine angenehme Kühlung ergeben, worauf munter weiter gegessen wird.

Von Shanghai aus ging es auf eine Woche mit der deutschen Kaufmannsfamilie Höft per Bahn ins Landesinnere, an den Westsee bei Hangchow. Dieser See wird seiner Lage nach, eingebettet zwischen Bergen und Hügeln, und seiner Schönheit halber, mit Alpenseen verglichen. Er ist nur weit lieblicher und durch chinesische Bauten entlang des Ufers gekennzeichnet. Alles deutet auf große Naturverbundenheit hin. Ersteigt man einen Berg und glaubt, um die Wegbiegung einen schönen Ausblick zu haben, dann steht an dieser Stelle ein kleiner Pavillon, von wo man einladend das Panorama genießen kann. So auch rund um den See. Um besonders schöne Fernblicke zu kennzeichnen, sind Bänke am Ufer aufgestellt und im Wasser davor chinesische Torbögen plaziert, die die Landschaft sozusagen einrahmen sollen. Die Inseln im See sind mit Stegen, Dämmen und Brückenbögen untereinander verbunden. Kleine, bequeme Boote mit Sonnensegeldach laden zur Bootsfahrt ein. Die Berge sind meist terrassiert, wie bei uns in den Weinbaugegenden, nur mit Teesträuchern bepflanzt. Ich lernte dort auch den chinesischen grünen Tee kennen, den die Chinesen in Schalen mit Deckel servieren und der vorerst nur mit den Geruchsnerven gekostet wird, indem man von Zeit zu Zeit den Deckel lüftet.

Große Pagoden stehen in der Landschaft. Ganze Tempelhaine dienen, wie bei uns, der Wallfahrt. Der See ist voller Lotusblumen, und am Abend sieht man die Leuchtkäfer irrlichtern über dem See. Ich hatte großes Verlangen, auch in der Nacht einmal mit dem Kahn in den See hinauszufahren, mitten unter die Seerosen. Aber die Chinesen sind dafür schwer zu haben, da die Geistervorstellung bei ihnen noch sehr lebhaft ist. Erwin Lang und ich setzten uns letzten Endes gegen hohe Belohnung doch noch durch und fuhren in einer mondhellen Nacht hinaus. Die Glühwürmchen, weit größer als bei uns daheim, flogen von den Lotusblumen, den chinesischen Seerosen, auf, spiegelten sich im Wasser wider, und so waren wir von unzähligen Lichtpunkten umflogen. Glitten wir unter einem chinesischen Brückenbogen hindurch, so fuhren wir in den Mittelpunkt eines hellen Kreises, da sich die Brücke im Wasser spiegelte. Dazu von Ferne chinesisches Flötenspiel, das den romantischen Eindruck noch mehr vertiefte.

Die Zeit verging wie im Fluge, und schon sollten wir nach einer Woche Aufenthalt wieder in das dampfende Shanghai zurück. Wir hatten drei Zimmer in einem chinesischen Hotel inne. Herr und Frau Höft das eine, Dr. Wilhelm und Lang das zweite und ich mit einem jungen Mann das dritte. Bisher hatte ich nichts dagegen, daß erst gegen 8 oder 9 Uhr gefrühstückt wurde, aber am letzten Tag vereinbarte ich mit meinem Zimmergenossen, daß wir uns bereits um 5 Uhr früh wecken lassen, um noch einmal den Berg hinter unserem Hotel zu besteigen und einen Überblick über den See zu gewinnen. Als wir pünktlich um 9 Uhr beim Frühstück saßen, wunderten wir uns, daß die anderen diesen schönen Morgen, den letzten in dieser herrlichen Gegend, so verschlafen konnten. Da erschienen jedoch Herr und Frau Höft von der Insel her und Lang von einer Kahnfahrt auf dem See. Es hatten demnach alle den gleichen Gedanken gehabt, noch einmal abschließend Abschied von der Landschaft zu nehmen, glaubten aber, bei den anderen kein Verständnis dafür erwecken zu können. Besser als alle anderen Beschreibungen läßt sich daraus die Schönheit der Landschaft erklären und verstehen. Dr. Wilhelm hatte sein eigenes, stilles Vergnügen, als er, am Fenster stehend, dies alles beobachtete und ähnliche Gedanken bei allen zum Ausdruck gebracht sah.

Deutsche Kaufleute fanden in Shanghai gute Verdienstmöglichkeiten, und ich sollte auch in das Kaufhausgeschäft des Herrn Höft eintreten. Ohne den Auftrag für Kirche und Schule in Tsingtau hätte ich mir dies vielleicht nicht zweimal sagen lassen. Was sollte man schließlich in der Heimat, die den Krieg verloren hatte und wo die Lebensverhältnisse sicher nicht rosig waren? Aber jetzt wollte ich erst einmal heim und das Architekturstudium rechtmäßig aufnehmen und erst später nach China ziehen, hatte doch schon ein ungarischer Kamerad und Architekt aus der Gefangenschaft hier in Shanghai bereits Fuß gefaßt, sich vom Angestellten zum Kompagnon emporgearbeitet und im Durchschnitt pro Woche einen großen Auftrag zur

Ausarbeitung übernommen. Shanghai war im Aufblühen, was eine rege Bautätigkeit mit sich brachte. Dieser Kamerad wollte mich nach zwei Jahren Studium kommen lassen und für Reisegeld sorgen. Mit diesem Zukunftswechsel in der Hand fuhr ich leichter in die Heimat.

An Bord eines japanischen Frachters

Nicht lange nach unserem Ausflug an den Westsee legte der Dampfer an, der uns in die Heimat bringen sollte. Die Hitze war indessen unerträglich geworden, es war ja schon Ende Juli 1920. Deshalb freute sich auch jeder von uns auf die Seereise.

Neuerlich ging es ans Abschied nehmen. Ein Großteil der deutschen Kolonie war am Pier versammelt, reiste doch wieder eine ganze Anzahl deutscher Familien in die Heimat. Wer das Leben in diesem Land aus früheren Zeiten kannte, fand es jetzt unerträglich nach all den Einschränkungen, die ihnen von den Siegermächten auferlegt wurden.

Unter den Kriegsgefangenen, durchwegs Österreicher, fanden wir viele Bekannte aus der gemeinsamen Gefangenschaft der verschiedensten Lager. Wir hatten wohl unseren Schlafplatz auf dem Vorschiff bei ihnen, doch führten die deutschen Familien aus Shanghai und wir Liegestühle mit. So verbrachten wir alle Tage und Nächte auf dem Mittelschiffdeck, während sich die Kriegsgefangenen, wahrscheinlich ihrer mehr defekten Kleider oder des so lang entbehrten gesellschaftlichen Umgangs wegen, am Hinterdeck absonderten.

Das Schiff hieß „Ume-Maru“, war ein kleiner japanischer Frachtdampfer und hatte hauptsächlich Sojaöl geladen. Es war daher auf unserem Schiff nicht so gedrängt voll wie auf den anderen Transportdampfern. Die Verpflegung war dafür mehr als schlecht, besonders für uns, nach den guten Zeiten in China und wir waren froh, daß wir eine Unmenge Konserven mitgenommen hatten.

Nebst der japanischen Besatzung, die das Schiff steuerte, war auch eine deutsche Schiffsbesatzung vorhanden, deren Anwesenheitszweck uns schleierhaft vorkam. Frühstückseier bekamen wir nur, wenn dieselben verdorben waren. Statt Wein in natura, bekamen wir einmal wöchentlich Weinsuppe, so daß selbst die Kriegsgefangenen bei den Engländern weit besser verpflegt worden waren. Später erfuhren wir die Erklärung dafür. Soweit wie überhaupt möglich wurden uns die Lebensmittel von der deutschen Besatzung vorenthalten. In Hamburg aber waren bereits Fuhrwerke vorausbezahlt, die die eingesparten Lebensmittel abholen sollten. Die Rechnung ging trotzdem nicht auf, weil irgend jemand Wind davon bekam und die Besatzung bei ihrer Ankunft in Hamburg sofort verhaftet wurde.

Nach der unerträglichen Hitze im Großstadttrubel Shanghais wurde die Seereise und die erzwungene Untätigkeit in den ersten Tagen der Seefahrt direkt angenehm empfunden. Aber Tag für Tag nichts wie Wasser und Himmel, kann auf Dauer recht eintönig und langweilig werden. Gab es doch keine Bordspiele, Tanzunterhaltungen oder Konzerte, mit denen sonst die Tage und Nächte einer Ostasienfahrt verkürzt werden. Eher glich unser

Dampfer einem Auswanderer- oder besser, Rückwandererschiff. Eine Seereise kann sehr amüsant sein, wenn eine Hafenstadt nach der anderen angelaufen wird und, eine exotischer als die andere, unauslöschbare Reiseeindrücke hinterläßt. Aber wir durften keinen Boden eines ehemaligen Feindstaates betreten, obwohl nahezu zwei Jahre nach Kriegsende vergangen waren.

So ging unsere Schiffsreise von Shanghai ununterbrochen bis Sabang, einer kleinen Insel von Holländisch-Indien, die Sumatra nördlich vorgelagert ist, und wo unser Dampfer Kohle einnehmen mußte. In der neunwöchigen Fahrt von Shanghai bis Hamburg hatten wir hier den einzigen Landurlaub. Der Dampfer legte dann nur mehr zum Kohlen fassen in Port-Said und in Gibraltar an.

Die Frau meines Lebens

An Bord bildeten sich bald kleine Gesellschaftsgruppen, wie sich das zufällig ergab. Unter den heimreisenden deutschen Familien befand sich auch ein allein reisendes Fräulein, das Europa kennenlernen wollte. Bei dem Überangebot an Männern fehlte es nicht an Bewunderern. Wenn es hier in üblicher Form um Vermögen, Stand und gesicherte Existenzgrundlage gegangen wäre, hätte ich wohl wenig Chancen gehabt, Beachtung zu finden. Aber diese selbstbewußte junge Dame war voll jugendlicher Zuversicht und Vertrauen auf die eigene Tüchtigkeit. Sie meinte, unter Voraussetzung einer kameradschaftlichen Verbundenheit, auf eine bürgerliche Existenzsicherheit verzichten zu können. Ständiges Beisammensein, eingeengt auf den Raum des Schiffsdeckes, läßt schließlich den Wert eines Menschen schneller erkennen als ein jahrelanger Brautstand.

Wenn der erwählte Beruf mehr sein soll als die Ernährungs- und Existenzgrundlage der Familie, kann man sich oft eigene Vorwürfe nicht ersparen, im Vergleich zu anderen, zu wenig auf deren materielle Besserstellung Bedacht genommen zu haben. Es gehört viel Lebensmut dazu, wenn eine Frau sich damit abfinden kann. Damals, als noch nicht die Erfahrung der Jahre auf uns lastete, waren wir jedenfalls froher Zuversicht und verlebten die Tage und Wochen der Überfahrt in glücklicher Gemeinsamkeit.

Aber auch hier unterliegt der einzelne Mensch der Versuchung, wieweit er den anderen beeinflussen und beherrschen kann, oder inwieweit er sich, umgekehrt, dem entziehen kann. Es war noch vor Sabang; wir kamen in den Ausläufer eines Taifuns, der Wellengang schaukelte unser Schiff gewaltig. Wir beide und noch ein Kamerad standen an der Spitze des Schiffes, wo uns das gewaltige Schauspiel immer wieder hinzog und einmal die Wellen über Bord schlugen, ein andermal wieder der Bug haushoch über das wild gewordene Meer emporragte. Wir photographierten das Überschlagen der Wellen, die uns naß spritzten und erfreuten uns an dem ungestümen Auf und Ab des Meeres, während viele andere Passagiere seekrank darniederlagen.

Nun hatte ich aber einigen meiner aus der Kriegsgefangenschaft bekannten Kameraden zugesagt, so wie im Gefangenenlager, bei einem Gesangsquartett mit zu üben, das in Sabang mit dem Vorführungsprogramm des dort von uns zu veranstaltenden Festes stand. Ich mußte mich also empfehlen, was der jungen Dame an meiner Seite nicht genehm war. Da mich die Zusage bei meinen Kameraden aber band und ich nicht davon abzubringen war, wünschte sie, eine Sturzwelle möge mich so gründlich durchnässen, daß an ein quartettsingen heute nicht mehr gedacht werden könnte. Das war nun bei dem regelmäßigen Schaukeln des Schiffes nahezu unmöglich, und ich gab zur Antwort: „Ja, wenn Du das Meer kommandieren könntest!“, drehte mich um und ging. Ich hatte nur wenige Schritte getan, da wurde ich von einer starken Wasserwand in die Höhe gehoben. Ich griff verzweifelt um mich, erwischte ein starkes Tau, das über mir gespannt war, meine Füße wurden höher geschleudert als der Kopf, und es dauerte für mich eine Ewigkeit, bis sich die Wassermassen im Schiff verliefen und ich wieder auf festen Füßen stand, durch und durch naß! Eine haushohe Querwelle hatte, als das Schiff sich gerade wieder im Wellental befand, auf das Vorschiff aufgeschlagen. Die beiden an der Spitze vorne Verbliebenen hatten plötzlich vor sich die Wasserwand auf das Schiff zustürzen gesehen und sich geschwind hinter die Schiffswand geduckt, ich aber wurde ahnungslos im Gehen von hinten erfaßt, hochgehoben und wäre, wenn ich nicht blind umher schlagend, die gespannte Leine erwischt hätte, entweder an den Schiffsaufbau gedrückt oder ins Meer hinaus gespült worden.

Der Kapitän, der diesen Vorgang von der Schiffsbrücke aus beobachtet hatte, ließ sofort Rettungsboote in Bereitschaft stellen, da alle glaubten, wir drei müßten, wie wir dort vorne gestanden waren, ins Meer getragen worden sein. Erleichtert atmeten sie auf, als wir, nachdem die Wassermassen sich verzogen hatten, zwar pudelnaß, aber sonst unversehrt noch an Bord standen. Die Gesangsprobe war damit buchstäblich ins Wasser gefallen. Der Wunsch meiner Begleiterin war somit prompt in Erfüllung gegangen! Da sich solche Vorhersagen auch im späteren täglichen Leben oftmals einstellten, kann ich froh sein, daß wir nicht im Mittelalter leben, sonst wäre meine Frau als Hexe verbrannt worden.

Zwischenlandung in Sabang

In Sabang kamen wir gerade zurecht, um dort meinen 24. Geburtstag zu feiern. Tagsüber streiften wir herum, lernten den Urwald und sein Getier kennen. Auf einem kleinen Binnensee konnte man sogar rudern und an dessen Ufern Rieseneidechsen von 1,0 bis 1,5 m überraschen. Affen beschossen uns von den Bäumen mit Nüssen und Ästen. Am Abend sahen wir fliegende Hunde, wurden aber auch von Moskitos geplagt. In der Ortschaft, mehr kann man diese Niederlassung nicht nennen, herrschte an den Abenden bei Lampionbeleuchtung geselliges Beisammensein, wo nun auch unser Gesangsquartett zur Geltung kam. Ananas und Bananen in verschiedensten Abarten konnten hier billig erstanden werden, aber auch kleine Kunstgegenstände, z. B. ein reich verzierter Kris, der zum Amoklaufen reizt, insbesondere wenn die Lebensverhältnisse in Europa künstlich noch unerträglicher geschaffen werden.

Mit reichlichem Frischobstproviant versehen, der uns von der Bordküche eine Zeitlang unabhängig machte, ging es nach drei Tagen wieder an Bord. Bis zum Suez-Kanal war kein Land mehr in Sicht. Fliegende Fische, die mehrmals an Deck aufprallten, Tümmler, die jedes Schiff herdenweise anzieht und die sich einen Spaß daraus machen, vor dem Bug des Schiffes umher zu schwimmen, waren die üblichen Erlebnisse. Manche entdeckten sogar Dreiecksflossen von Haien, aber das war alles nichts Aufregendes im Einerlei des Tagesverlaufes. Nur eines Abends kamen wir in eine Meereszone, wo das gesamte Wasser zu leuchten schien. Besonders dort, wo die Schiffsschraube das Meer aufwühlte. Trotz der üblichen Beleuchtung an Bord des Schiffes war das Meeresleuchten so stark, daß die Gesichter der Menschen, wie sie sich über Bord neigten, grell hellgrün angeleuchtet schienen, die zum Schiff zugekehrte Kopfhälfte jedoch völlig dunkel verblieb. Unter den deutschen Familien waren einige, die bereits bis zu sechsmal die Ostasienfahrt gemacht, aber niemals etwas Ähnliches in dieser intensiven Form erlebt hatten.

Unerträglich heiß wurde es erst wieder im Roten Meer und im Suez-Kanal. Auf beiden Seiten des Kanals sah man Kamelkarawanen einher schreiten. Auch eine Fata Morgana erblickten wir, eine Windhose tauchte auf, und wir beobachteten, wie sie den Wüstensand aufwirbelte. In Port-Said wurde unser Schiff von arabischen Händlern gestürmt, die uns ägyptische Zigaretten, Obst und allerhand Andenkenschund anboten. Am lustigsten war für uns die Araberjugend, die um Kleingeld bettelte, um das sie dann wett tauchte. Nur ein deutsches Ehepaar, das seine Heimat in dem an Dänemark abgetretenen Gebiet hatte, durfte an Land gehen, die anderen mußten den Kohlenstaub schlucken, der unvermeidlich beim Kohlen einnehmen entsteht. Polizeiboote vertrieben auf der einen Seite des Schiffes die Händler, die dann von der anderen Seite wieder das Schiff erkletterten.

Europa in Sicht

Eine Zeit lang fuhren wir dann noch entlang der afrikanischen Küste. Das Mittelmeer war weitaus ruhiger als der Stille und der Indische Ozean, daher machte es nicht viel aus, als wir mitten im Mittelmeer eine Schraubenhavarie hatten und das Schiff fast einen ganzen Tag stillstand. In Gibraltar war strenge Kontrolle, daß ja niemand während der Kohleneinnahme dort photographierte. An den Kohlentrimmern merkte man nun schon, daß man in Europa war. Während die Chinesen beim kohlensacktragen sich selbst mit eintönigem Singsang das Arbeitstempo regeln, traten in Sabang schon ein Kommandosänger auf, um arbeitsanfeuernd zu wirken, in Port-Said die aufdringlichen Araber und hier die europäischen, Messer geübten Spanier. Nur mit Mühe und Not konnte ein rabiater Draufgänger davon abgehalten werden, auf andere wütend mit einem Messer loszugehen. Wir waren offensichtlich im mordlustigen Europa angelangt!

Im Atlantischen Ozean stürmte es wieder ganz schön, auch wurde es zunehmend kälter. Ein bemerkenswertes Erlebnis war noch eine französische Fischerflotte, die unserem Schiff eine Walfischherde entgegen jagte.

Für alle anderen endlich, für uns beide leider, ging die lange, lange Seereise zu Ende. In Brunsbüttelkoog wurden wir, die ehemaligen Kriegsteilnehmer, ausgeschifft. Hier klappte noch der Empfang, der den Kriegsgefangenen von der Heimat bereitet wurde, mit Musikkapelle und Essen. Dann ging es aber ans Abschied nehmen. Die Deutschen, mit Dr. Wilhelm und meiner Braut, fuhren mit dem Schiff weiter nach Hamburg. Wir wurden am Nachmittag einwaggoniert und langten um Mitternacht ebenfalls im Hauptbahnhof Hamburg an. Auch hier noch Empfang mit Musik, die in der Halle widerdröhnte. Vergeblich hielt ich Ausschau, ob mich jemand hier erwartete, dem ich gerade vor ein paar Stunden Adieu sagen mußte!

Von der Seeluft und Sonne braungebrannt, wurden wir allgemein für Italiener oder sonstige Südländer gehalten. Drei Tage dauerte nur noch die Fahrt, bis wir daheim in Wien anlangten. Schon an der Landesgrenze bei Passau wurden wir von einer österreichischen Abordnung empfangen, die bedauern mußte, daß wegen Verspätung des Zuges die zum Empfang bestellte Musikkapelle schon wieder abgezogen sei. Dasselbe wiederholte sich auch in Linz und dann in Wien. Es dürfte die übliche Form der „heimatlichen" Begrüßung gewesen sein. Auch das Tannenreisig auf dem Empfangsbogen war schon braun und teilweise abgefallen und dürfte so seit Monaten den Kriegsgefangenen zum offiziellen Empfang gedient haben.

Endlich wieder daheim

Am ersten Sonntag im Oktober 1920 betraten wir Wiener Boden. Deshalb konnte auch die gesamte Wiener Verwandtschaft am Bahnhof sein. Wir beide, Lang und ich, stachen sichtlich ab von den übrigen heimkehrenden Kriegsgefangenen, die noch, wie auch wir seinerzeit, bunt gewürfelte Kriegsgefangenenkleider trugen. Ein Onkel, der sich glücklich ohne Frontdienst durch den Krieg gebracht hatte, meinte zu mir gönnerhaft, er hätte schon überlegt, ob er nicht eine alte, geflickte Hose für mich hätte mitbringen sollen. Das genügte, um die ganze Kluft aufzuzeigen, die sich zwischen uns und den Daheimgebliebenen für immer auftat.

Den Anverwandten zuhause war von unserer Schiffahrt laufend berichtet und leider unsere vermutliche Ankunft um 14 Tage zu früh angesagt worden. Das Festessen, das man dem verloren geglaubten Sohn, von dem man drei Jahre lang überhaupt nichts mehr gehört hatte, bereiten wollte, war also ohne diesen verzehrt worden, und als ich nun wirklich persönlich daheim war, soweit man dies noch so nennen durfte, war absolut nichts vorbereitet. Gott sei Dank waren mir noch eine Menge Konserven übriggeblieben, über die man jetzt zu Hause herfiel, ohne daß ich selbst noch viel davon zu sehen bekam.

Von meinen ehemaligen Zivilkleidern, Wäsche etc. war nichts mehr vorhanden, nur zwei Paar Schuhe, die niemand tragen konnte, da ich die kleinsten Füße in der Familie hatte, waren der übriggebliebene Rest. Auch meine anderen Sachen waren von meinen Brüdern, ohne daß es eine offizielle Todeserklärung von mir gab, brüderlich geteilt worden. Hatte der eine meine goldene Firmungsuhr, begnügte sich der andere mit der silbernen, nahm sich aber die goldene Uhrkette, wogegen der andere die silberne erhielt. Um keinen Streit über das angetretene Erbe aufkommen zu lassen, waren die von mir mühselig erworbenen Bücher abgestempelt, ob sie nun in das Eigentum des einen oder des anderen Bruders gewandert waren. Da man sich schließlich an das Besitztum bereits so gewöhnt hatte, wurde dieses ob der „freudigen" Rückkehr beileibe nicht leichten Herzens und freiwillig zurückgegeben. Keine Spur! Der eine hatte doch eine Reparatur bezahlt, die mußte ich erst vergüten! Meine Ersparnisse, statt damit Wäsche zu kaufen, wie ich im Jahre 1914/15 Weisung gegeben hatte, wurden mir nun, durch die bereits laufende Inflation entwertet, auf Heller und Pfennig ausbezahlt, hatten inzwischen aber den andern für allerhand Anschaffungen gedient! Das waren mir denn doch zu kleinliche Verhältnisse, in die ich mich keineswegs mehr hineinfinden konnte, und ich zog kurzerhand zu Erwin Langs Mutter.

Langs Verhältnisse waren auch nicht rosiger. Seine Familie fiel auseinander. Sechs Jahre lang kann ein Mann von einer gefeierten und umworbenen Künstlerin, wie es Grete Wiesenthal, seine Frau, nun einmal war, nicht fernbleiben! So hausten wir beide bei seiner Mutter, Marie Lang, die auch für uns den richtigen herzlichen Ton fand, um uns zu helfen in der Heimat wieder Fuß fassen zu können.

KÖNNEN KANINCHEN SCHWIMMEN?

Nach Ansicht eines Angestellten des Tiergartens Schönbrunn eher nicht. Es dürfte aber bisher noch niemand Hasen im allgemeinen und Kaninchen im besonderen Schwimmunterricht erteilt haben, so daß diese Frage als ungelöst zu betrachten ist. Oder hat schon jemand einen, von einem Raubtier verfolgten Hasen gesehen, der sich in seiner Not in einen Fluß stürzte um das rettende, gegenüberliegende Ufer zu erreichen? Das Hakenschlagen scheint wohl eher erfolgversprechend zu sein.

Ein Student der Veterinärmedizin wollte dieser Frage auf den Grund gehen. Sein Vater war der bekannte Gerichtsmediziner Prof. Pregartner, der in der Nähe von Parschallen am Attersee ein entzückendes Ferienhaus besaß, in dem seine Söhne meist die Ferien verbrachten. An einem strahlend blauen Sommertag packte den angehenden Tierarzt beim Füttern seiner zwei Kaninchen der Wissensdurst. Er schnappte die beiden an ihren langen Ohren und ging den langen Bootssteg hinaus. Am äußersten Ende, wo das glasklare Wasser etwa drei Meter tief war, ließ er sie behutsam ins Wasser gleiten. Mit Erstaunen stellte er sodann fest, daß sein schwarzer Liebling wie ein Hund zu schwimmen begann und sich bestens über Wasser halten konnte, während der weiße wie ein Stein in die Tiefe versank und, ohne zu strampeln, ertrunken wäre. Pregartner junior stürzte sich mit einem Hechtsprung in den See, tauchte auf den Grund hinab und holte das arme Tier wieder in die Gegenwart zurück. Danach angelte er das schwarze Kaninchen, das noch immer munter im See schwamm aus dem Wasser und beendete die Schwimmlektion, um nicht als Tierquäler angesehen zu werden. Er war jetzt allerdings so klug als wie zuvor.

Eine einzige Frage quälte ihn. War nun das schwimmende, schwarze Kaninchen eine Ausnahmeerscheinung oder das ohne irgendeine körperliche Reaktion zeigende, sang- und klanglos untergehende weiße? An der Farbe dürfte es doch wohl nicht liegen, ob ein Tier schwimmen kann oder nicht.

DAS ERFRISCHUNGSGETRÄNK

Uli und Hans kamen zu Besuch zum Ehepaar Burger. Statt Blumen oder einer Bonbonniere brachten sie als Besonderheit einen selbst gebrauten Holunderblütensyrup mit. In Ermangelung von Glasbehältern ohne Werbeetiketten hatten sie diesen in eine leere Mineralwasserflasche gefüllt.

Herr Burger stellte sie sogleich in den Eiskasten, denn es war warm und man weiß bei selbst hergestellten Säften nie, wie lange sie im ungekühlten Zustand halten.

Nach einem ausgiebigen und erlesenen Nachtmahl, bei dem die Tagesneuigkeiten ausgetauscht und ausführlich über Nichtanwesende getratscht wurde, zog man Sportkleidung an und begab sich ins Dachgeschoß, um ein Tischtennismatch zu absolvieren. Da die befreundeten Paare sportlich gut durchtrainiert waren, gab es heiße Kämpfe. Sie dienten nicht nur zur Förderung der Verdauung, sondern stellten auch eine gute Vorstufe für den im Anschluß daran geplanten Saunabesuch dar.

Dieser zog sich, wie üblich, in die Länge und alle wurden dabei sehr durstig. Verliert man doch beim Schwitzen viel Flüssigkeit, leider aber nicht an Gewicht, da vermehrtes Trinken alles wieder wettmacht.

Die Gäste lechzten nach einer Erfrischung und bedienten sich eines vorhandenen Apfelsaftes, den sie mit Soda aufspritzten. Schon nach der ersten Kostprobe stellten sie fest: „Das ist zu süß!“ Also füllten sie Mineralwasser aus dem Eiskasten nach, doch das Getränk entsprach noch immer nicht. Als es nach dem erneuten Nachschenken von Mineralwasser eher noch süßer wurde, kosteten auch die Gastgeber und stellten übereinstimmend fest: „Das ist nicht zu trinken.“ „Außerdem“, ergänzte die Hausfrau, „schmeckt das Gesöff eher nach Holunder-als nach Apfelsaft.“ Im selben Moment ging ihr ein Licht auf. Hans und Uli hatten den gespritzten Apfelsaft nicht mit Mineralwasser verdünnt, sondern mit dem mitgebrachten Holundersaft. Das gegen den Durst getrunkene Erfrischungsgetränk war kein solches, sondern beinahe Syrup pur. Kein Wunder, wenn einem danach richtiggehend schlecht werden kann.

Der Abend endete mit der Erkenntnis, daß man Flaschen, die auf Grund eines aufgeklebten Etiketts einen bestimmten Inhalt vermuten lassen, besser nicht zur Aufbewahrung anderer Flüssigkeiten verwendet, auch wenn man der Ansicht ist, Verwechslungen wären nicht möglich. Nicht immer geht eine Geschichte so glimpflich aus, wie hier geschildert. Nicht umsonst heißt es: „Der Teufel schläft nicht!“

HUND UND KATZ

Nach einem langen, kalten und schneereichen Winter war es endlich Frühling geworden. Die ganze Welt schien auf den Beinen zu sein. Es war ein Wochenende im Mai. Tausende waren hinaus ins Grüne gefahren und genossen in verschiedenster Art und Weise die wärmenden Sonnenstrahlen.

Familie Brand machte einen Ausflug ins Burgenland, in eine Gegend die nicht so von Ausflüglern überlaufen war, wie rund um Wien. Nach einem längeren Waldspaziergang, bei dem man sich daran erfreute, daß die ersten Blätter zu sprießen begannen und viele Blumen in den verschiedensten Farben ihre Köpfe aus dem weichen Boden streckten, besichtigte man ausgiebigst eine nahe gelegene Burg unter fachkundiger Führung.

Leicht erschöpft aber glücklich, seit langem wieder einmal die Beine vertreten und frische Luft getankt zu haben, kehrte man schließlich in eine Cafe-Konditorei ein, deren Besitzer erstmalig in diesem Jahr viele bunt gedeckte Tische und Sessel im Gastgarten aufgestellt hatten. Dort herrschte reges Kommen und Gehen, denn auch andere Wanderer wollten ein wenig rasten und sich an frischem Kuchen und herrlich duftendem Kaffee laben.

Allerlei Volk saß bunt gemischt beisammen. Die wohltuende Stille wurde nur durch Klappern des Geschirrs, gedämpftes Sprechen oder das Trippeln der eilfertig zwischen den Besuchern hin- und her eilenden Kellnerinnen unterbrochen. Die meisten Tische waren besetzt, speziell diejenigen, die der Sonne ausgesetzt waren. Nur am Rande des Gartens, wo eine große Linde ein wenig Schatten warf, gab es noch einige freie Plätze.

Plötzlich ein lauter Aufschrei, ein Tisch stürzt um, Teller, Tassen und Gläser fallen klirrend zu Boden. Eine ältere Dame ist samt Sessel umgekippt, Kaffee und Milch ergießen sich über sie. Wenig besser geht es ihrem Begleiter. Er ist von oben bis unten mit Kuchenteilen, Schlagobers und Getränkeresten bekleckert und springt ganz belämmert auf. Zwei weitere Personen kämpfen mit dem Tischtuch, das sich um ihre Beine gewickelt hat. Was war geschehen?

Eine Katze war ahnungslos quer über den Gastgarten spaziert. Sie wurde von einem großen, schwarzen Hund, einer Mischung zwischen Dobermann und Schäfer, entdeckt, den man an ein Tischbein angebunden hatte und der bisher niemanden aufgefallen war. Als er die Katze vorbei stolzieren sah, erwachte in ihm der Jagdinstinkt. Mit einem Satz sprang er hoch, riß dabei den voll gedeckten Tisch um, sprang über die Mutter des Hundehalters und raste samt Leine der Katze nach, die sich schleunigst auf den Lindenbaum rettete und ihren Verfolger von dort die lange Nase zeigte.

Der Hund wollte auf den Baum hinauf, doch jeder Versuch endete kläglich. Das drohende Bellen schüchterte die Katze nicht ein, sie fühlte sich hoch oben, auf einem dicken Ast, absolut sicher. Es dauerte eine geraume Zeit, bis der Hundehalter, der die wild gewordene Bestie kaum bändigen konnte und immer nur: „Bist ein braves Hunderl, laß die Katze doch in Ruh" beschwichtigend sagte, endlich wieder mit seinem lieben Haustier im Schlepptau an den Tisch zurück konnte.

Dort hatten die Kellnerinnen inzwischen versucht, zu retten, was noch zu retten war, doch das war herzlich wenig. Den beiden Alten, begossenen Pudeln nicht unähnlich, waren Handtücher gebracht worden, damit sie sich einigermaßen von dem klebrigen Torten Mischmasch säubern konnten. Das war schon deshalb dringend erforderlich geworden, weil sie nunmehr als Zielscheibe zahlreicher Wespen dienten, die quasi in Sonderflügen herankamen. Die übrigen Gäste zeigten sich teils belustigt, teils empört und Familie Brand rätselte, wer jetzt wohl für den Schaden aufzukommen hätte.

MEHR DUMME ALS BLINDE

Die Männer mögen hübsche Frauen
und lieben es, sie anzuschauen.
Hingegen schätzt man kluge selten,
die meist als undurchschaubar gelten.
Wie läßt sich dieses wohl begründen?
Ich will's dem Leser gern verkünden!

Die Schönheit können alle sehen,
nur Blinde nicht, man wird's verstehen.
Um Klugheit aber zu erkennen,
muß sich ein Mann gelehrt schon nennen.
Wie viele gibt's von dieser Sorte?
Ersparen Sie mir weit're Worte.

SINNLOS

Ein Mann, der niemals lachen kann,
dem sieht man meist den Griesgram an.
Ganz lustlos treibt er durch das Leben
und meint, es könne ihm nichts geben,
was er nicht früher schon genossen,
das mache ihn jetzt so verdrossen.
Wer nur Genuß für wichtig hält,
lebt ohne Sinn auf dieser Welt.

DER BERÜHMTE ILLUSIONIST

Vor vielen Jahren begeisterte der berühmte Illusionist KALANAG halb Wien. Die Vorstellungen mit seinen Darbietungen waren lange Zeit hindurch ausverkauft, jeder mußte ihn zumindest einmal gesehen haben, denn was er bot war einfach sensationell.

Auch Familie Schneider konnte sich dieses Ereignis nicht entgehen lassen. Sie hatte zwar nur Karten in den hinteren Reihen des Theaters ergattert, aber die Bühne war groß und gut einsehbar. Außerdem hatte man einen Feldstecher mitgenommen, um vielleicht doch den einen oder anderen Trick durchschauen zu können.

Die Vorstellung begann in atemberaubendem Tempo. Von Kartenkunststücken angefangen über das Hervorzaubern von Kaninchen aus einem Hut, dem Verschwinden lassen von allen möglichen Gegenständen, die einzelnen Personen, die auf die Bühne gebeten wurden, abgenommen wurden, bis zum Zersägen einer Jungfrau. Der etwa 16 jährige Sohn Max, der Familie Schneider, konnte es bei einzelnen Darbietungen nicht verstehen, daß Menschen aus dem Auditorium all das mitmachten, was ihnen von Kalanag aufgetragen wurde. Daß sie zum Beispiel mit einem Aufschrei einen Stab wegwarfen, der ihnen vom Künstler vorher zum Halten übergeben worden war, nur weil er auf seine Beschwörung plötzlich brennend heiß geworden sein sollte. Jemand anderer trank mit Genuß zunächst einen Saft, spuckte denselben aber voller Abscheu wieder aus, als der Zauberer ihn angeblich in Tinte verwandelte. Max wollte nicht glauben, daß die aus dem Publikum auf die Bühne hinaus kommenden Personen zahlende Zuschauer sein sollten, vielmehr meinte er, es handle sich um Mitwirkende des Magiers.

Seine Eltern beruhigten ihn. So viele bezahlte Helfer würden sicher nicht auftreten. Eher wäre Hypnose im Spiel. Das leuchtete Max ein. Ihn würde man aber nicht hypnotisieren können. Also wollte er unbedingt noch einmal eine solche Vorstellung besuchen. Diesmal aber von einer vorderen Reihe aus, möglichst am Rand sitzend, damit er auf die Bühne könne, wenn Kalanag wieder Einzelne aus dem Publikum zu sich bitten würde.

Es war so weit. Diesmal saß Familie Schneider in der 6. Reihe und Max nahm einen Sitz direkt neben dem Mittelgang ein. Er fieberte darauf, auf die Bühne zu kommen um dem großen Meister zu beweisen, daß er sich von seinen Beschwörungen und Hexereien nicht beeinflussen lassen würde. Auf den Innenseiten seiner Hände hatte er versteckt dünne Gummiplatten aufgeklebt, falls ein Stab, den ihm der Meister zum Halten gäbe, plötzlich elektrisch werden sollte, obwohl eine Stromübertragung auf Distanz unvorstellbar schien. Seine Brieftasche und seine Geldbörse hatte er mit festen Schnüren mit Sakko und Hose verbunden, damit sie nicht ohne weiteres herausgezogen werden konnten, das Etui mit Füllfeder und Bleistiften war an einem Gummiband befestigt und die Krawatte hatte seine Mutter unsichtbar an das Hemd angenäht.

Im Geiste sah sich Max triumphierend auf der Bühne stehen, daneben den entgeisterten Illusionisten, dessen Beschwörungen und Manipulationen völlig wirkungslos blieben und nicht zu den gewünschten Reaktionen führten, wie diese von anderen Zuschauern, die auf die Bühne gekommen waren, dargeboten wurden. Er konnte den Zeitpunkt kaum erwarten, als es endlich so weit war, daß Kalanag mehrere Personen für die Mitwirkung an verschiedenen Experimenten hinaus bat. Max gehörte zu den ersten, die das Podium erklommen. Seine Augen leuchteten, das Gesicht war voll Aufregung gerötet, er bebte innerlich am ganzen Körper und genoß schon im vorhinein den tosenden Applaus des Publikums, wenn alle Versuche, ihm etwas zu entwenden oder ihn zu hypnotisieren, in einem Fiasko für den Magier enden würden.

Die Show lief ab, wie Familie Schneider sie schon einmal erlebt hatte. Einem Mann, dem gesagt wurde, daß er bald etwas verlieren würde und der deshalb besonders auf Brieftasche, Schlüsselbund und Geldbörse achtete, wurde die Armbanduhr abgenommen. Eine Frau vermisste auf unerklärliche Weise plötzlich ihre Perlenkette, die sie um den Hals getragen hatte. Einer anderen wurde aus der verschlossenenen Handtasche Spiegel, Kamm und Lippenstift entwendet. Ein vornehm gekleideter Herr stand plötzlich ohne Krawatte da. Natürlich fehlte auch die Nummer nicht, bei dem Gegenstände, die einem weiteren Mitwirkenden zum Halten gegeben wurden, plötzlich siedend heiß wurden. Auch der Tintentrick funktionierte zur vollsten Zufriedenheit des Magiers. Von den insgesamt acht Personen, die Kalanag auf die Bühne gebeten hatte, wurden sieben, die sich links und rechts von Max postiert hatten, in die einzelnen Experimente einbezogen. Nur der junge Schneider wurde geflissentlich übersehen

Während die Zuschauer über die vielen Tricks und Taschenspielereien des bewunderten Künstlers jubelten und enthusiastisch klatschten, fiel es wahrscheinlich niemanden auf, daß nur ein einziger Mensch bei all diesen Darbietungen nicht eingebunden wurde: „Max." An ihm ging der Rummel spurlos vorüber, es war als ob er überhaupt nicht existierte.

Nach etwa einer Viertelstunde war der Abschnitt zu Ende, bei dem Personen aus dem Publikum mitwirkten. Sie stellten sich in eine Reihe, dankten für den Applaus und gingen wieder auf ihre Plätze im Zuschauerraum zurück. Max Schneider hatte nur als Attrappe herhalten müssen. Der große Illusionist Kalanag hatte wahrscheinlich sehr deutlich gespürt, daß ihn ein Jugendlicher blamieren wollte, an dem auch mögliche Hypnoseversuche schon im Ansatz scheiterten, bevor er überhaupt zu einem Experiment herangezogen wurde. Es ist natürlich auch denkbar, daß der Magier, bevor er jemanden in seine Show einbindet, prüft, wie dieser auf seine hypnotischen Anweisungen reagiert, z.B. daß er seinen Kopf wendet, die Krawatte gerade richtet etc.

Für Familie Schneider endete dieser Abend jedenfalls mit einer großen Enttäuschung, obwohl das Dargebotene auch diesmal wieder sensationell und kein einziger Trick erklärbar war. Max fand sich danach lediglich in seiner Annahme bestärkt, daß man ihn tatsächlich nicht in Hypnose versetzen könne, was ihn doch einige Genugtuung bereitete.

WIE BESTIEHLT MAN TOURISTEN?

Diese Geschichte soll nicht Taschendieben eine Anregung geben, wie man harmlose Touristen aussackelt, wie es im wienerischen Jargon heißt. Das wissen Ganoven sowieso viel besser. Eher sollen Reisende darauf aufmerksam gemacht werden, worauf zu achten ist, um im Ausland nicht so leicht bestohlen zu werden.

Die Ehepaare Stein und Mender wollten eingedenk des Werbeslogans: „Verbringen Sie ihren Urlaub in Polen, Ihr Auto ist schon da!" einen Kurzurlaub in Krakau verbringen, jedoch zur An- und Abreise die Bahn benützen, da sie Angst hatten, ihre Autos würden unterwegs gestohlen. Beide Paare besaßen zwar keine nagelneuen Pkw's und es hätte auch genügt, mit einem Fahrzeug zu reisen, aber im Fall eines Diebstahls wird auch bei einer Vollversicherung nur der Zeitwert ersetzt. Dieser steht in keinem Verhältnis zum Wert, wie ihn der Besitzer für sein gepflegtes Auto einschätzt, ob es sich um ein neues oder ein schon zehn Jahre altes Gefährt handelt.

Lisl und Peter Stein kannten Prag noch nicht. Daher war vorgesehen, dort die Bahnreise drei Tage zu unterbrechen und sich die „Goldene Stadt", wie man die Hauptstadt Tschechiens auch nennt, ausgiebigst anzusehen. Über „Beziehungen", wie das heute in Österreich vielfach gehandhabt wird, hatte man im Forumhotel Zimmer weit preiswerter reservieren können, als wenn man an Ort und Stelle eingecheckt, oder über ein Reisebüro gebucht hätte. Das Hotel liegt zwar am Stadtrand, aber direkt neben der U-Bahn Station Vhyserad, also in unmittelbarer Nähe eines noch aus alten Zeiten erhalten gebliebenen Burgteils, und man ist in wenigen Minuten im Zentrum von Prag.

Mit Fotoapparat und Videokamera bewaffnet machten sich die beiden Paare alsbald auf die Jagd nach guten Schnappschüssen und filmten nicht nur die Sehenswürdigkeiten bei Tag, sondern auch bei Nacht, denn die historischen Bauten wurden zum Zeitpunkt ihres Besuches bis Mitternacht mit Scheinwerfern angestrahlt.

Am nächsten Morgen machte man sich schon bald nach dem Frühstück auf, um die Stadtbesichtigung fortzusetzen. Als man zur U-Bahn Station gelangte, wunderten sie sich, daß am Perron ein so starkes Gedränge herrschte. Beim Einstieg in den Waggon drückten nachdrängende Personen die vier Touristen mit beiden Händen hinein und Tobias Mender meinte, es ginge hier zu wie bei den U-Bahnen in Tokio, wo, wie man hört, eigens Bedienstete engagiert werden, um Fahrgäste in volle Waggons zu pressen.

Während der Fahrt in die Stadt wurde Tobias, der sich an die verschlossene Waggontür lehnte, abwechselnd von seinem linken, dann wieder vom rechten Nachbar in deutsch angesprochen, woher er käme, was er hier mache etc. Routinemäßig griff er beim Einlaufen in die erste Station alle seine Taschen ab und bemerkte voll Schreck, daß sich die Geldbörse nicht mehr in seiner rückwärtigen Hosentasche befand, obwohl er darüber ein Sakko und einen leichten Regenmantel trug. Sogleich machte er seine Begleiter, die verteilt auf der vollbesetzten Plattform des U-Bahn Waggons standen, lautstark darauf aufmerksam, daß sie sofort aussteigen sollten, er wäre bestohlen worden. Das taten sie, während Tobias den beiden Männern nachlief, die neben ihm gestanden waren. Er erreichte sie und bat, daß sie ihre Aktentaschen öffneten, was sie ohne Murren mit einem versteckten Lächeln machten. Die Kontrolle verlief natürlich ergebnislos. Die Geldbörse war wahrscheinlich schon längst an einen Komplizen weitergereicht worden.

Während die vier Freunde überlegten, was zu tun sei, stellte Peter plötzlich fest, daß seine Videokamera aus der Umhängtasche verschwunden war. Er hatte seine Hände während der Fahrt zwar auf Hosentasche und Innentasche des Sakkos gepreßt, hätte jedoch noch eine dritte Hand benötigt, um auch die umgehängte Videotasche zu umfassen.

Hertha Mender erinnerte sich plötzlich, daß ein neben ihr im Waggon stehender Mann nichts anderes in seinen Händen hielt, als einen leeren Plastiksack, welcher sich ausgerechnet über ihrer Handtasche ausbreitete. Diese war nach wie vor geschlossen, doch – oh Schreck – es fehlten daraus Geldetui, mit zahlreichen wichtigen Dokumenten, wie Führerschein, Scheckkarte etc., genau wie bei Tobias, ferner Füllfeder und andere Kleinigkeiten, die sie in der Geschwindigkeit nicht aufzählen konnte.

Der für einen weiteren Stadtrundgang vorgesehene Urlaubstag wurde großteils auf einem Polizeikommissariat verbracht. Zunächst mußte ein Dolmetsch gesucht werden, dann ging es an die Verfassung endloser Protokolle. Bei den Einvernahmen ergab sich, daß wahrscheinlich fünf bis sechs Taschendiebe im U-Bahn Waggon tätig gewesen sein mußten. Zwei, die Tobias ablenkten und bestahlen, zwei, die es auf Peter abgesehen hatten, der durch einige Personen von Tobias getrennt, in einer anderen Ecke stand und gleichfalls von einem Herrn angesprochen worden war, und schließlich zumindest einer mit dem leeren Plastiksackerltrick im Wageninneren. Nur Lisl blieb ungeschoren. Das künstlich hervorgerufene Gedränge beim Einstieg in die Untergrundbahn wurde nun verständlich und auch durch die Polizisten bestätigt, für die derartige Raubzüge nichts Neues bedeuteten. Sie waren sogar der Ansicht, daß wesentlich mehr Personen in diesen Raubzug verwickelt waren, nämlich in die absoluten Diebstahlspezialisten und in Komplizen, die weiter weg vom Tatort postiert, lediglich die gestohlenen Gegenstände unbemerkt übernehmen.

Für Diebe ist der Platz vor einem 4-Sternehotel ein idealer Standort zum Auskundschaften von günstigen Gelegenheiten für einen konzertierten Raubzug. Touristen sind leicht zu erkennen und, besonders in kleineren oder größeren Gruppen, eine leichte Beute für Langfinger, da sie meist sorglos und plaudernd dahinschlendern, ohne aufzupassen. Weiters tragen sie allerlei wertvolle, elektronische Geräte mit sich, verfügen oft über viel Bargeld in den verschiedensten Währungen, über Schmuck, teure Uhren und natürlich über Kreditkarten, die sich von Spezialisten ebenfalls verwerten lassen. Da Kriminalbeamte in Zivil überdies selten sind und sich schon gar nicht vor Hotels postieren, wird das Bestehlen von Fremden also leicht gemacht.

Wie es weiterging? Der geplante Kurzurlaub in Krakau fiel ins Wasser. Die Diebe wurden natürlich nie gefaßt, lediglich die leere Geldbörse mit Wiener Straßenbahnfahrscheinen wurde Tobias von der Hoteldirektion nach einigen Wochen zugeschickt. Sie war in einem Papierkorb des Hotelfoyers gefunden worden – im Jagdrevier der Diebe.

ANDREAS KOMMT VIELLEICHT

Während seiner Studienzeit wohnte Andreas, der im Burgenland sein Zuhause hatte, bei seiner Cousine und ihrem Mann in einer geräumigen Wohnung in Wien, am Sebastianplatz. Da das Ehepaar noch keine Kinder hatte, stand ein geräumiges Zimmer zu seiner alleinigen Verfügung und er fühlte sich dort wie daheim.

In der Zwischenzeit waren Jahre vergangen und aus zwei Personen waren vier geworden. Trotzdem wurde noch immer ein kleines Zimmer für Besucher freigehalten, vor allem konnten Verwandte, die außerhalb Wiens lebten, bei ihren gelegentlichen Stadtbesuchen jederzeit ein oder zwei Nächte bei Familie Lippert verbringen.

Eines Tages meldete sich Andreas, der in der Bundeshauptstadt einige Dinge zu erledigen hatte und gab bekannt, daß er vielleicht am Abend kommen und über Nacht bleiben würde, falls dies nicht zu viele Unannehmlichkeiten nach sich ziehen würde. Das wurde verneint und seine Cousine fragte, ob er vor oder nach 22 Uhr kommen würde, weil danach das Haustor versperrt sei. „Wenn ich komme", entgegnete Andreas, „dann sicher lange vor zehn Uhr abends", worauf er gleich zum Abendessen eingeladen wurde.

Wer jedoch nicht erschien, war der Gast. Als es bereits halb elf war, gingen die Lipperts zu Bett, da sie nicht mehr mit seinem Kommen rechneten. Andreas, der mit ehemaligen Studienkollegen beim Heurigen zusammenkam, wollte die lustige Runde durch sein vorzeitiges Aufbrechen nicht aufscheuchen. Als er endlich am Sebastianplatz eintraf, war es beinahe Mitternacht. Nun besaß er zwar noch von seinerzeit einen Wohnungschlüssel, nicht aber einen Schlüssel für das Haustor.

Aus der Wohnung im 5. Stock drang kein Lichtschein. Also schliefen die Verwandten schon. Ihr Vetter wollte sie nicht aus dem Schlaf reißen und wartete ab, ob vielleicht zufällig ein Hausbewohner zu so später Stunde daherkäme. Er hatte Glück. Nach einer Viertelstunde kam tatsächlich ein Pärchen heim und ließ den vor dem Haustor Wartenden in das Gebäude. Dieser fuhr beglückt mit dem Lift nach oben, um dann betrübt festzustellen, daß sein seinerzeitiger Schlüssel zwar das Hauptschloß sperrte, jedoch seither ein weiteres Schloß angebracht worden war, zu dem er keinen Schlüssel besaß. Folglich mußte er nun doch seine Gastgeber wecken.

Er klingelte einmal, zweimal, dann läutete er beinahe Sturm, aber er wurde im ersten Tiefschlaf nicht gehört. „Muß ich mir also wo anders ein Quartier suchen" war die daraus resultierende Konsequenz für Andreas. Er fuhr mit dem Lift wieder ins Erdgeschoß und bemerkte, daß die Hauseingangstür fest verschlossen war. Also hieß es warten, ob wieder jemand kommt oder geht. Die Zeit dehnte sich endlos, aber es tat sich nichts.

Andreas begab sich erneut in den 5. Stock und betätigte mehrmals die Türglocke bei den Lipperts. Aber keine Reaktion. Plötzlich hörte er, wie jemand das Haustor aufsperrte, das Haus betrat und die Tür wieder schloß. Er raste in Windeseile nach unten, aber vergebens. Wer immer gekommen war, hatte offensichtlich in einem der untersten Stockwerke sein Zuhause, denn der Lift war nicht benützt worden und als Andreas beim Haustor ankam, war es erneut versperrt.

Einen anderen Hausbewohner herausläuten? Das würde Störung der Nachtruhe bedeuten und keinesfalls garantieren, daß man ihm das Haustor aufsperren würde. Was sollte er überhaupt erzählen? Daß er durch eine Verkettung von außergewöhnlichen Zufällen im Stiegenhaus eingesperrt wurde und unbedingt hinaus auf die Straße wolle? Diesen Gedanken verwarf er sogleich als Hirngespinst. Jetzt wäre ein Handy segensreich. Er hatte seines mit Absicht daheim im Burgenland gelassen, um nicht als Angeber zu gelten. Ein verhängnisvoller Fehler. Resignierend beschloß Andreas, sich irgendwo einen Platz zu suchen, wo er sich hinlegen könnte, denn er war inzwischen hundemüde geworden. Aber wo?

Der Keller war versperrt. Hinter das Haustor wollte er sich nicht legen, das hätte nur Ärger gegeben, wenn jemand über ihn gefallen wäre. Die einzelnen Stiegenpodeste waren großteils mit Pflanzen verstellt, die den Bewohnern der anschließenden Wohnungen gehörten, obwohl dies in Wien strikt verboten ist. Im allgemeinen fällt dies aber niemanden auf, weil kaum wer noch Stiegen hinauf oder hinunter geht. Die meisten benützen den Aufzug, selbst wenn sie im 1. Stock wohnen.

Schließlich kam Andreas zur Einsicht, daß es wohl am besten sei, sich auf die oberste Stufe vor der Wohnungseingangstür seiner Cousine zu setzen und zu versuchen, etwas zu schlafen. Das war leichter gedacht als getan. Der Schlaf wollte und wollte nicht kommen. Außerdem war es sehr unbequem auf den kalten, harten Stufen zu sitzen. Könnte es sein, sollte er doch Schlaf finden, daß er einen ganzen Treppenabsatz hinunterfällt?

Seine Überlegungen führten zum Entschluß, daß es am besten wäre, sich einfach auf den Stiegenpodest zu legen und zu versuchen, ein wenig zu ruhen. Familie Lippert hatte wenigstens einen Fußabstreifer aus Kokos vor der Tür liegen. Den konnte man zur Not als Kopfpolster verwenden. Vor den anderen Türen war kein derartiges Requisit zu finden.

Die Nacht dauerte endlos lang. Ab und zu hörte man irgendwo eine Tür zuschlagen, wenn jemand kam oder ging. Zu rufen, wäre sinnlos gewesen, das hatte der „Obdachlose“ inzwischen schon begriffen. Also wartete er auf den Morgen. Es war ein Glück, daß er sich auf den Podest des letzten Stockwerkes ausgestreckt hatte. Da war er keinem Hausbewohner im Weg. Alle Knochen schmerzten von der harten Unterlage, außerdem war der Körper von der durchdringenden Kälte, die sich durch alle Glieder zog, nahezu gefühllos geworden.

Knapp vor halb sieben kam sein Vetter aus der Wohnung und sah Andreas davor liegen. Dieser sah aus wie ein Hund, der die Wohnung seines Herrl bewacht. Die Odyssee war endlich vorbei. Für Andreas war dies die längste Nacht seines Lebens und er erkannte eines: Wenn man schon nicht zur angekündigten Zeit zu Besuch kommt, sollte man zumindest vorher anrufen, oder das Wort „vielleicht“ durch etwas Bestimmteres ersetzen.

EIN VERMÖGEN IM CONTAINER

Ein altes Sprichwort sagt: Ein Unglück kommt selten allein. Wenn einmal etwas gründlich danebengeht, dann ist meist eine Verkettung mehrerer Umstände daran schuld, daß es zu einem Desaster kommt und nicht nur ein Ereignis allein. So war es auch bei Familie Moreau.

Birgit, die erwachsene Tochter, die noch immer in der Wohnung ihrer Eltern lebte, war Turn- und Mathematikprofessorin. Als solche oblag ihr nebst ihrer Lehrtätigkeit auch die Organisation von Schulschikursen für mehrere Klassen ihrer Schule und damit verbunden auch die Abwicklung der gesamten finanziellen Gebarung. Zwei Wochen vor Beginn des ersten Kurses sollten die Schülerinnen das Geld hierfür der Lehrerin bringen, damit diese die Hin- und Rückfahrkarten, sowie den einwöchigen Aufenthalt in der ausgewählten Pension bezahlen konnte.

An einem Märztag war wieder einmal eine solche Einzahlung fällig. Birgit kassierte über 60.000 Schilling, die sie in einen länglichen, braunen Briefumschlag steckte und diesen, damit kein Geldschein auf dem Weg zur Bank herausfallen konnte, zuklebte.

Wie es der Zufall wollte, wurde sie beim Verlassen der Schule von einer Kollegin in ein längeres Gespräch verwickelt und das Geldinstitut schloß vor ihren Augen die Tore, als sie mit hängender Zunge dort ankam. Also mußte das Geld bis zum nächsten Tag daheim verwahrt werden. Normalerweise hätte sie den hohen Betrag in einem kleinen, eingemauerten Safe deponiert. Dazu hätte zuerst der Schlüssel herausgesucht werden müssen, der vorsorglich ganz woanders versteckt war. Nun fand aber am frühen Abend eine Veranstaltung statt, an der Birgit unbedingt teilnehmen wollte. Das bedeutete vorheriges Duschen und schnelles Umziehen, denn die Zeit wurde knapp. Sie gab daher ihrer Mutter das Couvert zum Aufheben, ohne ihr vom kostbaren Inhalt etwas zu erzählen.

Am nächsten Tag kam Birgit wegen des vorangegangenen Abends, der wesentlich länger gedauert hatte als vorhergesehen, kaum aus den Federn. Ohne Frühstück, nur mit einer halben Tasse kalten Kaffees intus, jagte Sie aus dem Haus. An das Geld, das sie zur Bezahlung von Rechnungen auf die Bank bringen wollte, dachte sie nicht im geringsten. Auch die Mutter erinnerte sich nicht mehr an das dicke Couvert, das sie achtlos auf die Vorzimmerkommode gelegt hatte.

Das fiel ihr erst wieder ein, als die Tochter am Nachmittag nach Hause kam und, da es ein Donnerstag war an dem die Banken länger offen haben, den Briefumschlag mit dem vielen Geld einforderte. Dieser war nirgends zu finden. Man stellte die halbe Wohnung auf den Kopf, machte sich gegenseitig Vorwürfe, daß das Vermögen nicht besser verwahrt worden war, die Mutter war verzweifelt und Birgit rannen die Tränen aus den Augen. Schließlich war sie für den Verlust allein haftbar und natürlich nicht versichert.

Als Herr Moreau abends heimkehrte, fand er seine beiden Damen völlig aufgelöst und verzweifelt beim Durchwühlen sämtlicher Laden und Taschen, die vorher schon mehrere Male erfolglos umgedreht worden waren. Vom Abendessen, das normalerweise um 19 Uhr aufgetragen wurde, war weder etwas zu sehen noch zu riechen.

Wohl gab es in der Küche halbgeputztes Gemüse, aber das war schon alles. Bald wurde dem Vater klar, daß man nach einem Vermögen suchte, welches leichtsinnig in einem unscheinbaren Papierumschlag deponiert worden war.

Plötzlich schoß ihm ein furchtbarer Verdacht durch den Kopf. Kommt nicht jeden Freitag Vormittag ein Wagen, der die Papiercontainer leert? Gehört es nicht am Vortag zu den Obliegenheiten des Familienoberhauptes, vor der Fahrt in die Arbeit, den großen Papiersack, in dem die Familie den während einer Woche anfallenden Stoß von Reklamesendungen und sonstigen Papierabfällen sammelt, in auf dem Weg zur Straßenbahn stehende Behälter zu werfen? „Ja, gewiß“, er erinnerte sich. Neben dem prall gefüllten Papierbeutel auf der Kommode lagen noch einige bereits ausgelesene Zeitungen und ein dickes, zerknittertes Couvert, die im Sack keinen Platz mehr gefunden hatten. Auch diese warf er in den Container.

Frau und Tochter traf dieser Gedankengang wie ein Blitz. Das so krampfhaft gesuchte Geld war womöglich im Abfallkübel gelandet? Einen Augenblick schien es, als wollten sie sich auf ihren Mann bzw. Vater stürzen. Birgit trommelte mit ihren Fäusten auf die Brust ihres Vaters und schrie: „Mein eigener Vater wirft ein Vermögen in den Müll. Ist so etwas zu fassen?“

„Kann schon sein, daß ich den Umschlag, wonach ihr sucht, zusammen mit dem Altpapier weggebracht habe. Wie kann man aber so leichtsinnig, um nicht zu sagen unverantwortlich sein, sechzigtausend Schilling neben dem zur Entsorgung bestimmten Papierberg abzulegen? Ist ja gut, daß ihr einen Schuldigen gefunden habt!“

Eine Idee formte sich im Kopf: „Wenn das Couvert mit dem Geld zusammen mit dem anderen Altpapier im Container gelandet ist, dann muß es sich noch dort befinden. Denn entleert werden die Behälter doch erst am nächsten Tag. Also schnellstens hin zu den großen Papierkübeln.“

An der Sammelstelle gab es neben Behältern für leere Dosen, Biomüll oder Glas, insgesamt drei Papiercontainer. Natürlich wußte Herr Moreau nicht, in welchen er das Altpapier geworfen hatte, nur daß dieser lediglich halbvoll war, fiel ihm ein. Jetzt waren aber alle randvoll, sogar auf dem Boden lag Papier herum. Also begann die Familie im ersten Kübel herumzuwühlen. Es war schon ziemlich dunkel. Die Straßenbeleuchtung mickrig. Birgit wurde nach Hause geschickt, um eine Taschenlampe zu holen. Diese hatte einmal sehr gutes Licht gegeben, jetzt war die Batterie zu schwach, um nur halbwegs etwas zu sehen. Unverständlich, was die Leute alles in einem Papierbehälter deponieren. Von Gemüseabfällen über Glasflaschen bis zu Plastiksackerln war alles zu finden.

Nachdem Familie Moreau bei allen drei Papierbehältern das oberste Drittel sorgfältig durchsucht und nicht einmal den großen Sack mit dem vielen Werbematerial fand, den der Vater persönlich deponiert hatte, kam man zum Entschluß, den gesamten Inhalt eines Containers auf den Gehsteig zu schütten und zunächst eine grobe Durchsicht vorzunehmen. Alle Menschen die vorbeigingen schüttelten die Köpfe und hielten die drei gut angezogenen Personen glattwegs für verrückt. Wie Sandler sahen die Moreaus ja nicht aus, was bewog sie also, in Bergen von Papier herumzuwühlen?

Plötzlich kam die Funkstreife und wollte zu amtshandeln beginnen. Wahrscheinlich hatte einer der Passanten sie verständigt, daß drei Gestalten den Gehsteig beschmutzen oder irgend etwas Böses im Schilde führen. Als erstes sollten sich die „Verdächtigen“ ausweisen. Zum Glück hatte sich Herr Moreau noch nicht umgezogen und seine Brieftasche bei sich. Darin war sein Personalausweis enthalten und daraus ersichtlich, daß er einen ehrbaren Beruf hatte. In kurzen Worten schilderte er das Mißgeschick, das der Familie widerfahren war. Die Polizisten nahmen zur Kenntnis, daß selbstverständlich alles was auf Straße und Gehsteig herumkugelte, später wieder in den Containern verstaut wird und keinerlei Verschmutzung beabsichtigt sei. Sie wünschten viel Glück bei der Suche nach dem verlorenen Schatz und fuhren schmunzelnd weiter.

Endlich war der große Papiersack gefunden, den Herr Moreau in der Früh entsorgt hatte. Nun konnte das so verzweifelt gesuchte Couvert auch nicht mehr weit sein. Als man den Inhalt des Containers auf dem Boden ausgebreitet hatte, kam plötzlich ein Mann vorbei, der seine Promenadenmischung zum Äußerln führte. Der Hund stürzte sich, obwohl er an der Leine geführt wurde, wie wild auf den Papierberg, als wollte er der Familie Moreau beim Suchen helfen. Das war aber keinesfalls der Fall, stattdessen brachte er den bereits überprüften Papierwust so durcheinander, daß man wieder von vorn mit dem Sortieren beginnen mußte. Waldi, wie das liebe Tier hieß, hörte nicht auf sein Herrl und ließ sich erst dann wegzerren, als er eine Wurst, die in einem Papier eingewickelt war und die er offensichtlich gerochen hatte, gefunden und trotz Protesten seines Eigentümers verschluckt hatte.

Tief aufatmend entdeckte Birgit ihren Briefumschlag. Er war völlig verschmutzt durch all die vielen Beigaben, die liebe Zeitgenossen in einen Container schmeißen, aber völlig unversehrt. Mit zitternden Fingern riß sie den Umschlag auf und zählte das Geld. Es waren genau 63.400 Schilling. Ein gewaltiger Stein fiel ihr von Herzen.

Das Einräumen des Containers war dann nur mehr eine Formsache. Eine glückliche Familie machte sich auf den Heimweg. Nicht auszudenken, was gewesen wäre, wenn der Container schon an diesem Tag geleert worden wäre. Auf der Altpapiersammelstelle hätte man nie im Leben ein so kleines Couvert gefunden.

EULENSPIEGELEIEN

Es muß wohl nicht erklärt werden, wer Till Eulenspiegel war und welche Streiche er seinerzeit ausgeheckt hat. Sie belustigen noch heute unsere Jugend. Richard Strauß setzte ihm in einer symphonischen Dichtung ein bleibendes, musikalisches Denkmal. Man sollte nun meinen, es gäbe in der heutigen Zeit keine derartigen Spaßvögel mehr. Weit gefehlt. Sie leben mitten unter uns, nur ist dies wenig bekannt. Das Paradoxe daran ist, daß Eulenspiegeleien kaum über die engere Umgebung eines Spaßvogels hinauskommen, obwohl im Zeitalter der Medienvielfalt, des Fernsehens und des Internet, Nachrichten aller Art in Sekunden über den gesamten Erdball verbreitet werden. Der Grund hierfür liegt wahrscheinlich darin, daß es in einer sensationshungrigen Epoche, wie in unserer, nur Hiobsbotschaften, Horrormeldungen, kriegerische Auseinandersetzungen, Feuersbrünste, Erdbeben und sonstige Unglücksfälle schaffen, großen Bevölkerungskreisen publik zu werden. Da bleibt für lustige Ereignisse kein Platz.

In den nachfolgenden Erzählungen soll deshalb von einigen Späßen berichtet werden, die sich in den letzten Jahren bei uns ereignet haben und beweisen, daß Till Eulenspiegel noch immer unter uns weilt und seine Mitbürger zum Narren hält.

In den vergangenen Jahren hat in Deutschland - und tut es vielleicht immer noch - ein gewisser Winfried Bornemann laufend seine Mitbürger, vor allem aber Beamte in Ministerien, Landesregierungen und Stadtverwaltungen, sowie Firmenchefs etc. in den April geschickt. Obwohl seine Briefe an diverse Institutionen manchmal ganz offensichtlich nur auf Schabernack basierten, wurden sie gar nicht so selten von den Empfängern für bare Münze genommen und völlig ernsthaft beantwortet. Ganz gleich ob z. B. bei einem Schreiben an die „Stiftung Warentest“ ein Test über Reißnägel und Büroklammern urgiert wurde oder eine Beschwerde an den „Deutschen Feuerwehrverband“ erging, weil beim Umkippen einer Kerze der Teppichboden angeblich zu brennen begann und in Ermangelung eines Feuerlöschers versucht wurde, das Feuer mit einer großen Menge „Löschpapier“ zu ersticken. Natürlich vergeblich.

Bornemann stellte im Zusammenhang mit diesem (natürlich) erfolglosen Löschversuch das Ansinnen an vorerwähnten Verband, sich dafür einzusetzen, den Namen LÖSCHPAPIER zu ändern, weil den Bürgern dadurch ein falsches Sicherheitsgefühl vermittelt wird. In einem Antwortschreiben räumt die Bundesgeschäftsstelle des Feuerwehrverbandes ein: „daß der Name LÖSCHPAPIER tatsächlich in der Bevölkerung zu Irrtümern Anlaß geben kann, es aber erhebliche Probleme schaffen würde, einen Namenswandel vorzunehmen, weil dieser Begriff eine sehr alte und landauf, landab eingebürgerte Bezeichnung für ein Saugpapier zum Aufnehmen von Flüssigkeiten (u. a. Tinte) ist. Trotzdem würde man sich beim Deutschen Institut für Normung (DIN) dafür einsetzen, den Namen Löschpapier in einen anderen zu ändern, der weniger zu Irreführungen Anlaß gibt.“ Diese und ähnliche Briefe sind in „Bornemanns Briefmacken“, herausgegeben vom Fackelträger-Verlag, nachzulesen. Daß dieser Spaßvogel aber seinen Meister in einem in Wien lebenden Zeitgenossen gefunden hat, soll in nachfolgenden Geschichten gezeigt werden.

WER ANDEREN EINE GRUBE GRÄBT

fällt bekanntlich selbst hinein. Das zeigt der unterhaltsame Briefwechsel zwischen dem „Erfinder“ der Löschpapiergeschichte in Deutschland und dem (angeblichen) Inhaber eines Musterschutzes für ein SPEZIAL-LÖSCHPAPIER in Österreich.

ING. RUDOLF NEUHAUSER
A- 1140 WIEN, ULMENSTRASSE 135
TEL. 94 68 535

Wien, am 17.1.19 84

Herrn
Winfried Bornemann
Am Fillerschloß 47
D-45o4 Georgsmarienhütte

Sehr geehrter Herr Bornemann!

Durch Schenkung kam ich in den Besitz des im Fackelträger-Verlag erschienenen Buches "Bornemanns Briefmacken", ein Druckwerk, das zugegebenermaßen gelegentliches Schmunzeln verursacht. Mit Ihrem unter Nr. 8 angeführten Brief an den Deutschen Feuerwehrverband betr.: LÖSCHPAPIER haben Sie aber - möglicherweise unbewußt - weit über das erlaubte Ziel hinausgeschossen.

Wie Sie aus beiliegender Kopie eines Zertifikates ersehen können, bin ich im Besitze eines Musterschutzes für ein spezielles Löschpapier. Ich ersehe in Ihrem veröffentlichten Brief eine Verächtlichmachung in einem Druckwerk gemäß §111(2) des Österr. Strafgesetzbuches (Bdges. v. 23.Jänner 1974), die geeignet ist, den Ruf des von mir erzeugten Löschpapiers zu schädigen und mir dadurch wirtschaftlichen Schaden zuzufügen. Ich muß Sie darauf aufmerksam machen, daß ich lt. Österr. Pressegesetz berechtigt bin, Druckwerke, in denen gegem das geltende Strafgesetzbuch verstossen wird, auf Kosten des Herausgebers beschlagnahmen zu lassen (selbstverständlich nur, soweit sich diese auf Österreichischem Gebiet befinden).

Ich will jedoch annehmen, daß der o.a. Brief von Ihnen nicht in schädigender Absicht verfaßt wurde und bin bereit, von einer diesbezüglichen Anzeige Abstand zu nehmen, wenn die Sicherheit gegeben ist, daß keine weitere Auflage des erwähnten Buches in der Öffentlichkeit erscheint bezw. der abgedruckte Brief in dieser Form nicht mehr veröffentlicht wird.Dies kann durch eine schriftliche Erklärung Ihrerseits erfolgen, wofür ich mir einen letzten Termin per 15.2.1984 vormerke.

Hochachtungsvoll!

Beilage: Kopie

J Ü R G E N   V E H S L A G E
RECHTSANWALT
Zugelassen auch beim Hanseatischen Oberlandesgericht und Landgericht Hamburg – Gerichtsfach 508
Konten: Volksbank Hamburg Ost-West eG (BLZ 201 902 06) Kto.-Nr. 44 881 · Postscheckkonto Hamburg 2273 56-201

Postfach 70 16 71, 2000 Hamburg 70

Wandsbeker Marktstraße 21
(im Hause Lederwaren-Klockmann)
2000 HAMBURG 70 (WANDSBEK)
Telefon: (040) 68 52 51
68 52 52

Herrn Ing.
Rudolf Neuhauser
Ulmenstr. 135
A 1140 Wien

den 14.2.84

Bei Beantwortung bitte angeben
4624 - 8/st

Herrn Winfried Bornemann, Am Fillerschloß 47, 4504 Georgsmarienhütte
Mein Schreiben vom 13.2.84

Sehr geehrter Herr Neuhauser,

im Nachgang zu meinem o.a. Schreiben teile ich Ihnen folgendes mit:

Auch bei Anlegung eines sehr strengen Maßstabes kann die von Ihnen behauptete inkriminierte Handlung nicht in dem von Ihnen beanstandeten Brief an den Deutschen Feuerwehrverband, abgedruckt unter Nr. 8 des Buches "Bornemanns Briefmacken" gefunden werden. In dem von Ihnen beanstandeten, im genannten Buch abgedruckten Brief sind weder Sie noch Ihr Löschpapier genannt, so daß schon ein Rechtsschutzinteresse für Sie verneint werden muß. Löschpapier gab es bereits, bevor Ihr " Spezial-Löschpapier " beim Musterregi*rungsamt der Kammer der gewerblichen Wirtschaft für Wien am 20.5.1980 eingetragen wurde.

Ihr o.a. an Herrn Bornemann gerichtetes Beanstandungsschreiben mit der darin enthaltenen dezidierten Aufforderung erregt Verwunderung und ist weder für Herrn Bornemann noch für mich als Juristen verständlich.

Auch nach mehrfachem Lesen der von Ihnen beanstandeten Nr. 8 des erwähnten Druckwerks läßt sich nicht die Erkenntnis gewinnen, auch nicht für unbefangene Leser des Druckwerks, daß irgendeine Beziehung oder ein Sachzusammenhang zu Ihnen und Ihrem " Spezial-Löschpapier " vorhanden sei.

* strie

- 2 -

Bürozeit: 8-12 u. 13-18 Uhr (Montag-Donnerstag)
9-12 u. 13-17 Uhr (Freitag)

Hiernach ist eine Anspruchsberechtigung für Sie überhaupt nicht existent.

Für den geübten Leser von Literatur ist schnell erkennbar, daß der Autor des genannten Druckwerks, dessen Nr.8 von Ihnen beanstandet wird, einem offenbar immer größer werdenden Leserkreis Humor vermitteln möchte, der ohnehin keinen Schaden anrichten kann. Die Grenzen zwischen Humor und der von Ihnen behaupteten " Verächtlichmachungs ", die im übrigen vorsätzlich gewollt sein muß, sind in der Rechtsprechung ziemlich klar gezogen. Auch unter dieser rechtlichen Wertung liegt die von Ihnen behauptete inkriminierte Handlung nicht vor.

Das genannte Druckwerk, dessen Nr.8 von Ihnen beanstandet wird, erfreut sich in Leserkreisen offensichtlich deshalb besonderer Beliebtheit, da darin aufgezeigt wird, daß auf erkennbar nicht ernstgemeinte Briefanfragen, die eine humorige Antwort herausforderten, ziemlich einfältige und humorlose Briefantworten erfolgten - offenbar in Übereinstimmung mit dem sog. Zeitgeist und dem daraus resultierenden Postulat, alles ernst zu nehmen, auch das, was lustig gemeint ist.

Um die in Ihrem o.a. Schreiben verwendete Formulierung zu übernehmen, wird hier die Auffassung vertreten, daß Sie mit Ihrem Unterlassungsanspruch " weit über das erlaubte Ziel hinausgeschossen " sind.

In Ihrem o.a. Schreiben erwähnen Sie, daß Sie im Wege eines Schenkungsvertrages in den Besitz des von Ihnen mißbilligten Druckwerks gelangten. Offenbar hat der Schenker das Buch aus der Bundesrepublik Deutschland mitgebracht, so daß das von Ihnen zitierte Gesetz möglicherweise nur, soweit überhaupt, auf das in Ihrem Besitz befindliche Buch Anwendung finden könnte und nach Ihren Vorstellungen beschlagnahmt werden müßte. Diese Sorge aber erscheint unbegründet, da die von Ihnen zitierten Gesetzesbestimmungen aus den dargelegten Gründen keine Anwendung finden können.

Nach diesseitiger Beurteilung ist Ihr o.a. Beanstandungsschreiben zu allgemein gehalten und der konkrete Beanstandungspunkt nicht ersichtlich. Bei der rechtlichen Bewertung von Druckwerken auf etwa inkriminierte Inhalte werden Gesamtzusammenhang des Buches und einzelne Teile und Passagen auf eine etwaige Beanstandungserheblichkeit geprüft. Sollten Sie Ihr Anliegen aufrecht erhalten wollen, darf ich Sie um die Freundlichkeit bitten, die Beanstandungen zu konkretisieren, damit sie einer erneuten rechtlichen Überprüfung unterzogen werden können.

Mit freundlichem Gruß

P.S. Das Bundesverfassungsgericht hat in einer Entscheidung das Postulat aufgestellt: " Das Recht der freien Meinungsäußerung ist höher zu bewerten als das Recht an geschäftlichen Interessen." Diese Auffassung hatte in Österreich schon zur Zeit der Habsburger Gültigkeit. Die auf den 1.000 Schilling-Scheinen abgebildete Friedensnobelpreisträgerin Bertha von Suttner hätte erheblichen Ärger bekommen, wenn die von Ihnen zitierte Strafbestimmung so auszulegen und anzuwenden wäre, wie Sie meinen.

ING. RUDOLF NEUHAUSER
1140 WIEN, ULMENSTRASSE 135
TEL. 94 68 535

Herrn
Jürgen Vehslage
Rechtsanwalt
Wandsbeker Marktstraße 21
D-2000 Hamburg 70

Wien, am 27.2.1984

Betr.: 4624-8/st
Korrespondenz mit Herrn Bornemann

Sehr geehrter Herr Vehslage!

Für Ihr Schreiben vom 14.2.1984 danke ich bestens! Nach eingehendem Studium bin ich zur Überzeugung gekommen, der Brief müßte echt sein. Und somit werde ich wohl dem Spaß vorzeitig ein Ende machen und ein Geständnis ablegen müssen:

Das Buch "Bornemanns Briefmaken" - übrigend ein Geschenk meiner in München lebenden Tochter - hat mich köstlich amüsiert; nur taten mir die Briefpartner leid, die offenbar auf nicht sehr ernst gemeinte Anfragen so toternste Antworten verfaßten. Und so dachte ich mir: Was der gute Bornemann kann, kann ich auch! Daß mein Beanstandungsschreiben und das Zertifikat so echt wirkten, habe ich nicht zu träumen gewagt und richtete mich bereits geistig auf einen regen Blödelei-Briefverkehr zwischen Georgsmarienhütte und Wien ein.
Nun kam Ihr Brief als kalte Dusche (für gewöhnlich Sterbliche wirkt das Schreiben eines Juristen bereits im Hinblick auf das zu erwartende Zeilenhonorar als Schock). Ich hoffe aber, daß Sie im Sinne Ihres Briefes Seite 2, 3.Absatz den Spaß nicht übel nehmen und meine briefliche Reaktion so nehmen, wie sie gemeint war: Als Fortsetzung von "Bornemanns Briefmaken" mit vertauschten Rollen.

Sollten Sie sich jetzt jedoch den Bauch vor Lachen halten, weil ich Ihnen und Herrn Bornemann auf den Leim gegangen bin, so werfen Sie, bitte, diesen Brief sofort in den Papierkorb und nehmen Sie den beiliegenden Alternativ-Brief zur Kenntnis!

Mit besten Grüßen!

ING. RUDOLF NEUHAUSER
1140 WIEN, ULMENSTRASSE 135
TEL. 94 68 535

Herrn
Jürgen Vehslage
Rechtsanwalt
Wandsbeker Marktstraße 21
D-2000 Hamburg 70

Wien, 27.2.1984

Betr.: 4624-8/st

Sehr geehrter Herr Vehslage!

Den Eingang Ihres Schreibens vom 14.2. bestätige ich.
Wie Sie in der causa Bornemann richtig feststellen, ist für die gerichtliche Verfolgung der inkriminierten Handlung ein entsprechender Vorsatz des Täters Voraussetzung. Dieser Vorsatz ist wohl dadurch erwiesen, daß der mir drohende wirtschaftlich Ruin durch meinen Brief vom 17.1.1984 Herrn Bornemann zur Kenntnis gebracht, jedoch von diesem ~~jedoch~~ auf die angebotene Möglichkeit einer schriftlichen Erklärung überhaupt nicht eingegangen wurde.

Ich bin daher gezwungen, mir mein Recht unter Hinweis auf das bestehende Rechtshilfeabkommen zwischen der Bundesrepublik Deutschland und der Republik Österreich auf gerichtliche Art zu holen und fordere Sie bezw. Herrn Bornemann auf, mir binnen 4 (vier) Wochen bekanntzugeben,

1) An welche Buchhandlungen in Österreich "Bornemanns Briefmaker" ausgeliefert wurde,
2) wer die Käufer des o.a. Buches sind,
3) wie alt die besagten Käufer sind (um nötigenfalls auch nach den Bestimmungen des Jugendschutzgesetzes vorgehen zu können).

Hochachtungsvoll!

p.s.: Im Weigerungsfall möchte ich darauf hinweisen, daß ich über beste Beziehungen zur UNO verfüge da mein Neffe 3. Grades bei der UNO-Friedenstruppe auf Zypern tätig ist!

p.p.s.: Selbstverständlich werde ich auch das in meinem Besitz befindliche Buch beschlagnahmen lassen.

p.p.s.: Die in Ihrem Brief erwähnte Nobelpreisträgerin B.v.Suttner wurde übrigens abgesetzt und auf den neuen Scheinen durch einen Herrn Erwin Schrödinger ersetzt, der mir allerdings unbekannt ist.

WINFRIED
BORNEMANN
FILLERSCHLOSS
4504 GEORGSMARIENHÜTTE
TEL. 05401-31379

HARD CORE NONSENS

Lieber Herr Neuhauser,

ich darf mich noch einmal kurz bei Ihnen melden. Herr Vehslage schickte mir vor kurzem eine Durchschrift Ihres Briefes. Ich war mir anfangs wirklich nicht sicher, ob Sie die ganze Sache nur als Spaß angesehen haben. Ich kriege ja so manche Posse ins Haus, doch in diesem Falle wäre ich Ihnen glatt auf den Leim gegangen. Unter uns: auch der Herr Vehslage hatte natürlich von mir keinen Auftrag bekommen, gegen Sie vorzugehen. Es waren für ihn ein paar juristische Fingerübungen mehr nicht. Kostenloses Juristengeplänkel gewissermaßen. Ich hoffe nur, daß Sie auch ein wenig Spaß an dieser Aktion gehabt haben. Übrigens: die „Bunte Illustrierte" (früher kein wichtiges Bla. wird in einer der nächsten Ausgaben auch den Namen „Neuhauser" bringen. Schauen Sie mal rein.

Mit besten persönlichen Grüßen

W. Bornemann

Wenn Sie von uns am selben Tag mehrere Briefsendungen erhalten, dann kommen diese aus verschiedenen Abteilungen.

Alles zu einem Brief zusammenzutragen ist teurer als Mehrfachporto.

WIEDERBEFÜLLBARE ZAHNPASTATUBEN

An das
Bundesministerium für Umwelt
Radetzkystraße 2
1030 Wien

Wien, am 18.11.1991

Betrifft: Abfallvermeidung

Sehr geehrte Damen und Herren!

Im Zuge der von Ihnen angestrebten Abfallvermeidung bzw. Wiederverwertung darf ich Ihnen eine Erfindung anbieten, die sich auf die unbegrenzte Verwendung von Zahnpastatuben bezieht.

Während die früher üblichen Tuben aus Metallfolie hergestellt wurden, die zwar fallweise gesammelt aber wegen der Vermengung mit Zahnpastaresten nicht wiederverarbeitet werden konnten, werden seit einigen Jahren an deren Stelle Kunststofftuben verwendet. Mein Vorschlag geht dahin, diese Tuben nicht nach Gebrauch zu vernichten oder einer fragwürdigen Wiederverwertung zuzuführen, sondern sie unbegrenzt wiederzuverwenden, da sie mit einer einfachen Apparatur aus einem Vorratsbehälter wieder befüllt werden können.

Wie aus beiliegender Zeichnung ersichtlich, ist bei Verwendung einer in jedem Haushalt vorhandenen Fleischmaschine oder Mehrzweck-Küchenmaschine lediglich ein billig herzustellender Adapter erforderlich, der den Übergang von der Küchenmaschine zum Gewinde der Zahnpastatube herstellt. Zur Befüllung dient ein beliebiger Vorratsbehälter mit preiswert zu kaufender Zahnpasta in Großpakkung. Ebenso gut könnten die leeren Tuben zur Wiederbefüllung in die Drogerie mitgenommen werden, wo ein entsprechendes Nachfüllgerät aufgestellt ist.

Auf diese Art wäre es auch möglich, ein dem Benützer angenehmes Aroma beizufügen (z.B. Rosenöl für Damen, Whiskyduft für Männer, Schokoladegeschmack für Kinder).

Auf diese Weise könnte nicht nur zur Abfallvermeidung von Kunststoffen beigetragen, sondern auch der laufende Preis für Zahnpasta wesentlich gesenkt werden.

Da die Anmeldung meiner Erfindung beim Patentamt mit Kosten verbunden ist, wäre es für mich von Vorteil, dafür eine Stellungnahme des Ministeriums zu erhalten. Ich ersuche jedoch mit Rücksicht auf einen Patentanspruch, meinen Vorschlag vertraulich zu behandeln.

Hochachtungsvoll

Beilage

RECYCLING-EINRICHTUNG FÜR ZAHNPASTA-TUBEN

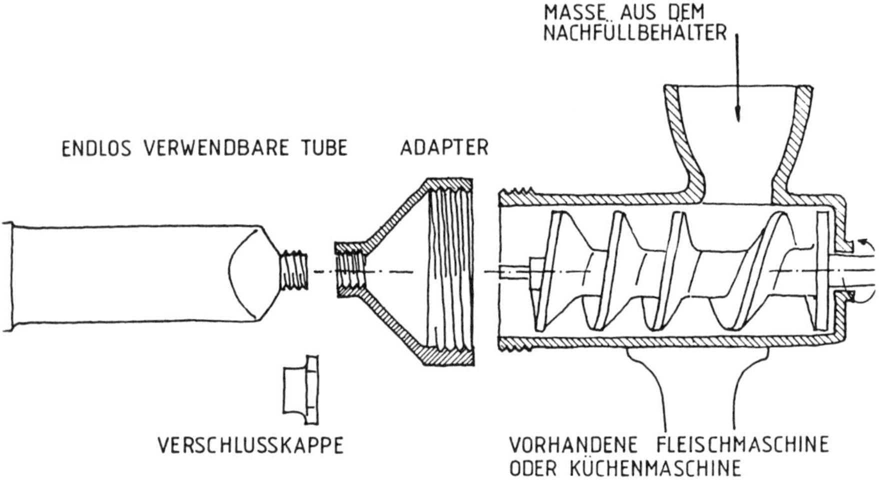

WIRTSCHAFTLICHKEITSBERECHNUNG

für wiederbefüllbare Zahnpastatuben

Verbrauch eines 4-Personen-Haushalts/Monat: 4x30x1 cm^3 = 120 cm^3

Im Jahr:12x120 cm^3 = 1440 cm^3

Preis einer mittleren Tube mit 60 cm^3 Inhalt: ATS 23,-
Kosten pro Jahr 24 Tuben a' ATS 23.- " 552,-

Da Tubenmaterial, Verpackung und Abfüllkosten entfallen, könnte die Nachfüllpackung im einfachen Plastikbeutel mit 1500 cm^3 zum Preis von 40% verkauft werden.

Nachfüllpackung:	ATS 220,-
Preis des Adapters bei Massenherstellung:	" 25,-
Gesamtkosten/Jahr	ATS 245,-

Ersparnis im 1. Jahr daher ATS 307,-
ab dem 2. Jahr " 332,- durch Entfall der Adapterkosten

REPUBLIK ÖSTERREICH
Bundesministerium für Umwelt, Jugend und Familie
SEKTION V

A-1020 Wien, Untere Donaustraße 11
Telefon: (0222) 211 32-0
Durchwahl: 5310
Telefax Nr. (Sektion V):
(0222) 211 32 / 5020
DVR:0441473
Sachbearbeiter: Obernberger

Herrn
Ing. Rudolf Neuhauser

Ulmenstraße 135
1140 Wien

Wien, am 11. Dezember 1991

Zl. 17 3506/50-V/3/91
Betrifft: Wiederbefüllbare Zahnpastatuben

Sehr geehrter Herr Ingenieur !

Das Bundesministerium für Umwelt, Jugend und Familie bestätigt den Erhalt Ihres Schreibens vom 18. November 1991, dem Sie eine Beschreibung der von Ihnen erfundenen Recycling-Einrichtung für Zahnpastatuben beischließen.

Wir dürfen Sie darüber informieren, daß das Bundesministerium für Umwelt, Jugend und Familie bereits einen Verordnungsentwurf über die Vermeidung, Verringerung und Verwertung von Verpackungsabfällen und bestimmten Warenresten ausgearbeitet hat, der sich zur Zeit im Begutachtungsverfahren befindet. Im Rahmen dieses Verordnungsentwurfes ist im Sinne des Verursacherprinzipes unter anderem eine Rücknahmepflicht des Vertreibers für Verkaufsverpackungen vorgesehen, zu denen auch die von Ihnen angesprochenen Zahnpastatuben zählen.

In diesem Sinne wird der Handel in Zukunft daran interessiert sein, sämtliche Möglichkeiten und Alternativen, die Verpackungsabfälle im Sinne der Vekaufsverpackungen zu verringern, auszuschöpfen.

Es darf auch noch darauf aufmerksam gemacht werden, daß in Zusammenhang mit einer Wiederbefüllung von gebrauchten Zahnpastatuben eventuell auch hygiene- und arzneimittelrechtliche Vorschriften von Relevanz sein werden.

Wir hoffen, Ihnen mit diesen Auskünften gedient zu haben.

Mit freundlichen Grüßen

IN DIESEM HAUSE WOHNTE WOLFGANG AMADEUS MOZART NICHT

Für Wienbesucher hatte die Stadtverwaltung vor etlichen Jahren den guten Einfall, historisch wertvolle Bauten, in denen berühmte Künstler gewohnt und gewirkt haben oder in denen sie starben , durch eine Gedenktafel und Fähnchen in den Landesfarben rot und weiß besonders zu kennzeichnen. Kein Wunder, daß diese Bauten von Touristen gerne auf ein Bild gebannt werden.

Wie staunten diese aber, als im Mozart Gedenkjahr 1991, an dem sich der Todestag des Meisters zum 200. Mal jährte, am ehrwürdigen Palais Harrach in der Wiener Innenstadt eine Gedenktafel darauf aufmerksam machte, daß Mozart hier weder 1721 noch 1783 gewohnt hat. Eine solche Tafel hätte man genauso gut auf tausend anderen Wiener Häusern anbringen können. Noch verblüffender war, daß die gleichfalls abgebildete Notenzeile keinesfalls von Mozart komponiert wurde, sondern Haydns Symphonie Nr. 94 (mit dem Paukenschlag) entstammt, was jedoch nur echten Musikkennern und Personen, die des Notenlesens kundig waren, auffallen konnte.

Des Rätsels Lösung: Der Wiener Eulenspiegel hatte wieder zugeschlagen. Eine entsprechende Notiz samt Foto fand sich nicht nur in verschiedenen Zeitungen der Bundeshauptstadt, sondern sogar im weit entfernten Japan.

Die Mozart Anti-Gedenktafel

Eine Mozart-Gedenktafel mehr oder weniger fiel im vergangenen "Mozart-Jahr" kaum noch auf. Die auf den ehrwürdigen Mauern des Palais Harrach in Wiens Innenstadt vielleicht doch. Die Inschrift besagte: "W. A. Mozart wohnte in diesem Haus weder 1721 noch 1783". Mozart-Kenner erstaunte dies weniger, war Mozart doch 1721 noch gar nicht geboren. Musik-Kenner, des Notenlesens mächtig, staunten dennoch: Die in die Tafel eingravierte Partitur-Zeile entpuppte sich als Haydns Symphonie mit dem Paukenschlag. Wiens "practical joker" haben kräftig zugeschlagen, die Hausverwaltung bewies Humor und beließ die Tafel an Ort und Stelle. Worauf sie inzwischen prompt gestohlen wurde.

WO BLEIBEN DIE GEBURTSTAGSGLÜCKWÜNSCHE, HERR BÜRGERMEISTER?

ING. RUDOLF NEUHAUSER
1140 WIEN, ULMENSTRASSE 135
TEL. 94 68 535

Herrn
Dr. Michael Häupl
Bürgermeister der
Bundeshauptstadt Wien
Neues Rathaus
1010 Wien

Wien, am 29.3.1997

Sehr geehrter Herr Bürgermeister!

Seit Jahren erhielt ich von Ihrem Amtsvorgänger regelmäßig schriftliche Glückwünsche zu meinem Geburtstag. Mit Recht darf ich davon wohl ein Gewohnheitsrecht ableiten. Und da mir Herr Dr. Zilk diese regelmäßigen Glückwünsche nicht als Privatperson (ich habe ihn persönlich nur durch einen Händedruck anläßlich einer Gratisbüffet-Eröffnung kennengelernt) sondern als Bürgermeister und Landeshauptmann übermittelte, darf ich weiters annehmen, daß diese Verpflichtung an Sie als seinen Rechtsnachfolger übergegangen ist.

Mit Bedauern mußte ich nun feststellen, daß diese Glückwünsche diesjährig ausgeblieben sind, obwohl mein Geburtstag bereits seit sechs Tagen überfällig ist.

Am aktuellen Sparpaket dürfte das amtliche Versäumnis kaum liegen, da es doch einfach wäre, den Text des Glückwunschschreibens um 20 - 25% zu kürzen. Ebenso kann ich kaum an einen der populären Computerfehler glauben, da dem Vernehmen nach bisher sogar gelegentlich an bereits verstorbene Mitbürger die traditionellen Glückwünsche versandt wurden.

Ich darf daher hoffen, daß nur ein geringes amtliches Versäumnis vorliegt, sodaß die Angelegenheit mit einer entschuldbaren Verspätung bereinigt werden kann.

Mit freundlichen Grüßen

R. Neuhauser

NS.: Vorsorglich darf ich auch Ihnen, sehr geehrter Herr Bürgermeister zu Ihrem Geburtstag gratulieren, obwohl mir das exakte Datum mangels Zugriff zum amtlichen Personenregister nicht bekannt ist.

DER BÜRGERMEISTER
DER BUNDESHAUPTSTADT WIEN

Wien, 8. April 1997

Sehr geehrter Herr Neuhauser!

Ich gratuliere Ihnen nachträglich ganz herzlich zu Ihrem Geburtstag.

Ich kann Ihre Vermutung leider nur bestätigen. Die alljährlichen Geburtstagswünsche sind dem Sparstift zum Opfer gefallen. Glückwunschschreiben werden nur mehr zu den "runden" und "halbrunden" Geburtstagen verschickt.

Ich hoffe, ich kann Ihnen mit einem Wien-Büchlein eine kleine Freude machen.

Mit freundlichen Grüßen

Beilage w.e.

Dr. Michael Häupl

Herrn
Rudolf Neuhauser

Ulmenstraße 135
1140 Wien

GRIECHENLAND PER SCHIFF

Es gibt nicht sehr viel Länder auf dieser Welt, in denen Kultur, Geschichte, angenehmes Klima und landschaftliche Schönheiten eine so bedeutsame Rolle spielen, wie im heutigen Griechenland. Kein Wunder also, daß es so viele Mitteleuropäer dorthin zieht. Besonders im Urlaub kann man sich auf dem Festland oder auf einer der unzähligen kleineren oder größeren Inseln wunderbar entspannen, Ausflüge unternehmen, im Meer schwimmen, die andersartige Kost genießen, oder einfach nur faulenzen. Mit einem Wort: sich wohlfühlen.

Auch eine Seereise ist beschaulich und geruhsam. Man kommt viel herum und kann sich doch in kürzester Zeit erstaunlich gut erholen. Muß da nicht eine Kombination von beiden Möglichkeiten absolut ideal sein? Griechenland per Kreuzschiff kennenzulernen, ist der absolute Urlaubshit, wie Freunde von Edith und Fritz immer wieder betonten.

Also beschlossen die beiden, einen „runden" Hochzeitstag zu nutzen, per Schiff einer Reihe von griechischen Inseln einen Kurzbesuch abzustatten und unterwegs zwei Wochen auf Rhodos in einem Luxushotel zu verbringen, denn zurückgekehrt nach Wien hieß es dann doch wieder, in die Tretmühle des Alltags mit all seinen Unannehmlichkeiten, mit Hektik und Ärger einzutreten.

Per Schlafwagen ging es zunächst nach Venedig und dort an Bord eines mittelgroßen Schiffes, das etwa 300 – 400 Passagiere aufnehmen konnte, aber nicht ganz ausgebucht war. Es hieß Romantica und fuhr unter panamesischer Flagge. Die Besatzung war bunt zusammengewürfelt und gehörte den verschiedensten Nationen an. Der Chefkoch war sogar ein Österreicher.

Im 14 Tage Rhytmus wurden eine Reihe von Festlandorten und Inseln angesteuert, und von jedem Halt Tagesaussflüge in die Umgebung unternommen. Es begann mit einer Besichtigung von Korfu, einer unvergesslichen Fahrt durch den Isthmus von Korinth, einer Station in Piräus mit einem Besuch von Athen, und Zwischenstationen auf Mykonos, los und Rhodos, dann weiter nach Kreta und sollte dann mit zwei Aufenthalten auf dem Peloponnes wieder zurück nach Venedig gehen. Großer Vorteil dabei. Man konnte an verschiedenen Orten das Schiff verlassen und zwei Wochen später die Rund-reise fortsetzen.

Fritz und Edith hatten als Zwischenstation Rhodos gewählt. Dort verbrachten sie zwei Traumwochen, um sich danach braungebrannt und gutgelaunt, wieder auf der Romantica einzuschiffen, die auf ihrer nächsten Rundfahrt wieder einen Tag im Hafen von Rhodos ankerte.

Zurück auf dem Schiff, nahmen die beiden an einer Exkursion teil, wobei sie sowohl die Kommandobrücke besuchen konnten als auch über die Sicherheitseinrichtungen an Bord unterrichtet wurden. Eine nach dem neuesten Stand der Technik entwickelte Radaranlage würde, so sagte man ihnen, jeden Zusammenstoß, auch bei Schlechtwetter und bei dichtestem Nebel, verhindern. Das hört man gerne.

Die Stimmung an Bord war ausgelassen. Eine Tiroler Reisegruppe hatte ihre eigene Musikband mitgebracht, die lautstark die Mitreisenden mit ihren „Gstanzln“ unterhielt, ob sie es wollten oder nicht. Die griechischen Nationalalkoholika „Ouzo“ und „Metaxa“ zeigten ihre Wirkung und sogar die Offiziere der Besatzung hatten allen Grund zu feiern, war dies doch die letzte Fahrt ihres Kapitäns, bevor er in den wohlverdienten Ruhestand ging.

Nach einem vorzüglichen Dinner begaben sich Fritz und Edith in den Ballsaal, um einer Vorführung des „Night and Day“ Balletts beizuwohnen. Sie saßen in einer der vordersten Logen mit einem guten Blick auf das Podium. Plötzlich vernahmen sie einen lauten Krach und ein starkes Vibrieren pflanzte sich durch den gesamten Schiffsrumpf fort. Danach erfolgte ein heftiger Aufprall.

Alle auf den Tischen befindliche Gläser und Flaschen rutschten samt Inhalt über die Tischoberflächen, fielen klirrend zu Boden und bespritzten dabei die Passagiere von oben bis unten. Die Tänzerinnen, gerade einen Sirtaki tanzend, verloren durch die starke Erschütterung jeden Halt und purzelten kunterbunt über die Tanzfläche. Auch vielen Zuschauern ging es nicht besser, sie stürzten samt ihren Sitzgelegenheiten um.

Edith und Fritz hatten Glück. Sie hatten, da alle bequemen Fauteuils bereits besetzt waren, auf gepolsterten Bänken Platz nehmen müssen, die mit dem Untergrund fest verschraubt waren. Da sie außerdem gegen die Fahrtrichtung saßen, verspürten sie zwar den starken Stoß, fielen jedoch nicht auf den Boden.

Dem entsetzlichen Krach folgte eine fast unheimliche Stille, dann hörte man mehrere Verletzte schreien und wehklagen. Schreckliche Angst lag in der Luft. Edith, die sehr gefaßt wirkte, rief in die Menge: „Bitte Ruhe bewahren!“, aber sie wurde höchstens von den deutschsprachigen Passagieren verstanden. Fritz hatte nur einen Gedanken: „Möglichst schnell raus aus den Ballsaal.“

Er sagte zu seiner Frau und zu einem befreundeten Ehepaar, das neben ihnen auf der Bank Platz genommen hatte: „Geht so unauffällig als irgendwie möglich hinaus, denn sollte es zu einer Panik kommen, könnte es Tote geben.“

Nervenbelastend war der Umstand, daß niemand sagen konnte, was eigentlich geschehen war. Hatte die Romantica ein anderes Schiff gerammt, trotz modernsten Radars? Eine andere Erklärung gab es nicht. Zum Glück war die Beleuchtung bei der vermuteten Kollision nicht ausgefallen. Das hätte unbeschreibliche Folgen nach sich gezogen. Besatzungsmitglieder, die den beiden Ehepaaren auf den Weg zum Oberdeck entgegenkamen, gaben keinerlei Auskünfte, auch blieben die sonst informativen Lautsprecherdurchsagen aus. Da tauchte ein Mitglied der Tiroler Reisegruppe mit einem Zweig in der Hand auf und berichtete aufgeregt, daß das Schiff auf eine Insel aufgefahren sei. Sein „Souvenir“ hätte er von einem Baum,dessen Äste bis zum Schiffsrumpf ragen.

Oben auf dem Vordeck sahen Edith und Fritz in der sternenklaren Nacht die Bescherung. Der Bug der Romantica stak in einer Felsspalte, die zu einer gebirgigen und offenbar unbewohnten Insel gehörte. An beiden Seiten der vorgeschobenen, schmalen Landzunge brandete das Meer schäumend und tosend in die Höhe. Der Schiffsbug dazwischen hob und senkte sich im Rhytmus der Wellen, wurde jedoch durch die Felsen wie in einer Zange festgehalten.

Für Fritz war es immerhin beruhigend zu sehen, daß das eigentliche Festland ganz nahe war, sodaß man es nötigenfalls schwimmend erreichen könnte. Sicherheitshalber begab sich das Paar in die Kabine, um die Abendkleidung zu wechseln und die Koffer zu packen. Noch immer wurden sie von der Besatzung im Unklaren gelassen, was geschehen war und was nun zu tun sei. Auch der Steward hatte keine Ahnung.

Als die beiden wieder an Deck kamen, sahen sie den Kapitän mit einer Waffe in der Hand, der einige Besatzungsmitglieder nur durch die drohend auf sie gerichtete Pistole daran hinderte, ein bereits zu Wasser gelassenes Rettungsboot zu besteigen und, ohne sich um die Passagiere zu kümmern, das Weite zu suchen. Von allen übrigen Schiffsoffizieren war kein einziger zu sehen.

Als der Kapitän seine Mannschaft wieder zur Räson gebracht hatte, bedeutete er den Passagieren an Deck, die Kabinen aufzusuchen. Es gäbe zur Zeit keine unmittelbare Gefahr und sie würden rechtzeitig verständigt, was weiter zu geschehen habe.

Erst nach einer Stunde kam die erlösende Lautsprecherdurchsage: „Schwimmwesten anlegen und Koffer vor die Kabinentür stellen!" Danach versuchte die Mannschaft, weitere Rettungsboote ins Wasser zu lassen, was nur zum Teil gelang, weil die verrosteten Ketten, wie Edith und Fritz schon bei der Hinfahrt feststellten, der 0ptik wegen immer wieder mit weißer Farbe überpinselt worden waren, dadurch aber total verklebten. Als endlich einige Boote im Wasser schwammen, wurden die Koffer wahllos in diese geworfen. Einige Gepäckstücke fielen in der Hektik ins Wasser und wurden von den Wellen umgehend weggespült.

In der Ferne waren die Lichter eines großen Bootes auszumachen. Sie kamen immer näher und stammten von einem Kreuzfahrtschiff, das offensichtlich per S.0.S. herbeigerufen worden war. Die Passagiere der Romantica wurden aufgefordert, sich mit angelegten Schwimmwesten und Handgepäck zum Übersetzen bereitzuhalten, aber es dauerte Stunden, bis es endlich so weit war. Mit Rettungsbooten des fremden Schiffes wurden die schiffbrüchigen Passagiere in den frühen Morgenstunden bei rauher See in Sicherheit gebracht.

Die eigenen Rettungsboote kamen nicht zum Einsatz. Wie Edith und Fritz später erfuhren, hatte die größtenteils muselmanische Besatzung aus Pakistan gemeutert und konnte erneut nur mit vorgehaltenen Revolvern von den Offizieren der Romantica gezwungen werden, den Verunglückten bei der Evakuierung zu helfen. Die Pakistanis begründeten ihre Haltung damit, daß das Schiffsunglück eine Strafe Gottes sei, weil die Passagiere durch Alkoholgenuß, Trunkenheit und Glücksspiel gesündigt hätten.

Edith und Fritz waren überglücklich, als sie über das schwankende Fallreep die Reeling des zur Hilfe geeilten Kreuzfahrtschiffes, das bezeichnenderweise „Viktoria“ hieß, erklommen hatten.Die dortige Besatzung empfing die Schiffsbrüchigen rührend mit warmen Getränken und Decken, denn es war inzwischen kalt geworden. Alle waren übernächtigt und stundenlang nahezu bewegungslos im Freien gestanden.

Endlich konnte man die müden Glieder am Fußboden des Festsaals ausstrecken. An Schlaf war aber trotzdem nicht zu denken. Zu sehr zeigte das eben überstndene Abenteuer seine Nachwirkungen. Viele Passagiere bekamen infolge der Aufregung Durchfall. Die vorhandenen Toiletten konnten den Ansturm von über 200 Schiffbrüchigen nicht bewältigen. Es ging zu wie auf einem Flüchtlingstransporter.

Leid konnten einem die Urlauber auf der „Viktoria“ tun, denn das Schiff hatte durch seine Hilfeleistung die Route ändern müssen und nahm nunmehr Kurs auf Rhodos, das am Nachmittag erreicht wurde. Die Geretteten mußten dort ihr Gepäck identifizieren, doch Edith und Fritz fanden nur einen Koffer vor. Der andere blieb verschwunden. Er landete, wie sich später herausstellte, mit einer weiteren Gruppe Schiffbrüchiger, die von einem anderen Schiff gerettet worden waren, in Piräus.

Zurück auf Rhodos, wurde ein Großteil der Touristen im Bungalowhotel. „Golden Beach“ untergebracht, wo sie auf den Rücktransport eine ganze Woche lang warten mußten. Für einige ein angenehmer Zusatzurlaub, für Berufstätige ein ausgesprochenes Ärgernis. Manchen gelang es,meist heimlich, nachts ausgeflogen zu werden. Die anderen waren froh, so glimpflich davongekommen zu sein. Recherchen hatten ergeben, daß zum Zeitpunkt des Strandens auf der kleinen Felseninsel niemand auf der Komandobrücke der Romantica stand, weil die 0ffizierscrew die Verabschiedung des Kapitäns feierte und man annahm, der Autopilot würde schon allein das Schiff steuern.

Edith und Fritz nützten die gewonnene Woche eifrigst zum Baden, nachdem sie sich neue Badeutensilien besorgt hatten, waren doch die bisher verwendeten im abhandengekommenen Koffer deponiert. Der Bikini, den Edith erworben hatte, paßte bestens. Das warme Meer lud zum Baden ein, lediglich die Wellen waren auf der Nordseite der Insel wesentlich höher als an den anderen Stränden.

Als Edith wieder an Land wollte, riß ihr eine besonders starke Welle den Unterteil des Bikinis vom Leib. Sie stand da, wie Aphrodite, die Schaumgeborene, was einen lüsternen Schweizer zum Ausspruch veranlaßte: „Die ischt ja unten ohne!“

Nach einer Woche wurden Edith und Fritz schließlich über Athen zurück in die Heimat geflogen. Das Abenteuer „Griechenland per Schiff“ war glüklich überstanden. Am Flughafen wurden die beiden Österreicher von Reportern zweier Tageszeitungen über das Schiffsunglück interviewt. Obwohl sie dabei immer wieder betonten, daß es glücklicherweise zu keiner Panik gekommen wäre, stand anderntags in den Zeitungen: „Horror an Bord eines Kreuzfahrtschiffes.“ Reporter brauchen Sensationen, sonst fühlen sie sich nicht wohl.

DAS GEHEIMNIS DER TIEFKÜHLTRUHE

Nach dem Tode ihres Mannes führte Frau Lang noch einige Jahre dessen Großhandel für Chemikalien in der Roßauerlände weiter. Ihr zur Seite standen ein für die Firma schon viele Jahre tätiger, verlässlicher und arbeitssamer Magazineur, dem der gesamte Verkauf und Versand oblag, sowie eine Sekretärin, die alle eingehenden Bestellungen aufnahm, Rechnungen schrieb und die Buchhaltung führte. Die Geschäftsverbindung mit Lieferanten und einigen Großabnehmern hielt die Geschäftsfrau allerdings persönlich aufrecht. Da sie ferner überall dort einsprang, wo Not am Mann (oder Frau) war, konnte sie sich über mangelnde Beschäftigung nicht beklagen. Im Gegenteil, sie war am Wochenende oft richtig ausgelaugt und sehnte sich nach Ruhe.

In Mödling besaßen die Langs schon seit Jahren ein Einfamilienhaus mit einem kleinen, aber sehr schönen Garten, in das sich die Witwe in ihrer Freizeit gerne zurückzog. Das Haus hatte nur einen einzigen, aber gravierenden Nachteil. Es war für eine alleinstehende Person viel zu groß. Angefangen davon, daß man auch nicht benützte Räume von Zeit zu Zeit aufräumen und säubern muß, über das Fensterputzen bis hin zur Gartenpflege. Das wurde einfach zu viel für einen Menschen, der sein Refugium primär nicht für zusätzliche Arbeitseinsätze sondern zur Erholung aufsuchte.

Hinzu kam, daß ein nicht ständig bewohntes Haus lichtscheues Gesindel anzieht, ganz abgesehen davon, daß sich eine alleinstehende Frau in einem zweistöckigen Haus etwas unsicher fühlt. Frau Lang gab daher in einigen Zeitungen Annoncen auf, in denen sie ein arbeitssames, ehrliches Ehepaar suchte, denen sie kostenloses Quartier im Untergeschoß des Hauses anbot und überdies gute Bezahlung für ständige Hausbeaufsichtigung, Durchführung von Reinigungsarbeiten aller Art und Gartenbetreuung.

Es meldeten sich bald darauf eine Reihe von Interessenten mit und ohne Familienanhang, verheiratete und sich nur als solche ausgebende, um den Job zu bekommen, Gestalten, die zum Fürchten waren und solche, die so gebrechlich schienen, daß man ihnen nicht einmal die allerkleinsten Tätigkeiten zutrauen konnte. Ein Großteil der Bewerber sah wenig vertrauenserweckend aus. Es bewarben sich auch Ausländer um den Posten, die kaum der deutschen Sprache mächtig waren oder Personen, die während des kurzen Interviews eine ganze Schachtel Zigaretten inhalierten. Andere rochen derart nach Alkohol, daß man annehmen mußte, sie nur selten nüchtern anzutreffen. Es war deprimierend. Da beklagt man sich allerorts über ständig steigende Arbeitslosenzahlen und wenn man dann jemanden eine gut bezahlte Arbeit anbietet, findet sich kaum einer, der wirklich arbeitswillig ist und eine solche Chance ergreift.

Endlich ein Lichtblick. Nachdem die eigenen Annoncen nur ein negatives Ergebnis brachten, vielleicht weil die Adresse der Liegenschaft angeführt war, samt Hinweis, daß es sich um ein Einfamilienhaus handelt, bei dem manche annahmen, sie bekämen viel Geld ohne eine Gegenleistung erbringen zu müssen, studierte Frau Lang vermehrt Einschaltungen, die Arbeitssuchende selbst aufgegeben hatten. Darunter auch eine, die erfolgversprechend klang:

Fleißiges, kinderloses Ehepaar, in handwerklichen Arbeiten versiert, sucht Hausmeisterposten und übernimmt auch Gartenarbeiten. Ein erstes Gespräch mit dem Paar ergab zwar keinen überwältigend positiven Eindruck von den beiden, aber es war auch nichts zu entdecken, was dagegen gesprochen hätte. Also wurde man bald handelseins und die beiden zogen schon einen Monat später in die schon zu früheren Zeiten als Portierwohnung genutzten Räumlichkeiten.

Frau Lang war zufrieden mit den geleisteten Arbeiten. Wenn sie zum Wochenende aus Wien kam, war ihre Wohnung aufgeräumt, das Stiegenhaus gesäubert, der Garten gepflegt. Das Ehepaar ließ die Liegenschaft nie allein, einer der beiden war immer anwesend, selbst über das Wochenende, denn die nächsten Verwandten wohnten weit weg, in Tirol, und wurden nur gelegentlich von der Portiersfrau besucht. Selbst empfingen sie offenbar nie jemanden, zumindest nicht dann, wenn Frau Lang im Hause war.

So ging das einige Jahre ganz gut. In der Zwischenzeit hatte die Geschäftsfrau ihr Geschäft in der Roßauerlände liquidiert und war mit Sack und Pack in ihr Mödlinger Haus übersiedelt. Vorher hatte sie noch ihre im Dachgeschoß liegende Wohnung gründlich renovieren und durch einen weiteren Raum vergrößern lassen, der bisher im Dachboden als Abstellraum diente. Den ersten Stock vermietete sie an einen Arzt als Ordination, der viermal in der Woche, jeweils an den Nachmittagen Patienten empfing. Dabei ging es aber immer gesittet und ruhig zu. Der Arzt war geradezu ein idealer Mieter.

Hingegen fiel Frau Lang auf, daß das Hausbesorgerehepaar sehr oft lautstark miteinander stritt und ihre Arbeiten nicht mehr so sorgfältig ausführte, wie bisher. Diesbezüglich zur Rede gestellt, argumentierten die beiden, daß durch die hinzugekommene Arztpraxis wesentlich mehr Reinigungsarbeiten anfallen und sie diesen, bedingt durch zunehmendes Alter nicht mehr gewachsen seien.

Diese Rechtfertigung hatte einiges für sich. Es war natürlich ein Unterschied, ob der Hauszugang und das Stiegenhaus nur von einer alleinstehenden Dame oder von vielen Patienten benutzt wurde. Man fand schließlich ein Agreement, das alle Beteiligten zufriedenstellen sollte.

Nichts änderte sich jedoch an den immer häufiger werdenden Streitigkeiten zwischen dem Hausmeisterpaar. Selbst wenn die Frau wieder einmal auf Verwandtenbesuch auswärts weilte, kehrte keine Ruhe ein, denn dann empfing ihr Mann sehr zwielichtige Gestalten, sowohl Männer als auch Frauen. Es wurde offenbar viel getrunken und gegröhlt und mehrmals mußte Frau Lang sich Ruhe ausbitten, ja sie drohte sogar, das Arbeitsverhältnis aufzukündigen.

Diese Warnung schien Wirkung zu zeigen. Der Lärm aus der Hausbesorgerwohnung hielt sich nunmehr in Grenzen. Allerdings fiel der Hausfrau auf, daß sie schon wochenlang ihre Hausmeisterin nicht gesehen hatte und daß offensichtlich auch niemand das Stiegenhaus aufwusch. Reinigungsarbeiten in ihrer Wohnung hatte sie seit der letzten Auseinandersetzung mit dem Hausmeisterpaar sowieso .schon einer anderen, verläßlicheren Frau aus der näheren Umgebung übertragen, sodaß der Kontakt mit den Portiersleuten nahezu abriß. Als Frau Lang dem Mann wieder einmal im Stiegenhaus begegnete und nach den Verbleib seines Weibes frug, antwortete er: „Sie hat gesagt, daß sie zu ihren Verwandten nach Tirol fährt und diesmal länger ausbleibt." „Dann müssen aber sie die Reinigung während ihrer Abwesenheit im Hause durchführen oder sich eine Hilfskraft suchen, die die Arbeiten verrichtet. Das war so zwischen uns vereinbart. Wofür zahle ich sie?"

Eine Zeitlang spurte der Hausmeister, aber immer öfter bekam er Besuch. Es wurde wieder laut in der Portierwohnung, besonders abends, wenn die Ordination schon geschlossen war. Eines Tages, an dem der Arzt nicht ordinierte, war es besonders arg. Geschimpfe drang vom Untergeschoß bis ganz nach oben, Türen wurden zugeknallt und schließlich gab es einen markerschütternden Schrei, der Frau Lang, die eben nach unten gehen wollte, beinahe das Blut in den Adern gefrieren ließ. Sie überlegte, ob sie die Polizei anrufen sollte oder nicht, doch plötzlich kehrte absolute Stille ein.

Nicht lange danach war die Hölle los. Mehrere Funkstreifen fuhren mit Blaulicht und Sirenengetöse vor. Zahlreiche Polizisten sprangen aus den Wägen, es wurde stürmisch an der Hausglocke geläutet und Frau Lang eilte persönlich zum Garteneingang, um zu erfahren, was hier gespielt wird. Die Beamten ließen sich auf kein Gespräch ein. Sie drängten die Hausfrau zur Seite und eilten in das Untergeschoß. In ihrer Begleitung eine in Tränen aufgelöste Frau, die kaum imstande war zusammenhängend zu sprechen. Sie schluchzte nur laut und führte die Polizisten zu einer Tiefkühltruhe, die im Vorraum des Untergeschosses stand.

Als man den Deckel der Truhe hob, wurde denjenigen, die einen Blick in dieselbe werfen konnten, todübel. Drinnen lag die tiefgekühlte Leiche einer älteren Frau. Die Hausbesitzerin war nahe einer Ohnmacht und mußte von den Ordnungshütern gestützt und beruhigt werden.

Aus der Portierwohnung lugten zwei Gestalten, die sich kaum mehr auf ihren Beinen halten konnten, so sehr hatten sie in den letzten zwei Stunden dem Alkohol zugesprochen. Eine davon wurde von Frau Lang als Hausmeister indentifiziert und die tiefgefrorene Person als dessen Ehefrau. Während ein Polizist das Morddezernat verständigte, versuchten zwei andere, von den beiden Betrunkenen irgend etwas zu erfahren. Das war vergebliche Liebesmühe. Der Portier erkannte nicht einmal seine eigene Frau.

Mit dem Erscheinen der Mordkommission schien endlich die bisher vorherrschende Hektik und das ziellose Durcheinander in etwas geordnetere Bahnen zu wechseln. Zu den vielen Polizeifahrzeugen hatte sich inzwischen auch ein Rettungsauto gesellt. Dadurch aufmerksam geworden, sammelte sich alsbald eine größere Menschenmenge sensationsgierig vor dem Hause und behinderte erheblich den Verkehr, obwohl die Liegenschaft in einer eher ruhigen Gegend Mödlings situiert war.

Es kostete die Besatzung einer Funkstreife erhebliche Mühe, die Neugierigen davon abzuhalten, in den Garten einzudringen und in die ebenerdige Hausmeisterwohnung zu blicken. Auch als es zu dunkeln begann, zerstreuten sich die Volksmassen nicht, denn es waren in der Zwischenzeit etliche Reporter von verschiedenen Zeitungsredaktionen am Schauplatz eingetroffen und die Gerüchtebörse begann zu kochen. Die Zeitungsleute nervten mit ihren Fragen die Erhebungsbeamten, die zu diesem Zeitpunkt nicht einmal sagen konnten, ob die aufgefundene Person eines natürlichen Todes gestorben war oder einem Unfall zum Opfer fiel, und danach in Panik in der Tiefkühltruhe deportiert wurde. Natürlich konnte es sich auch um Mord handeln. Um dies zu klären, mußte man jedoch die Tote zunächst einmal aus dem eiskalten Behälter herauslösen. Das war aber völlig unmöglich, weil sie allseitig an den Innenwänden und am Boden der Truhe angefroren war.

Die Hausbesitzerin, die einem Nervenzusammenbruch nahe war und unter keinen Umständen die Nacht in ihrem Haus zubringen wollte, transportierte man zunächst vorsorglich mit der Rettung ab. Dann entschied man sich, die Frau, die offensichtlich an dem in der Portierwohnung stattgefundenen Saufgelage teilgenommen und durch ihre Meldung bei der Polizei die mysteriöse Angelegenheit ins Rollen gebracht hatte, mit aufs Polizeipräsidium zu nehmen, um sie weiter zu verhören.

Die beiden Betrunkenen verbrachte man zwecks Ausnüchterung in eine Polizeizelle und langsam zerstreute sich der Menschenauflauf vor dem Hause. Schließlich kehrte wieder Ruhe in der Gegend ein, lediglich ein Funkstreifenwagen verblieb mit seiner Besatzung über Nacht an Ort und Stelle.

Die folgenden Tage waren von einem laufenden Kommen und Gehen verschiedener uniformierter und nicht uniformierter Personen geprägt. Da die Tote, obwohl die Tiefkühltruhe sogleich nach Entdeckung des grausigen Inhaltes sofort stromlos gemacht worden war, auch am nächsten Morgen noch am Boden ihres eisigen Verlieses angefroren war, mußte man sie samt Kühlbehälter in das gerichtsmedizinische Institut abtransportieren. Sodann versiegelte man die Portierwohnung zwecks Durchführung weiterer Erhebungen.

Noch in der ersten Nacht war die Gefährtin der beiden in der Hausmeisterwohnung angetroffenen Männer stundenlang verhört worden. Sie gab an, Elly Jellinek zu heißen, 46 Jahre alt zu sein und in Mödling zu wohnen. Sie gab weiters die Identität und die Adresse ihrer Kollegin bekannt, mit der sie schon mehrmals halbe Nächte hier verbracht und an Freß- und Sauforgien teilgenommen hatte. Einmal sei die Frau des Hausmeisters völlig unerwartet aufgetaucht, hätte ihren Mann auf das ordinärste im Beisein aller Anwesenden beschimpft und geohrfeigt, schließlich die zwei Freundinnen an den Haaren gerissen, bei der Wohnzimmertür hinausgetreten und ihnen die Handtaschen nachgeworfen. Die beiden hätten erst dann wieder Mut gefunden, ihre „Haberer“ in der Dienstwohnung zu besuchen, als diese erklärten, das rabiate Weib wäre zu einem Verwandtenbesuch nach Tirol gefahren und käme sobald nicht wieder.

Auf die Frage der Beamten, wie sie schließlich von der Leiche in der Kühltruhe erfahren hätte, entgegnete sie, daß dies ein reiner Zufall gewesen wäre. Im Gegensatz zu früheren Besuchen wären den beiden Freundinnen diesmal nur Getränke angeboten worden, aber nichts zu essen. Nun wußten sie von früher, daß in der Kühltruhe im Vorzimmer immer etwas Eßbares zu finden sei. Frau Jellinek wäre daher hintausgelaufen, um etwas zu holen und fand stattdessen die tiefgefrorene Hausmeisterin. Der Entsetzensschrei hätte ihre Kollegin aufgeschreckt und beide hätten fluchtartig das Haus verlassen, ehe die beiden Saufkumpane überhaupt begriffen, um was es ging.

Diese Version wurde von der Freundin, die von der Polizei inzwischen ausgeforscht worden war, vollinhaltlich bestätigt, sodaß kein Grund bestand, die beiden Frauen weiter zu befragen. Wohl geschah dies aber mit den beiden Männern, die sich zunächst völlig ahnungslos stellten und behaupteten, die Tiefkühltruhe würde Frau Lang gehören. Deshalb wäre sie auch nicht in der Hausmeisterwohnung abgestellt, sondern im Vorraum zum Stiegenhaus, zu der sogar Fremde Zutritt hätten.

Als jedoch vom gerichtsmedizinischen Institut die Nachricht eintraf, daß die Hausmeisterin nicht eines natürlichen Todes gestorben sei, sondern mit einem stumpfen Gegenstand erschlagen worden war, unterzogen die Kriminalisten den Ehegatten derselben einem stundenlangen Verhör. Schließlich bequemte sich dieser, zuzugeben, daß seine Gattin sozusagen in Notwehr getötet worden war. Sie hätte sich wie ein Berserker benommen, mit einer schweren Bratpfanne auf die Männer eingeschlagen und schließlich sogar ein Küchenmesser in die Hand genommen, nachdem sie draufgekommen war, daß die beiden sich mit zwei Prostituierten eingelassen hatten. Bei dieser Erzählung verwickelten sich die Männer laufend in Widersprüche und beschuldigten einander gegenseitig, die Tat begangen zu haben. Zuletzt entstand der Eindruck, daß es sich um vorsätzlichen Mord handelte.

Erschütternd war der Umstand, daß Niemandem in der Umgebung aufgefallen war, daß die Hausmeisterin seit Mai nicht mehr gesehen wurde. Inzwischen war es November geworden. Die Leiche lag also schon ein halbes Jahr in der Tiefkühltruhe.

Das Kommen und Gehen im Haus hielt noch tagelang an, bis der genaue Hergang der Tat eindeutig geklärt schien. Frau Lang konnte erst vier Tage später wieder einziehen und die Ordination war ebenfalls für zwei Nachmittage gesperrt worden. Die des Mordes verdächtigen beiden Männer kamen vor Gericht und wurden zu mehrjährigen Haftstrafen verurteilt, wobei man als erwiesen annahm, daß der Freund des Portiers der eigentliche Schuldige war, sodaß er einige Jahre mehr aufgebrummt bekam. Die bisherige Unbescholtenheit der Männer und der Umstand, daß beide zur Tatzeit schwer alkoholisiert waren, wurde als strafmildernd bewertet. Es ist daher eine vorzeitige Haftentlassung durchaus möglich und somit damit zu rechnen, daß die beiden bald wieder unter uns weilen.

BROTLOSE KUNST

Ein Mann, der sich als Künstler wähnt,
aus Stolz sich vor dem Betteln schämt,
der lebt bekanntlich nicht sehr lang,
denn Sorgen machen alt und krank.

Das Geld fließt meist nur jenen zu,
die schnorren ohne Rast und Ruh'.
Wer das beherrscht, wird populär.
Bei Skruplern bleibt die Tasche leer.

AUFTRITT DER BANDERILLEROS

Der Krieg war zu Ende gegangen und das Leben begann sich zu normalisieren. Auch der Theaterbetrieb kam wieder in Schwung. Man mußte zwar viel improvisieren, tat dies aber mit wahrer Begeisterung. Es wurde gehämmert und gesägt, gemalt und tapeziert, geputzt und geschrubbt und es waren nicht nur Bühnenarbeiter die eifrigst Hand anlegten um ihr Haus wieder betriebsbereit zu machen. Nein, auch Sänger und Schauspieler arbeiteten mit. Alte, verstaubte Dekorationen, die sich irgendwo fanden, wurden hervorgeholt und restauriert, und manchmal setzte man ein Stück nur deshalb auf das Programm, weil man hierzu die nötigen Requisiten und Kostüme aufgefunden hatte.

Das war auch in einem Theater der Fall, wo man auf die Idee verfiel, die Oper Carmen von Georges Bizet aufzuführen, da ein Ensemble zur Verfügung stand, das die Rollen beherrschte. Bekanntlich wird in diesem Stück eine größere Anzahl von Statisten benötigt, die ein Theater nicht immer auf Abruf bereitstehen hat, aber es gab genügend Studenten, die sich gerne ein Taschengeld verdienen wollten und mit Freude mitmachten, umso mehr als für deren Auftritt keine Proben erforderlich waren, sondern einfache Anweisungen genügten.

Ein Sportkollege, der schon längere Zeit als Statist in diesem Theater beschäftigt war, überredete mich eines nachmittags mitzumachen. Ich sollte mich zeitgerecht am Abend im Foyer einfinden, da noch einige Statisten für „Carmen" aufgenommen werden. Außer einigen Schilling Honorar könnte ich überdies einen Teil der Aufführung von den Stehplätzen kostenlos genießen. Das ließ ich mir nicht zweimal sagen, um so mehr, als mich diese Oper damals besonders begeisterte und, wie ich erfahren hatte, zusätzlich die „Arlesienne Suite" als Balletteinlage im 3. Akt eingebaut wurde.

Zur vereinbarten Zeit fand ich mich am angegebenen Ort ein, wurde tatsächlich engagiert und sollte, als einer von zwei „Banderilleros" mit einem bunten Spieß in jeder Hand, zum gegebenen Zeitpunkt zusammen mit den „Piccadores" und dem Torero über die Bühne marschieren.

Das Orchester setzte mit Bizets feurigen Klängen ein, ich fuchtelte mit meinen Spießen in der Luft herum und gerade, als es zum Aufmarsch kommen sollte, verhängte sich einer meiner Banderillos im Vorhang, der gerade aufging. Ich zerrte zunächst vorsichtig, dann immer ungestümer an meinem Requisit und begann im Gleichschritt mit meinem Kollegen loszumarschieren. Da passierte etwas Ungeheuerliches. Der gesamte Bühnenvorhang stürzte herab und begrub mich und noch einige andere unter sich. Es kam zu einem schrecklichen Tumult. Während ich verzweifelt bemüht war, mich aus den Tuchmassen zu befreien, hörte ich das Publikum gröhlen und applaudieren. Mich erfaßte Panik. Hatte ich am Ende die gesamte Vorstellung geschmissen? Im Geiste sah ich mich bereits im Gefängnis und mit enormen Schadenersatzforderungen konfrontiert. Nur fort von hier, war mein einziges Bestreben. Während Schauspieler und Statisten noch mit dem Monstrum von Vorhang kämpften, gelang es mir, mich aus den Tuchmassen zu befreien und irgendwie die Garderobe zu erreichen. Was dann weiter geschah, habe ich in meiner Angst total verdrängt. Irgendwie konnte ich mich meiner Verkleidung als Banderillero entledigen und meine eigenen Klamotten anziehen, dann flüchtete ich Hals über Kopf aus dem Theater.

Da ich im weiteren fürchtete, als Missetäter ausgeforscht und einer gerechten Strafe zugeführt zu werden, verließ ich kurz danach mein Heim und fuhr auf „Urlaub“ zu Verwandten aufs Land. Ich vermied es in der nächsten Zeit, Nachrichten im Radio anzuhören oder Zeitungen zu lesen, habe aber zu einem späteren Zeitpunkt erfahren, daß von einem kleineren Theaterskandal die Rede war, weil die Opernvorstellung vorzeitig abgebrochen werden mußte, ohne daß man des Schuldigen habhaft wurde.

Erst heute wage ich, mein Gewissen durch das Geständnis zu erleichtern, daß ich damals der Übeltäter war, doch nehme ich an, daß es heute kaum jemanden gibt, der sich an dieses Vorkommnis erinnert.

DER FRÜHLING KOMMT

Der Winter hängt noch in den Bergen,
die Nächte sind recht rauh und kalt.
Und doch, es läßt sich nicht verbergen.
Der Frühling kommt, er kommt schon bald.

Die Krähen sind schon weggeflogen.
Am Morgen dampfen Feld und Wald.
Noch ist der Nebel nicht verzogen,
doch Frühling kommt, er kommt schon bald.

Ganz zaghaft will die Sonne scheinen,
der erste Vogelruf erschallt.
Die Wand’rer sind schon auf den Beinen.
Der Frühling kommt, er kommt schon bald.

Fast grenzenlos ist schon das Sehnen
Nach Licht und Luft, bei jung und alt.
Wie sich die letzten Wochen dehnen.
Doch Frühling kommt, er kommt schon bald.

GEBURTSTAGSTORTE ALS LEBENSRETTER

Der Beamte im Luftgaukommando Wien, Jakob Perner, war zwar für den Kriegsdienst in der deutschen Wehrmacht schon zu alt, wäre aber im letzten Jahr des 2. Weltkriegs sicher zum „Volkssturm“ eingezogen worden, hätte er beruflich nicht mit der Inspektion von Lazaretten im damaligen „großdeutschen“ Reich zu tun gehabt. Als solcher durfte oder sollte er bei seinen Dienstreisen auch Uniform tragen. Im Range eines Majors übrigens, da er schon im l. Weltkrieg Offizier gewesen war.

In Kürze stand eine Lazarettbesichtigung in Wismar auf dem Programm. Im Anschluß daran wollte er nach Kiel reisen, da seine dort lebende Schwiegermutter in dieser Zeit ihren 70. Geburtstag beging. Er bat deshalb seine Vorgesetzten um einen Kurzurlaub, der gnädigst gewährt wurde.

In letzter Minute sollte er eine dringende, unvorhergesehene Dienstreise nach Prag unternehmen, wodurch sich die Abreise nach Wismar um einige Tage verschob. Aus dem „Protektorat“, wie die Tschechoslowakei damals hieß, konnte man allerlei nahrhafte Lebensmittel mitbringen, die es in der „Ostmark“ längst nicht mehr gab. Aus diesen buk seine Frau eine wunderbare, kalorienreiche Geburtstagstorte, um sie als Überraschung ihrer Mutter zu schenken. Inzwischen hatte man den Marschbefehl für Major Perner so geändert, daß er zum Zeitpunkt des Festes in Wismar sein, und erst danach nach Kiel reisen sollte.

Das wurmte den Beamten sehr, denn er hätte allzu gerne an der Geburtstagsfeier teilgenommen und von einer lang entbehrten Köstlichkeit, nämlich der mitgebrachten Torte, ein oder zwei Stück genossen. So entschloß er sich, zuerst den Urlaub zu nehmen, und dann das Luftwaffen-Lazarett zu inspizieren.

Bei der Hinfahrt nach Kiel gab es keine Probleme. Das Treffen bei den Schwiegereltern verlief in vollster Harmonie, man konnte beinahe den Krieg vergessen. Als er seine für zwei Tage unterbrochene Dienstreise fortsetzte, geriet Jakob Perner wegen seiner Eigenmächtigkeit allerdings in größte Schwierigkeiten. Er wurde anläßlich einer damals sehr häufig vorgenommenen Zugskontrolle beanstandet und peinlichst verhört. Man verhaftete ihn zwar nicht vom Fleck weg, nahm jedoch all seine Daten auf, um sie seiner Dienststelle nach Wien zu übermitteln, wo ihn ein äußerst unangenehmes Verfahren erwarten würde, das sogar vor einem Kriegsgericht enden hätte können.

Geschockt fuhr der Major ins Luftwaffenlazarett, zuvor aber in das Hotel, in dem er übernachten sollte. Von diesem existierte aber nur mehr eine Ruine. Es war exakt in der Nacht, die Herr Perner bei Befolgung seines Marschbefehls dort zugebracht hätte, durch Bombenvolltreffer zerstört worden. Von den dort untergebrachten annähernd 70 Gästen hatte keiner überlebt.

Zurückgekehrt nach Wien fand der Major an seiner Dienststelle bereits die Vorladung zur Einvernahme auf seinem Schreibtisch. Er konnte nachweisen, daß seine Eigenmächtigkeit, die Reiseroute zu ändern, ihm das Leben rettete. Die Anzeige wanderte in den Papierkorb.

DAS KNÖDEL-WETTESSEN

Der Fremdenverkehr zählt in Österreich zu den Devisenbringern schlechthin. Folglich muß man sich laufend etwas Neues einfallen lassen, um ausländische Touristen ins Land zu locken. Manche Tourismusmanager glauben, es genüge, ausreichend Geld in die Werbung zu pumpen. Das tut es nicht, man muß schon Taten setzen. Das haben einzelne Hoteliers in der Vergangenheit auch getan und Erfolg damit gehabt. Kaum war der Betrieb ausgelastet, waren ihnen die Kosten für zusätzliche Aktivitäten zu hoch und sie stellten sie wieder ein. Jetzt jammern sie über ausbleibende Gäste.

Der Chef eines bekannten bayerischen Hotels übernahm manche Ideen, die er im Nachbarland kennengelernt hatte und praktizierte sie erfolgreich in seinem Betrieb. So hatte er u.a. einen öffentlichen Wettbewerb im Knödelessen angesagt, an dem sich nicht nur Hausgäste, sondern auch andere Interessenten beteiligen konnten. Derjenige, der imstande war, an einem festgesetzten Abend die meisten Speckknödel zu verspeisen, sollte einen einwöchigen Urlaub samt Vollpension in seinem Hotel gewinnen.

Die Anmeldungen hierzu liefen zahlreich ein und am betreffenden Tag traten 18 Personen zu diesem Bewerb an. Einige, weil sie gerne einmal in einem 4-Sterne Hotel absteigen wollten, andere weil sie der Wettkampf reizte. Darunter Freund Charly, der, wenn es darauf ankam, gewaltige Portionen verspeisen konnte und sich, wie er mir später erzählte, einen Trick ausdachte, um sich von vornherein eine Poleposition zu verschaffen.

Zu Beginn bekam jeder Teilnehmer zunächst drei Knödel serviert. Charly startete aber mit vier. Anfangs strahlten alle siegesbewußt und die Speckknödel mundeten vortrefflich. Kaum war die Portion verspeist, kam Nachschub. Je mehr Knödel es wurden, desto mehr Teilnehmer schieden aus. Einer konnte es nicht fassen, daß er zu den Verlierern gehörte, hatte er doch, laut eigenen Angaben, noch in der Früh, sozusagen zum Training, mehr Stück verspeist, als später beim Wettbewerb.

Charly hielt tapfer mit. Sein Tempo wurde langsamer, das Schlucken immer schwieriger. Als nur mehr zwei Konkurrenten um den Sieg kämpften, schnauften beide spürbar und hatten Mühe, weiter zu essen. Die Knödel, so gut sie auch sein mochten, standen ihnen, wie man so sagt, bis zum Hals.

Als mein Freund an dem Punkt anlangte, an dem er nicht mehr konnte, sagte er: „Zwei verdrück ich noch, dann wird es mir wahrscheinlich zu viel." Sein Gegner, dem die Augen schon aus den Höhlen traten, sichtlich ebenfalls am Ende seiner Leistungsfähigkeit, wußte, daß er mit einem Knödel auf jeden Fall im Rückstand war. Um zu siegen, müßte er also mehr als drei Stück essen. Das würde er nicht schaffen, eher tot vom Sessel fallen.

Genau das war es, worauf Charly von Anfang an spekuliert hatte. Er hätte zum gegenwärtigen Zeitpunkt nicht einmal einen einzigen Bissen mehr geschafft. Das war aber nicht mehr nötig. Durch seinen physiologischen Trick hatte er den Wettkampf gewonnen und damit bewiesen, daß man manche Auseinandersetzung nicht mit roher Gewalt, sondern mit Hirn für sich entscheiden kann.

DER NEUESTE BESTSELLER

Hand aufs Herz. Wer ist nicht schon irgendwann einer besonders raffinierten Werbung auf den Leim gegangen? Darunter ist nicht die übliche, marktschreierische und penetrante Werbeberieselung der Menschen, z. B. für Waschmittel zu verstehen, sondern eine weit subtilere Form, bei der man im ersten Moment gar nicht erkennt, daß man manipuliert wird. Ein Beispiel gefällig?

Alljährlich werden unter großem Trara in verschiedensten Ländern Auszeichnungen für den besten Film, die besten Schauspieler, Regisseure etc. im abgelaufenen Produktionsjahr vergeben. Der „Oskar" gehört dazu. Wer nun glaubt, daß tatsächlich nur erstklassige Filme prämiert werden, erlebt oft herbe Enttäuschungen. Dahinter stecken weit eher finanzielle Interessen, denn die hohen Produktionskosten müssen irgendwie hereingebracht werden. Da kommt es auf zusätzliche Werbemillionen nicht an, um dem Publikum vorzugaukeln, es würde etwas versäumen, dieses Werk nicht gesehen zu haben.

Ähnlich geht es mit sogenannten „Bestsellern" oder mit der „CD der Woche" oder des Monats zu. Ein neues Buch oder eine Musikkassette verkaufen sich immer dann gut, wenn sie nicht im Wege einer aufdringlichen Werbung bekannt gemacht werden, sondern in Form einer „seriösen" Beurteilung durch ungebundene und neutrale Kommentatoren oder Kritiker, denen kein Naheverhältnis zu irgendwelchen Verlagen nachgewiesen werden kann. Eine Präsentation in den Kulturberichten des Fernsehens wirkt echt Wunder. Die Geschäfte werden gestürmt, denn was zu einem Bestseller hochstilisiert wurde, muß gut sein. Also wird es auch gekauft. Immer wieder ist zu beobachten, daß Menschen eine Buchhandlung oder ein Musikgeschäft mit der Frage betreten, welcher Titel neu in einer Bestsellerliste aufscheint, um dieses Werk dann nahezu unbesehen zu erwerben. Das macht bei einem einzelnen Laden keine besondere Menge aus. Es ist die Anzahl der vielen gleichartigen Geschäfte in einem Land, die sich hierbei auswirkt.

Man sollte nun meinen, daß es sehr schwierig ist, im illustren Kreis von erfolgreichen Autoren oder Komponisten Eingang zu finden, denen es gelungen ist, die Hürde eines guten Umsatzes zu bewältigen. Stellt sich doch ein Laie zumeist vor, daß sich in den betreffenden Fachgeschäften Käufer die Türklinke in die Hand drücken, sobald ein neues Werk in eine Bestsellerliste aufgenommen wird. Weit gefehlt. Wenn in einer der Buchhandlungen, die von der Redaktion einer Zeitung allmonatlich befragt wird, welche Bücher sich in der letzten Zeit am besten verkauft haben, pro Woche fünf bis zehn Exemplare über den Ladentisch wandern, wird dieser Band schon als bevorzugtes Käuferobjekt bezeichnet. Es darf also niemanden wundern, wenn auch hier durch „versteckte Werbung" ein wenig nachgeholfen wird. Das kommt allemal billiger als ein Fernsehspot.

Wenzel Tugendsam, ein sogenannter Hobbyliterat, hätte sein Steckenpferd, das Schreiben, gerne zu seinem Hauptberuf gemacht. Er hatte aber schon bald erkannt, daß es auch in diesem Metier nicht unbedingt darauf ankam, gute Ideen zu haben und diese vortrefflich zu Papier bringen zu können, sondern daß man über Beziehungen verfügen müsse. Trotz einer ausgedehnten Verwandtschaft und eines großen Freundeskreises war dies aber nicht der Fall. Aus diesem Grund hatte er sich schon frühzeitig um einen „ordentlichen Beruf“ umgesehen und war Beamter geworden. Als solcher war er keinem besonderen Streß ausgesetzt, trug wenig oder gar keine Verantwortung und konnte sich in den vielen Leerläufen seiner Tätigkeit allerhand Geschichten ausdenken, die er, am frühen Nachmittag heimgekehrt, niederschrieb. Mit der Zeit brachte er auf diese Art einen ansehnlichen Berg beschriebenen Papiers zusammen und wartete auf eine Gelegenheit, einen Verleger dafür zu interessieren.

Vergeblich. Die meisten waren nicht einmal bereit, seine in bestem deutsch verfaßten und säuberlich getippten Seiten durchzublättern oder zumindest einer oberflächlichen Begutachtung zu unterziehen. Selbst wenn es ihm einmal gelang, durch Becircen einer Sekretärin, seine gesammelten Werke bei einem Verlag abzugeben, damit der allgewaltige Boß sich diese in einer ruhigen Stunde zu Gemüte führen könne, brachte dies nichts. Im Gegenteil. Er mußte froh sein, wenn er seine Unterlagen nach Wochen vergeblichen Hoffens und zahlreicher Anrufe und Urgenzen zurückbekam, denn manchmal verschwanden sie auf unerklärliche Art und Weise und tauchten nie mehr wieder auf.

Ein einziges Mal gelang es ihm, einem Verlegergott persönlich gegenüberzustehen und sein Anliegen vorzubringen. Dieser gab ihm genau drei Minuten Zeit hierfür, doch mußte er sich einen Monolog anhören, wie viele zehntausend Bücher jährlich neu auf den Markt kommen und welche Menge an Manuskripten wöchentlich allein auf seinem Tisch zur Begutachtung landen. „Wenn sie Konsalik heißen,“ meinte er abschließend, „können sie mir bringen, was sie wollen. Ich veröffentliche alles unbesehen. Wer aber kennt Wenzel Tugendsam?“ Damit war das Gespräch beendet. Der erfolglose Literat sagte sich: „Ihr werdet mich kennenlernen. Wenn niemand bereit ist, wenigstens einige Zeilen meiner Erzählungen zu lesen, dann bringe ich sie im Eigenverlag heraus. Irgendwann muß sich doch schriftstellerische Begabung durchsetzen. Wenn man die in manchen Zeitungen und Zeitschriften veröffentlichten Geschichten liest, kommt einem oft das Heulen. Vielfach sinnloses Geschwafel, ohne Anfang und Ende, als hätte jemand allerlei Worte in einen Mixer geschüttet und dann versucht, Sätze daraus zu formen. So etwas schreibe ich mit der linken Hand.“ Danach ging er zielstrebig ans Werk.

Eine große Auflage konnte er sich nicht leisten. Eine kleine auch nicht, denn bei 500 Stück wäre ein Buch kaum billiger gekommen, als wenn die doppelte Menge gedruckt wird. Mehrkosten entstehen dann nur mehr durch den zusätzlichen Papierbedarf. Somit ließ er zweitausend Exemplare anfertigen. Das ergab einen einigermaßen vertretbaren Stückpreis. Nun sandte er einen schön gestalteten und ausgearbeiteten Prospekt an alle Buchhändler Österreichs. Es trudelte keine Bestellung ein, ja es gab überhaupt keinerlei Reaktion darauf, obwohl er fein säuberlich die schönsten Briefmarken aufgeklebt hatte und die Aussendung nicht mit dem Vermerk: „Postgebühr bar bezahlt“ versehen hatte. Er blieb auf seinem Bücherberg sitzen.

Nach drei Wochen untätigen Wartens besorgte er sich die Adressen deutscher Buchhändler und schrieb diese ebenfalls unter Beilage seines Farbprospektes an. Überdies bot er einen so hohen Buchhändlerrabatt an, daß der Abgabepreis schon niedriger lag als seine Eigenkosten. Er wollte einfach um jeden Preis endlich einmal ernst genommen werden. Aber auch die deutschen Buchhändler ließen allesamt nichts von sich hören.

Jetzt setzte der schon ziemlich verzweifelte Schriftsteller alles auf eine Karte. Er verschickte je ein kostenloses Leseexemplar mit einem freundlichen Begleitbrief sowohl an die Kulturredaktionen verschiedener namhafter Zeitungen als auch an die wichtigsten Buchhändler im deutschen Sprachraum zur Ansicht und hoffte, damit das Eis brechen und Interesse für sein Buch erwecken zu können. Er hätte aber zu gerne gewußt, ob die Empfänger sein Buch überhaupt lesen. Um das herauszufinden und wohl auch um zu verhindern, daß seine Bücher womöglich unter der Hand verkauft werden, hatte er irgendwo am Ende einer Erzählung den Vermerk angebracht: „Unverkäufliches Belegexemplar."

Lange tat sich nichts. Durch puren Zufall stieß Herr Tugendsam in einer Zeitung auf eine Leserzuschrift, wie er sich solche mit Vorliebe in seinem Amte zu Gemüte führte, weil ihm oft richtig langweilig war und man aus Lesermeinungen weit eher erfährt, was einem kleinen Bürger in unserm Land alles widerfahren kann. Darin wollte eine Frau wissen, was sie gegen einen Buchhändler unternehmen könne, der ihr ein Buch verkauft hatte, das sich nachträglich als unverkäufliches Werbeexemplar herausstellte und sich mit diesem Vermerk im Inneren des Bandes als wertlos entpuppte. Der Händler wollte aber von einer Rückerstattung des Kaufpreises nichts wissen.

Der für Leserzuschriften verantwortliche Redakteur gab den Rat, sich diesbezüglich mit einem eingeschriebenen Brief nochmals an die Buchhandlung zu wenden. Der Verkauf eines nicht hierfür bestimmten Buches verstoße eindeutig gegen die guten Sitten. Schließlich dürfe auch ein Arzt kein „unverkäufliches Ärztemuster" an Patienten verkaufen.

Zwei Wochen später wurde dasselbe Thema in einer anderen Zeitung aufgegriffen, diesmal aber mit voller Namensnennung des Buchtitels. Wenzel stellte mit Erstaunen fest, daß erstmalig von seinem Buch die Rede war. Nun überstürzten sich die Ereignisse. In die öffentliche Diskussion mischte sich ein Jurist ein, dessen Frau auf Grund der Zeitungsveröffentlichung feststellte, daß sie ebenfalls Käuferin eines Buches war, das auf Seite 124 den Vermerk trug: „Unverkäufliches Belegexemplar". Der Anwalt, nicht faul, sprach persönlich im Buchladen vor, wo man zunächst behauptete, das Buch sei dort nicht verkauft worden. Nun besaß seine Frau aber eine Rechnung von diesem Geschäft, aus dem Buchtitel und Rechnungsbetrag eindeutig hervorgingen. Der Geschäftsinhaber rang sich schließlich zu der Erklärung durch, den Zahlungsbeleg müsse eine Angestellte ohne sein Wissen ausgestellt haben. Im übrigen hätte er das Buch aber so eingekauft und von dem Vermerk darin nichts gewußt. Wenn einer also schadenersatzpflichtig sei, so wäre dies der Verlag.

Wie das im Leben oft so ist. Aus einer Mücke wurde ein Elefant. Die Sache kam vor Gericht und entwickelte sich zu einem außergewöhnlichen Rechtsstreit. Es ging zunächst darum, wer eigentlich berechtigt sei, zu klagen. Es wurde z.B. der Fall des unverkäuflichen Ärztemusters aufgegriffen. Es sei sehr ungewöhnlich und eigentlich nicht vorstellbar, daß ein Mediziner Medikamente, die er zu Testversuchen gratis von Pharmavertretern bekommt, an seine Patienten gegen Bezahlung abgibt. Doch sollte dieser unwahrscheinliche Fall tatsächlich einmal auftreten, so werde der Käufer, so wurde argumentiert, nicht geschädigt, denn das Medikament, das er auf diese Art erwirbt, entspricht ja allen Ansprüchen, die man an ein solches Produkt stellt. Im Gegenteil. Da der Arzt dieses verständlicherweise günstiger verkaufen wird, als es in einer Apotheke zu haben ist, würde der Patient sogar davon profitieren. Geschädigt wäre höchstens der Pharmabetrieb, der zum Zwecke der Werbung kostenlose Ärztemuster verteilt.

Bücher werden aber im allgemeinen von Verlagen nicht gratis als Leseproben an Buchhändler abgegeben. Sollte dies aber doch passieren, dann wäre nichts dagegen einzuwenden, wenn der Händler diese zum normalen Buchpreis verkauft. Anders sähe die Sache aber aus, wenn in diesem Buch ein Werbeeindruck enthalten ist, der dasselbe wertlos macht, noch dazu wenn dieser Eindruck besagt, daß es sich hierbei um ein unverkäufliches Musterexemplar handelt.

Die Angelegenheit endete schließlich wie das Hornberger Schießen, denn der Wert, um den hier gestritten wurde, war nahezu lächerlich. Es ging ja nur um ein einziges Buch mit einem Preis von knapp über hundert Schilling. Für Wenzel Tugendsam, der seinen Erstling natürlich unter einem Pseudonym herausgebracht hatte, um in seiner Dienststelle nicht unangenehm aufzufallen, entwickelte sich die Sache aber zu einem gefundenen Fressen. Das viele Hin- und Her in der Presse hatte nämlich einiges Aufsehen nach sich gezogen und die Zeitungsleser wollten unbedingt erfahren, was es denn mit diesem Buch für eine Bewandtnis habe, wenn sogar ein Gericht mit dem Verkauf eines einzigen Bandes befaßt wurde. Die Buchhändler konnten nun nicht umhin, dieses Buch in ihr Sortiment aufzunehmen und plötzlich schien es ohne weiteres Zutun in der neuesten Bestsellerliste auf.

Was durch schriftstellerische Leistung absolut unmöglich war, nämlich ohne jede Protektion für sein Erstlingswerk als Literat anerkannt zu werden, hatte sich für den Autor Tugendsam durch Zufall nahezu von selbst ergeben. Es muß wohl nicht besonders erwähnt werden, daß er sich fortan für seine weitere künstlerische Tätigkeit keine Sorgen mehr zu machen brauchte. Ab diesem Zeitpunkt konnte er sich den Verlag aussuchen, der seine weiteren Bücher herausbringen wollte.

ERFINDERSCHICKSAL

Es gibt Menschen, die wachsen heran so wie Du und ich, erlernen einen Beruf, gründen eine Familie und leben mehr oder weniger in den Tag hinein. Dazu gehören die meisten von uns, ganz gleich welcher Hautfarbe, Rasse oder Religion sie angehören, in welchem Erdteil sie zu Hause sind und in welcher Sprache sie untereinander verkehren. Ein kleiner Prozentsatz von ihnen gibt sich damit aber nicht zufrieden, das sind diejenigen, die laufend neue Ideen produzieren. Wissenschaftler, Künstler, Dichter, Komponisten und vor allem Erfinder. Sie sind es, die das Leben für uns alle erst richtig lebenswert machen.

Thomas Berenson war so einer, den manche Ideen nicht einschlafen ließen oder der mitten in der Nacht aufwachte, weil ihm plötzlich Gedanken durch den Kopf schossen, die im Unterbewußtsein aktiv wurden und nach einer Lösung verlangten.

Seit Neuestem befaßte er sich mit Brettspielen aller Art, nachdem er feststellte, daß seine Enkel mit solchen spielten, die er seit seiner Kindheit kannte und die inzwischen mehrmals modernisiert wurden, aber gravierende Fehler aufwiesen. Heranwachsende Jugendliche können solche nicht erkennen, weil dazu die Erfahrung fehlt. Das traf z.B. für ein Spiel zu, das seinerzeit DKT hieß, was immer das bedeuten sollte, und heute u.a. als Monopoly auf dem Markt ist. Es ärgerte ihn, daß man darin Grundstücke in Wiens Stadtmitte um einige hundert Schilling Spielgeld erwerben und um ähnliche Beträge darauf Hotels errichten kann, für eine Übernachtung darin aber soviel Geld zu bezahlen ist, daß dies mit der Wirklichkeit in keiner Art und Weise übereinstimmt. Wie soll unter derartigen Umständen ein Kind bei einem solchen Spiel den Wert des Geldes kennenlernen?

Thomas begann also, selbst neue Spiele zu erfinden, die Verstand, Geist und Ideenreichtum entwickeln und schärfen sollten und nicht nur auf Glück basieren, was bei den meisten Würfelspielen der Fall ist. Eines dieser Spiele nannte er PASISTO, ausgehend vom Englischen für die Worte: **Pa**pier = Paper, Schere = **Sci**ssors und Stein = **Sto**ne. Die Entwicklung desselben mit allen, im Laufe von vielen Wochen vorgenommenen Änderungen und Verbesserungen, sowie praktische Erprobungen, bis endlich Marktreife erlangt war, kostete viel Schweiß und Geduld.

Thomas war ein typischer Erfinder. Er sprudelte neue Ideen wie am Laufband hervor, konnte sie aber nicht in klingende Münze umsetzen, weil ihm jedwedes kaufmännische Talent fehlte. Ein Freund aus der Spielwarenbranche machte ihn darauf aufmerksam, daß es in Wien-Penzing eine alteingesessene Firma gibt, die auf diesem Gebiet tätig ist und einen guten Ruf, weit über die Grenzen Österreichs hinaus, besitzt. Er konnte es durch seine Verbindungen auch erreichen, daß ihn der Direktor des Unternehmens zu einer Besprechung einlud, zu der er seinen Prototyp mitbringen sollte.

Das tat Herr Berenson dann auch. Das erste, was sein Gesprächspartner an dem Spiel kritisierte, war der Umstand, daß ihm zwar ein gut ausgearbeitetes Muster des Spielfeldes und eine ausführliche Spielanleitung übergeben wurde, nicht aber die dazugehörigen Steine. Thomas wunderte dies, da die

Firma Spieljetons aller möglichen Gattung, Größe und Farbe herstellt und daher für Probespiele viel bessere zur Hand hat, als er sie je produzieren könnte. Man kam überein, daß Experten der Firma das Muster ausführlich testen und das Unternehmen dann seine Entscheidung hinsichtlich Produktionsaufnahme fällen würde, was ungefähr 4 - 6 Wochen dauern könnte.

Der Spiele Erfinder war damit einverstanden und wartete das Ergebnis der Prüfung ab. Sie fiel negativ aus. Das Spiel paßte angeblich nicht in das Erzeugungsprogramm der Firma. Das mußte er wohl oder übel zur Kenntnis nehmen.

Beim Auspacken der retournierten Unterlagen fiel ihm zu seinem Schrecken auf, daß Spielbrett und Spielbeschreibung in keiner Weise zusammenpaßten. Er hatte irrtümlich den Erstentwurf des Spieles zusammen mit der letzten Version der Spielanleitung, die durch oftmalige Abänderungen nicht mehr identisch waren, zur Begutachtung abgegeben. Selbst bei oberflächlicher Durchsicht dieser miteinander nicht kombinierbaren Unterlagen hätte jedem Laien sofort auffallen müssen, daß hier Äpfel mit Birnen vermischt wurden.

Es gab hierzu nur eine einzige Schlußfolgerung: Das Muster war weder durch Spielsteine ergänzt, noch ausprobiert, sondern lediglich eine Zeitlang abgelegt worden. Danach konnte es mit einer Absage, die beim Geschäftsführer des Spieleherstellers von Anfang an feststand, zurückgeschickt werden. Man wollte offenbar den Spielwarenhändler, einen guten Kunden, nicht vor den Kopf stoßen und den Anschein erwecken, als hätte man das Spiel des von ihm rekommandierten Erfinders gründlichst geprüft.

Daraus ergeben sich zwei interessante Schlußfolgerungen für jeden Betroffenen, der neuartige Ideen entwickelt und diesen zum Durchbruch verhelfen will:

Man kontaktiere möglichst keine Firmen, die ähnliche Produkte erzeugen. Diese sind meist nicht wirklich daran interessiert, neue und womöglich bessere Produkte in ihr Verkaufsprogramm aufzunehmen. Sie müssen nämlich befürchten, ihre bisherigen Erzeugnisse nicht mehr absetzen zu können.

Es kann von Vorteil sein, absichtlich Fehler in Prototypen einzubauen, um erkennen zu können, ob eine Firma wirklich am angebotenen Produkt interessiert ist oder nicht. Im ersten Fall wird man sicher auf jede Unstimmigkeit aufmerksam gemacht, im zweiten Fall erhält man meist eine nicht näher begründete Absage.

Das ist oft der Grund, warum viele begabte Erfinder mit ausgezeichneten Ideen aber wenig Geschäftssinn scheitern, jedoch andere, die nicht so talentiert, aber weitaus geschäftstüchtiger sind, mit schlechteren und unausgereiften Produkten Erfolge erzielen und gelegentlich damit auch reich werden.

AM WÄRMSTEN IST ES IM KÜHLSCHRANK

Seitdem die Kinder schulpflichtig wurden, konnte Familie Lindner nicht, wie seit Jahren, gemeinsam im Herbst zwei Wochen in den warmen Süden fahren, um den Sommer zu verlängern, sondern mußte eine andere Urlaubseinteilung treffen. Nun hatte es sich seit neuestem ergeben, daß die Schulleitung einige zusätzliche freie Tage im Einvernehmen mit Lehrpersonal und Elternvertretern vergeben durfte, die man zweckmäßigerweise mit sogenannten „Fenstertagen" koppelte, so daß unter Umständen eine zusätzliche Urlaubswoche gewonnen wurde. Das war im letzten Jahr des zwanzigsten Jahrhunderts der Fall, wo der Staatsfeiertag am 26. Oktober auf einen Dienstag, und der 1. November auf einen Montag fielen.

Familie Lindner flog daher schon am 23. Oktober 1999 nach Gran Canaria und kehrte am 2. November, einem schon immer schulfreien Tag, nach Wien zurück. Nur der Vater blieb noch eine Woche länger. Er wollte einige Tage ohne Kinder ausspannen und sich vom Streß der vergangenen Wochen erholen. Um sich zu vergewissern, ob die Seinen gut angekommen waren, rief er kurz nach deren zu erwartenden Rückkehr an und erkundigte sich, was es Neues gäbe und ob es schon sehr kalt sei. „Am wärmsten ist es im Kühlschrank," erfuhr er von seiner Frau. „Die Heizung ist ausgefallen, nirgends brennt Licht, der Elektroherd funktioniert nicht und hätten wir keinen Kachelofen, wäre es in den Räumen nicht zum Aushalten." Die Horrorvision wurde noch durch die Mitteilung ergänzt, daß alle Lebensmittel, sowohl im Eiskasten als auch in der Kühltruhe, verdorben seien.

Herr Lindner sparte nicht mit guten Ratschlägen, aber seine Frau hatte aus eigenem schon alle Sicherungen überprüft. Das Haus war zur Gänze stromlos. Man konnte sich nur ins Bett legen und anderntags auf einen Elektriker warten. Diese Nachricht nahm dem Hausherrn alle Freude an den verbleibenden Urlaubstagen. Da er jedoch einen Charterflug gebucht hatte, war an eine frühzeitige Heimkehr nicht zu denken.

Glücklicherweise machte sich der Hauselektriker in Anbetracht der geschilderten Umstände tags darauf sofort auf den Weg, um den Schaden zu beheben. Er stellte fest, daß jemand den Nulleiter im straßenseitigen Zählerkasten, der mit einem 08-15 Schlüssel - erhältlich bei jeder Eisenhandlung – problemlos geöffnet werden kann, manipuliert hatte. Dadurch wären alle, nicht komplett abgeschalteten Elektrogeräte, wie Alarmanlage, Kühlschränke, Fernseher, elektrische Uhren, Videorekorder, etc. plötzlich 380 Volt statt der üblichen 22o Volt ausgesetzt und zum Teil irreperabel beschädigt worden. Der Nulleiter war in kürzester Zeit wieder fixiert und das Haus mit Strom versorgt, doch der finanzielle Schaden durch die Neuanschaffungen vieler Elektrogeräte enorm.

Die Versicherung wollte zunächst von einer Zahlung nichts wissen, dieses Ereignis wäre im Vertrag nicht inkludiert. Rückte dann aber doch etwa 50.000 Schilling aus „Kulanz" heraus, was circa der halben Schadenssumme entsprach, da Herr Lindner anläßlich der Erweiterung der Hausversicherung darauf bestand, gegen jedweden Schadensfall abgesichert zu sein, was ihm, nach Verdoppelung der Jahresprämie, zugesichert worden war. Wie man sieht. Man kann nicht genug vorsichtig sein!

DIE OBERHUBER STORY

Sie drückten gemeinsam die Schulbank und schienen unzertrennlich. Herbert Oberhuber, einziger Sohn eines reichen Fabrikanten, und Klaus Piringer, der jüngste Sproß von sechs Kindern eines einfachen Arbeiters. Was Herbert von seiner Abstammung her an Intelligenz voraus haben sollte, ersetzte Klaus durch vermehrten Fleiß und bessere Auffassungsgabe. So kam es, daß bei Schularbeiten eher Herbert von Klaus abschrieb als umgekehrt. Dafür spendierte der Fabrikantensohn seinem Freund zumeist seine Jause in Form von Schinken-, Wurst- oder Käsesemmeln, die ihm schon beim Hals heraushingen, während Klaus von seiner Mutter lediglich eine Karotte oder einen Kohlrabi mitbekam. Das wäre gesünder, klärte sie ihn auf. Das stimmte sogar, doch in Wahrheit konnte es sich die Familie Piringer garnicht leisten, für sechs hungrige Mäuler ein üppiges Jausenbrot aufzutreiben.

Das ging so fort bis zur Matura. Klaus schaffte sie mit Vorzug, Herbert mit Müh und Not. Dann trennten sich ihre Wege. Herbert begann mit dem Maschinenbaustudium an der Technischen Universität, Klaus trat in einen kleinen, kunststofferzeugenden Betrieb ein und arbeitete sich unermüdlich durch Wissensdurst und vermehrten Arbeitseinsatz hoch. Da er eine gute Auffassungsgabe besaß, brachte er es bald zum Betriebsleiter und zur rechten Hand seines Chefs, während sich Herbert zu einem verbummelten Studenten mauserte, der erst dann den Ernst des Lebens begriff, als ihn sein Vater vor die Alternative stellte, entweder das Studium schleunigst als Diplomingenieur zu beenden und in den Betrieb als Juniorchef einzutreten, oder fortan keinerlei finanzielle Unterstützung mehr zu erhalten. Diese Drohung zeigte Wirkung und mit etwas gutem Willen dauerte es gar nicht lange, bis er das Studium hinter sich gebracht hatte. Kaum in der Firma eingearbeitet, machte ihm die Arbeit dort Spaß und da er ein anständiges Salär bezog, fühlte er sich bald als vollwertiger, gut bezahlter Manager, dem es finanziell nirgendwo besser gegangen wäre.

Die beiden Freunde kamen in dieser Zeit nur sehr sporadisch zusammen, doch riß der Kontakt nie ganz ab. Bei einem dieser Treffen erzählte Klaus, daß ihm eine bedeutende Erfindung auf dem Kunststoffsektor gelungen sei und er sich selbständig machen könnte, würde er wenige hunderttausend Schilling als Betriebskapital auftreiben. In diesem Zusammenhang fragte er Herbert unverblümt, ob ihm dieser finanziell etwas unter die Arme greifen könnte. Er wäre bereit, ihn für einhunderttausend Schilling Kapitaleinlage mit 25% an einer neu zu schaffenden Produktions- und Vertriebsfirma zu beteiligen.

Herbert hielt nicht viel davon. Er wollte jedoch seinen Kumpel, mit dem er viele Streiche ausgeheckt und ausgeführt hatte und lange Jahre innigst befreundet war, nicht vor den Kopf stoßen. Das erforderliche Geld konnte er leicht aus dem väterlichen Betrieb entnehmen und so tat er es, obwohl er der Überzeugung war, nie mehr wieder einen Groschen zu sehen. Aber er sollte sich gründlichst täuschen.

Piringers Erfindung erwies sich als Volltreffer. Sein Erzeugungsbetrieb, den er in einem alten Schuppen angesiedelt hatte und in dem er gemeinsam mit einem Kollegen aus seiner früheren Firma eigenhändig werkte, wuchs von

Monat zu Monat, ja, man konnte fast sagen, von Tag zu Tag. Bald mußte er die Firma in eine größere Halle übersiedeln, dann ein eigenes Büro errichten. Die Anzahl der Mitarbeiter stieg kontinuierlich, der Absatz florierte und schon kamen die ersten Interessenten aus dem Ausland. Ehe drei Jahre um waren, lieferte er bereits einen großen Teil seiner Produkte in alle Welt und konnte an Herbert eine nicht unerhebliche Gewinnbeteiligung ausbezahlen.

Das Unternehmen von Klaus wuchs immer mehr und weitete sich in einem solchen Umfang aus, wie es keiner je für möglich gehalten hätte. Schon gar nicht Herbert, der inzwischen die Fabrik seines Vaters als Alleininhaber übernommen hatte. Wohl verdiente er dort außerordentlich gut, aber seine 25% Beteiligung an der Firma Piringer warf bald mehr ab, als sein eigener Betrieb. Das Entscheidenste dabei war aber der Umstand, daß er in der eigenen Fabrik von früh bis abends vollauf beschäftigt war, sich mit allerlei Problemen herumschlagen mußte und kaum eine freie Minute für sich selbst und für seine Familie fand, während er im Unternehmen seines Freundes Klaus, nicht einen Finger rühren mußte. Eine einmalige Bareinlage von lediglich hunderttausend Schilling hatte ihn beinahe über Nacht zu einem reichen Mann gemacht. Das alles klingt wie ein modernes Märchen, schön aber unglaubwürdig. Doch manchmal werden auch Märchen wahr.

JAPANISCHE WEISHEIT

Was hilft schon Zorn und lautes Toben,
hat Unrecht man dir angetan?
Der Stärk're bleibt, du kannst's erproben,
wer trotz der Schmach noch lächeln kann.

JEDER HOBBYLITERAT FINDET EINEN VERLEGER

Seitdem ich mich ernsthafter der Schriftstellerei widme, fällt mir auf, wie viele meiner Mitmenschen sich mit diesem Genre befassen. Es gibt darunter einige, sozusagen „verhinderte Literaten", denen ein gewisses Talent zum Schreiben nicht abzusprechen ist. Was hilft aber das Verfassen von Romanen, Erzählungen, Gedichten, wenn diese Werke in der Schreibtischlade verstauben und niemals veröffentlicht werden. Ein Autor wird doch nur dann als solcher anerkannt, wenn sein Schaffen irgendwo im Druck erscheint.

Diesen Umstand machen sich einige Verleger zu Nutze, die ganz offen in Zeitungen inserieren, daß sie Menschen suchen, die ihre schriftstellerischen Ergüsse veröffentlichen wollen. Norman Schnirch war ein solcher. Eines Tages stolperte er über ein großes Inserat in der „Presse", in dem es hieß: „Schreiben Sie? International tätiger Verlag (ca. 2.300 Titel) veröffentlicht Romane, Lyrik, Anthologien. Senden Sie uns Ihr Manuskript! „Genau auf eine solche Ankündigung hatte er gewartet. Postwendend setzte er sich daher mit dem betreffenden Verlag in Verbindung, bot ihm eine Reihe von Kurzgeschichten an und legte einige zur Begutachtung bei. Die Antwort kam verhältnismäßig rasch. Die Haag & Herchen GmbH. in Deutschland zeigte sich hoch interessiert, übersandte einen Vertragsentwurf und forderte für eine erste Auflage von 2.000 Exemplaren in „Paperback-Ausführung" statt in „Leinen-gebunden" einen Druckkostenbeitrag von 8.800 Mark plus 7% Umsatzsteuer, was knapp über 63.000 Schilling entsprach Der Autor müsse absolut druckreife Vorlagen liefern, bekäme jedoch 40 Freiexemplare, aber kein Honorar. Alle zusätzlichen Broschüren müßte er zum halben Ladenpreis bezahlen.

Herrn Schnirch schien der geforderte Druckkostenbeitrag mehr als hoch und er wollte wissen, wie teuer der gesamte Druck käme. Der darauf genannte Betrag schien horrend. Folglich schrieb er an Herrn Herchen und führte unter anderem aus: „Scheinbar sind die Produktionskosten in Deutschland doch wesentlich höher als bei uns, weshalb ich hiesige Druckereien zwecks Erstellung von Offerten anschreiben werde. Was würden Sie davon halten, wenn die Herstellung des Buches in Österreich erfolgt? Sie können nach wie vor als herausgebender Verlag fungieren, ich würde die gesamten Produktionskosten übernehmen und Sie eine bestimmte Buchanzahl zum Vertrieb in Deutschland, möglicherweise auch für die Schweiz und Österreich. Schreiben Sie bitte, welchen Betrag pro Band sie bezahlen, wenn Sie den von Ihnen genannten Verkaufspreis beibehalten, den ich für durchaus angemessen halte. Ich möchte hinzufügen, daß ich an einer Zusammenarbeit mit Ihrem Verlag wirklich interessiert bin und es zu schätzen weiß, daß Sie nicht nur über beste Beziehungen zum Buchhandel verfügen, sondern durch Ihre Informationsblätter und Werbeaussendungen viel dazu beitragen können, daß ein neues Buch auf den Markt kommt."

Die Antwort war ernüchternd. Darin hieß es u. a.: „Was nun den von uns genannten Zuschuß zu den Produktionskosten angeht, so will ich hier gern verdeutlichen, daß sich dieser Betrag aus einer Fülle von Faktoren zusammensetzt. Es handelt sich zum einen um einen Betrag zu den Kosten der Buchherstellung und Buchproduktion, also um einen Kostenbeitrag zu Satz, Druck und zur buchbinderischen Verarbeitung, überdies fließen aber auch anteilige Kosten der weiteren Verlagsarbeit ein: anteilige Kosten für Werbung, Lagerhaltung, Vertrieb, Auslieferung, Rechnungsstellung, Mahnwesen, Buchhaltung, für Anzeigen und Messebeteiligungen, außerdem anteilige Gemeinkosten. Insoferne lassen sich die Kosten, die Sie erhalten, wenn Sie Druckereien in Österreich nach Herstellungskosten fragen, nicht mit den Kosten unseres Angebotes vergleichen. Haben Sie Verständnis dafür, wir wiederholen hier unser Argument noch einmal, daß wir uns bei unserer Verlagsarbeit auf die Titel beschränken müssen, die im Rahmen eben dieser Verlagsarbeit entstehen, wir möchten unsere eigenen Lektorate, Setzereien und Druckereien einsetzen."

Das war mehr als deutlich. Den deutschen Verlag interessierten weder die weit niederen Herstellungskosten in Österreich, wie sich diese nach Einlangen der ersten Kostenvoranschläge ergaben, noch der Vertrieb eines Buches, verfaßt von einem unbekannten Autor, sondern lediglich ein hoher Kostenzuschuß des letzteren. Deshalb berührte ihn auch ein sagenhaft niederes Anbot nicht. Der Briefwechsel zwischen dem Hobbyschriftsteller und dem Verlagsinhaber endete mit der Feststellung: „Ihre Absage bezüglich der Herausgabe meines Buches habe ich einerseits mit Betrübnis, andererseits mit Erleichterung aufgenommen. Letzteres deshalb, weil ich bei der Weitergabe des Herstellerpreises übersah, daß noch erhebliche Transportkosten für den Versand nach Deutschland hinzukommen. Diese hätte ich dann ja wohl aus eigener Tasche berappen müssen. Ich wollte an dem Buch nichts verdienen und habe Ihnen daher das billigste Anbot weitergegeben, es gab auch welche, die dreimal so teuer waren."

„Nun kommt für mich das Erstaunlichste. Ich unterbreite ein Anbot, das irrtümlich unter den Selbstkosten liegt, bei dem Ihr Verlag genau so als Herausgeber fungiert, wie wenn das Buch im eigenen Haus herausgekommen wäre. Sie hätten weder Ärger noch Finanzsorgen gehabt und ein Buch, das mit DM 4,90 auf ihren Tisch gelegen wäre, um 12,40 Mark an den Buchhandel weiterverkauft und Sie nehmen ein solches Anbot nicht an? Schade!"

Muß nicht, wenn man eines derartigen Schriftwechsels ansichtig wird, der Verdacht aufkeimen, daß sich einige Verlage dadurch ein leichtes Zubrot verdienen, daß sie leichtgläubigen Optimisten vorgaukeln, ihr künstlerisches Schaffen zu würdigen und zum Durchbruch auf dem kaum mehr übersehbaren Büchermarkt zu verhelfen? Gegen entsprechende Bezahlung natürlich. Dabei besteht kaum eine reale Hoffnung, auf diesem Weg als Schriftsteller Anerkennung zu finden. Wer sich in seinem Bekanntenkreis umsieht wird diese Ansicht bestätigt finden, um so mehr als es garnicht so wenige gibt, die eine erkleckliche Summe auf den Tisch gelegt haben, um einmal als Buchautor zu fungieren, denn jeder Autor findet einen Verleger.

NACHWORT

Leser, die dieses Büchlein von A – Z durchgelesen haben, werden vielleicht eine gewisse Ordnung in der Reihenfolge der einzelnen Geschichten vermißt haben. Diese sind eher wie „Kraut und Rüben“ bunt gemischt und willkürlich aneinandergereiht, wie sie in meiner Erinnerung aufstiegen oder mir von Freunden und Bekannten berichtet wurden. Es ist mir klar, daß nicht jede Story jedermann anspricht, doch hoffe ich, daß dies zumindest für einen Großteil der Erzählungen zutrifft. Es war verblüffend, festzustellen, daß Kritiker, die einen Vorabdruck zur Beurteilung bekamen, ganz unterschiedliche Meinungen äußerten. Was einer als zu langatmig, weniger interessant oder unglaubwürdig beurteilte, wurde von einem anderen als besonders gelungen bezeichnet. Aus diesem Grund habe ich zwar einige Beiträge geändert oder gekürzt, aber nicht zur Gänze unter den Tisch fallen lassen.

Nicht aufgenommen wurden einige brisante Themen, die schon jetzt zu den unterschiedlichsten Meinungen innerhalb der Bevölkerung führen und interessante und ernst zu nehmende Diskussionen nach sich ziehen sollten. Wenn ich aber feststelle, wie bei manchen Geschehnissen die Wellen hochgehen und Emotionen geweckt werden, die jede sachliche Erörterung unmöglich machen, bezweifle ich, daß in unserem Land tatsächlich echte Rede- und Pressefreiheit existiert. Sie ist zwar in unserer Verfassung dokumentiert, aber was sagt das schon. Für ein eventuell späteres Buch hätte ich mir zum Beispiel folgende Themen vorgemerkt:

Die Kunst, als Schmarotzer zu leben
Wohin mit Senioren, wenn niemand mehr ihre Pensionen zahlen kann und will?
Erlebnisurlaub im Krankenhaus
Wer arbeitet noch, wenn es einmal zehntausend Schilling (oder 700 Euro) für jeden geben sollte?
Bekommt Wien 2029 einen Bürgermeister türkischer Abstammung?
Können Lufttaxis den Straßenverkehr entlasten?
Was geschieht, wenn alle Subventionen und Förderungen gestrichen werden?
Die „30 km“ Geschwindigkeitszonen anno dazumal
Recht auf Leben, Recht auf Sterben
Wie heißt der neue Messias?
Die Schule für Politiker
Ausländerliebe – Ausländerhaß
Mutiert die Kirche zu einer Sekte?
Wie viele Verbrechen könnten aufgeklärt werden, wenn die Polizei nicht so oft artfremd eingesetzt wird?

Wie man leicht erkennen kann, gäbe es noch viele andere aktuelle Ereignisse, die emotionslos aufgezeigt und besprochen werden sollten. Diese würden dann tatsächlich einen „echten Bestseller“ ergeben, falls das Buch nicht von vornherein beschlagnahmt wird, weil die hier genannten Themen höheren Orts nicht gerne gehört und gelesen werden, doch würde mich Ihre Meinung hierzu sehr interessieren.

Danke, daß Sie mich bis hierher begleitet haben. Kritiken und Anregungen nehme ich ernsthaft zur Kenntnis und werde sie bei meinen weiteren schriftstellerischen Arbeiten selbstverständlich berücksichtigen.

TONIO BRENNER